在北大发声

第一辑

"批评家周末"文艺沙龙实录

陈旭光　主编

北京大学出版社

图书在版编目（CIP）数据

在北大发声："批评家周末"文艺沙龙实录.第一辑/陈旭光主编. —— 北京：北京大学出版社，2017.10
　　ISBN 978-7-301-28369-1

Ⅰ.①在… Ⅱ.①陈… Ⅲ.①文艺评论–中国–当代–文集 Ⅳ.① I206.7-53

中国版本图书馆CIP数据核字(2017)第120639号

书　　名	在北大发声："批评家周末"文艺沙龙实录（第一辑） ZAI BEIDA FASHENG
著作责任者	陈旭光　主编
责任编辑	张丽娉
标准书号	ISBN 978-7-301-28369-1
出版发行	北京大学出版社
地　　址	北京市海淀区成府路205号　100871
网　　址	http://www.pup.cn　　新浪微博：@北京大学出版社 @培文图书
电子信箱	pkupw@qq.com
电　　话	邮购部 62752015　发行部 62750672　编辑部 62750883
印刷者	联城印刷（北京）有限公司
经销者	新华书店
	787毫米×1092毫米　16开本　25.25印张　370千字 2017年10月第1版　2017年10月第1次印刷
定　　价	118.00元

未经许可，不得以任何方式复制或抄袭本书之部分或全部内容。
版权所有，侵权必究
举报电话：010-62752024　电子信箱：fd@pup.pku.edu.cn
图书如有印装质量问题，请与出版部联系，电话：010-62756370

目 录

序　　　　北大的批评传统："我是学者，我要发声！"　谢冕　　1

学者寄语　"批评家周末"：历史、现实与担当　　5

前言　　11

一 美学争鸣

第一讲　力透纸背、人生与时代　　14
　　　　——电影《黄金时代》的"出发"与"到达"

第二讲　作者风格、形式美学与时代症候　　38
　　　　——争鸣《刺客聂隐娘》

第三讲　想象力的挑战与中国奇幻类电影的探索　　52
　　　　——对话《九层妖塔》

第四讲　山河故人情依旧？　　66
　　　　——贾樟柯新片《山河故人》研讨

第五讲　大家绝唱、影坛遗响　　88
　　　　——《百鸟朝凤》与吴天明的导演艺术

媒介深思

第一讲　电影、媒介与身体　　106
　　　　——重述麦克卢汉：以电影分野的媒介史说

第二讲　电影传媒历史与文化　　136
　　　　——考察 IMDb 网站、《视与听》与《电影手册》

三 文化热点	第一讲	从硬汉到暖男	160
		——"男性气质"理论与中国当代男明星现象研究	
	第二讲	粉丝经济、青年文化与电影本体	192
		——关于综艺电影的深度思考	
	第三讲	大电影与网络语境生成的文化形象	218
		——以《美人鱼》《余罪》为例	
四 国际视域	第一讲	"转瞬即逝的景观"	238
		——贾樟柯电影的"空间"研究	
	第二讲	电影、政治与外交	256
		——软实力与中美电影关系	
	第三讲	术语、现状、问题与未来	292
		——跨国华语电影争鸣	
	第四讲	概念、美学、实践	328
		——"华语生态电影"探析	
	第五讲	类型、叙事与文化精神	346
		——《星际穿越》与科幻电影	

附录　前沿理论与热点现场　378
　　　——北京大学"批评家周末"文艺沙龙研讨综述

跋　"人人都是批评家"的时代：坚守与凝望　　　陈旭光　395

序

北大的批评传统："我是学者，我要发声！"

谢冕

  大约就是 20 年前，也是一个周末，很可能就是周五——许多个周末我们就在北大校园一个冷僻的地方度过，还常常打游击换地方，那时候校园里面也没有别的人，主要都是一些年轻人，大家安心地在安静的校园一角从事思想上的交流、学术上的探讨。那是非常难忘的上个世纪 80 年代、90 年代之交的一个又一个的周末。
  "我是学者，我要发声！"——这就是那个时代的背景，也是那个时候我的心声。毫无疑问，"批评家周末"是一种学术沙龙的方式，是学生在老师的指导下进行学术交流与学术研究的方式：老师指导、策划、出题目（或学生思考出几个题目由老师来判断与决定），给学生指定与选题相关的阅读材料和范围。然后，这位指定的学生做主题报告，老师点评、学生讨论。沙龙的选题非常重要，我们不是什么都讨论的，而是有标准或者说是有"门槛"的。要根据学术的重要程度、学理性的强弱程度，以及与现实的某种关联程度等来定夺，要根据学生学习、学业发展和成长布局、学术心胸格局的需要来讨论。所以老师的指导很重要。这种方式也是一种学生在老师的指导下，独立承担学术研究任务的学术训练，一种科研尝试。从某种角度说，这也是北大的伟大传统在我们手上的一种承续和发扬光大。北大的精神源于伟大的"五四"，宗旨或精髓就是学术独立，思想自由，而且勇于吃螃蟹，敢于冒险，致力于创新，就像鲁迅先生说的那样，"北大是常为新的"。

学术的沟通利用这个方式进行，其实更是一种思想的沟通和心灵的沟通。看起来我们谈论的是学术问题，实际上更是思想和信念的沟通。在这样的自由探讨的形式下，师生互相增加了解，学生了解了老师，老师也了解了学生。无论是当年我当老师的时候，还是今天是陈旭光当老师。对老师来说，每一次"批评家周末"的聚会都是对学生的近期学习状况的一次考察，对学生来说几乎就是一次面对面的考试，但是这个考试非常的轻松、非常的自如，是在促膝交谈、平等自由、畅所欲言的交流中进行的。在这样的交流中，我觉得我们的老师和学生之间是不存在什么障碍的。有的老师可能一个学期都与学生见不上一面，此时学生和老师是分离的，而我们是结合在一起的。在这样的交流过程中，我可以知道学生在想什么。所以到了最后，我们的学生都可以不用考试。因为我已经知道他的思维特点是什么，他的学术造诣有多深，他的学习有多用功，他的思想敏锐到什么程度。这一切，我们老师都可以通过"批评家周末"的现场加以了解。所以这就是一种考试，而且是一种非常好的考试方式，老师对学生可以非常透彻地了解，无论是他的长处还是他的短处，老师都了如指掌。

当然，通过这种方式，老师也可以从同学们这里学到很多，老师也会在交流的过程中发现自己的不足，发现自己要"恶补"一些作品的"课"，这些作品可能在同学们那里已经很流行了，老师也要像年轻人一样学习，才能保持心态的"年轻"和学术的活力。这是一个"反哺"的时代。

此外，这个过程也是同学们互相切磋砥砺的过程。同学们互相知道了大家的学习情况，最近关注思考的问题，近来有什么好书、好作品、好的电影、好的演出、展览，等等。这是一种信息、知识、思想、智慧的碰撞和交汇，而这种探讨交流更是一种"如切如磋，如琢如磨""谈笑晏晏"的境界。

在我看来，无论是当年的我，或者今天的陈旭光老师在主持这一工作的时候，我们继承弘扬的都是一个伟大的传统。我在做这件事情的时候，也相信今天陈旭光老师做这件事情的时候，都抱有着这样一种信念，即北大的宗旨就是学术独立，思想自由，不受别的干扰。因此，我们今天要学生来发表学术见解，来进行讨论，那就是思想自由的表现。我们进行的工作就是维护学术的尊严，就是独立性不受干扰，不受各方面压力的干扰。从小的方面讲，我觉得就是引导学生学以致用，你想到什么你阅读到什么你观赏过什么艺术作品，要马上发表自己的见解，甚至写成文章，发出北大青年学子的声音。刚才陈旭光老师谈到，重新启动的"批评家周末"，要现场实时速记，整理发表，将来还要出书，留下你们的思考的踪迹、研讨的成果，这都是很好的。这些讨论、这些成果，我相信肯定会在你们成长的道路上，留下难忘的学术记忆和人生记忆。

"批评家周末"引导学生关心文艺发展的现实动向，北大做的是活的学问，不是死的学问，尤其是我们面对今天日新月异、蓬勃发展的文艺现实。我当年研究当代文学也好，今天日新月异的艺术学也好，电影研究的各方面也好，我们都密切关注当前的创作状态、评论状态，还有受众状态。我们不是把活的东西变成死的学问，而是始终抓住很鲜活的东西，抓住活生生的现实，文艺发展的现实，我们在沙龙现场实践与保持的，是一种时间和心态上的"现在进行时"。

关于"批评家周末"文艺沙龙的研讨主题，我有两点建议：

其一，继续关注文艺发展的现实。大家的专业是影视、艺术理论，但在关心艺术、影视的同时，也应该视野更开阔一些，也关心一下文学，关心一下诗歌，关心一下建筑、美术、书法，甚至音乐和舞蹈都关心一下。做学术必须要有大的视野、大的格局，才会有大手笔。将来从北大"批评家周末"走出来的批评家对中国的文艺现状必须有很多的了解，有很多的深入和很大的推动。

其二，大家要立志于中国文艺批评的发展、拓展和创新。在我的印象当中，中国文学艺术的批评，艺术似乎弱一些，文学批评的队伍和传统好像比较雄厚。当然，文学当中小说、诗歌的评论又更强一些，戏剧、散文的评论稍弱，艺术批评、电影批评呢？我不太了解，也不敢妄言。但至少，我认为艺术批评，对于时代应该是有担当的。因为这是一个艺术大发展大繁荣的时代。也许由于印刷媒介不占主导性地位了，文学还有点衰退了。而像电影艺术在今天的受众面是非常大的，观众很多，影响力很大。那么，现在我们北大艺术学院或者说我们的北大影视戏剧研究中心，应该立志于把艺术批评提升到一种什么样的高度，达到什么样的影响力呢？工作自然是艰巨的。因此，你们是肩负着责任和重担的，可以说是"任重而道远"。

总之，在北大，发出我们的声音，发出我们学者的声音，尤其是今天我们的这些青年学者、明天的学界中流砥柱，我们应该对当前文艺界的现状发出声音，这是我对大家的希望和要求。

学者寄语

"批评家周末"：历史、现实与担当

（按姓氏笔画排序）

批评在本性上是一种对话。抓住现实，具有积极性的批评家，他的批评都是在多维对话的过程中进行的。批评作为内在的对话能力与视界，是一种用来叙述我们自己象征我们自己并最终复制我们自己的对话策略。"批评家周末"的故事，便是批评上的多声部对话与交流的很好的标本。

丁亚平　中国艺术研究院电影电视艺术研究所所长、研究员

开放的平台，自由的思想，自觉的学术。

王一川　北京大学艺术学院院长、教授

越是波涛汹涌，越需要理性之光。我们在批评之路上砥砺同行。

尹鸿　清华大学新闻与传播学院教授

批评是一面镜子。批评家是良师益友。

艾克拜尔·米吉提　中国作协影视文学委员会副主任　《中国作家》原主编

当代文化的视觉转向——或曰视觉回归，已经不可阻挡，这既是对文学的挑战，同时也为重建文学与现实的关联提供了新的机缘。期待北大艺术学院的"批评家周末"再现 1980—1990 年代谢冕老师、洪子诚老师主持的"批评家周末"的风采，在电影、文学、思想史、艺术史等既定的学科版图中另辟蹊径，以一种兼具理性和诗意的方式，进行跨文类、跨媒介的思想实践。

李杨　北京大学中文系教授

"批评家周末"试图恢复北大的批评传统，当一部作品进入公众的视野，如果批评家们不亮出观点，就等于任凭市场去自由涂抹一部作品的底色，而批评的目的就是率先回答那些被商业成败所遮蔽的问题。

李洋　北京大学艺术学院艺术学理论系主任、教授

文心艺境，且批且评。

李道新　北京大学艺术学院影视艺术系主任、教授

激浊扬清，梦想照进现实；褒优贬劣，批评引领潮流。

刘藩　中国艺术研究院副研究员

"批评家周末"多年来站立学术潮头，锐利、先锋、自由、开放、理性，对当下文化景观不间断地发出自己独特的声音，如今已成为中国不可多得的学术品牌。祝"批评家周末"越办越好！

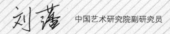《中国广播影视》杂志总经理

热闹的电影创作需要清醒的批评家；多元的批评话语需要有定力的文化担当。

吴冠平　北京电影学院电影学系主任　《北京电影学院学报》主编

电影引发的各种背景的观点在这里交锋。

中国电影评论学会常务副会长

批评家周末，一个共同探索的空间，一个认知中国当代文艺的路径。

张颐武　北京大学中文系教授

在这个电影批评的主流话语权被不断分散和消解的时代,批评家们更不应该忘记自己所肩负的社会责任感和悲悯之心!感谢北京大学"批评家周末"文艺沙龙为我们提供了这样的交流平台,让我们还可以听到如此有温度和质感的电影批评!

中国农业大学媒体传播系
副主任、副教授

北大"批评家周末",学界与产业界的桥梁。

北京大学艺术学院教授

以真诚坦荡之心,求世间之真正学问!

中国人民大学文学院
影视系主任、教授

谢冕先生主持的"批评家周末"与陈旭光老师主持的"批评家周末"的承续与转变,反映了不同时代(文青时代与艺青时代)的文艺氛围与批评状态,虽然内容、主题、参与人群皆不同,但共同葆有的是北大师生这一知识群体对于当代社会文化的介入及坚守的信念,这大概可以说是与五四一代的精神一脉相承的东西。作为曾参与谢版周末的学生与参与陈版沙龙的教师,谨祝愿"批评家周末"成为一个更为源远流长并散枝发叶的新传统。

北京大学艺术学院副教授

悲悯人性,敬畏电影,尊崇学术。

北京师范大学
艺术与传媒学院教授

谢冕先生主持的"批评家周末"贯穿八九十年代的历史风云际会,汇聚了一批青年才俊,他们在这里展露思想锋芒。这里有观点的直接碰撞,有友爱的心心相印,有精神在时代的一隅倔强闪耀!

北京大学中文系主任、教授

对我来说,"批评家周末",那是一段令人难忘的岁月,也是我所向往的理性对话、独立不倚的批评精神给予我的最初洗礼和塑造,它的发扬光大,令人欣慰,也令人鼓舞,我们应该坚持!

何言宏 上海交通大学人文学院教授

继续传统,介入当下,建构未来!

邵燕君 北京大学中文系副教授

"批评家周末":我们都曾来自那里。

孟繁华 沈阳师范大学文学院教授

在众声喧哗的年代,尤其需要批评家理性、客观地对待现象和文本,把事情弄清楚。

陆绍阳 北京大学新闻与传播学院院长、教授

批评是一种独立领域,无须为域外功利所左右,却期望更为高远的精神导引,所以,摒除了屈就,就有力量;坚持了个性,必然自成一体。

周星 北京师范大学艺术与传媒学院教授

批评既是感知世界,也是认识、克服自己。祝贺"批评家周末"薪火传承!

洪子诚 北京大学中文系教授 "批评家周末"创始人之一

锐气而深刻的观点,高端而权威的点评,关注热点而交锋思辨的研讨,"批评家周末"文艺沙龙构建起了中国电影批评的又一新平台。

赵卫防 中国艺术研究院电影电视艺术研究所副所长、研究员

北大"批评家周末",周末批评家的加油站。

《当代电影》杂志社社长、主编
中国电影资料馆研究员

批评是理论与实务的中介,也是推动理论与实务健康前行不可或缺的方式。祝愿北大"批评家周末"为艺术理论与实务的发展繁荣发出自己独到有力的声响!

北京师范大学艺术与传媒学院
院长、《现代传播》主编

在互联网时代,电影批评必须开放包容,追求多样化发声、多渠道传播,但更需要北大批评家打造专业、权威的平台。

中国电影家协会秘书长、研究员

北大"批评家周末"是继承,是精神。有立场便有影响。

《文艺报》艺术评论部主任

北大"批评家周末",是一个北京大学艺术学院一直坚持的学术活动,这里不只有批评家,也有普通的老师和学生。我想它的意义在于彰显一种平等、自由、明达、有责任、有担当的学术精神。汇聚智慧的声音,允许思想的交锋,砥砺学者的气格,共同营造北大自由向上的学术空气。

北京大学艺术学院教授

影评的本质是一种审美判断;对影评最重要的是发现,发现评论对象——电影,是创造还是模仿,是杰出还是平庸。北大"批判家周末"是出色的判断者、发现者,为创作者、听众、读者启迪心智。

中国艺术研究院研究员
中国电影评论学会名誉会长

密涅瓦的猫头鹰在黄昏时起飞，周末的批评家在休息时工作！

[签名] 北京大学艺术学院
副院长、教授

我有幸两次参加了北京大学艺术学院主办的"批评家周末"文艺沙龙，深有感触。学术自由、畅所欲言、勇于思考、理性交流、人人平等、互相尊重，这是"批评家周末"的风格，也是北大的优良传统，应当发扬光大。

鲁晓鹏 美国加州大学戴维斯分校
比较文学系主任、教授

北大"批评家周末"文艺沙龙既是一个学术论坛，也是学院派批评家发声的阵地。良好的艺术创作生态必须有批评家的声音。

[签名] 中国传媒大学
戏剧影视学院教授

"批评家周末"，与时代同行、见证影视艺术的发展，批评锐气、专业特色、人文情怀，一个也不缺少！

戴清 中国传媒大学
戏剧影视学院教授

前言

谢冕先生向本书主编陈旭光授予"'批评家周末'文艺沙龙"牌匾

2014年9月19日，北京大学"批评家周末"文艺沙龙正式重新启动。"批评家周末"文艺沙龙由北京大学影视戏剧研究中心主办，《中国作家》《创作与评论》《现代传播》《中国广播影视》联合主办，《电影艺术》《当代电影》《中国电影报》等协办，"非一流评论"网络媒体支持。

自重新启动以来，北京大学"批评家周末"文艺沙龙已举办三十余次以影视艺术与传媒文化学界各种前沿话题为讨论主题的沙龙，从影视美学、艺术理论、文化、媒介等多重维度进行探讨，吸引了海内外学者的眼光，产生了广泛的影响。

北京大学"批评家周末"文艺沙龙最先开始于20世纪90年代初，由北大中文系谢冕教授创办并主持。这次的重新启动，是一次跨越时空的薪火相传和精神接力。从20年前的北大中文系到如今的北大艺术学院、北大影视戏剧研究中心，"批评家周末"始终秉承自由表达、自主表达、独立思考的批评信念，力图以原创的批评活动，针对当下的文艺现象，发出北大青年学者的声音，引领文艺批评的话语潮流。

"批评家周末"是一种定期进行的学术座谈和学术研讨的形式，是学生在老师的指导下独立承担学术责任的一次尝试，能够促发师生之间的学术交流与思想讨论，同时也是一种考核自我的形式。该学术活动试图引导与敦促学生对学术使命、学术理想的不懈坚持。

"批评家周末"创始人谢冕先生在参加启动仪式的现场表达了对20年后薪火相传的"批评家周末"文艺沙龙的殷切希望，冀愿"批评家周末"坚持"学术独立、思想自由"的品格，保持批评的"纯洁性和尊严感"，关注文艺发展的现实，立志于文艺批评的发展创新。

一 美学争鸣

第一讲

力透纸背、人生与时代
——电影《黄金时代》的"出发"与"到达"

主讲人　金慧妍
主持人　陈旭光
嘉　宾　戴　清　江耀进　刘　藩

编者按

2014年10月24日,北京大学"批评家周末"文艺沙龙在北京大学影视戏剧研究中心展开第三期沙龙活动——《力透纸背、人生与时代——电影〈黄金时代〉的出发与到达》,聚焦当下热议的影片《黄金时代》。

该次沙龙由北京大学艺术学院副院长、北大影视戏剧研究中心主任陈旭光教授主持,北京大学艺术学院硕士研究生金慧妍主讲,《中国广播影视》主编江耀进、中国传媒大学戏剧影视学院戴清教授、中国艺术研究院刘藩副研究员等专家学者应邀到场点评并参与讨论。中央电视台电影频道《中国电影报道》、《中国广播影视》杂志、网络评论平台《非一流评论》等现场报道。

由许鞍华导演,李樯编剧并监制,汤唯、冯绍峰等演员主演,讲述女作家萧红传奇一生的电影《黄金时代》于今年10月1日上映。从它所聚焦的原型人物与历史、电影叙事手法到它的票房遭遇、项目运作"实验"都成为掀起电影业内业外"百家争鸣"讨论的焦点。

本次主讲人金慧妍自始至终都在参与《黄金时代》的宣发营销工作,并监制《黄金时代》的纪录片《她认出了风暴》。她结合自己的个体感悟与工作体会,通过历史层面、电影文本层面与宣发项目层面这三个主题展开其对影片的解读。陈旭光教授、戴清教授、刘藩副研究员、江耀进主编,以及访问学者刘强、陈华、唐宏副教授,博士后宋法刚副教授、博士后李九如、博士研究生刘胜眉、张隽隽、车琳、李雨谏,硕士研究生祖纪妍等纷纷就当代影院市场、萧红人物价值、影片文本处理、影片营销策略等方面对于报告作出自己的发言,尤其对《黄金时代》创作始末和电影文本、项目运作"实验"、影片对于当代中国电影生态的意义等几个方面展开了深入的讨论。与会者既肯定《黄金时代》的艺术探索的勇敢尝试与时代警醒意义,又针对影片主创过分崇拜萧红、营销定位游移不定、上映档期选择不当等问题提出批评。

活动现场

《黄金时代》纪录片高校巡展北大站现场

    由许鞍华导演，李樯编剧并监制，汤唯、冯绍峰等演员主演，讲述女作家萧红传奇一生的电影《黄金时代》于今年 10 月 1 日上映。它所聚焦的历史人物与他们身后如大海般波谲云诡的时代浪潮，电影文本中"对镜讲述"、对人物和历史的解构并再建构的"陌生化"的叙事方式，它所遭遇的票房"滑铁卢"与"文艺大片"项目运作"实验"，都成为掀起电影业内外"百家争鸣"辩《黄金》的辩题。

    某种程度上，《黄金时代》的票房表现与其作为"文艺大片"的高投入、"高能量"的巨大反差成为"百家争鸣"辩《黄金》的起因和焦点，然而，当这种"喧嚣"渐渐散去，我们可以隔一段距离去探清"雾中风景"。比起流于表面的、从简而论的"成功/失败"或"文艺/商业"的二元对立的问题设定，更值得探讨的是遮蔽于表象的争议聚焦点背后的诸多论题。比如在"虚妄"的历史场域中的"真实"为何，是怎样的历史材料与其中渗透出的历史"面目"影响了电影文本；作为一部有着极强的"作者"印记且是一个复杂的"作者"系统支撑下的一部作品，怎样去做它的文本分析与批评；当影片面对观众、市场时，作为一个艺术片项目运作案例，它与当今的中国电影生态的碰撞，当闭合的电影文本及整个项目运作的选择与方式投射到我们身处的时代之时它释放出的"当下性",都是值得探讨的问题。

我将聚焦于电影《黄金时代》,将《力透纸背、人生与时代——电影〈黄金时代〉的"出发"与"到达"》作为题目。"力透纸背"来源于唐代颜真卿《张长史十二意笔法意记》中:"当其用锋,常欲使其透过纸背,此成功之极也。"用在此处,直指的出处和考量是鲁迅曾在评价萧红的《生死场》的时候说她把"北方人民的对于生的坚强,对于死的挣扎"描绘得"力透纸背"。而这颗"早醒而犹豫的灵魂"从异乡到异乡的人生亦是如此,另有萧军、鲁迅、丁玲、胡风等一代文人众生相,和他们身后浮出的如大海般波谲云诡的时代浪潮。除了电影所聚焦的历史、人物层面的"力透",从电影文本层面、项目运作层面来看,对照当下的电影生态,这部电影的确呈现一种"实验性""颠覆性"的姿态,是为一种"力透纸背"的举动。

从《黄金时代》在历史文本、电影文本及项目运作"实验"三个层面的特殊性出发,笔者选择探讨这部电影的方式是从源头至尽头的线性视域下,从"出发——到达"的完成度来做考量,而考量"完成度"的弧线不仅是简单的因果关系的论证,亦关注"到达"的过程性。

下面将从历史层面、电影文本层面、项目运作层面出发:在"虚妄"的历史场域中指认"真实"——《黄金时代》的历史背景与历史"面目";"一剧之本"到复杂的"作者"系统——"电影作者论"视野下的《黄金时代》文本分析;"文艺大片"的时代碰撞与其"当下性"意义——作为项目运作"实验"的《黄金时代》,这三个方面来展开论述。

一、在"虚妄"的历史场域中指认"真实"——《黄金时代》的历史背景与历史"面目"

从历史的层面来看,萧红的人生经历、她的文学作品、书信以及同时代人的回忆文章都成为我们走进《黄金时代》的"最一手材料",更有后人及其他相关之人的口述历史及萧红研究专家撰写的传记和其他研究成果材料、其他外围材料成为我们了解那段历史和人物的二手、三手、四手材料。

萧红，原名张廼莹，1911年6月出生于黑龙江呼兰县的一个地主家庭。萧红童年时代的家庭生活，有温暖，也有孤寂，她的童年体验如祖父的关爱与父亲的冷漠以及对东北人民的生存状态的认知都对她产生了深刻影响。30岁那年，病中的萧红在香港完成了长篇小说《呼兰河传》，以温情的笔触描绘了故乡呼兰和童年生活。10岁那年，萧红开始上学，17岁那年在祖父坚持下，继续读中学。在学生时代，萧红已经开始阅读鲁迅、茅盾等人的作品并积极参加学生运动。

中学毕业那年，萧红逃婚与陆哲舜"私奔"前往北平读书，不久陆家实行经济封锁，二人被迫回到呼兰。萧红在乡下被软禁了六个月之后，只身逃到了哈尔滨过着居无定所的日子。1932年2月，日本军队进驻哈尔滨，萧红投奔了她曾背叛过的未婚夫汪恩甲。他们在东兴顺旅馆同居了7个多月，欠下几百元食宿费，萧红临近产期，汪恩甲不辞而别。汪恩甲失踪后，萧红被关进旅馆一间破烂的仓库里，身临绝境，投信给《国际协报》求助。

1932年7月，萧军受《国际协报》委托看望萧红，两个人很快便相爱。此后萧红生下了她与汪恩甲的孩子，因无力抚养便很快送了人，这次生产对萧红身心造成了极大摧残，一年后的小说《弃儿》中萧红对此有过几笔描述。10月，萧红与萧军住进了欧罗巴宾馆，与萧军的结合既成全了萧红也始终给着她极大的痛苦。在饥寒交迫的日子，他们遇到了北满革命文艺运动的负责人金剑啸、罗烽。在朋友们的帮助下，萧红、萧军出版了小说集《跋涉》，这是东北沦陷后出版的第一部新文学创作集，后却因引致日本人注意而逃往青岛。

在青岛，萧红完成了她的代表作《生死场》。因《生死场》，萧红结识了对她影响至深的文学导师、精神导师——鲁迅，多年以后鲁迅去世，萧红的《回忆鲁迅先生》从诸多鲁迅纪念文章中脱颖而出，被誉为是最好的鲁迅纪念文章。与大部分阐释鲁迅思想的文章不同，她写的全是温情、动人的琐碎细节。在上海，萧红、萧军在鲁迅引荐下结识了胡风、梅志、聂绀弩等朋友，并与他们建立了亲密

《黄金时代》剧照

的友情。1936年7月,为了疗养身体和专心写作,也为缓解情感上的苦闷,萧红远渡重洋只身前往日本。但更大的打击接踵而至,鲁迅去世,萧军在上海又有了一段新恋情,两个人的感情又一次产生裂痕。"窗上洒满着白月的当儿,我愿意关了灯,坐下来沉默一些时候,就在这沉默中,忽然像有警钟似的来到我的心上:'这不就是我的黄金时代吗?此刻。'……"1936年11月19日萧红在日本给萧军写的一封长信里的一段话,也是电影《黄金时代》片名的出处。于萧红而言确确实实的"悲秋",然而萧红在平静中认定"这真是黄金时代",写下了这段话。

抗战爆发后,胡风要办新刊物《七月》,在这里,萧红在文学理念上与一些"左翼"作家产生了分歧,也是在这里,萧红遇到了后来的新伴侣——端木蕻良。1938年2月,萧红一行人到达临汾民族革命大学,不久后,萧红与丁玲相会。两

《黄金时代》剧照

位女作家短暂相会,却留下了一段"传奇"。20天后,时局动荡,民族革命大学要撤往晋西南,丁玲的西北战地服务团向西安靠拢。对于去留,二萧产生了分歧。萧军只身留在民大,萧红则随丁玲前往西安,端木亦同行。直至1938年4月,萧红与萧军彻底分道扬镳,却发现自己怀上了萧军的孩子。最终,孕中的萧红在武汉与端木蕻良成婚,"另一个问题开始"。因与萧红结合,更因后来的几次动荡中弃萧红而不顾,端木始终背负骂名,但面对争议他本人却长久保持缄默。

1939年在重庆,萧红恢复到了写作状态,过着相对平静的生活。然而,战争的阴影向西南袭来,为了安心写作,二人飞赴香港。在香港,萧红拖着病体,在困苦中拼命写作,先后完成了《呼兰河传》《马伯乐》《旷野的呼喊》和《回忆鲁迅先生》等几十万字的著作。1941年4月,萧红被发现患有肺结核。不久,24岁的骆宾基出现在她生命中,按照他的说法,萧红生命最后一段多数时光由他陪伴。1941年12月25日,日军占领香港。萧红病情加重,又错动了喉管手术。1月22日中午11时,萧红病逝于红十字会在圣士提反女校设立的临时医院,享年31岁。

从人生经历来看,萧红度过了从异乡到异乡、从一个人到另一个人的"漂泊"一生,在短短31年的生命中经历了战乱、离家出走、病痛、动荡的爱情等很多人一生都不可能经历的事情,在她一生的旅程中,萧军、鲁迅、丁玲等这些为人们所熟知的历史人物又一一登场,而这颠沛流离中亦有她作为作家与"写作"的互文关系,作为一个"所写即人生""我手写我心"的作家,她的写作与人生经历很大程度上是相互融合了的。

在写作上,不仅《生死场》为抗战文学开风气之先,如《回忆鲁迅先生》在众多鲁迅纪念文章中的脱颖,《呼兰河传》在抗战大背景下的"逆向性自主选择"均呈现"力透"纸背、人生乃至时代之感。在她看来,作家不属于某个阶级,而是属于所有人,她说:"我的笔锋就是对着人类的愚昧罪与不幸。"她想要写的是对生命价值和意义的探求。

她并没有跟随时代和命运的指引,而是按照自己的选择和人生轨迹来走。更体现在创作上,如她的《呼兰河传》拒绝眼前的大时代的叙述,去回望童年。正如她自己所说的:"有各种各样的作者,就应该有各种各样的小说。"

作为一部人物传记片,《黄金时代》所聚焦的历史和人物,主体是萧红,由此点扩散出复杂的人物关系及其身后动荡的时代,诸多因素造成它所要面对的是一个纷繁复杂的历史场域。首先,萧红的人生"密度大",且她身上的"对抗性""动荡性"特征十分明显,又是一个写作与人生都充满争议的人物,历史的"任人纷说"性被放大;其次,"任人纷说"的主体萧红早在外围"解说"之前就已不在世,即便是"所写即人生"的作家,但也毕竟所写之素材有限且是二次加工的记忆,相对接近"一手材料"的"真实"材料极其有限;再者,由目前能参考的历史材料来看,所能参考的萧红诸多"事件"的周边亲历者,哪怕是对同一件事,他们的说法也大相径庭,甚至完全相反。

《黄金时代》所聚焦的历史背景与这段历史背景在被讲述中所呈现的历史"面目"的"虚妄性"直接、间接影响到了其剧作结构、视听语言，以及对时代、人物的艺术处理。而作为一个"所写即人生"的作家的传记片，萧红的文学作品同时作为被讲述的"历史背景"本身与历史"面目"存在。如影片中有关鲁迅的情节，多半出自萧红的《回忆鲁迅先生》，这些情节也同时作为对"历史事件"的叙述和对作家萧红的写作的一种叙述。

　　考量历史层面的"出发"与"到达"，电影从萧红出发，即是从一个复杂的历史场域出发，这"到达"中便自觉、不自觉地承担着由此"出发"而生的特征和方式，从历史场域而来的诸多元素与气质渗透到整个项目的方方面面。萧红"所写即人生"的写作特征，萧红"黄瓜愿意开一个黄花就开一个黄花、愿意结一个黄瓜就结一个黄瓜"的人生哲学与创作理念，在萧红身上被放大的历史的"虚妄性"，都直接、间接影响到创作者并影响到作品的呈现乃至项目运作方式。比如电影中萧红与弟弟的相遇、在鲁迅家中的日常等均出自萧红的文字，电影中选择以"对镜讲述"、对同一事件的多角度讲述等叙事方式，项目运作中突破已有经验以相对高成本运作"文艺片"、选择三小时时长，不同于依托常见的快销型"卖点"的营销而选择"价值观"营销等诸多事例，皆受历史文本影响。如李樯所说："认清历史的虚妄，是最大的真实。"[1] 而《黄金时代》文本内外都在做"虚妄"的历史场域中指认"真实"的工作。

二、"一剧之本"到复杂的"作者"系统——"电影作者论"视野下的《黄金时代》文本分析

　　说起《黄金时代》的创作起源，要追溯到许鞍华和李樯在合作《姨妈的后现代生活》之前的 2003 年，起初是想拍关于两个女作家的故事，为此二人做了很

---

1 《黄金时代》剧组：《穿过黄金之路——电影〈黄金时代〉片场手札》，豆瓣阅读，2014 年 9 月。

《黄金时代》剧照

多功课,后来又被搁置。到了拍完《姨妈的后现代生活》以后,二人商议合作什么项目,因对萧红共通的喜爱,最后决定拍萧红。2004年,二人第一次去了哈尔滨踩点。回来后,李樯经历了长达三年的剧本创作过程,其间第一稿写了六万字,又推翻重写,剧本的名字也从《穿过爱情的漫长旅程》《我认出了风暴》一路改至如今的《黄金时代》。而找资金也同样遇到了难题,一找找了几年,才终遇有缘人,其间许鞍华曾经拿着剧本在香港走了一圈,大大小小七八个公司,都找不到钱。几年时间里导演、编剧及其他工作人员做了大量的筹备工作,终在2012年12月开机。经过五个月、五地的辗转拍摄,于2013年5月杀青。这部电影同时吸引了众多优秀的演员与创作者热情参与,其中众多演员甚至是几近零片酬出演。主创选择拍摄这样一部电影,视它为一部真正带有自己"作者"属性的作品,文本内外都寄托了含量、纯度高于其他作品的人生理想、艺术理想。

《黄金时代》剧照

从电影文本层面上来说,这部电影也携有很强的"作者"印记,而这印记又不是单一的,是一个复杂的"作者"系统。这部电影中剧本的"一剧之本"性发挥到了极致,剧本在很大程度上控制了这部电影的叙事方式及其他。这就要从编剧、导演两个"作者"出发来做电影的文本分析。

尼基塔·米哈尔科夫说:"对于作者电影,我的理解是:这是个人对世界、对人、对人与人之间相互关系以及对人类历史的某些看法。这是个人的体验和表述,是性格和个人生命特点的反映。"[2] 许鞍华、李樯两位核心创作者对世界、对

2　王方:《电影作者和作者电影》,上海三联书店,2006年10月。

人类历史的某些看法也在这部电影中表达得淋漓尽致,尤其当这部电影承载着两位核心创作者不同以往的认同和厚望的时候。

由于这部电影中剧本具有突出的"一剧之本"性,先谈论编剧的创作。李樯说:"所谓历史是由很多永远揭不开的大的小的秘密组成的……我去写《黄金时代》,就没有再坚持用以往写人物传记片的写法,我希望是把这个历史观带到这个电影里面。"³ 总的来讲,李樯在漫长的阅读史料的过程中,被巨大的历史虚妄感所包围,为历史的真实性所困惑。所谓的民国是被一直讲述的东西,而人们对民国的接触只是通过二手、三手的资料;即便身在那个时代,每个人的感知和经验都不同,没有一个公共记忆。而亲历者又在时间的流逝中不断修改自己的记忆和表述,历史就在这个过程中被主观化。⁴ 塑造萧红,有很多人心目中的萧红,有我们猜测中的萧红,有我们通过她的作品力争复原她的萧红,也有她自己不知道自己的萧红,多个层面形成一个人物。这里具有极大的那个主观和客观互相交融的这么一个过程,李樯认为这是一个更科学的人物观和历史观,它不可能是一个平铺直叙的结构。⁵ 因此,他的这种历史观和人物观导向这样一种剧本结构:其中有演员对着镜头直接向观众说话;将故事的时空关系打乱,又通过不同人的记录,展现着同一事件的不同版本,对人物、对历史进行一种解构和再建构。

在这种真实与虚构的轮回中,"把真实性、虚构性、假定性和虚拟性的界限给它抹掉。然后形成一种既主观又客观,既被动又主动的参与电影的方式。"⁶ 讲故事的方式是真实与虚构并置,而真实与虚构之间的这种辩证关系本身也作为故事的一部分。这种解构、再建构的方式的确给人物传记片提供了更多表述的可能,而作为代价的是在解构中碎片化的处理给观众更多主动建立叙事的可能的同时,解构到自我叙述的再建构过程中出现脱节,让观众感觉没有明晰的主线索、"一头雾

---

3 《黄金时代》剧组:《穿过黄金之路——电影〈黄金时代〉片场手札》,豆瓣阅读,2014 年 9 月。
4 刘洋:《认清历史的虚妄,是最大的真实》,《Lens 文景杂志》,2014 年 7 月刊。
5 《黄金时代》剧组:《穿过黄金之路——电影〈黄金时代〉片场手札》,豆瓣阅读,2014 年 9 月。
6 《黄金时代》剧组:《穿过黄金之路——电影〈黄金时代〉片场手札》,豆瓣阅读,2014 年 9 月。

水"、电影中没有"一脉相承"的"气"的延续。

这样的剧作结构同时也是许鞍华所认同的,许鞍华说:"这部电影里有她全部的人生观、艺术观、价值观。"[7] 她一直很想拍萧红,她说:"萧红的问题就是我的问题,把萧红的问题弄清楚了也就把我的问题弄清楚了。"[8] 同作为一个女性艺术家,所面临的时代、人生、创作的"风暴"大抵相对称,片名《黄金时代》的出处与其多重意义并置的"黄金时代"的意义也渗透出许鞍华个人的体验和表述、个人生命特点的反映。"她自己最惨的时候,她会说这是她的黄金时代。这是所有好作家的本质,普通人不会这样想。她不是歌颂她的黄金时代。这个黄金时代是反讽的。"[9]

作为一部才华出众、人生传奇的女作家的传记电影,怎样塑造萧红,在其作为作家萧红和仅作为一个普通女性的萧红之间寻求分寸感?萧红是人生与写作的界限已被模糊化了的作家,使其成就为作家萧红的"时刻"和那些伟大作品诞生的情景通常与她琐碎的日常水乳相交,而萧红颠沛流离的一生与其作为传奇作家的一些独特属性并不全来自时代、命运,而是深深扎根于她的个性。而许鞍华导演所擅长的细微处见真情、见"精气神"也作用于其中,许鞍华在对萧红这个人物塑造的创作阐释中说:"她写东西的时候,不会有伟大的意识。我是希望还原到那种状态,她若无其事地写,到最后就变成是有意义的事。"[10] 这样的人物塑造手法有其历史背景渊源,依托萧红这个作家的写作特征,也依靠导演的创作意图和功力。但这种选择本身有着认知"门槛",在这样的选择中屏蔽掉了另一部分观众可能需要的信息,使得多数观众认知中的这部作家传记里没有文学,认为在忠实史料的基础上只是完整还原了萧红作为普通人的一生轨迹,却忽视了她在文学之路的"心路历程"和成长轨迹,对她的文学观、艺术观阐释不到位,没有使观众认

---

7 《黄金时代》剧组:《穿过黄金之路——电影〈黄金时代〉片场手札》,豆瓣阅读,2014年9月。
8 《黄金时代》剧组:《穿过黄金之路——电影〈黄金时代〉片场手札》,豆瓣阅读,2014年9月。
9 李宏宇:《疑问·反抗·忠诚:许鞍华想讲的〈黄金时代〉》,《南方周末》,2014年9月27日。
10 李宏宇:《疑问·反抗·忠诚:许鞍华想讲的〈黄金时代〉》,《南方周末》,2014年9月27日。

识到其作为作家的"伟大之处"以及她对文学史及人类的贡献。

  有关萧红身边鲁迅等人物的塑造及对她身后的大时代的表现，许鞍华也多采用对日常细节的完满捕捉。对人物的塑造中，尤其对鲁迅的塑造，鲁迅在我们惯常认知中更多的是他的"伟大思想"和"言辞犀利"。而《黄金时代》将鲁迅"从教科书中解放出来"，还原萧红《回忆鲁迅先生》中日常的鲁迅，犀利背后温厚的人间鲁迅走入镜前。关于对"大时代"氛围的塑造，许鞍华认为时代的气息是找不回来的，由史料而来的高度"还原"也并不能避免你找回来的时代仍旧是你想象的。许鞍华说："我让演员不要想他们是那个年代的人，只是想当时这个人的感觉是怎么样的，跟那个人的关系是怎么样的。我觉得这样子你就直接能进去他们的生活，要不这些人没有感受，没有灵魂。""我希望你站在他们当中也不会有隔膜的感觉，只是穿了一个旗袍而已。"[11]而这种对时代的塑造，许鞍华仍旧以她所擅长的细微处入手，比如萧红在重庆码头跌倒时一位伤残军人把她扶起来转身而走的背影，使那个动荡中有强生命力的时代气息扑面而来。而这种对时代的"还原"又与观众想象的"民国范儿"、其中热血青年的朝气与"海阔天空"的豪迈感截然不同，想象中的"激烈""浓重"与实际的"迟滞""平缓"形成明显的反差。

  总而言之，文本的"出发"是主创对历史、人物的认知而产生的历史观、艺术观、人生观、价值观，所持的创作风格与所擅长的创作手法也融入其中。而如此的"极致"选择本身具有认知"门槛"。这里指的门槛并不是指观众没有相应背景就无从观看、理解这部影片，而是说需要观众更多地主动思考、主动参与其中，在人生阅历、相应背景知识与认知和电影文本的交互中能更好地"认出"这部电影。与观众所习以为常的被动接受与"供给多种需求"不同的是，这部影片需要观众发挥更多主观能动性，去建立自我叙述，并"各取所需"，于是这"到达"遇到了比较大的阻碍。

---

11 《黄金时代》剧组：《穿过黄金之路——电影〈黄金时代〉片场手札》，豆瓣阅读，2014年9月。

三、"文艺大片"的时代碰撞与其"当下性"意义——作为一场项目运作"实验"的《黄金时代》

　　作为一个电影项目的《黄金时代》，其中的复杂性更为明显，在这里且归类、定义为"文艺大片"。从项目源头来说，7000万的投资、许鞍华与李樯的金牌组合、三十多位明星出演、三小时时长……从投资、片长、人员配置等各方面都没有做出创作上的"妥协"，全权为作为一部电影作品的《黄金时代》服务，没有阉割作品的完整性与创作的最大化、最优化发挥。

　　而当这样一部"作者"印记重、高投入的艺术片面对市场之时，以怎样的方式实现它的价值？项目出发之时一定是带着可以开拓艺术片市场的理想出发的，面对商业化的市场环境，此类电影的"稀缺性"可能是它的价值所在。

　　而与很多显性娱乐元素十足的电影不同，《黄金时代》实为一部具有实验、探索性质的艺术片，它与《白日焰火》这种"文艺片"又有着很大的不同，即便是众星云集，在这部电影中明星也作为这个巨大的"实验"磁场的一员，演员特质驾于其明星特质之上。因此在营销中所面临的问题是缺乏可直接贩卖的"狠、准、快"的显性的可消费点。而《黄金时代》的营销在有限的选择中选择了一条能做到与电影气质相符且在此基础上最大限度面对观众的路。

　　《黄金时代》的营销定位是"自由"，与很多电影贩卖故事、类型元素、明星不同，《黄金时代》贩卖的是一种价值观，而出自萧红的《呼兰河传》的主题"一切都是自由的"，也与萧红及她的"黄金时代"及整个项目的磁场相互映照。由此定位出发，是循序渐进地建造一个"审美系统"。所采用的方式是在常规的电影宣传方式基础上做了一些新的尝试和升级。比如云集了王安忆、马家辉、梁文道、刘瑜、周濂、翟永明等文化名人的跨界对谈"黄金沙龙"、纪录片《她认出了风暴》、"重走萧红路"高校巡展、覆盖几百家影院的"黄金时代"主题摄影艺术展、许鞍华导演回顾影展等长线的线下活动；高质量的海报、预告片等物料；互联网方式运作的百度"百发有戏"及数条众筹产品线……这些都让《黄金时代》横跨几个月持续了较高的声量,直至上映前夕,在"十一档"几部电影中横向对比,《黄金时代》的声量也一直在第一、第二位间浮动。然而高"覆盖率"没有得到高"转化率",加上三小时时长在当今电影市场的排片"硬伤",在合家欢、主力受众大多出游的"十一档","低转化率"与"低排片"的夹缝中《黄金时代》票房遭遇"滑铁卢"。

《黄金时代》作为项目的"出发"和"到达",市场表现不理想,没有实现以"文艺大片"实验开拓艺术片市场空间的理想。假如将成本压低、缩减时长、换档期、换一套营销策略将不会是如今的票房表现等种种假设也都多少有道理,但这显然又与项目运作者出发之时对《黄金时代》的定位不符。从电影史角度考量,作品本身的艺术价值与它为当下浮躁、"遍地黄金"的电影生态注入的一丝"庄重做电影"的气息也有着积极的意义,这无疑使电影生态更加多样化了。而其作为艺术片实验的巨大投入与低票房产生的巨大反差使很多人关注它、讨论它,成为跨电影行业内外的社会话题,成为电影史、文化史、市场营销、互联网领域纷纷着手研究的案例。而文本内外的《黄金时代》在与当下电影生态、当下社会的互文关系中,其"当下性"的隐喻与启发意义也是这个名为《黄金时代》的磁场重要的意义所在。

纪录片《她认出了风暴》作为对历史文本、电影文本与项目运作场域三重时空的承载,其中就渗透出这种"当下性"。与常见的制作特辑式的电影纪录片不同的是,它有素材、有可依仗的电影文本及项目运作场域,以电影《黄金时代》为起点,描述女作家萧红跌宕起伏的人生经历,她的作品、她的爱情以及她所处的那个波澜壮阔的时代,同时又可以再依靠丰富的电影拍摄花絮、对主创深入的采访、专家的解读,在电影、历史、历史人物与电影主创演绎之间自由穿梭。历史(真实的萧红)和现实(电影的拍摄)作为两条始终贯穿的线索,彼此映照、彼此关联、互相支撑、互相交织在一起,共同构建一个弥合了时空间隔的完整结构。这彼此关联、交织中亦有多重意义的"当下性"的映射。

对话

刘 藩 （中国艺术研究院副研究员）从文化多样性的角度来说，我们应该支持艺术片，但艺术片不是这样的循环。在中国做艺术片的放映我觉得是因为优秀片源少，国内的品质好的艺术电影片实在很少，外国艺术片源又进不来，毕竟每年的进口片源也就是六七十部。好的艺术片进不来会导致好的艺术片的放映场所养不起来，养不起来导致的结果就是不能形成固定的艺术片观众。这样市场就很小，这样小众的市场养不起大成本的艺术片。如果要拍艺术片你就得小众、小成本，或者干脆就是合拍片找到了国外的市场。

因此，我们回过头来看《黄金时代》，从题材上说，它本身就是一块贫瘠的土壤，小众、不接地气，面对的市场又是小文艺青年，所以它的市场定位从开头就做得不好。而在档期方面又遇到《心花路放》。《心花路放》还没正式上影，预售票就已1.1亿，从产业经营上来说是一个新的现象而且有可能代表以后的趋势，它的预售非常好也带动排片，通过预售来了解观众的反馈，让影院经理更有信心排更多的场。影院经理决策下来，不管品质好坏，但起码有了话题。在这样强大对手面前，这样一个小众的、话题没那么明显的影片放在这个档期是比较糟糕的。

另外，就类型片一般意义来说，类型片要在10分钟之内建立对主人公的认同感，要有一个视点人物，有一个接地气的事件出来，通过这样的事件与视点把观众的情绪调动起来，然后明星出演这都是为了让公众更好地带入进去，建立这个故事，把观众带入故事之中。但《黄金时代》里面的各种处理方式完全是反类型片。影片一开始就是黑白照片,汤唯的旁白,我生于哪一年,死于哪一年。这样的做法就是在告诉观众:我是一个资料片,我已经死了,我当时做了些什么事。这完全是反类型的。类型是什么,类型是电影发展100年里得到的近似黄金一样的经验总结,是观众用脚投票得出来的实践模型,哪些类型是大众喜欢的,哪些类型是哪些观众喜欢,或者换一个词叫作商业片,它是从开头10分钟就能吸引观众的。

我很佩服导演在70岁的高龄做这么一个实验。这算是个人的选择吧,我们只能是敬佩那些投资人和导演。从市场的角度来说,它的决策、它的档期安排,包括它的营销,我觉得都有可以商榷的地方。

江耀进 (《中国广播影视》主编) 在我看来,《黄金时代》的营销里面有一个悖论。汤唯是一个商业化气息很浓的女演员,但电影营销却把艺术与商业混在一块,因此在策略上面就会产生一种悖论。如果你把《黄金时代》按照文艺片来宣传,那么宣传肯定不能把汤唯作为一个卖点或票房吸引力。金慧妍刚才又说影片的文本性比较强,作者性比较强,所以让王安忆、陈丹青这些比较高雅的文人来谈,他们都是属于艺术类的。于是,这个矛盾就在这。从本质上说这是一个女作家跟几个男人的故事,许鞍华想做艺术电影,又想把汤唯放进去,这就是一个矛盾。选择萧红当然跟许鞍华的偏爱有关,在近代作家当中,可能萧红更有魅力,不仅在艺术上她有魅力,生活上她又反抗家庭,又有与男人的情感纠葛。然而,按照现在观影年轻人的观念,他们对萧红的了解应该不太熟悉。综合来看,这些艺术气息与商业气息的混杂所带来的一些悖论,使得《黄金时代》成为一个矛盾体,可能两边都难讨好。

另外,我觉得《黄金时代》不应该考虑商业性,实际上这个片子是既先锋又很人性化的片子,作为艺术片,不要期待它有商业片的收入。我们现在最大的问题全部是商业,把艺术也弄在商业里面。

戴 清 (中国传媒大学教授) 《黄金时代》这部影片,我认为存在三个错位。首先,总体而言,文化下滑和文艺乱象似乎成为当代艺术作品中的一个表征。而品质和票房没关系,不光是电影,很多其他艺术作品在当下市场的遭遇,好像越来越见证这么一个趋势，从这个角度来讲，我觉得《黄金时代》还是有文艺史的架构的。影片实际上还是市场定位的问题，到底是面向哪些观众？尤其是萧红这个人物并不为观众所熟悉，可能形成在审美期待上的缺失，这是在接受影片时候的一个错位。第二个错位是在创作方式上。《黄金时代》是比较考验普通观众的接受审美方式的，就当下的电影创作而言，主要是现实主义和一些浪漫主义的色彩。但这个影片却具有一定的先锋性、实验性，它的间离疏离，以及对历史带有罗生门式的拷问，相对而言，都超出普通观众的审美心理图式。第三个错位，我认为是其艺术风格。普通观众能够接受的艺术风格可能有限，比如说抒情有限，叙述为主。但《黄金时代》的意境情调在很多方面挤压了叙事空间，这也是影片作为艺术电影的一个硬伤。

而造成这样错位的原因是什么？在我看来是迷失，带着一种深情的追缅迷失在萧红之谜中，她的生活与她的身世，萧红本身是多彩的，同时具有一定的迷惑性。当然，我能理解创作者这样的做法，毕竟萧红作为一个身处大时代却独立散发光芒的生命个体，是具有跨越时空的魅力，许鞍华导演选择她并在萧红身上赋予她所有的艺术观、人生观和价值观，通过影片也能让观众有所触动。

宋法刚　（山东艺术学院副教授、北京大学艺术学院博士后）　我认为，主创团队对萧红有一种崇拜，这种感觉直接会影响对影片各方面的判断和把握。崇拜的情感，不光是拍名人遇到的问题，拍传记片、政治片、文艺片，拍摄的时候都会有这种真的、假的崇拜问题。相比较而言，我觉得霍建起的处理相当有距离感，并没有那么重的崇拜心理。当然，在面对萧红的时候，创作者的感情比较深，对民国了解得比较深入，是不太可能避免这种强烈的主观情感的。

另外，关于《黄金时代》的片名是比较奇怪的，首先它很容易跟很多小说混淆在一块了，比如王小波的作品。其次，"黄金时代"这个概念在萧红本身的阐述里就存在一个反讽的意味，很少有电影会采用这样的命名策略，它本身的语境无论之于萧红本人的命运，之于当下电影创作者的命运，都是比较复杂的。

《黄金时代》剧照

刘 强 （山东艺术学院副教授、北京大学艺术学院访问学者） 用弗洛伊德的精神分析学来解读萧红，我们能够找到一种认识图形。弗洛伊德关于人的发展理性有两个重要的观点，一个强调事物本能在整个人的性格形成当中重要的作用，另外一个强调婴儿时期的发展经验对人格的形成也是起到很重要的作用的。影片中，萧红的嘴是不停咀嚼的，要么不停地吃东西，要么不停地抽烟，这暗示她存在过分依赖和总希望获得照顾的潜意识心理。而影片里我们看到萧红对于萧军和端木的感情，能感受到她依然生活在父权的阴影。萧红这一生都是在颠沛流离，或者是流离失所，或者说就是大起大落的极富传奇性中度过的。她经历了逃婚、私奔、怀孕、被弃，满身的流言和蜚语，再一个就是饥寒交迫，包括最后看到战争、逃难、病入膏肓、早逝等。那么好像人生中所有的苦难她都经历过了，所以她的一生其实就是苦难的一生，要么就是生理，要么就是情感。从这个理论出发，我们也不难理解为什么在影片里面大家会觉得萧红和鲁迅的情感给人的感觉很暧昧，而且在萧红病重期的时候好像有一

《黄金时代》剧照

段回光返照的回忆,她在鲁迅前面,展示她新穿的裙子。由此,考虑到她整个人生经历,诸多因素造成她在精神层面的一种饥饿感,尤其是存在对于感情的一种依附感。而纵观萧红的一生,我们可以认为她始终面临被抛弃的环境,被未婚夫抛弃,被萧军抛弃,乃至被整个时代抛弃,于是也就造就了她选择抛弃下一代的方式。

萧红作为一个女性角色,她延续了李樯创作叙述的主题,往往给人感觉是理想主义者,是一种不甘平庸不愿随波逐流,又渴望到高处,心灵渴望到高处,但是身体却停留在原处的一种女性形象。我觉得李樯想借这样的女性塑造表达了一种理想主义者的态度,不被现实所束缚,应该忠实自己的内心,追求自由。

陈旭光 （北京大学艺术学院副院长、教授）　关于电影的片名,我有点不大同意宋法刚和刘藩的看法,我认为许鞍华之所以为这部电影取名《黄金时代》,她其实是把民国那个时代跟我们这个时代做了一个意味深长的一个对比，这就是它的意义。这是导演对自由、个性理想的想象，与历史的对话，另外，作为一位女性导演，影片也寄寓了对女性身份、命运的思考。

  这部电影的关键问题也许在于像几位老师分析的那样，定位的确不是太准，而且游移不定。既然许鞍华导演有这样的理想、这样的情怀，作为大众艺术还是应该进行一种转化。这是一部把一种文化转化成另一种作为大众文化的一个电影。那么这里面你还是要考虑影片的故事性，叙述的节奏也要快一点，电影的结构也不要太陌生化，要让更多的人能够看到它，能够接受它，不一定非要像一个文学博士、文学硕士研究过萧红之后才能接受。应该让普通观众不用了解掌握那么多史实，不一定看那么多萧红的小说，也有关注的兴趣。你要能够让大家都读懂萧红，哪怕故事性强一点，某一些故事再稍微集中一点，不要有那么多分段、分角色的"旁知"的叙述。如果萧红的故事按另外一个导演拍的话，完全可以拍成一个女人跟三个男人的故事（当然那是庸俗化了）。我更想说的是，有无可能在高雅、小众与大众、商品化两者之间取其中？既拍得比较好看，也有一定的品格，又适当控制成本，不要期待商业化的盈利。如果这样拍，可能艺术上品质是会淡了一点，但是受众面会增加，知道萧红的人会更多，在票房上也不会那么差，这就可能会双赢。这样的一种理想的期待会不会是以后咱们拍艺术电影的一种路子？这是我的一种"折中主义"立场。

陈　华　（北京大学艺术学院访问学者）　陈老师刚才说到女性导演，我觉得作为一个女导演的话，跟其他女导演相比，许鞍华导演的性别立场是比较温和的，包括性别意识是很含蓄的。其实，对于一部分人来说，他们是知道萧红的，大家多多少少会了解，所以走进影院。但是看完之后反而不喜欢萧红，有很多东西反而让人们很不舒服。反观她早期的作品，包括《女人四十》《姨妈的后现代生活》，有人说过一段比较极端的话就是比较反女性，可能说得有失偏颇，我也认为是跟她的人生经历有关系，抑或是进入商业以后有所考量？为什么她的电影会有局限性？为什么是她拍？因为我们也知道许鞍华导演好像没有结婚，她却拍了一个情感生活、人生都很丰富的一个女性，这样的差异让我们都觉得很有意思。

祖纪妍　　（北京大学艺术学院硕士研究生）　《黄金时代》这部影片会被我归为无感的电影序列中，我不会轻易地向人推荐。之所以说它无感，是因为虽然这三个小时的观影让我不觉得痛苦，但我也不会认为一般观众会享受这样的观影经验。从个人角度而言，我不知道主创最初是想如何界定萧红个体传记与"黄金时代"大背景刻画的关系，但观影感受让我觉得对萧红的刻画是不太理想的，尽管影片有关她身处时代中的剪影刻画是非常成功的，然而问题就在于后者在其宣传过程中几乎很少被提及。如果我们仅把萧红的形象作为时代切片的一部分，她的个体选择确实可以与鲁迅、萧军甚至丁玲的历史性个人选择形成互文。如果从这个角度进行宣传，也许会有更多观众愿意接受这种叙事方式，愿意走进影院。

唐　宏　　（北京大学艺术学院访问学者）　我觉得许鞍华的《黄金时代》跟霍建起拍的《萧红》相比，是放大了萧红命运的漂泊感，里面出现了很多萧红从一个地方到另一个地方的镜头，她那种孤独的漂泊感传递得十分明确。比如萧红在上船的时候摔倒了，大着肚子四脚朝天，作为一个女性我觉得很凄凉，很孤独。或许，萧红这个人物在这方面跟许鞍华的个人经历，跟她整个的人生相似的身份是有关系的，导演在10年前就有这样一个思考想拍萧红，不仅仅是为了她的人生理想，也有对个人命运、对个人价值观的一些投射在里面。

刘胜眉　　（北京大学艺术学院博士研究生）　我认为这部电影的营销宣发没有任何问题，做得极其成功，所有接收到这个信息的人应该是都进了电影院，问题在于进了电影院之后发生了什么？我本人以及对这个片子充满期待的人，出来以后大概都不会推荐周围人去看《黄金时代》。这并不是因为影片不好，而是我推荐给更多的人看她们未必会喜欢，未必会接受。在我看来，《黄金时代》针对的是文艺青年里面资深的文艺青年的一部分，能够接受影片的观众群大概占总体的三分之一或四分之一。所以，对于当下这个二级传播者，如果用传播学的理论来说，对于当下有网络，有这么多的互动，有这么多的口碑的舆论环境来说，这些身为文艺青年的二级传播者应该承担起其重要的作用，这些二级传播者进了电影院不是加分，而是减分。另外，这个片子是营销极其成功，但票房极其不成功,营销度和票房收获度具有如此高的区分度,也是一个有趣的案例。

张隽隽 （北京大学艺术学院博士研究生） 《黄金时代》的拍摄方式无疑是具有实验性和探索性的,不少精心设计的拍摄手法让人耳目一新。比如,演员在出演角色的时候,会中断下来,对着摄像头说话。这样类似于现场采访的方式,打碎了电影情节营造的封闭世界,制造出了一种布莱希特所说的"间离"效果,让观众和剧中人物有了交流对话的可能,而历史的沧桑感,也就在这样的跨越时空的对话中,供人感知和体味。这样的手法和关锦鹏的《阮玲玉》有些相像,但还是有所不同,尤其是就其目的来说,表达的是不同的东西。

另一方面,支离破碎的时间线索,恰似我们对一个逝去的人物的回忆一般,总是片段的、主观的、凌乱的,但又是有温度的。每一个与萧红相关的人物说起萧红来,总是诉说自己印象最为深刻的部分。而萧红这个人物,也就在一遍遍的诉说中,逐渐完整、逐渐丰满,但是还留下了大段的空白、大量的未知之谜,同时,也让观众形成了对萧红千差万别的印象。

所有这些被刘藩老师称为"反类型"的方式,在类型片中当然是大忌,但艺术片的刻意使用,反而会造成与类型片截然相反的陌生化审美效果。但是,这部电影也有明显的不足,那就是形散神也散。萧红的一生,是在由与她有过交集的人们的回忆中呈现的,每一段回忆就构成了一个相对独立的片段。这些片段的布景、光线、色彩、音乐、台词、念白、化妆,无一不美,但放在一起的时候,由于上面说的那些手段一再重复使用,而缺少了一种内在连贯、起伏的韵律,没能拼成一座完整的七宝楼台,这是十分让人遗憾的。

活动现场

（李雨谦、张甄根据速记整理）

第二讲

作者风格、形式美学与时代症候

——争鸣《刺客聂隐娘》

主讲人　祖纪妍　李雨谏　周圣葳
主持人　陈旭光
嘉　宾　顾春芳　陈　均　宋法刚

编者按

近来,我国电影票房市场突飞猛进,2015年仅仅过去了一半,全国票房总收入就已经超过了300亿元人民币,比2014年全年的票房总额还要多。在这种"井喷式"的"繁荣"现象中,票房的多少似乎逐渐成为了评判一部电影好坏的唯一量尺;"烂片"由于高票房而渐渐地不被人批判,好的艺术电影却因为票房的惨淡而备受指责。在这种现象式的电影环境中,构建起一种全面而客观的电影评判体系显得迫在眉睫。针对侯孝贤近期一部饱受热议的电影《刺客聂隐娘》,一场关于电影评价标准的大讨论成为本期沙龙的话题焦点。

北京大学艺术学院副院长陈旭光教授致开场词。他谈到为什么以"争鸣《刺客聂隐娘》"作为本次沙龙的主题,表示"希望在探讨《刺客聂隐娘》的过程中一定要有争鸣,这就意味着不仅仅要从影片'内部'解释这部电影为什么好,还应该更远更深地从"外部"探求这样一部非常独特的电影在当下文化生态中的地位和价值"。

活动海报

一、《刺客聂隐娘》的时代症候

祖纪妍　　（北京大学艺术学院硕士研究生、话剧导演）　　我们从聂隐娘的主题内涵和文本外延进行讨论。所谓《刺客聂隐娘》的时代症候，我们可以依据福柯一句著名的话——"重要的不是话语（历史）讲述的时代，而是讲述话语（历史）的时代"作为我们的方法论。我们探讨聂隐娘的时代，基本上可以从两个角度思考这个问题，第一个层面是历史叙述的时代，针对聂隐娘来说，我们需要讨论聂隐娘到底为什么没有杀田季安，从第二个角度就是讲述历史的时代，那就是说到底应该不应该推荐这部电影，就像陈老师提到的，观众与非观众的问题。

　　为了更深入地进入到这两个问题的讨论，我想先用一个字概括侯孝贤导演的整个创作历程，大概就是"儒"，"儒家"的"儒"字。第一点就是儒者始于生活，侯孝贤的出身就是台湾问题少年电影的缩写，他父母早亡，从小就浪迹街头，与社会少年一起度日。侯孝贤在接受采访的时候曾经多次表示，如果不是电影，如果不是他热爱电影，那他早就成为了一个流氓。所以这段少年轻狂的往事对他的早期电影有非常重要的影响，也是他早期电影的主要素材，包括《童年往事》《恋恋风尘》等作品都是他亲身经历的影子。因此关注小人物的生活、凝视社会边缘的生命，就成为侯孝贤电影一以贯之的精神母题，这一点从《刺客聂隐娘》电影的选材中就可以看出来，在一个恢宏的历史叙事中他选取了一个并不是非常知名的女侠客作为影片的主角，而且是生于朝堂之上，却最后隐匿于风尘之中的一个女子，就这种人物的边缘性基本上可

《刺客聂隐娘》剧照

以纳入侯孝贤一以贯之的叙事结构中来探讨。

第二点就是儒教反思家国。侯孝贤少年时候生活非常的不易，坎坷的生活点滴使他的电影总带着残酷的影子，但是他又有浓浓的诗人气质，所以在他的镜头感中，含蓄的公众与委婉的主观性两种风格叠加在一起的时候，使侯孝贤的电影呈现出新一代台湾电影人寻根的同时，也包含着艺术价值和相当的史料价值。大家想必都看过《童年往事》，如果说其中念念不忘大陆的老祖母，说明侯孝贤还在描绘父辈走出孤岛时候的离丧感，那到了《悲情城市》《好男好女》《戏梦人生》的台湾三部曲时期，侯孝贤已经可以成熟地把个体生命的青春体验上升为整个民族历史的叛逆期，风格上也更加的凝练厚重，所以我们对《刺客聂隐娘》的历史认知也不应该局限于它是制革精巧的武侠故事，而应该把它归为一个关于侠义到精神历史书写的层面上来探讨。

第三点就是儒学诠释哲学，无论是个人青春的怀旧反思、乡土中国在城市进军下的没落，还是说民族历史在过去与未来之间的选择，侯孝贤所有的电影母题都是统一在视觉风格下，带有明显写实意味的长镜头。关于电影语言，我只是提出几个明显的特点，他的长镜头其实不同于传统的巴赞提出长镜头的观念，因为他更着重于固定镜头内部的场面调度，凸显的是东方的时间与空间的观念，而且全景镜头和空镜头的同时使用使他的电影自然地带有东方水墨画留白的逸韵。所以在这个框架下去理解聂隐娘为什么不杀田季安，其实也就是在"儒"字的框架下理解侯孝贤作为台湾导演代表的家国性。从这点上来说，我要提出李道新教授非常有名的论断，就是说大陆导演的家国性是"以国为家"，香港导演的家国性是"无国无家"，台湾导演的家国性是"以家为国"。聂隐娘不杀田季安的所有理由都可以被纳入在一个"以家为国"的历史叙述当中。

在我看来，就"以家为国"本身，其实对聂隐娘来说是一种误读，使得聂隐娘一生注定孤独。所以我认为这个电影大概是从三个角度描绘这一个女人的一生，首先它只是一个孤独女人的生活片断；其次讲述的是不被接纳的故事；第三个描写的是决意出走之前的阵痛。最后通过聂隐娘自己的努力，在这一趟下山的寻根之旅中完成了从"情"到"孝"、从"孝"到"忠"的三个情缘的了断。

目前，关于这部影片，评论界大概一共可以分为以下三种观点，第一种就是"大师神作论"，基本上是一个全然的褒奖之意，溢美之词已经无法言表。第二种观点是"不明觉厉论"，基本上持有这种观点的人都是一些比较有勇气的知名文化人，一方面要敢于承认自己根本看不懂，另一方面又要显得自己很厉害，一定也要承认这部影片也很厉害。第三种评论是无力欣赏论，很多网友在看完这部电影之后都默默地开启了吐槽模式，而且吐槽的力度相当的惊人，让大家感叹高手在民间。

面对这么多两极分化十分严重的评价和电影的糟糕市场表现，我觉得问题出现在创作和评论的失衡上。我认为现在的电影在生产和创作的互动当中，如果能把合适的观众引导到合适的电影面前，其实也是需要一个客观的评价标准，这就不是简单的中国电影可以分级的问题，而更倾向于是一种文化和艺术上的分级评分的标准，但显然现在 IMDB 也好，豆瓣也好，包括时光网上的打分都不足以满足观众对这个的需求，这个标准要相对同时期的电影，要打破很多艺术本体上的技术和藩篱，要在细节上放开手脚才能够实现。

最后说为什么我一定要推荐《刺客聂隐娘》，理由不在于这部电影，而在于我个人。我认为作为当下年轻的、具有一定电影专业知识的电影学学生，我们应该承担起一种中国电影发展的纪律监察委员会的职责，因为电影的发展必须经历艺术发展的规律，就是艺术创作与艺术理论的双向活动，好的理论催生好的创作，好的创作为好的理论提供材料。中国电影之所以有票房无电影，有市场无艺术的演员，就是因为理论与实践没有共治，没有优质共生，但是如何搭建这种互动，其实应该是从电影评论作为技巧产生的。这类电影人关注电影本体，通晓电影理论，熟知电影创作，且不拿红包。

二、克制与唯美——侯孝贤的"作者"风格

李雨谦　　（北京大学艺术学院博士研究生）　　侯孝贤导演的作者风格，主要集中的两个点一个就是叙事上的克制，还有一个在画面构成上是比较唯美的，最后我想提出对侯孝贤电影的质疑：他的作品是写实主义还是算得上唯美主义？

我先介绍几个研究侯孝贤作者风格的新方向，李迅老师是在《形式和意义》当中提到侯孝贤在用光方面是一个对立色光以及大反差光；裴亚丽的文章提到侯孝贤抒情的本体问题；陈旭光老师在谈《长镜头的"似"与"非"》时是拿贾樟柯跟侯孝贤的电影进行比较的，他提到侯孝贤画面中的美感问题，画面构成的美感问题。

"风格"是一个近代美学带来的产物，中国古典美学并不存在这个词。美国学者波德维尔有一篇文章叫作《风格的功能》，他研究 1920 年到 1930 年日本电影中的装饰性的功能，并对风格做了三种区分——承担故事信息流动、揭示主题意义、传递表现性。在此基础上，他认为还有一种风格是装饰性风格，这也是我看侯孝贤作者风格所参考的术语。作为小津追随者、继承者的侯孝贤，情感、克制、体味的观影系统（区别于欲望、聚焦、窥视），在画面中，将肉眼可视之物如演员、动作、场景等渐渐悬于视点之外，心眼可感之物如情

绪、感情等渐渐推到视点之中，形成东方式沉静、舒缓的观影体验。

就《刺客聂隐娘》来说，叙事克制与画面唯美是他作者风格的最为突出的体现。一般来说，克制是回收、压抑能量，唯美是释放能量，装饰和讲究。叙事克制有几种处理，一是通过最大限度减少镜头、摄影机本身的运动，让画面中的情感不断推出来；二是文言文台词与人物表演的静止；三是在景别上制造距离感。这些处理大部分都是侯孝贤导演一以贯之的风格化做法。

我主要想讲述的是画面中的唯美与修饰。导演对画面构成的形式感，尤其是空间透视关系是非常讲究的，这个讲究就意味着他一定是人为修饰的，人为修成的做法要么是用光，要么是用玻璃，要么是用门框，总之他会让这个画面透视感特别好，这个我认为是美感。比如在《悲情城市》《千禧曼波》等影片里，只要出现景深镜头，如房间、走廊、医院、街巷等，侯孝贤的做法是借助光影或者物件来获得具有明暗层次的画面感，而不是去维持画面本身的"颓败感"与原初环境。我认为侯孝贤的唯美是来自他自己的心里，来自记忆，来自情感。与杨德昌、蔡明亮、贾樟柯相比，同样是对日常现实的捕捉，追求现实质感、日常性的处理，他们更注重丑陋感，这个丑陋感一定意义上其实是最为接近于日常观看的常态。需要说明的是，如果我们去观看古典主义绘画，就能大致感觉侯孝贤电影的唯美是古典式的，有清透明亮的感觉。

在《刺客聂隐娘》里，恰恰聂隐娘把侯孝贤心中的这个唯美给无限放大了，他找到了非常能够准确表达他内心唯美的一种题材或者是类型。作为古装题材的《刺客聂隐娘》，在场景、物料质感等美术方面的讲究，放大着这种画面构成中的唯美成分。影片里的室内戏，人为修饰的光无处不在，考究的服饰装束、烛火纱帘的色彩搭配已然十分精致，更不用说每个室外戏对于景深、形式元素的热烈索求，白桦林、晨霭孤岛、荒林野郊、阡陌乡间，甚至是师傅立于山头的云起云散，统统都可以当成壁纸和屏保。

由此，这部影片异常突出地展示了侯孝贤电影的美学冲突：克制不忘唯美。克制使得情感处于几近缓慢而又循循流动之中，唯美使得视觉处于恋念忘返而又舒适出神之中。这两种本不相干的美学能量——叙事上的克制与画面中的唯美，却在侯孝贤的影像追求中并存，相互转化。在我看来，如果用西方理论来评述这样的风格，最近似的术语便是上面提到的"装饰性风格"。

《刺客聂隐娘》剧照

最后，我想谈谈对功夫、武侠影片的评价体系问题。基本上，我们会发现，几乎没有西方电影理论体系来评价这个片子。如果我们承认影像上有东方美学，那么理论体系上是不是也能够有东方体系？如果说我们一定是按照西方电影理论体系中的类型电影来评价，我们的武侠电影就一定会面临固定的人物、固定的情节模式、固定的动作设计、大众的无意识神话等。但是对于蒙太奇叙事等这些电影语言，西方理论是失语的，目前最权威便是波德维尔对胡金铨电影的"惊鸿一瞥"和"风暴性剪辑"。那么，面对像《一代宗师》《刺客聂隐娘》等这类具有强烈作者风格的作品，我们应该建立一个"东方"理论体系来讨论，出于自身文化系统，而不是站在西方视角中读解。

《刺客聂隐娘》剧照

三、形式与情感：《刺客聂隐娘》拉片式分析

周圣崴　　（北京大学艺术学院硕士研究生）　从专业角度出发对《刺客聂隐娘》全片进行了一次带有理论与专业深度的拉片式讲解。

《刺客聂隐娘》很多人说看不懂，我个人觉得有两个原因，第一个原因是他讲了一个很简单的故事，但是用很复杂的叙事语言。第二个原因是他叙事过程当中大量采用省略，这个好像是侯孝贤一直以来的形式和风格达到一个极致的效果，基本上他的人物登场没有任何的铺垫。

《刺客聂隐娘》的故事可以简单概括一下，分两条线。第一个是关于聂隐娘这条线，第二条线就是周韵扮演的主母角色和张震扮演的主公角色，他们在权利、政治包括情感等方面表现出一种僵持，又想突破僵持，但最后又回到僵持的辅线。这个故事分两条线穿插进行，聂隐娘这条线是一条明线，主公和主母的线是暗线。聂隐娘刺客是一个外因，这个外因进入到辅线的时候，对辅线产生波澜，其他的人怎么应对刺客聂隐娘的出现，最后再回归到开头的僵持。影片最后张震的镜头是怎么收尾的，是一副百无聊赖的样子。这个镜头和这个形式感，包括张震的表演，也就是告诉大家，又回到影片开始僵持的局面。

其实从整体宏观的形式上来看，影片是从黑白到彩色的。黑白是从聂隐娘看到小孩不忍心杀，回来跟师傅说不忍心，师傅说先断其所爱再杀之，然后《刺客聂隐娘》标题出来了，变成彩色了。这个其实是聂隐娘人物个性互换的转变。在一开始，她没有经历友情、爱情、亲情，就是在封闭的环境里成长为一个杀手。所以这个人物的核心并不是要杀人，只是借杀人为引子，而在这个过程当中去重新体验一遍她各种各样的曾经丧失的情感，重走情感路，从黑白到彩色就呼应整个从所谓的绝情到又重回到温情，最后离开。

影片的影像空间，我认为大体上是两个，一个是山上的空间，她和她师傅的空间；一个是她的社会空间，重新体验情感。山上空间总体的感觉是决绝，而且是刻意体现精神封闭的一种孤独感，山下空间是世俗的。

在表现山下空间时，导演展现的是一个盛唐时期的上层家庭背景，用各种各样的生活的细节，充斥整个画面，有光有道具。后景会有一个人一直在挑那个帘子，使得整个画面层次丰富。这个细节会让你觉得这是生活的画面，还有一种日常生活的琐碎感，而这种琐碎感不停地延长。此外，还有一个镜头，当聂隐娘回家的时候，如何表现她的不适应性？这种不适应感就是通过拉长日常生活的琐碎片断，这些琐碎的片断看起来是毫无意义的，但实际上意义正在于此，导演要塑造山下日常世俗空间的世俗感，让大家觉得聂隐娘与世俗空间是背道而驰的，是融入不进来这个空间的。所以画面中，妇女一直在倒水，倒了很多桶，然后往水里撒花，撒了各种中药什么的。这就是好的导演会用很多不同的手段去塑造一种整体的东西，会做得很隐蔽。

"青鸾舞镜"这个影片中的重要意象，是指的两个人物之间的关系，原指公主与师傅这对孪生双胞胎，其实还指涉聂隐娘跟主母这对关系。第一次出现是在聂隐娘回家之后，她开始回忆之前的公主教她弹琴，公主一边弹说出了"青鸾舞镜"这个典故。对于周韵饰演的主母来说，导演的处理是很见功力的，重点表现在处理主母这个人物的丰富情感。影片中，她是一个被时代、被社会裹挟进去的女人，但她也有自己的日常情感，她两次向主公表达了对"黑衣女子"的关注。这表明，主母对丈夫是有感情的，就从这两句话里就可以看出。作为女人是要寻求保护，就像女人不会单纯地说我需要你，而是通过旁敲侧击说明我需要有人陪我。而在表现她与主公的关系时，影片是通过这样的画面来塑造的：张震背向画面，而周韵迎向画面，视线是交错的。通过镜子，在主公还没出现的时候，镜子是在画面的左面，随着镜头往左摇，使这面镜子成为他们的隔阂，这个画面有一种隔阂感。第二个隔阂感是一个对话，主公知道主母用各种的阴谋暗杀，主母也知道丈夫了然自己的杀手身份，但为了维护表面婚姻的完整（这个婚姻的完整意味着权力的稳定），所以他们两个都不明说。主公的对话都是对着蒋奴说的，其实都是说给主母听的，意思就是说不要再重新设埋伏。而主母问黑衣女子的事情，主公答道，"你耳目灵通"。而周韵的表演是假笑，强忍住自己的心虚，又忍住不愿意放弃自己的尊严。这段对话表述出周韵这个人物的绝望感。

最后总结一下导演对聂隐娘的刻画。有一个细节可以注意一下，聂隐娘第一次来到这个村庄时不与任何人说话，所有人的衣服都是彩色的，就她是黑色的。最后她又回到这个村庄坐下跟老者谈，老者跟聂隐娘说："这个姑娘讲信用回来了。"这段简短的对话表现聂隐娘的性格发生了转变，就是因为她经历了这些事情，情感得到释然、释放。侯孝贤导演就是用这样简单的方式来击穿各种各样压抑情感喷发的东西。

四、争鸣：传统美学精神的转化及其丰富多样性

顾春芳 （北京大学艺术学院教授） 我想主要针对《刺客聂隐娘》和我之前写的一篇文章，先向在场的嘉宾们抛出一系列的问题，把争议《刺客聂隐娘》的话题引向学术纵深和理论高度：侯孝贤的电影西方人真的看得懂吗？中国又有多少人能真的看明白？那些影评机构的评分是如何打出来的？又比如侯孝贤的根本性诉求是什么？《刺客聂隐娘》究竟是不是武侠电影？我认为李雨谏博士提出的问题很有当下意义，那就是我们需要什么样的电影理论？需要北大人进行怎样的电影理论探讨？我认为我们应该将《刺客聂隐娘》这部电影放在中国美学理论和中国电影理论的背景或体系中来进行评判。

拓　璐 （北京大学艺术学院博士后） 我想从编剧的角度谈谈，我认为聂隐娘的故事选得并不好。国内一些其他的有关刺客文化的类型，比如张艺谋的《英雄》、周晓文的《秦颂》，以及陈凯歌的《荆轲刺秦王》，在改编自故事原型的过程中都比较有创新，能适应时代症候，能吸引观众。再比方说，《唐传奇》中的聂隐娘原型是很精彩的，但是在新武侠或者一个新的文化背景下，导演侯孝贤并没有提供一个新的刺客文化，没有开拓出新的让人想象的刺客空间。

陈　均 （北京大学艺术学院副教授） 前三位发言者的论述是非常精彩的。那么，我想要提出一个问题，那就是大部分时间里我们可能还是局限在侯孝贤的世界里谈论侯孝贤，在竭尽全力地阐释侯孝贤，注释侯孝贤，而没有跳出侯孝贤，从别的或者更高的视野来观照侯孝贤与他的作品。

马故渊 （北京大学艺术学院硕士研究生） 我认为导演侯孝贤对于日常生活的细节所做的表现似乎"太过"，对此我想向第三位发言者周圣崴提出两个观点，第一是我认为《刺客聂隐娘》段落感不明显，第二是形式感过于明显。

周圣崴 我认为好的电影不一定要段落感非常的明显，而是它的形式风格与它要表达的内容是否紧密结合在一起。

《刺客聂隐娘》剧照

宋法刚 （山东艺术学院副教授、北京大学艺术学院博士后）　我想将《英雄》《道士下山》与《刺客聂隐娘》进行一个平行的对比分析。首先，《英雄》和《刺客聂隐娘》有一个很大的不同，这个不同在于"被刺"对象的不同，一个是刺杀中央集权的领袖人物，一个是刺杀一名官员，它们所表达的东西是相反的。其次，我想将《道士下山》中的"道士下山"与《刺客聂隐娘》中的"道姑下山"进行在宗教、文化学上的比较，我认为"道士下山"最终是完成名利，并且它还有个特殊的地方是最后佛家文化拯救道家和儒家的价值取向；但是《刺客聂隐娘》中的"道姑下山"则是通过"孝"和"忠"的回归，是一种还俗，它其实是儒家的伦理价值取向。

陈旭光 （北京大学艺术学院副院长、教授） 我认为,《刺客聂隐娘》表达了一种"刺客不刺""无客可刺"的时代文化隐喻,是武侠文化或刺客文化的一个进步,但同时从某种角度上来说也象征着侠义之气、一诺千金那样的侠士之风的逐渐消散。那么,在从电影内部进行分析的同时,我们应该将视角放在更高的层面上对《刺客聂隐娘》进行全面的分析,而不是做导演侯孝贤的论证者和揣摩者。

《刺客聂隐娘》这样的电影涉及一个非常重大的文化传承与创新的问题,也就是传统文化、传统美学精神如何在今天通过影像的方式进行传承与转化的问题;《刺客聂隐娘》是在当下商业气息浓厚的氛围中以高度作者化、风格化的方式进行的。画面极为细腻,意境颇为深远高古,对话精简,情节高度浓缩,表现极为含蓄,意味格外的清新隽永,体现了中国古典美学精神之一种,这是一种文人化了的书卷气很浓、很中国化的文人情怀、历史伦理观和诗意雅兴。

同时,中国传统文化内涵博大精深,风格表现亦颇为多元丰富。例如,艺术美就不仅有错彩镂金的美,也有清水出芙蓉的美,既有文人画式的飘逸清高、抒情写意,也有民间年画的色彩浓艳、工笔写实。不同美学形态的传统文化或传统美学、艺术精神,在今日中国电影中的转换和呈现也各有不同。因此,传统的现代转换应该不仅仅止于侯氏风格,比如说王家卫式将传统的写意抒情美学进行了动态影像的转化,其电影镜头画面动感十足、灯红酒绿、眼花缭乱,甚至是一种不无扭曲和夸张变形的影像狂欢,但我们还是能够感觉到一种抒情的风格化、写意化的美学表现。

显然,侯孝贤对传统写意性的意境美学精神的转化是比较"原汁原味"的,甚至是一定程度上形神俱佳的。但这样的原汁原味在今天却陷入"小众化"的票房窘境。这是值得我们思考和继续深入关注研讨的。

除了上述嘉宾的回应,现场参与讨论的博士研究生都性希等其他同学纷纷对电影以及主讲人的报告主体进行讨论,并对于电影中的中国文化与中国性进行一定程度的深入探讨。

(李黎明根据速记整理)

第三讲

想象力的挑战与中国奇幻类电影的探索

——对话《九层妖塔》

主讲人　陆川
主持人　陈旭光
嘉　宾　尹　鸿　张颐武　赵卫防　张智华　索亚斌
　　　　李　迅　皇甫宜川　王旭东　张　昭　刘　藩
　　　　王　纯　毕志飞

美学争鸣　　想象力的挑战与中国奇幻类电影的探索　　53

编者按

2015年11月1日，北京大学影视戏剧研究中心在北京大学英杰国际交流中心开展了"电影《九层妖塔》暨中国奇幻类电影的探索与前景"学术研讨会。这也是北京大学"批评家周末"文艺沙龙的第十七次学术沙龙活动。

此次研讨会由北京大学艺术学院副院长、北京大学影视戏剧研究中心主任陈旭光教授主持，电影《九层妖塔》导演陆川做主要发言，清华大学新闻与传播学院常务副院长尹鸿教授，北京大学中文系张颐武教授，北京大学艺术学院陈宇副教授，中国艺术研究院影视所副所长赵卫防研究员，北京师范大学艺术与传媒学院张智华教授，中国传媒大学影视戏剧学院索亚斌副教授，中国电影资料馆李迅研究员，《当代电影》杂志主编皇甫宜川研究员，影片策划、影评人王旭东，《九层妖塔》出品人乐视影业总裁张昭，中国艺术研究院文化战略研究中心刘藩副研究员，《电影艺术》编辑部主任王纯，青年导演毕志飞等嘉宾与艺术学院的一些硕士、博士研究生及博士后等参加了对话与研讨。

截至目前 2015年中国电影票房已超过360亿元，其中大体量、大制作、创造大票房的是奇幻、科幻类电影。电影《九层妖塔》融合了西方科幻与中国奇幻，在技术上和在网络文学改编的IF生产上都是目前主流大片的主要类型。因此，针对该影片，一次关于探索中国奇幻类电影的前景与发展的话题成为这次会议的聚焦点。

陈旭光教授代表北大影视戏剧研究中心聘请陆川导演为中心顾问

活动现场

活动现场

陈旭光与陆川

一、奇幻大片：创造虚拟世界观的规则

陆　川　（导演、编剧、制片人）　本片拍摄中历经了些许甘苦，个人也有创作上的"野心"和追求，但同时还是有所不足。《九层妖塔》目前来说还不是一部完成的作品，因为它还有第二部，甚至还有第三部，可能该片中所建构的庞大的世界观要在第三部完成的时候才能完全展现。在此，要对北京大学戏剧影视研究中心能举办此次研讨会表达真挚的感谢。

王旭东　（电影策划人、编剧、影评人）　首先，我先讲讲该片在创作过程中的一些经历。《九层妖塔》的电影剧本是对当代畅销网络小说《鬼吹灯》前八部的改编，并且在剧本前期创作的过程中遇到了很多难题，其中难度最大的就是如何将一部大体量的畅销小说转换成具有电影美学特性的叙事文本。我认为，第一，在风格上不能完全跟随原著小说的风格形式，应该在基于原著小说风格的基础上更多地改编成符合电影美学规律的风格样式；第二，在内容上不能完全照搬原著中的内容，《鬼吹灯》原著小说中的故事情节颇有些"少儿读物"的意思，更多呈现出的是"打怪"与"闯关"的故事套路，情节比较单一，如果要改编成电影，则需要"另起炉灶"，建构一个新的叙事体系。所以，在影片前期筹备的过程中，剧组曾专门邀请北京大学考古系老师进行交流，想要对故事中的有关考古的情节进行科学性的建构。最后，我想用一句话来形容该片在中国电

《九层妖塔》剧照

影中的地位与意义,"《九层妖塔》之于华语片就如《汉江怪物》之于韩语片",并且,我也非常赞同今日研讨会的主题"奇幻类电影的探索和前景"。

李 迅 (中国电影资料馆研究员) 我想先从类型电影研究的角度谈一谈《可可西里》《南京!南京!》等陆川导演过的一些经典影片。我认为,陆川是一位非常具有勇气与觉悟的电影导演,而这种勇气与觉悟在电影《九层妖塔》中体现得更加明显。我也曾在影片的创作过程中提出过许多建议,其中最主要的就是在影片中所建构的世界观的问题。我认为,《鬼吹灯》原著中所建构的地下与地上的两个世界分化对立的模式不足以构成一个真正意义上的世界观,无论是科幻故事、玄幻故事还是奇幻故事,它们的世界观的构成需要的是一个民族的哲学与历史背景的支撑,而电影《九层妖塔》就是力图以这种方式来建构起一个真正的奇幻世界观。此外,我对该影片的特效制作非常满意,我认为这是目前中国电影在特效上做得最好的一部,并提出中国要成为世界级的电影生产国,没有特效大片是肯定不行的。

《九层妖塔》剧照

张颐武　　（北京大学中文系教授）　　我想先从文学研究的专业角度向在场的嘉宾们介绍一下《鬼吹灯》原著小说与作者天下霸唱，然后再分析它们在民间的火热程度与粉丝效应。我认为，《鬼吹灯》与天下霸唱共同构成了一个"超级IP"，然而陆川导演的《九层妖塔》从很大程度上破坏了原著中的内容与架构，导致了原著粉丝对该片的愤怒与排斥，但是对于没有看过原著小说的观众而言，反而觉得很好。我想就此提出"架空式的高概念电影"生产与"网络文学超级IP的电影转换"理念。前者是指要建立一种与现实中或现存的世界观平行的、联系不大的架空式的文本中的世界观，这套世界观自成为一种原型世界观，有自己独立的体系与框架，这种创作模式的进行是直接创造一种新的概念，而不再是传统的从物质现实出发；后者指的是当下中国电影很多都是脱胎于网络文学作品，而在电影拍摄之前，这些网络文学作品就已经非常出名，拥有大量的粉丝，带有极高的社会影响力与经济价值，形成了一种"超级IP"，而从文学文本到电影影像，它们之间共享着同一个 IP，并产生了一种不同类别文本的转换，这种转换则是我们要关注的方向。我认为，中国电影应该具有"架空世界观"的能力与"IP 生产"的娴熟度，而《九层妖塔》很好地体现了这一能力，但是在"IP 转换"方面还存在问题。同时，我想针对"奇幻类电影"提出一种类型，即"幻类型电影"，我认为电影往后发展可能会融合"奇幻""魔幻""科幻""玄幻"多种类型，而形成一种"幻类型"。

张智华　　（北京师范大学艺术与传媒学院教授）　　我的发言题目是"论中国奇幻电影的发展路径"，主要分为以下三个部分。第一，"奇幻""魔幻"与"科幻"三种电影类型之间的关系。我认为，中国的奇幻电影与魔幻电影比较接近，但与科幻电影区别还是比较明显的。首先，我想阐释一下这三种类型所具有的共同点，那就是想象力丰富，创造力强，不受时间、空间限制，自由自在，多用特技、变形、虚幻镜头。而奇幻电影与科幻电影的不同点就是，科幻电影是科技的高度发展与电影相结合的产物，要求有一定的科学依据；而奇幻电影相较而言自由一些，一般由一系列的片段和结构主题组建而成。第二，中国奇幻电影的得与失。我认为，中国的奇幻电影创造出了五彩缤纷、千变万化的奇幻世界，使观众神思飞跃、异想天开，比如人与鬼怪交流相互帮助，人在鬼怪世界中的交流表现了现实世界里面所无法表现的内容，在想象当中，寄托了人们对理想的追求，而这正是艺术创造的一种表现。正因为这样，所以部分奇幻电影艺术结构是蹊跷而独特、风格新颖而浪漫的，具有深刻的意义，令人感到章法有序、奇而不怪，人类与神怪两界的沟通是合情合理的，而这时其中的薄弱环节，在《九层妖塔》中有许多地方没有交代清楚，比如杨教授的意图是什么就没有交代。第三，中国奇幻电影发展应具有相应的文化基础，我认为中国是一个具有深厚传统文化基础的国家，而在其中"精怪文化"是比较成熟的，比如神话传说、道家思想、巫术文化等，这样就给奇幻电影留下了取之不尽、用之不竭的营养，同时这种"精怪文化"在《九层妖塔》中得到了很深的契合。最后我还是认为中国奇幻类电影的前景非常好，可能会出现一个高潮。

二、视效大片与类型探索：从中国电影到世界电影

尹 鸿 （清华大学新闻与传播学院常务副院长、教授） 我认为，电影《九层妖塔》为中国奇幻类影片打开了一条崭新的路，这主要有两方面的原因：第一，因国家政策上要求妖魔鬼怪类型元素只能出现在建国以前，而该片中妖魔形象出现在解放以后，所以在题材与内容上该片开启了中国奇幻类电影的一次先河；第二，与《画皮》《捉妖记》等根植于中国古代文学《聊斋志异》的魔幻、奇幻类电影不同，《九层妖塔》的故事类型脱胎于网络文学《鬼吹灯》，这从一定程度上可以说是开创了一个新的时代、一批新的观众和一种新的需求。我认为，《九层妖塔》在制作水平上体现了中国电影已达到世界一流的水准，我想用"工业级影片"来定位《九层妖塔》。近些年来，中国高票房的电影很多，但是大部分的影片都是非工业级的，基本上得胜于好题材、接地气、有点互联网要素的影片。从受众的角度来看，中国电影的受众群体大量来自三、四、五线城市，同时指出在未来五年当中，这些受众的审美会趋向成熟，会对电影的制作品质有较高的要求，"工业级"制作必将是中国电影的发展方向。与此同时，该片也存在一些不足之处，比如影片中所建构的世界观太大，包含的东西太多，导致看的时候精彩，看完却记不住。

尹鸿教授发言

赵卫防 （中国艺术研究院影视所副所长、研究员） 说到奇幻类型，其实在中国电影中属于一个短板，我认为《九层妖塔》在这方面做了一些比较专业的努力。我将从三个方面论述这个问题。第一，我们可以将《指环王》《哈利·波特》《霍比特人》等好莱坞顶尖级奇幻类电影与《九层妖塔》进行对比分析，好莱坞主流奇幻类影片大多在致力于营造一个独立的、庞大的世界观，而《九层妖塔》虽然在这方面做得还不够好，但是已经在力图营造了；第二，我们还可以将《捉妖记》《大圣归来》《画皮2》等中国玄幻、魔幻类电影，与《九层妖塔》进行对比分析，前三部影片的成功之处是在于它们在一种"幻"的外壳之下，回归到了

《九层妖塔》剧照

最基本、最质朴的人性问题上,《九层妖塔》在类型上突破了中国现有的电影类型,但片中对于人性的关怀不足,而人性关怀应该是奇幻类电影的落脚点。第三,"神秘感"的营造对于奇幻类电影的叙事是至关重要的,我认为《鬼吹灯》原著小说的成功之道就是在于营造了"盗墓"与"地下世界"这种颇具神秘色彩的叙事空间,《九层妖塔》虽然鉴于审查删除了"盗墓"情节,但是从整体上(从开头的洞穴探险到最后的打怪)还是很好地做到了对"神秘感"的营造。我个人比较认同尹鸿教授关于该片建构的世界观过大的看法,但我还认为,该片如果做出第二部或第三部可能会弥补这个问题。

皇甫宜川　　(《当代电影》杂志主编)　　我主要想从陆川导演的创作历程与《九层妖塔》的奇幻类型性两个方面展开论述。首先,《九层妖塔》界定了一种新的电影类型,一种融合了科幻与玄幻的电影类型,从这部电影开始,中国电影开始更多地依托于一部网络小说,而"玄"就是互联网的基因、互联网的思维,它从最原初的创作方法上就与传统的、经典的文本创作完全不一样了。从陆川导演的作者

《寻枪》剧照

历程来看,我认为陆导演拍出《九层妖塔》这部作品是有其必然性的,从第一部《寻枪》开始,陆川一直在探索类型电影,到了《王的盛宴》,陆川实现了从体制中的作者向体制中的导演的身份转换。同时,陆川是一位集编剧与导演于一身的电影导演,而且是一位极力想在体制内寻求一种个人表达的导演,而这种倾向在《九层妖塔》中被表露得很强烈。从《九层妖塔》的特效制作来看,我认为影片不论风格也好、类型也好都是完全契合的,而这种高特效可能会使得中国电影中引发一些超越国际的元素,这造成了当今我们业内人士坐在一起讨论的不再是导演的风格,不再是剧作方法或是其他的什么,而是世界观的问题,这代表着一种未来可能性,包括里面的生物、人,里面的一些体系、法律、战争等一系列的东西。这些东西可能在《九层妖塔》里被展现得并不完美,但正是这种不完美才使得我们具有往前发展的可能性,而这才是带给我们的最大的价值。

陈 宇　(北京大学艺术学院副教授)　我认为该片完成了陆川导演从一位艺术片导演向职业电影导演的转向,这部影片有两个最大的成功之处:一是该片通过工业化、体系化的制作与生产完成了非常优秀的技术上的突破，视觉特技已经达到了国内最高水平；二是该片在试图开创本土化幻类型电影，而在这之前没有人建立起来过。但是与此同时，该片也存在四点缺憾。一是文化符号过多、不统一。片中建构的诸如妖、鬼、怪兽、外星人、魔等多种符号，这些不同种类的文化符号被搁到了一起不统一，而一部完美的作品必然有一个一致性的文化符号，如果文化符号太杂乱、不统一，就会造成叙事不断地跳跃，观众也不知道如何观看了。二是假定性不稳定。观众每看一部片子，实际上心理上已经跟我们签了合同，假定承认你的世界观，就如"我承认了这个事儿，之后看你怎么办"。而该片的世界观假定性非常不稳定，前十分钟塑造的假定性是很恰当的，而后面从火蝠自燃开始，一下子提高到了特别大的跨越，包括后面的回到北京图书馆这样一个生活氛围，一下子又到了馆长拿着鸡毛掸子，假定性不停来回跳跃，造成了观众审美心理的缺憾。三是原著粉丝对改编不满意的问题。我认为不必太过于纠结是不是要与他们达成和解，而是要面合心不合，面上不招惹他们就行了，因为电影与文学毕竟是完全不同的艺术门类。四是陆川从电影作者向工业体系中的商业导演转变的程度还不够，还应该再继续往前走。

三、票房大片：超级 IP 的利用与呈现

王　纯　　（《电影艺术》编辑部主作、编审）　　我认为，影片具有一定的创新性意义，但同时在叙事上也存在断裂，美学风格上不够统一，类型融合上太过混杂，没有明确的定位等问题。首先，我认为陆川导演从《寻枪》一直到《九层妖塔》，整个创作历程吻合了中国电影产业发展的路径和青年导演发展的路径。从电影所具有的三种特性——艺术性、商业性和技术性来看，都在陆川导演的作品中有着很强的体现，《寻枪》《可可西里》等是具有很强的艺术性的电影作品，到《王的盛宴》是一个商业性的探索，再到现在的《九层妖塔》则是一个技术全面爆发的作品，而这也代表了技术性在当下作为主流的态势。从奇幻类型电影的前景来看，当技术性成为主流时，最匹配的一定是科幻、玄幻类的电影。第二，该片在影片风格上存在断裂感，比如被加入进去的喜剧元素有严重的断裂感，虽

《可可西里》剧照

然喜剧是目前中国电影市场中排名第一的电影类型，但是对于某些电影尤其是《九层妖塔》来说，喜剧元素对电影的整体风格有很大的损伤。第三，是IP转换的问题。我认为目前国内的IP改编都存在这个问题，就是一个公司买了一个IP，请了一个导演去做，但是导演在创作过程中，把故事架构完全架空原来的IP，形成新的异于原IP的电影，基本上只保留了IP的标题，而这种做法是一种非常冒险的尝试，肯定会丢失很多原著的粉丝，而且会引起观众很强的逆反心理。

索亚斌 （中国传媒大学影视戏剧学院教授） 我对张颐武老师的发言十分认同，感受颇多。首先我认为，当下中国电影业非常缺乏商业美学的视野，很多在商业美学之上成功的作品，我们探讨它的时候，要不然按照传统美学评价，要不然从外部营销宣传角度评价，对新人类之间的关系考察往往非常匮乏。其二，《九层妖塔》这样一部作品的出现，是两个相对比较成熟的商业类型片的合体的发力，一是高成本古装动作大片，把武侠历史化，同时从历史到魔幻、玄幻；二是低成本惊悚片的大片化，虽然惊悚片不太入人的法眼，但是它的生存能力很强，不论是在当下的大片市场，还是在世纪之初，或是在中国电影市场最困难的时候，惊悚片都占有一席之地。而在当下虽然很多恐怖片不允许出现超自然力量，但最后都是打着惊悚片旗号出现的，这是惊悚片大片化。以本世纪以来，绝大多数的超现实题材的电影都是出现在古装片里，大多数当代题材都没有涉及，而这些影片从很大程度上呈现出"装神弄鬼、疑神疑鬼"的双重特性，其中装神弄鬼类似于邪教分子搞破坏，疑神疑鬼则是个人主观想象，把很多幻想超现实的东西归于人的精神上的病态的疾患。最后，我想对改编的问题提出三点看法。第一是"原著党"的问题，我认为该片超越了玄幻、盗墓、惊悚等之类所有的东西，几乎是网络里面最大的IP，但是这样一个东西，如果改编特别大，一定会引起原著党的反击；二是该片建构的独特的世界观太过于简单、粗暴，以至于对于电影本身细节和情节都有点草率搭建，匆匆往前赶的感觉；三是该片的特效非常精致，核心影迷都觉得很好，恰恰因为特效层面上影响了更广泛的观众，如果说迎合三四线小青年的话，钱不应该花在这些精致的地方，应该做得持续长度更长，场面更宏大一些。

四、中国式想象力的探索与奇幻类电影的方向

张　昭　　（《九层妖塔》制片人、乐视影业总裁）　　首先，我想感谢这次"《九层妖塔》研讨会"的感激之情，这部电影到目前为止才走了一半，今天则是非常重要的中间结点，因为现在看一个电影绝对不能仅仅是去电影院看，而是要去互联网上收看，《九层妖塔》下周就要在互联网上线了，互联网的营销与收益也是该片要走的另一半路。同时，我也从这次研究会中领会到了诸多的新想法，比如在中国电影票房市场蓬勃发展的当下，我国电影产业究竟是应该把控市场空间挣最多的利润，还是应该鼓励创作者去做很大很有争议的作品，为中国电影的未来做更多的尝试。在这里，我想提出"未来战场"的概念，我认为中国电影产业应该放眼于未来。

陆　川　　我想对在场嘉宾们的献言与褒贬进行一个回应。我的创作追求介于魔幻类型与科幻类型之间，并且我的第三部会直接进入当下时间。如果说《九层妖塔》是我从艺术电影向商业大片的转型，还不如说是一次艰难的突围，因为为中国

《九层妖塔》剧照

电影爬坡做出过突出贡献的文艺片导演的环境都是非常险恶的,不论是业界还是观众对他们的要求的苛刻程度都要乘以 10 倍,那么这批导演的生存和突围,其实是需要业界去支持的。另一方面,我认为"原著党"和电影观众的关系比想象中要良性得多,现在大家都在做 IP 电影,但我们不能让中国电影被 IP 绑架了,被粉丝绑架了,我认为电影要有电影自己独立的品格和独立的美学的追求,虽然这部电影没有做到最好,但是还有第二部、第三部的机会。

陈旭光　（北京大学艺术学院副院长、教授）　感谢各位的出席和精彩发言,我认为以《九层妖塔》为代表的中国奇幻、玄幻类电影的出现本身是一种新的文化症候,它顺应的是互联网哺育的一代青年人的消费需求,是在玄幻类、奇幻类电影缺失,以及在儒家传统文化与现实主义创作制约下的背景中产生的,这有其独特而重大的意义。现在数字技术与互联网引进,并催生了一代人想象与消费,就是完全无中生有的、跟现实没有任何关联的、要转很多弯的这种影像,这种想象空前强大的消费力,与以前我们说的艺术上的满足、情感上的消费是不一样的,完全可以说超越了,这是一种想象力的消费。其次,这是文化意义上新的重构,一方面是中华文化中的亚文化、次文化的再次张扬,里面又融合了美国文化、西方文化的东西,这是一种融合。这里所创生的文化可以说是第三种文化,不中不西,我们无法苛求它是原汁原味呈现,它让我们感到里面

现场嘉宾合影

的东方神秘的气息,就已经非常好了。第三,在类型的探索上,影片以奇幻为底子,以"盗墓小说"里面的中国传统文化为基础,立足本位,把美国好莱坞很多类型电影,魔幻、科幻、爱情、喜剧很多东西融合在一起,让我们有一种似曾相识的感觉,又跟中国当下其他奇幻类电影探索系列有很大不同。第四,在电影体量上,电影结构非常复杂、庞杂。影片中的价值观从后羿那个时候开始构建,跟当下世界进行直接对话这样一个观念建构,完全可以继续走下去。另外,在电影里面贯穿了多种对话,历史与现实、鬼界与人界、现实界与想象界,始建于空间的穿越等,包括对80年代的致敬,这也是符合陆川导演这一个人的特点。再说不足,比如对原著尊重的问题,对原著粉丝的安抚问题,情节、线索特别是影片后三分之二的清晰度问题,还有类型杂糅过多、过于庞杂,那么我想提出一种思考,要不要以一种类型为主,其他的只是为辅,这种体量与类型之间的张力如何把握,很多问题可以继续思考和探索。总的来说,《九层妖塔》从网络小说到大制作、高成本电影的改编过程是中国式想象力的一次展演和有效的探索,它代表着中国奇幻类电影发展的方向和趋势。

除了上述嘉宾的发言与回应,青年导演毕志飞、博士研究生李雨谦等其他同学们也纷纷对导演陆川发起提问,代表了年轻一代的电影新青年们对电影《九层妖塔》以及中国电影未来发展的关注。

研讨会最后,由北京大学影视戏剧研究中心主任陈旭光教授为陆川导演颁发聘书,聘请陆川担任北京大学影视戏剧研究中心顾问,为本次研讨会画上了圆满的句号。

(李黎明根据速记整理)

第四讲

山河故人情依旧？
——贾樟柯新片《山河故人》研讨

主讲人　李雨谏　张俊隆
主持人　陈旭光
嘉　宾　李　洋　蒲　剑　毕志飞

编者按

2015年11月25日下午,由北京大学影视戏剧研究中心主办的第十七次"批评家周末"文艺沙龙活动在北京大学举行。此次沙龙围绕贾樟柯导演的新片《山河故人》展开,由北京大学艺术学院副院长、北京大学影视戏剧研究中心主任陈旭光教授主持,艺术学院博士研究生李雨谏、硕士研究生张俊隆主讲,艺术学院艺术学理论系主任李洋教授和中国传媒大学戏剧影视学院副院长、导演蒲剑教授以及导演毕志飞为对话嘉宾。众多博士研究生和硕士生同学也一起参与了对话与研讨。

关于贾樟柯导演自身的跨越与《山河故人》在中国电影大语境的观照的讨论成为本期沙龙的话题焦点。

活动现场

活动海报

陈旭光（北京大学艺术学院副院长、教授）

今天我们的北京大学"批评家周末"文艺沙龙的主题是贾樟柯导演的新作《山河故人》，并希望以此为切入点，围绕着这部电影在当下电影态势、在贾樟柯自身创作历程中的位置，它各方面的追求，包括技术、风格、内容、结构上的，包括全球化的语境、呼应，以及多地的、跨国拍摄这样的一些角度、层面等，还有价值、意义等，进行深入的研讨。无疑，《山河故人》在贾樟柯整个创作序列中是具有革新色彩的，他带着这部电影重回阔别九年的大银幕，上映以来也引起了社会广泛的关注与争论。另外，我们知道贾樟柯导演称得上是我们这个时代一面镜子，是一个影像的"书记官"，他的影片不是面对大人物、大城市，而是面对小城镇里面的小人物，表现这些实实在在的小人物在大社会变动中的选择，通过这些人物我们可以照见我们每一个观众自己。

从《小武》开始，将近20年来，贾樟柯导演的创作历程，不夸张地说，他是通过这些丰富生动的小人物的形象和群像，记录了我们这个时代的大变动。今天在他的《山河故人》中，小武们从汾阳出来，到北京世界公园，到四川长江边上打工之后，在这个电影里又到澳大利亚去了，甚至还有幻想的、超现实的段落——到2025年去了。

我觉得这部电影在贾樟柯本人的探索历程中，在他的作品序列当中肯定是非常有意义的。它出来以后引起的关注及争论大家也都看到了。我们今天就围绕这个话题做一个深入的研讨。

一、文艺片作为传播现象进入商业市场

张俊隆（北京大学艺术学院硕士研究生）

从9月到11月，贾樟柯的微博每天大量刷屏，《山河故人》被当作一次新闻事件进行传播，并已演化为"传播现象"。在以前，贾樟柯和他同属第六代的娄烨、王小帅等导演，都不太会将他们的作品进行一个大范围的新媒体平台的传播。

《山河故人》剧照

所以,将文艺片当成普通商业片进行传播与营销,这是我看到《山河故人》值得探讨的地方。但当《山河故人》这样一部文艺片进入商业市场时,它面临了一种"失语"状态。主要体现在以下三个方面。

一是贾樟柯九年的"失语"。他阔别大屏幕九年,所以贾樟柯想让《山河故人》取得良好的传播效果,吸引关注。首先用新闻梳理一下《山河故人》电影营销历史事件,此次《山河故人》在营销过程中进行了一次环球之旅。第一站是5月份参加法国戛纳电影节,7月份的时候去了多伦多,之后去了西班牙、美国、韩国、英国等地。整整半年的时间贾樟柯都通过环球之旅为自己的电影造势。这个环球大新闻也是贾樟柯最引以为傲的一点,他认为自己能够以此为实力重现在公众视野之中。除此之外,《山河故人》电影映前宣传是整个营销事件的第二阶段。这于很大程度上是贾樟柯的直接造势。第一，他在 8 月 27 日的时候曝光了概念海报，宣布年底国内公映。9 月 6 日宣布 10 月 30 号定档。9 月 17 日的时候发布了名字叫作《贾樟柯：时代的刺客》的导演特辑。10 月 16 日启动了超前点映，超前点映是《山河故人》营销里面影响最大的环节，搞得风风火火，10 月 30 日电影正式上映后是贾樟柯的各种主创专访、主创特辑的发布。贾樟柯认为在喧嚣的时代，信息是多元的，每天都有无数新片涌现，因此他觉得找到自己的目标观众更加困难。相较微博、微信等新媒体平台，他更倾向于做前期的路演，前期推介的活动会让人们接触到这部电影的存在的信息。通过他的叙述，我们就能够理解为什么贾樟柯亲力亲为卖自己影片这样的一个行动。贾樟柯对这部电影抱以众望，一部艺术片不一定非要以清高的姿态存在，艺术片也可以像普通的商业片一样进行卖点的宣传。

　　二是故事文本的"失语"，《山河故人》的三个故事实际就是人物的"失语"：梁子的失语、母亲和孩子的失语、父亲和孩子的失语。我们可以理解成，同属失语状态下贾樟柯他在自己的电影里有什么变化与坚持。首先讲贾樟柯的变化，《山河故人》有一个时间和空间的建构，2025 年是一个未来时间的建构，他在第三个故事把镜头放在了澳大利亚，这也是贾樟柯第一次将空间设置在国外。这对于贾樟柯习惯拍自己的家乡，二三线城市的小城故事，算是一个很大的突破。第二个变化是画面风格从阴暗到明亮的转变，以前看贾樟柯片子都觉得是真实的、现实的、不唯美的，甚至是丑陋的感觉，这次觉得《山河故人》很明亮，甚至出现了不少浅焦镜头与特写。父亲逝世的车站，即便是一个悲伤的场景也一点不混乱，缅怀也带着一种温情的感觉。这些都是从底层阴暗的不唯美的画面风格，转变为明朗的画面风格的例子。第三个变化是电影画幅，画幅变化一般出现在商业片，特别是科幻电影，表现未来、表现科技。而贾樟柯在这部电影表现 1999 年的故事，忠于原来的现实用了 4:3 的画幅，2014 年的部分尊重现在的现实，即 16:9，2025 年的部分，通过遮挡画幅的上下沿，达到 2.35:1 的画幅结果。贾樟柯用技术的手段去营造不同，突破以往电影的时间、空间建构和单一性。第四个变化是温情与西化的情感诉求，虽然一直以来都有批评者认为贾樟柯的电影是为了迎合西方，在贾樟柯之前的电影，至少影像风格上，不会有像欧洲艺术片所青睐的温情的画面。我认为，《山河故人》里温情的画外音加空镜，把内心独白说出来，配以引发共鸣与哲思的画面，异于以往粗暴的、粗糙的情感表达，这是对欧洲艺术套路精准的打击。

然而，《山河故人》更多的是贾樟柯风格的坚持和重复，让自己的影像风格被大家所接受，被大家知晓，这也是贾樟柯"九年失语"的状态的愿望。

首先是表演手段的重复，第一是舞蹈。舞蹈是贾樟柯电影最明显的一个表演手段，无论是独舞还是群舞，都成为贾樟柯电影中个人表达最直接的出口。第二是凝望，《小武》里的小武站在高楼上面俯瞰汾阳县城，几乎同样的机位、同样的表达也出现在《山河故人》里面，都是俯视一样的视角。凝望表现的是贾樟柯对故乡的关注，俯视视角这个视角本身代表一种上帝的全知视角。第三个表现手段的重复是烟火，《站台》里在河面上的火焰表达个人的孤寂，表达一些个人诉求的东西。烟火作为一种仪式，它存在于电影里面，画面里人与河形成了依赖关系，让我们知道这是一群成长在母亲河哺育下的小镇青年，这也契合了贾樟柯影片拍摄主题，因为他很想拍黄河这条支流上的那些小镇青年是如何成长起的，同样是贾樟柯他个人的一个自传。贾樟柯第二点坚持在场景设置的重复，公路与摩托一直是贾樟柯的一个游吟方式，是一个故乡的工具，除此之外，卡拉OK、舞厅这些场所也是贾樟柯多次的表现空间。贾樟柯的重复不仅仅是意向本身的重复，甚至连手法与镜头想表达的情感的东西完全用雷同进行概括。第三，摄影风格的重复，比如《小武》里面强烈的滤镜效果，以及《山河故人》里面的DV的摄影效果，贾樟柯光怪陆离的摄影风格一直是他强烈的艺术标签。第四，时代的重复。贾樟柯的片子好似是一个新闻的记录。《小武》那是一个"严打"的时代，是一个普法的时代。《三峡好人》瞄准了当时三峡工程的移民。《海上传奇》表现了一个世博之外的外滩。我没有在世博之前去过上海，我一直认为外滩很整齐，很繁华，殊不知世博以前的外滩也是这样一片大工地。《天注定》里面讲到"7·23"动车

《山河故人》剧照

事故。贾樟柯电影具有强烈时代感,现实主义的手法使他的电影具有现实主义的特征。第五,贾樟柯也坚持于90年代流行音乐的重复,从"故乡三部曲"的市井艳俗的审美和选曲,到《山河故人》温情的欢快的音乐表达。第六是方言表达的重复。贾樟柯电影里面汾阳方言是故乡故土认同最大的直接联系,因为语言本身具有一个媒介性和情感的表达,这也是贾樟柯本人对地域文化的坚持。纵观现在的商业片,基本是京腔、东北腔的滥觞,而贾樟柯对自己的方言最质朴的一个回归,不仅表达对真的执念,更多是一种严肃的态度。最后是意向选择的重复和坚持。火车和古建筑都是贾樟柯用来表现乡土的意象。火车作为一个现代化工业象征，它打破了山西乡土的封闭性。通过拍火车表达强烈的山西情结。汾阳古城墙、汾州府明清建筑、汾阳太符观，还有汾阳的文峰塔等都分别出现在他的电影序列中。古建筑除了作为一个地标象征，也是现代人栖息和寄托的场所，人与古建筑共生共存。古建筑连同古朴的方言构成了对故乡的双重记忆，这也是贾樟柯对文化认同最具体的理解和表达。

三是票房中失语的摸索。贾樟柯在中国大陆商业市场票房里面一直处于弱势的地位，这种弱势的地位其实就是没有话语权的"失语"。而这次贾樟柯让《山河故人》拥有一些商业元素，这正是贾樟柯他本人在这种失语状态下对商业市场进行的摸索。我们来看电影票房的数据特征，从趋势上看，《山河故人》上映三天以后很快冷了下来，这说明贾樟柯映前造势取得了很好的效果，但没有达到他所期待的慢热型影片的效果。二是11月7日、8日的票房出现轻微的反弹，有多方面的原因：贾樟柯呼吁排片、部分院线愿意为贾樟柯保持6%的排片、那个周末贾樟柯进行见面会，他自己卖电影。这里面有一个问题，点映场次的时候上座率高，而非点映的时候上座率不是特别高，这让我们反思，观众去是看贾樟柯还是看电影？再者，文艺片还有一个院线的困境，贾樟柯说三四线城市排片几乎为零，他表示没有办法，表示无奈。中国电影很大的票房取决于三四线城市，从这个角度看，贾樟柯在市场里仍处于"失语"的状态。

但《山河故人》让贾樟柯找到一个希望，他意外发现在《山河故人》观影群里面很多都是90后，正是这批90后的新观众，是贾樟柯发现并且要把握与培养的新观众群体。贾樟柯也看到了观众超越艺术和商业的可能，突破二元对立，为自己打出一个新出路。

贾樟柯认为空谈艺术院线是无用的，要靠自己的实际行动搜寻商业市场的潜力，艺术片不一定非要是清高的，艺术片应该要超越艺术和商业的二元对立，打破外界对自己呈现和刻板印象。这为贾氏电影做突围，对贾樟柯来说是很重要的经验和启发。《山河故人》之于贾樟柯的意义首先在于，数据上电影票房的突破证明观影群体正在改变。第二，从营销效果看，贾樟柯通过线下宣传，开始抓住并培育新一批观影群体。第三，从文艺片的角度看，《山河故人》可以看作是中国文艺片前景的一次良好征兆。第四，《山河故人》让贾樟柯在九年失语困境中，成功重现于观众面前，这是对贾樟柯电影阶段性的肯定。第五，《山河故人》为贾樟柯赢来良好的口碑和赞誉，为他今后的转型赢得更多喘息和准备的时间。北野武曾送给贾樟柯一句话，"幸福在那儿，你不走过去它不会走来"，这句话代表贾樟柯的转型之路，是对他最后何去何从的问题一个文学性的表达。

二、《山河故人》的重复行动与视觉转型

李雨谏（北京大学艺术学院博士研究生）

欧阳江河曾经说过，从作品的元叙事的意义来说，有一些东西会重复下去，比如文学形象、词语的漂流、手法传承等。从作品史的元叙述意义上，《山河故人》做到了把作品史中的人物形象、事件的流放、场景的复现，以及社会和历史变迁的价值结合起来，融入这部作品的故事之中。

看这部片子有几个切入点，首先是从历史主义维度来看重复的伦理。《站台》里面的张军，还有韩三明这两个人物，跟崔明亮（王宏伟）一起，是一直贯穿在贾樟柯电影作品系列中的，比如《世界》《三峡好人》《天注定》等。就个人观影经验而言，《站台》藏了青春焦虑，我只知道崔明亮和尹丽娟最后的结局，不知道张军、张平这两个人最后的命运，包括韩三明，他非常孤单地在煤窑挖煤，供孩子读书，这些导演在电影中都没有交代。然而，在看《山河故人》的时候，突然发现这种类似前青春焦虑的东西，似乎得到解决了。对我来说，这份迟到的解决是一个指向回忆的方向。就本质而言，回忆是重复的一种。我们把回忆常常理解为是有一个先验的或经验的东西在过去，我们面对回忆所展开的运动，不是简单的回顾，而是从回忆中获得了一种确认自己事物的确定性，即回忆带来一种身份的确认感。第一个讨论重复和回忆这样命题的人是丹麦的一位哲学家——克尔凯郭

尔。在他的一本小说《重复》里，他认为回忆是一个自古希腊延续至黑格尔的思维传统，无论是笛卡儿的后撤，还是黑格尔的绝对精神，都先在地预设着一个先验存在，进而通过这个存在确立主体位置。但克尔凯郭尔认为这是落后的一种思考方式，哲学的变革不应该以先验事物为轴心，应该树立人的自我存在感。每一段重复都是在经历一次重新选择的在场，这种自由决定既是确立主体的一种自认知，也是指向个体生存的可能性。这是克尔凯郭尔从回忆美学转到重复美学的过程。克尔凯郭尔认为，重复有三个阶段，第一个是审美，第二个是伦理，第三个是宗教。简单地说，我想试图通过看《山河故人》去回忆《站台》，或者从《山河故人》找到《站台》青春焦虑的解决，但实际上是不可能的。回忆是没有意义的，回忆它对于确立主体身份也是没有意义的。唯一重复的事情就是重复不可能性，这是重复的一个最高阶段，也就是说这部电影只是这部电影，不可能是《站台》。这就是主体没有一个外在的中立的目光，把自己放在过去的状态中，他只能在一种敞开的历史过程中寻找可能性，并由此看到自己的一种未来，如果说一直停留回忆，对克尔凯郭尔来说是一个深渊。

　　由此，探讨两个人的行动重复，或者重复路径。《山河故人》里，张到乐与女教师的爱情实际是《迷失东京》的一种关系改造，让情欲和爱情作为一个因素出现，主人公彼此相互靠近之前所发生的种种原因，作为很重要的因素出现。这样的一种关系里面夹杂了不单单只是爱欲，或者对个人的情感缺失，他还涉及乡愁，对母亲，对祖国对自身价值缺失这样一种探讨。对张到乐来说，两个东西是他的回忆，挂在胸前的钥匙和母亲留给他的歌。母亲对他来说，仅仅就是一个符号——"涛"。钥匙也是一种对母亲与家的遗忘。而张到乐希望从女教师身上回溯一种东西，比如母性、情感记忆。这里面便涉及一个问题，主体和他者。我们通过什么样的方式来获得我们自身，按照克尔凯郭尔逻辑来说，我们把回忆视为他者，他者身上没有我们自身缺乏的东西，因此，张到乐从女教师身上希望得到的东西是永远也得不到的。因此，他喊"涛"逻辑便很有意义，因为这是他自己的匮乏，他喊不出别的，对祖国没有认知，对母亲没有认知，他喊的仅仅只是一个符号。沈涛回溯记忆也有自己的一种方式,比如跳舞和包饺子。但是她还有一种重复的行动,就是遛狗以及一个永恒不变的背景塔。很多人对《山河故人》的叙事不满意的地方在于影片概述了一个女性受难的情节剧,她失去了友谊、丈夫、狗、父亲、儿子,最后只能自己在大的远景里面孤身跳舞,让人感觉到时代或者社会碾压着女性。影片的开头是一个群舞,结尾是一个独舞,从群舞到独舞变化中涉及一个年代的变化,从 1999 年到 2025 年。这是线性历史连续体的视角,线性的历史叙事其实是一个胜利者的姿态,是一个被合法化的历史叙事。在影片中通过沈涛的重复,通过赵涛的表演,它形成了带有个人视角历史主义。

在齐泽克的《享受你的症状》一书中,他认为"历史的意义本然地处于种种意识,我们说话位置有一个去中心的历史传统规定的,和历史主义从一个安全的语言的距离上观看历史主人的凝视构建了历史延续与现实之间的矛盾"。这是他在讨论这个历史意识,或者历史主义的时候引用的东西。在《山河故人》里面,就有几个表达历史主义的方式,1999 年是一个加油站、煤窑,一个拎刀少年,一个坠机事件,是发生在一个县城里面。2014 年也有一个加油站,张晋生去上海风投了,拿刀的少年长大了,坠机的人的夫人带着孩子路边烧纸,背景是一个城市。到了 2025 年,铺垫的、所有的大他者完全消失了,只剩下一个话语,就是当年国内反腐水深火热。他讲这三段的故事,历史事件在前两段中断裂了,却用 1999 年到 2025 年的连续性来缝合。这种缝合在影像上有两段,一段是梁子卧床时,影片让沈涛回到观众的视线中,不再给予梁子任何镜头;另一段就是张到乐在海边时与母亲的回望。尤其是这个回望,它完成了一个从张到乐去中心化、去大他者化的当下,转向了沈涛这样一个生活在大他者、中心化的彼岸。最后,影片落定在一个安全的、历史客观的、中立镜头语言的观看距离上,完成这样一个演化历史线性趋势。那么,对于观众来说,对片子观看其实构成了异于主流意识形态的历史主体在场,在我看来这是很危险的。贾樟柯的《天注定》就是这样,在处理历史和现实的层面会使用比较刻意或者比较概念的东西,比如没有源头的个人暴力、他者暴力、社会暴力。《山河故人》延续了这样的做法,在大他者生活中的人注定孤生，这本身就是一种去中心化的视角。

贾樟柯在片子中是有他自己的视觉转型，可以用代数问题和几何问题来表达。代数问题基本上是一个数的关系和结构。其实在贾樟柯的片子里，就是什么加什么加什么等于日常性，什么加什么等于中国的当代的图景。比如说，沈涛结婚的时候是有佛教徒在旁边，赵涛乘坐的火车里能看见一队士兵，在他看来这个就是中国。做电影史研究的时候，我们会觉得贾樟柯影像是现实主义，是日常主义美学。但好像从《二十四城记》以后，他的日常性开始逐渐衰弱，然后变为一种非常单调的象征意义，相伴随的是，他的影像美学正在经受从日常性往象征性转化的过程。在《天注定》里，这样的片子，一个巨大的社会暴力以及一个弱小的个人暴力毫无缘由地这样发生这样结束，画面开始出现他开枪打死人然后走了。东西没有源头，基本是一个很概念化的处理。再比如，原来绿墙仅仅是一个生活场景，一个小武与女孩的生活氛围，但在《三峡好人》到《二十四城记》变成一个时代的象征。

贾樟柯转型还涉及空间问题，从《天注定》开始，贾樟柯大量使用之前不用的特写，包括浅焦镜头，包括长焦。相反，他的长镜头、非职业演员这些习惯逐步减少。这个背后其实是有原因的，就是数字高清摄影机跟胶片拍摄，它对电影作者来说本质的影响是什么，美学的影响到底是什么？会不会改变他对日常性审美的表达？这种过高的解像力、过高的画质会带来什么样的视觉审美？谈空间问题，涉及景深这样一个方面。贾樟柯之前的电影因为大部分采用胶片的方式，他希望获得一种人与场景空间的完整性，所以他这种大景别趋向于客观记录的静影像保持空间物象透视和景深方面的客观的真实，因此他其实采用50毫米的标准镜头，或者小广角。这类镜头，如果喜欢摄影的人知道，这种景深非常大，空间层次非常清晰，能够完成不同层次中演员的表演。像这种变化，这种中前景中的近景镜头，在他以前的片子中很少出现。其实，每一个导演表达他的东西的时候，他是要寻找与表达的意义跟他的镜头语言和影像语言进行匹配的关系，最重要的就是看他自己表达东西的时候是不是很确定，是不是传递出来，如果长焦镜头拍中近景会带来一个虚化背景或者前景的效果，他就是非常明显地突出主体人物，具有美化跟装饰功能，非常能突出创作者的意志，有强制性，比如说蒙太奇学派就有一种非常强烈的介入，告诉你我让你看这个人物，我让你看到脸上细微的表情，我让你看赵涛，等等。目前来说，我还没有找到一个合适的方式去理解，或者我没有想清楚贾樟柯为什么进行这样的转变，为了适应当代影像需要吗？如果说，数码转型对他来说进行一种尝试，那么这种尝试我唯一找到合理的解释是：他让我这么强烈关注赵涛或者是沈涛这样的人物，这个人物又是这个片子中历史叙事核心的人物，这个人串成整个片子历史的描述。从这个意义上说，这样的文化价值的表达，确实可以找到对应关系，他非常突出这种女性在岁月、时代中的受难状态。

最后，是风格转变，就是贾樟柯的电影画面变得非常明亮。当然按照他的解释是，他们的影像在《山河故人》里是有设计的，4:3画幅就是追求光照感，慢慢到最后他追求消色的状态。但这种干净，让我很不适应。这是介质本身变化带来的问题，数字摄影机和胶片尺寸色彩还原度、色彩区间的丰富程度远远高于胶片，过去那种画面粗糙的质感基本上是不可能有的了。这种色彩的丰富，会不会是一个寓言化的表现，故意让这个色彩显得这么明亮，故意让他的电影有的地方显得过饱和，有的地方显得主色调非常的独立，比如火车站里面那种非常偏绿的调子。相对来说，如果纵观整个片子来看，我比较喜欢这个片子原因，不光是我对这个片子有情感，我觉得更重要的是，他自己在影像上，尤其从《天注定》到《山河故人》的转型是值得肯定的，因为侯孝贤、王家卫、张艺谋仍然在拍胶片电影，抱住胶片不放。这种转型相当于是从无声到有声这种媒介特性的跨越，对贾樟柯来说，他在做一个积极的尝试，从这个角度来说，我还是愿意相信他是一个好的贾樟柯，一个更好的贾樟柯也会回来。

一、贾樟柯电影的作者性与困境

蒲剑 （中国传媒大学教授、导演） 九年之前贾樟柯在北大放《三峡好人》，同一天《满城尽戴黄金甲》做首映礼，贾樟柯接受采访说了这样的话，"追'黄金'的时代还有谁关心'好人'"，他这句话巧妙地把两个影片放到了一起。当这个话的时候，《南方周末》做了一个长篇报道，当年《三峡好人》的票房其实不太理想，面对《满城尽戴黄金甲》这样的商业大片，他表现出对当日电影市场的悲壮。事实上，今天我们来看贾樟柯放《山河故人》的时候他的整个姿态完全不一样，大家老谈的他回归也好，还是走进观众也好，贾樟柯此举可不可以被理解为对市场的屈服，对大众的谄媚？如果是的话，他还是过去的贾樟柯吗？这是我思考的问题。我重点想讲两个方面的思考。

第一个，贾樟柯电影的独特价值。贾樟柯用他的影像小人物视角记录中国二十多年的一个变化，这个是他的电影一个非常宝贵的独特的价值。贾樟柯的电影其实是非常典型的作者电影，如果我们用对剧本的评价标准，或者是商业电影的评价标准的话，《山河故人》是不及格的，《三峡好人》也没有完整的人物，是因为贾樟柯电影的意义，而并非剧作本身的优良。听我说，其实回归到贾樟柯电影价值的话，是作者电影的价值。贾樟柯拍《小武》的时候我们谈到影像的问题，他的粗糙感，直到现在画面越来越干净，色彩饱和我们不适应，但是我们看得到贾樟柯电影的符号是存在的，细节是存在的，电影细节表达的东西是存在的，这是他作者的特征。因此我们说他回归也好，扛大刀的少年也好，他的秧歌也好，等等，这些铸造了或者铸就了贾樟柯电影的作者层。我们看《山河故人》就是一部贾樟柯电影，往回看他的电影，都有很明确。很明显的贾樟柯电影痕迹，所以他的独特价值就是作者电影价值，是中国电影史或者当代电影不可或缺的。

第二个，贾樟柯电影的困境。这个困境首先在他的表达对象上面发生剧烈的变化，因为我们建立起来的对汾阳的印象，对小武们的印象今天已经不存在了，贾樟柯不太可能回到汾阳，不太可能是小武了，因为这群人已经不存在了，这是我们时代进步和变化的结果，所以他没有办法重复了。其实到《天注定》以前，他试图还做这样的努力，不管是《三峡好人》，还是以后的《二十四城记》《无用》。实际上《天注定》还是他和市场对接的一次转型和努力，但是失败了，这个失败不是他个人的问题，是我们某些制度的规范问题，所以在《天注定》失败以后他又回过头来想怎么样做一部亲近观众的电影。所以才有了《山河故人》，但是《山河故人》没有办法回到纯粹的《小武》和《站台》才有的样貌，我觉得这个是贾樟柯的困境，他试图在个人表达和大众玩赏之间去找一个平衡点，去找一个结合，他想做具有个人表达、具有典型的贾樟柯符号的电影，同时还要被市场认可。他试图做这个工作，我认为这个工作是徒劳的，做不通的，因为他是作者电影。

二、时代记录下的离散叙事

李　洋　（北京大学艺术学院教授）　总体上，我是认同贾樟柯的创作和他所有的努力以及关怀，站在中国电影大的语境当中来看他的思考和表达内容、表达的效果，从这个角度来讲贾樟柯是非常重要的一个导演，他始终对中国人、中国现实的变化有持久的关注和表达的愿望，尽管这种愿望他表达出来以后的作品放到市场也好，放到艺术当中检验也好，大家对他有不同的评论。

《山河故人》这个作品有成功的地方，也有不足的地方。我先说不足的地方，他确实陷入一个困境，他其实遇到的问题有很多。贾樟柯的焦虑是处在两种评价体系中的，他不知道如何才能既能够让过去曾经认同和遵循他的人肯定他，同时又获得新的肯定。同时，贾樟柯还处在两种电影评价体系之间，

《天注定》海报

一个是电影节艺术评价体系,但现在他要搞促销,或者说参与营销,但又很关注商业电影的评价体系。诚然,商业上的努力不是问题,蔡明亮自己推销自己的电影,这是很值得敬佩的一种努力。我觉得更重的焦虑体现在语言的使用上,或者风格表达上。贾樟柯始终没有处理好这一点,过去他电影中近景比较多长镜头,最近开始使用深焦镜头、近景镜头,以及比较失衡的构图在他的电影当中逐渐出现了,这是这种焦虑在他语言层面的一种体现。如果说过去是一种很客观的写实的风格,语言层面很粗糙,很有粗粒感,但是粗糙的视听语言下面隐藏的是一个精致的场面调度,其实《小武》的整个调度非常精密。然而现在他可能在语言层面抑制不住创造戏剧化冲突,包括深焦镜头、虚景实景的对比,以及包括《天注定》这种强烈戏剧性冲突和社会矛盾性的挖掘。另外一个,其实贾樟柯他现在所处的状态,张俊隆老师说"失语",失语是指这个人的意识是清楚的,但是他对人和人交际的符号的理解和使用

《天注定》剧照

发生了错位，不是他不懂说话，而是他已经找不到合适的语言表达他自己。而且这种状态有可能是中国电影现状的体现，我们是不是既处在成功的市场焦虑当中，同时又想表达对现实对人情感变化的观察，这两者很难取舍，尤其对一部分导演来说。

贾樟柯还有成功的地方，过去他每一部电影都是试图在时代某一个片断当中记录普通人，边缘人承担这个社会变化的一个结果，或者他总是有一个大的中国社会历史变化或运动作为背景参照。然后他把一个小人物的舞台和生活来放大了。而这一部电影他不是在一个历史片断当中，而是试图在三个不同历史时期，在历史跨度当中展现抽象的中国人的变化，历史记录的野心要比过去更大。过去是他想表现一批人的生活，代言他们的现实，而这一次他是把这个问题抽离了。第一段汾阳时期是关怀低层的边缘人，他们的爱情受到了社会剧变、财富分布不均的影响，它的结果是让恋人分离。第二段是家庭受到了危机，导致夫妻分离，母子分离。第三段讲到的是到了国外以后，由于文化隔阂，父子分离。这部电影如果被看成一个情节、一个机制或者是程序，最后的结果是让人与人之间逐渐走向分离，这部电影是关于离散的叙事。中国的传统其实是人和人的聚合，以家庭为主要观念、主要的传统。这个是贾樟柯思考中国人，或者是思考我们面对的一些情感问题可能带来的一个意外收获。他带来一个离散叙事结构，只是体现在第三段当中最明显。这个离散叙事不应该出现在中国的，因为中国自古不是离散主义，它是逐渐融合的一个大陆的国家与民族。"离散"（disperse）这个词指犹太人被迫离开了他们的故乡，离散叙事主要出现于美国，欧洲人移民到美国，他们离开了故乡，是脱离他们对故乡的情感文化的纽带，但是又生活在一种矛盾当中，其实是带有一种欧洲中心主义的乡愁意味，是欧洲人不断怀念的结果。是不是贾樟柯以这个角度构思剧本时，无意触及了这个问题，近百年的国族变迁当中曾经有一支流亡到海外，他们的命运到底是什么样的？他们的情感状态进入到一个汾阳的代言人的这个导演的视野当中来，这是一个新鲜话题。所以，我站在这个意义上对这个电影有一些肯定。

三、贾樟柯新面貌的价值评判

毕志飞（导演、博士）　其实我们小成本电影要跟好莱坞比的话，一定要突出真实性，活生生地揭示这些东西。只要真实有力，其实小成本电影的威力不亚于好莱坞大片。

从文本层面来说，《山河故人》的摄影、灯光、美术、音乐都已经上了一个很大的台阶，它已经不再是以前手持摄影和长镜头跟拍了，实际上顶级大师的摄影是非常精致的，塔尔科夫斯基、费里尼等，他们的电影每一个画面都是特别讲究精致的。贾樟柯电影的画面更加精致。在创作上贾樟柯似乎获得了更大的自由。一旦有一部分作品以后可以获得很大的自由，首先他的风格就会发生变化。

我觉得有点遗憾的是这部电影恰恰它的叙事方面不像以前那么犀利，真实性方面不如《小武》《站台》《任逍遥》打动人。从《三峡好人》开始我觉得他的风格发生了一定的变化，有几部电影没有之前的三部曲深入人心。现在

《小武》海报

国电影人其实很矛盾,你说这部电影很好,但观众是否能接受呢?大导演们很担心观众可能接不上他的思维,现在商业时代大片子多少亿票房都来了,他们有压力的,没有票房意味着自由被剥夺了。所以,这个事情本身就很难,贾导他在很努力地探索商业和艺术的融合。

石小溪 (北京大学艺术学院博士研究生) 我今天主要想谈的是一个价值评判的问题,虽然从导演序列上来说这部电影确实不是贾樟柯优秀的电影,它的视听语言存在很多问题,但他确实获得了更多的观众。在九年之后他重回大银幕,中国电影市场九年间到底是什么样的状态,观众经历了什么样的一个变化?我们需要站在这样一个基础上评判和讨论他这部电影的价值。贾樟柯已经不是当时的贾樟柯了,我们从这个话来说,现在贾樟柯日常生活的状况、他思考的问题,还和九年前拍《小武》和《站台》的时候一样吗?如果说贾樟柯已经变了,

《站台》海报

贾樟柯他想拍的片子表达的问题也变了，并且我们的时代也变了，我们面对当下真正的一些社会问题，包括主要的矛盾也变了，这个时候我们评价贾樟柯，或者对贾樟柯抱有期待的时候是不是可以稍微也做出一些改变呢？我觉得也除了作为作者导演的价值，还有作为名人的这样的一个价值，而从作者角度说，与其我们要求一个已经回不去的贾樟柯，去拍他那些已经不再熟悉的东西，我们还不如要求一些新的年轻导演，拍非常棒的小成本电影，而贾樟柯已经有他的名人效应和名人身份了，正如张俊隆同学提的，大家也许去影院更多是看贾樟柯，而超越了看他这部电影本身，他作为名人价值这一点是不是也可以利用呢？从这个角度来看，他这样去宣传《山河故人》，如果让更多的观众看这样一部影片，至少比看更多的那些完全没有任何反思、完全没有任何人文深度那样一些青春片，或者其他的影片要好一些。

《站台》剧照

《小武》剧照

四、从汾阳到世界：全球化的跨文化思考

陈旭光　　我试图从文化的角度对贾樟柯导演的电影探索多一份同情、理解、期待。贾樟柯电影的主题从某种角度可以概括为——时代生存中的个体选择。其创作历程可以用这么几个词来概括：惶惑、选择、激愤、迷失。

　　他在《小武》，包括从汾阳出来以后的《三峡好人》和《世界》，这个时候的贾樟柯导演也有面对急剧变化的改革开放社会的一些惶惑，但他还是有选择的，包括是《三峡好人》里面的"三明"，他也有自己的选择，虽然他那个选择很悲凉，是无可奈何的小人物的选择，但是我们感觉到大变动时代大变动之中个体独立的存在，有一种强烈坚实的"存在感"。逐渐地，到了《天注定》，他的情绪氛围就发生变化了，如果前面还有惶惑，或者惶惑当中的坚持或者坚守，或者个体主体性的存在的话，到《天注定》时，变成一种对社会强烈的抗议与激愤。

　　而到了这部《山河故人》，我发现里面的主人公们是无所选择，贾樟柯有点越来越悲观，比如对人和人之间的关系，对全球化时代人的孤独、流浪、失语的生存状态。你看赵涛她的选择也很游移，选择碰到了一个伦理的问题，伦理和金钱的关系问题，最后仿佛是命运的捉弄一样，证明她无论选择谁都可能有问题。选择张译扮演的暴发户证明是错了，而另一个则沦落为社会底层病体恹恹，且不知所终。到了第三段，暴发户无法选择飘零海外，他的那个在海外长大的小男孩更是无从选择，无法选择，根本说主体性丧失了，国籍和身份都丧失了，没有选择了，选择是身不由己的。

不管怎样，贾樟柯总是要出来的，小武们总是要长大的，从汾阳到北京到三峡最后甚至到了澳洲，我们好像没法让贾樟柯永远待在汾阳，他总是要出去来，是要长大的。所以我觉得也不可能要求他一直讲一个地方发生的一件事情，我对贾樟柯电影当中越来越多的拼贴，那种多地性、跨地性，包括写实基础上的超现实、想象和不定性，如《三峡好人》中走钢丝那段飘忽不定的东西，我对这些探索抱有积极和宽容的态度。我觉得他在探索，包括从《天注定》开始，他的故事结构不再是一个完整的故事，而是分成了三段，是三段叙事。他在进取和探索，在适应一个全球化越来越剧烈的时代变化。当然这也给他带来了难度，其实我看第一段最感觉不舒服的地方是什么呢？这是梁子他们一大把年纪在那里扮嫩，扮演成一个中学刚刚毕业没有几年，甚至他们恋爱的态度都不是在一个沧桑的年龄应有的，那种情感是中学刚刚毕业时才有的复杂的三角关系。这也说明不能让贾樟柯老是停留在原地，他的演员，他喜欢特有的镜头对准爱妻赵涛，这其实带来了很多问题。如果你过多地让你们的妻子当主角的话可能会带来一些问题。

尽管他也面临着很多挑战，但是他还是有一种全球性的视野。贾樟柯是非常本土化的导演，却是享有世界声誉的中国导演，所以他现在的想法是具有世界性眼光的，山西小城汾阳的人都跑到澳洲去了，这样的一种开阔的视野我觉得还是应该鼓励的。这是作为具有世界声誉的贾樟柯在全球化时代自觉进行的与时俱进的"跨地"创作和跨文化思考，这无论在艺术的自我突破意义上还是在那种美学上的感伤忧郁情调，那种"离散"的美学气息都是有世界眼光和未来意识。贾樟柯电影中小人物们的迷茫和无法选择给我们以警醒：在时代的加速度中，我们不妨慢一点。这使得贾樟柯电影具有独特的反思现代性的时代价值和文化意义。

(娄逸根据速记整理)

第五讲

大家绝唱、影坛遗响

——《百鸟朝凤》与吴天明的导演艺术

主持人　陈旭光　张　卫　唐金楠
嘉　宾　吴妍妍　方　励　陶泽如　吴冠平
　　　　赵卫防　高小立　陈　阳　陆绍阳
　　　　李道新　李　洋　王　纯　陈　刚

编者按

2016年5月12日下午，由北京大学艺术学院、北京大学影视戏剧研究中心和中国电影评论学会联合主办的第二十次"批评家周末"文艺沙龙活动在北京大学艺术学院434会议室举行。沙龙由北京大学艺术学院副院长、北京大学影视戏剧研究中心主任陈旭光教授，北京大学艺术学院副院长兼副书记唐金楠教授以及中国电影评论学会秘书长张卫老师共同策划、主持。吴天明导演之女吴妍妍女士、著名的制片人、《百鸟朝凤》义务发行人方励先生、著名电影演员陶泽如先生，北京电影学院电影学系主任、《北京电影学院学报》主编吴冠平教授，《文艺报》艺术部高小立主任，中国农业大学陈刚教授，中国人民大学文学院陈阳教授，北京大学新闻与传播学院院长陆绍阳教授以及北京大学艺术学院李道新教授、李洋教授等嘉宾与众多北大学子一起参与了对话与讨论。

电影《百鸟朝凤》作为著名导演吴天明的最后一部电影作品，以其返璞归真的艺术形式和真挚深沉的情感表达，自2014年制作完成起便受到了广泛的关注。然而，从制作完成到院线上映，《百鸟朝凤》的宣传发行之路历经波折，由此也再度引发了关于在以商业电影院线为主导的市场环境下艺术电影的推广、传播、放映等问题的关注和讨论。除此之外，《百鸟朝凤》所引发的关于影片内涵、吴天明导演美学风格以及传统文化的传承等问题均成为了本次研讨会深入探讨交流的核心话题。

活动海报

陈旭光　　（北京大学艺术学院副院长、教授）　　首先，请允许我介绍一下北京大学"批评家周末"文艺沙龙的历史和宗旨，北大"批评家周末"呼吁话题的前沿性、学术性和开阔性，希望这个论坛能为《百鸟朝凤》这样的艺术电影在严肃认真的学术研讨基础上尽"鼓"与"呼"的当然义务。

唐金楠　　（北京大学艺术学院副院长兼副书记）　　请允许我代表此次活动的主办方之一北京大学艺术学院对各位嘉宾、专家及同学们的热情参与表示欢迎和感谢，此次《百鸟朝凤》的研讨活动在北大举办具有特殊的意义。首先，我校校友参与到了此次电影《百鸟朝凤》的宣发活动中，并提出了举办影片研讨与交流会的想法，这也正是本次活动得以举办的契机。同时，此次活动有很多年轻人参与，大部分都是北大学生，能够让电影与青年观众见面、对话，既能够为影片的制作方和宣传方提供来自年轻观众的声音，同时对于同学们而言也是一次难得的经历和宝贵的经验。因此，尽管活动的召集面临了一定的困难，但这些努力也是十分值得的。本次研讨会是一次是很好的机会，不仅是为了吴天明导演和他的作品《百鸟朝凤》，也是为了中国电影的发展，为了制作和放映更多思想性、艺术性和商业性兼具的好作品作出一点努力。

张　卫　　（中国电影评论学会秘书长）　　作为此次活动的策划及主持人之一，我想对此次活动的背景和意义稍作介绍。作为第一批看到电影《百鸟朝凤》的观众，想起三年前吴天明导演组织看片会时的情景，我依然清楚地记得当时的感动和

《百鸟朝凤》剧照

忧虑。当时同期参加看片会的观众中有谢飞和郑洞天两位老师,当时他们二位虽然高龄,但是非常清晰地知道90后、00后观众的喜好以及院线运作情况。作为吴天明导演的挚友,深谙主流观众观影偏好的两位老师在肯定了影片的同时,还敏锐地谈及了电影发行问题的严峻性。面对同档期的强大对手《美国队长3》,我认为影片中西洋乐队和唢呐乐队的对阵,与现实中《百鸟朝凤》与《美国队长3》的狭路相逢产生了互文观照。吴天明导演似乎早就预见了中国传统文化在当代电影观众面前的处境,颇有一点"一语成谶"的悲情宿命感。这部电影是对中国传统艺术教育最完整且最系统的一个扩本,中国传统艺术教育方式的四个层次在影片中逐渐显现:第一个层次是练习基本功,第二个层次是追求艺术造诣的最高境界,第三是传承,而传承关系的选择在第四层境界——道德。与吴天明导演一样,《百鸟朝凤》传达出了一种忧虑,即对于中国传统文化可能会变成一种小众文化的忧虑,而影片也就此问题表达了悲情却坚守的姿态。在这个状态下,观众在银幕上看到了陶泽如饰演的焦三爷在吹奏唢呐时血从唢呐里吹出来的桥段。一种"夕阳无限好,只是近黄昏"的故事

《百鸟朝凤》剧照

情态显露出来。这种对传统文化的坚守精神，包括陶泽如先生表演出的坚守精神，都深深地感动着观众。不仅是吴天明导演通过拍摄《百鸟朝凤》表达了坚守的姿态，影片的幕后人员，包括吴天明导演之女、制片人吴妍妍女士，发行策划方励先生以及众多的志愿者都以实际行动为中国电影坚守着，此次会议也是对中国传统文化和中国电影的一次坚守。

方 励（著名电影制作人、发行人） 作为《百鸟朝凤》的联合发行人和宣发操盘手，我想结合自己在艺术电影宣传推广方面的工作经历和经验，对该片所反映出的当下中国电影的市场结构及其与观众之间的互动关系等问题提出一些自己的观点和思考。其实《百鸟朝凤》已是自己参与推广的第八部艺术电影，尽管仍面临着重重困难和挑战，但电影市场的繁荣和大众观影习惯的建立让我对未来的发展前景表示乐观。我认为，这部影片从拍摄完成到发行上映耗时三年，这本身说明了中国电影市场出现了问题。我想用两个"最难"来概括影片在发行中所遇到的壁垒：第一，难在推广。媒体、院线和观众是电影推广的三道关卡，该片在当下的电影市场中属于小众的艺术电影，商业属性不强，例如没有可以被拿来炒作的热点话题，会导致媒体自发性的推广不够。第二难，难在院线排片。目前就艺术电影而言，其推广的最大壁垒是院线。在没有细分的市场环境下，商业院线追求短期效应的利益诉求与艺术电影追求长期效益的艺术诉求之间的矛盾仍然棘手，同时，目前大多数的电影院也没很好地发挥其作为一个文化公共空间的功能。由于中国影院的急速增长，导致了大多数影院没有真正深层次地了解周边观众的需求结构，影院排片过于附肩商业潮流，缺乏文化艺术感知力，进而出现供需不对称与多元化缺乏的不足。所以我想提出建立"艺术电影院线"的想法，并希望得到在座嘉宾们的支持与认可。同时，就电影而言，我认为，像《百鸟朝凤》这样的电影，是记录时代变化与时代中的情感和人物关系的优秀作品，因此它的文化艺术价值不是简单的短期商业价值，而是长线价值，文化价值是不能简单以短期票房来衡量的。同时，《百鸟朝凤》并不是一个简单的小众电影，其本身的故事性、叙事结构，以及展现的生活中的趣味性都十分主流，因此这是一部具有精神信仰和普世价值的优秀影片。此外，我想特别介绍此次参与影片宣发的百余名志愿者，从这些义务到影片发行的志愿者身上，我感受到了《百鸟朝凤》的艺术魅力和观众对于电影的热情。我认为，作为一部动人的电影，《百鸟朝凤》并不"小众"，相反，该片所体现出的普世价值和真挚情感正是电影创作与介值观念的主流。真正的电影创作不仅是创作者的个人表达，更是与千万电影观众的真诚交流。

吴妍妍 （《百鸟朝凤》电影制片人、导演吴天明之女）　我想讲述一些影片在制作与发行环节的幕后细节，以及目前所遭遇的尴尬处境。在影片上映之初，票房只有300万，作为发行方，我非常想再多发出一些声音引起更多人注意，但是当下面临的问题很尴尬，很多观众想看却没有排片。我粗略地统计了网络上，该影片的评价，豆瓣网站上观众对《百鸟朝凤》的评分为8.4分，3000多条评价中基本上都持肯定态度，而且很多都是80后、90后，这些评价者是网友自行发表的，而不是水军，这说明观众对这部影片是喜爱且乐于接纳的，并且不在少数。问题在于现在院线的排片太少，甚至有陌生人给我发短信，说找不着排片而只能干着急。我还记得以前和父亲的争论，作为家人我曾反对父亲用三年最佳生命时光拍一部观众也许不会看的电影，担心作为导演的父亲会感到失落，但他执意要完成这部拍给自己看的影片。在拍摄过程中，我认为是一个做减法的过程，原先拍摄和剪辑了许多快节奏的、花哨的镜头，音乐也用了许多西洋乐，最后全部舍弃了，原因在于如果一个导演要做经典传统的内容，就应该把所有与传统无关的东西全部剪掉而保留一种纯粹。

吴冠平　（北京电影学院教授、电影学系主任、《北京电影学院学报》主编）　其实在吴天明导演离世之后再来研讨《百鸟朝凤》略微有些伤感。我今天主要想从理论话语与电影创作互为建构关系的角度出发，谈一谈电影理论与电影话语的建构对于艺术电影的评价和传播的重要性。首先我认为，《百鸟朝凤》是一部具有中国气派的艺术电影。从中国电影史的角度看，作为"第四代"导演代表人物吴天明的最后一部作品，《百鸟朝凤》呈现出了非常完整、稚拙的"第四代"导演鲜明的创作个性和创作思想，同时又充满了澎湃的激情。导演通过影片抛出了关于中国文化与人性的深刻主题，呈现在观众面前的作品没有多增加任何的装饰与迂回，在毫无刻意包装的状态下淋漓尽致对这一主题进行了充分的表达。这样一位导演在今天还能把属于中国电影艺术传统的一些东西用原汁原味的表达形态传达出来时，对今天的批评者和热爱电影的观众们都是一个不小的考验。因为这部影片体现了吴天明导演一以贯之的美学风格，即扎根在中国土地上的朴实，并且用现实主义手法来刻画和表现一个人在社会和历史中间的失落与困苦。某种意义上，《百鸟朝凤》和《老井》有一种神似，只不过《老井》在那个时代，可能穿了一件那个时代喜欢看的衣服，用那个时代的观众能够接受的腔调讲述故事。在《百鸟朝凤》中，其实吴天明导演也试图能够找到一些跟今天观众共鸣的地方，艺术家骨子里的东西没有变化，但是讨论问题的方法似乎在今天已经很少被关注了。所以，站在电影研究者与批评者的角度上，我认为，《百鸟朝凤》这部影片在当下这一发展阶段的出现，对目前中国电影艺术整体的传播和批评提出了一个重要问题，即具有中国气派艺术风格与艺术经验的作品如何通过合适的包装和推广方式，使其不仅在中国具有一定的影响力，同时在世界上也具有传播力和影响力。而作为理论学者与批评者，如何利用理论的工

吴冠平发言

具,将中国电影的艺术传统,以及中国传统艺术价值观通过适当的方式传播出去,是十分值得重视和讨论的问题。与热门的小众外国电影相比,我们更需要更为优秀的中国电影,尤其是像《百鸟朝凤》一样具有思想深度和艺术高度的电影,建立一套良好的宣传渠道和推广的话语体系,同时能够在有效空间内尽可能长时间地进行传播。推广影片的平台一事并没有想象中的大与深,其实根的问题在于缺少语文话语的包装。不光是对一部影片,其实长久以来我们对于中国电影传统的热爱远远不及西方人对中国电影的热情。国外经常会有人去做一些中国第四代导演、第五代导演的影展。在这一方面,反而国内的推行力量略显单薄,于是乎造成了有些电影与今天的观众之间没有亲近感。其实这类影片的观众还没有完全进入到电影院里去,实际上还有很大一部分的热爱艺术电影的潜在观众并没有被请进电影院里观赏这部电影。因为这些观众不是被表面的商业化运作所吸引,可能还需要另外一种对他们更有吸引力的话语,足以让他们进影院接触高冷的、值得思考的电影。

陆绍阳　(北京大学新闻与传播学院院长、教授)　我想先从电影创作的传承、承继与反哺的角度,分析一下当下文化氛围的症结。我认为,造成如今中国电影发展繁荣但不平衡的状态是多种因素合力影响造成的。对于这一文化氛围与症结,我们每一个人都有责任,而不仅仅是院线和观众。首先,我们的体制、机制以及艺术院线没有很好地推进,还有一些资源没有被积极地调动起来推进这部电影的发行。市场繁荣一方面带动了中国电影的整体发展,另一方面也把一些电影原有的生存空间挤占得越来越小。如果说吴天明导演的去世是一个时代之痛,那么目前中国电影发展的现况则是一种文化之殇。其次,我想谈一谈我对《百鸟朝凤》的表演艺术的一些看法。我认为,影片中呈现出的表演艺术特征是"优美自如并具设计感"的。作为一部表演艺术极为出色的影片,《百鸟朝凤》对于学习表演艺术的演员而言可以称得上是一部"不可不看"的佳作。"我们现在有演员,但是没有表演艺术",我想借用这一著名的评述来概括我对于当下表演艺术发展的观点,莱辛曾在《汉堡演技学派》一书中提出一个可以称得上是表演者所需具备的三个特征:一是有自己的特色,二是有自己的世界观,三是能够通过作品袒露出艺术家的灵魂,而陶泽如先生在《百鸟朝凤》

中的表演则符合了莱辛对于"表演者"的定义。我认为，目前中国所推崇的主要是生活流的表演风格，忽视了表演作为一种艺术的设计感，而《百鸟朝凤》中的表演，尤其是"焦三爷"这一角色的人物形象和行动，正体现出了演员在对自己肢体语言掌控自如的情况下呈现出的优美的设计感。

高小立　　（《文艺报》艺术部主任）　　我想从宏观分析和文本细读两方面出发，一方面从市场角度出发，说明进行影院差异化建设之必要性，另一方面从电影文本入手，指出现实主义创作作为一种艺术观念而非题材，其本身具有永不过时的强大的生命力。首先，我想从差异化影院建设的角度对艺术电影的发展前景发表一些自己的看法。我认为，目前中国商业院线的市场并没有达到饱和，因此单纯依赖商业院线放映艺术电影并不可行。一旦商业院线发展到饱和程度，院线自然会出现差异化发展。目前，中国艺术电影从制作到宣传再到放映并没有形成一个独立自足的体系。一旦体系建立成熟，观众的观影习惯建立，那么艺术电影的发展就有了一定的保障，而这之中，建设艺术院线是极为重要的一环。同时，对观众层次和观影需求进行细致的调查，从而从理论和调研角度支撑差异化影院的建设，也是十分有意义的课题。就《百鸟朝凤》电影本身，我想以"远去的背影"为隐喻，从文本细读的角度对影片进行解读。在这里，"远去"有着五重含义：既是影片中焦三爷的远去，也是作为唢呐最高境界的《百鸟朝凤》的远去，还有吴天明导演的远去，以及吴天明导演所坚守的电影艺术精神的远去；而最后一个远去，同样是本片的主题内涵，即做人品性之远去。影片中，唢呐是一把尺子，丈量着无双镇每个人的品性，因此，真正可怕的不是唢呐的远去，而是做人准则的远去。我认为，电影《百鸟朝凤》的故事节奏沉稳，叙事节奏克制，影片通过闲笔和细节来突出生活的质感和实感，与当下流行的快节奏叙事有着明显的不同。同时，导演吴天明的功力也在于，能够在他所坚守的、熟悉的黄土文化中开掘出新的风景，这也正是中华文化所给予他的营养。《百鸟朝凤》与吴天明让熟悉的不再陌生，其扎根黄土地的现实主义创作精神，是中国电影现实主义精神永远强大、永不过时的印证。我认为，吴天明导演真

高小立发言

《百鸟朝凤》剧照

正秉承了现实主义创作的思辨本质，其电影回到人物、回到情怀、回到文化的追求，正是当下中国电影所要学习借鉴的。

陈阳　（中国人民大学文学院教授）　我想从《百鸟朝凤》出发，探讨一下电影展现出的"以德配艺"的价值观念，以及电影精神的回归。首先，我想说，在此次研讨会中，与会嘉宾们在影片呈现出的艺术风格、艺术精神，以及电影发行放映环节反映出的关于艺术电影院线建设等问题找到了共识，在某种意义上也是向逝去的吴天明导演致敬。我认为，电影《百鸟朝凤》一定程度上展现了中国人内心压抑的共同愿望和向往，这种内心需求也反映在方励所提出的建设艺术院线的问题上。在当下，中国电影被产业化搅动得繁荣而喧嚣，"颜值"代替演技的情况愈演愈烈，在这种发展环境下，艺术鉴赏力如何体现，电影的评价标准为何，都是相对混乱的。因此，《百鸟朝凤》的出现是十分有意义的，不管电影最终的票房如何，导演吴天明通过娴熟的艺术表达所展现出对生活的理解和真挚的爱，都会通过电影向生活的深处蔓延。由此，我认为，中国电影在经历了市场化的热潮后，也实实在在地到了触底反弹的阶段。这也可正在经历社会转型的人们需要静下心来，放慢匆匆的脚步，好好反观精神和

《百鸟朝凤》剧照

灵魂的需求相一致。同时,我想回应一下方励的观点,电影院应当是类似于教堂的场所,是一个属于心灵的公共空间与精神家园,而要想达成电影院的这一功能和价值,也要有一系列能够承载此种意义和价值的优秀电影的支撑。此外,就电影本身传达的精神价值,我想将其概括为"以德配艺"。我认为,作为吴天明导演的生命绝唱,《百鸟朝凤》真正传达出了导演对于生活的理解。中国人讲求"以德配天",而在影片中体现的实际上就是"以德配艺",或者说是"以艺配德"。因此,影片凸显出的境界实际上也就是中华文化的至高境界,高明的艺术境界和高尚的人性品格都是至高无上的,而这种艺术与德行的相陪相称正表达出了最高的人生价值,这种境界才是真正让人震撼和感动的。

李道新 (北京大学艺术学院教授) 我想从中国电影史的角度出发,表达对吴天明导演通过电影传达出的中国电影精神的敬意,同时结合电影史学术研究与人才培养的情况对影片中的文化传承主题进行一些解读,尤其是我在北大从事中国电影史的学术研究生涯来谈一谈。我认为,观影过程中强烈的自我代入感来自中国早期电影研究同影片中的唢呐艺术一样作为一种文化记忆的相似性和共鸣感。无论是吹唢呐还是研究早期电影,能找到可以理解你,并愿意把这份事业继续下去的接班人的心情是十分喜悦、迫切而激动的。这种老师与学生、师傅与徒弟的关系就同父亲与儿子的关系一样，表达了明确的文化传承的主题。在这样一个层面上，我觉得《百鸟朝凤》有很强大的分散性，观众在观影中情绪被层层积淀而不断被感动。对于影片在宣发上映阶段所面临的问题，一方面我想对怀有坚定信仰和付出了艰辛努力的工作人员表达我的敬意。另一方面，我也认为，《百鸟朝凤》作为吴天明导演的最后一部作品，就是导演拍给自己的，而且最终也拍出来了，所以对于吴天明导演本人来说是无憾了。吴天明导演身上具有陕西人特有的精神气质和强大的事业感与使命感，这种业已成身死而无悔的精神正是中国人自我实现的最高境界。因此，积极地推广和宣传《百鸟朝凤》，更多的是我们一种"自我救赎"的方式，通过这种方式反思自我，拯救自我的精神和灵魂。

陈刚 （中国农业大学教授） 我想结合一下自身的体验来谈一谈，我在观影过程中有越来越强烈的自我代入感。作为一个老师，我想先从自己的教学经历出发，从教育教学的角度谈谈影片中的"传承"精神。我认为影片中所呈现出的师生关系以及习艺方式，实际上与当今艺术教育形成了互文观照。《百鸟朝凤》作为吴天明导演的最后一部作品，不仅是导演本人的绝唱，也是第四代导演的绝唱。实际上，中国电影的市场化改革真正的受益者是第五代导演，而第四代

活动现场

集体合影

导演并没有在市场化过程中获益和获利。就影片而言，《百鸟朝凤》关涉的内容十分广泛，可见导演对于当下中国城市化进程的关注和反思。无论是商品化社会的价值观转向，还是进城务工群体的劳动力转移，以及丧葬习俗和仪式的变化，都体现出社会转型时期的诸多改变，以及在此过程中仪式与仪式所承载的价值信仰的丧失。关于影片与年轻观众群体之间的距离问题，我认为，当下作为主流观众群体的80后与90后，在一定程度上不具备自觉意识和反思意识，这与电影观众的观影经验有关。正如类型的模式化所带来的区隔一样，不具备此种电影风格观看经验的年轻一代观众在产生认同与共鸣上也会有一定的难度。提到年轻观众观影经验与类型化的问题，我认为，年轻一代观众的观影经验主要来自好莱坞类型影片的影响和培养，因此，中国电影在市场化之后没有经过完善的类型化建设而直接进入到了类型杂糅的阶段。然而，目前的观众接触到的电影形态也是十分有限的，影院的影片都是没有差别的同质化产品。因此，应当通过媒体环境和文化环境的建设为观众营造更加良好、完善、多元的观影环境。在这一方面，电影的分众化消费即是建设的重要一环，不仅是建设艺术院线一类的分众化消费终端，提供分众化信息与交流服务的虚拟APP也是未来的发展方向之一。

李洋　（北京大学艺术学院教授）　首先，我认为这部作品即便有很强的个人性，但也能在最近上映的很多作品中寻找到共性，比如《老炮儿》和《师父》。这几部作品的导演不是一个体系内的导演，但是都不约而同触及了时代问题，并且有共同的美学追求。我想借用哲学中"悲悼剧"的理论，从"悲悼"观念与民族时代仪式的角度阐释影片的艺术价值。悲悼剧表达的情感是一个民族在特定时代通过戏剧形式缅怀即将消失但难以挽回的无力，即便今天坐在这里讨论唢呐及其作为文化遗产的意义，但是作为一种乐器或者是一个职业，它可能会被时代淘汰。这并不可怕，时代变化肯定要淘汰一些工具、一些艺术形式或者一些职业。可怕的是我们没有一种面对时代更迭即将带走我们曾经特别热爱、特别喜欢的好东西的仪式或者形式。这种可怖本质上来自人面对死亡的恐惧，人类总是需要一种仪式来表达面对美好离去的那些心理焦虑、慌张与痛苦。这部电影却恰好呈现出来的是一种"现在"对"过去"悲悼的仪式，一种文化更替、时代更替的仪式。从这一意义延展，我想说，这部作品完成了面对传统文化走向消散时救赎内心焦虑和恐惧的崇高使命。在文本分析方面，我觉得这部电影在视听语言的运用上并没有追求特别华丽的手法，原因在于吴天明导演对于唢呐本身的思考，唢呐是非常简单的乐器，但是可以吹出很多鸟的叫声，可以表达很丰富的情感，所以吴导演在表达手段的艺术境界上也回到唢呐所推崇的返璞归真的美学，用很纯朴形式表达丰富的情感。同样是讲述和音乐、教育有关的故事，对比之下，《百鸟朝凤》与好莱坞电影《爆裂鼓手》的叙事方式和最终呈现完全不一样。《百鸟朝凤》并不像《爆裂鼓手》中那般塑造严师形象，凸显两代人的代沟和强调演奏乐器的技巧，而是回到了中国历史中早有起源的传艺叙事，例如在师父选择接班人时，不会明确告知这样选择的原因，但会用一种文化的、情感的方式让徒弟们深切体会。其中诗和声、义和道的微妙关系处理是外国人没法感受的，所以这个叙事本身具有中国价值，代表着中国民间的传统。除此之外，我也想谈谈欧洲艺术院线的经验，在欧洲，电影院可以通过放映艺术电影形成专业院校从而拿到国家的奖励与补贴。

陶泽如　（男主角"焦三爷"的扮演者）　我想说说影片中的诸多拍摄细节，并分享一些与吴天明导演合作的表演经历。首先，《百鸟朝凤》不仅在细节上精雕细琢，还是一部集合了中国传统文化精神、彰显道德感化的电影。例如在拍摄"焦三爷"醉酒的一场戏中，我的确喝了些许酒以求达到最佳的表演状态。在剪辑的过程中，导演力求吹奏唢呐的画面中其指法与旋律相匹配，于是张大龙先生在作曲时是严格按照指法来写的旋律。我认为《百鸟朝凤》这部电影虽然有许多形而上的象征性，却是一个完全能够通俗易懂的故事，让人激昂向上，同时也会带来很多思考。影片中很多地方聚焦于传艺，不仅是师父向徒弟传授技艺，更多的是传德与风气。这与当今的一些社会现象、文化完全可以联系起来，比如学演艺，学器乐，学美术或者学舞蹈，学习这一类艺术，许多时候往往来不及或顾不上去考虑生活上的修养与教养。另外，令我感到焦虑的不仅仅是《百鸟朝凤》这一门艺

陶泽如发言

术电影的出路，将来在中国电影市场上或许还会出现类似风格或类型的作品，艺术电影如何生存与长远的发展也是需要进一步探讨的问题。

陈旭光 我认为，这部电影有一个悲慨的关键词——既是吴天明导演的绝笔之作、封山之作，也是"第四代导演的压箱之作"，第四代导演电影特有的那种诗意、忧郁、抒情的风格和气质，属于那一代导演的镜头语言在这部电影中仍然较为明显。这种诗情画意和人物关系、叙事模式、戏剧化方式、象征表意方式在今天的主流电影中似乎已经不可能引起全民观看的热潮了，但在一个应该提倡文化多元化的全球化语境中，这样的小成本的艺术电影还是有存在的必要的。其二，这是一部吴天明导演的心灵传记、心灵寓言式的作品，焦三爷几乎是吴天明导演的"自况"和"反身"。这部电影在文本内部和电影与社会文本之间，戏里戏外都充满了耐人寻味的文化隐喻，具有复杂的文化寓言性，给我们带来了深刻的思考。在电影中，唢呐是文化传承的符号，是传统文化的隐喻，唢呐和唢呐人的命运更是一种"文化守灵人"命运的隐喻，而吴天明导演已经把自己投射成"文化守灵人"的形象。虽然电影对中西文化的冲突与对立的呈现稍显简单化，篇末那个抒情性幻觉化的镜头段落，焦三爷气势不凡地起身背对我们拂袖而去。这个镜头似乎隐喻着：如果我们不珍惜传统，如果我们慢待我们的文化，而一味沉浸在娱乐狂欢之中，最终损失的是我们自己。或许，我们没有办法扭转90后与00后的观影兴趣。但是在市场、影院之外，能不能通过高校或者其他平台创建一些基地、一些艺术影院，使我们的文化生态与文化传播更具丰富性？为少部分想看的观众，为部分非主流的中国电影特别是中国的高质量的艺术电影提供更为良好的平台，是值得每一个人思考的问题。也是一个健康正常的文化生态所必须考虑的。

唐金楠、陶泽如、陈旭光合影

李黎明　　（北京大学艺术学院的硕士研究生）　　我想表达如下三个观点。其一是《百鸟朝凤》所传达的工匠精神，匠人精神是当下国家时代精神最需要的东西。其二是这样一部电影很有可能在网上产生持续发酵，通过互联网运作方式，让更多的人能走进电影院欣赏这部作品，艺术性与商业两者并不矛盾。其三是我认为表演最重要的是表演风格化和表演个人化，而陶泽如老师的表演风格是"不羁"。

祝子键　　（北京大学艺术学院本科生）　　我想说，我作为一名西安人在观影过程中数次热泪盈眶，感动于《百鸟朝凤》这部电影带来的西北文化记忆，作为一名当代年轻人，也非常感谢吴天明导演用艺术的表现方式提醒大众对传统文化的传承与铭记。

　　嘉宾们的发言引发了在场观众的强烈共鸣，在场的其他北大学子也纷纷对陶泽如先生、吴妍妍女士发起提问，分享了自己独特的观影体验。

　　另外，也有从外地赶来的同学向方励先生提出可以考虑在高校中的大学生电影协会做一些有效的宣传，从而实现该影片更广泛的传播。来自北大软件学院的本科生说艺术来源于生活、高于生活，最后回归生活。艺术家表达自己的想法就把自己的感情通过作品表现出来，然后让观众产生共鸣。所以她觉得吴导演是一位真正的艺术家，她在观看这部电影时有三个感知，即青春、信仰和传统文化。同学们的发言表露了他们对电影的喜爱和对吴天明导演的崇敬之情，也表达了年轻一代的影迷青年们对中国电影现状及其未来发展的关注。

(娄逸、李诗语根据速记整理)

二 媒介深思

第一讲

电影、媒介与身体

——重述麦克卢汉：以电影分野的媒介史说

主讲人　赵立诺
主持人　陈旭光
嘉　宾　谢　冕　艾克拜尔　朱　竞　高秀芹

编者按

2014年9月19日，北京大学"批评家周末"文艺沙龙正式重新启动，文艺沙龙由北京大学艺术学院副院长、北京大学影视戏剧中心主任陈旭光教授主持，应邀出席的有北京大学"批评家周末"发起人、北大中文系老教授、著名文艺评论家谢冕先生，《中国作家》主编艾克拜尔先生，资深编辑朱竞女士以及北大培文总经理高秀芹女士等。

谢冕先生是20年前"批评家周末"的开创者。20世纪90年代，他组织北大中文系的青年教师、博士研究生和访问学者等，经常在周末的下午针对文学艺术的现象、话题、作品、作家、诗人、艺术家等进行深入的学术对话和研讨。每次研讨要求一位青年学者做主报告，其他青年学者补充、质疑、辩驳、对话，并有专人记录整理并联系刊物发表。谢冕先生在开幕致辞中说道，"批评家周末"是一种定期进行的学术座谈和学术研讨的形式，是学生在老师的指导下独立承担学术责任的一次尝试，能够促发师生之间的学术交流与思想讨论，同时也是一种考核自我的形式。学术活动试图引导与敦促学生对学术使命、学术理想的不懈坚持。谢冕先生希望20年后薪火相传的"批评家周末"文艺沙龙能够坚持"学术独立、思想自由"的品格，保持批评的"纯洁性和尊严感"，关注文艺发展的现实，立志于文艺批评的发展创新。

本次批评家周末由北京大学艺术学院博士研究生赵立诺主讲。主题为"电影：媒介文化的艺术之镜"，她的报告试图从媒介文化理论的角度出发，讨论媒介的发展对电影美学、电影文化的影响。在溯源媒介文化的历史源流后，她以数据库美学、媒介互文等角度对当下电影的新文化、新美学形态进行分析。她的发言引发大家关于电影《云图》，媒介范畴定义、数字崇拜、大数据思维等问题的热烈讨论。

"批评家周末"文艺沙龙揭幕仪式

集体合影

电影从来都不是独立存在的一个艺术个体,它具有多重属性,而其中最为重要也无须论证的,即它是一种人类社会中的重要媒介。但与其他媒介不同,由于它具备的个人性和独创性,也使得它又是一种艺术。拉康认为,电影如同一面镜子,映照着观众的潜意识,也映照着人类社会的发展变化、社会形态;如今我们从媒介文化的角度入手,来看电影这面镜子是如何在反映了潜意识和社会发展的同时反映媒介文化,如何受到媒介文化的影响,形成了自身电影美学与电影文化思考的变迁。

一、媒介对人类身体完整性的侵犯

麦克卢汉认为"口语词""书面语""道路与纸张""数字""服装""房屋""钱币""时钟""印刷术""漫画""交通工具""照片""新闻""汽

车"'广告""游戏""电报""打字机""电话""留声机""电影""收音机"'电视""武器""自动化"都属于媒介的范畴,从而在《理解媒介——论人的延伸》一书当中一一进行了论述。从这些对媒介的范围的框定中我们可以看出,麦克卢汉对于媒介的定义十分宽泛,人造的、在人类身体之外、又与人类身体可以产生关系的事物,在他的笔下基本都可以称之为"媒介"。最重要的是,他将媒介定义为"人的延伸",这个概念成为了《理解媒介》一书最重要的观点之一。

"人的延伸"事实上就是"人类身体的延伸",因为麦克卢汉所指即是人类中枢神经系统的延伸。他认为人类的四肢、眼耳口鼻是从中枢神经系统中延伸出的,那么作为手脚、眼耳口鼻的延伸的媒介,其脉络应寻往人类的中枢神经,则就是人类身体了。麦克卢汉在文中提到了一个著名的希腊神话——那喀索斯沉迷于自己在水中的倒影而成为水仙花的故事,他认为这个故事是人类和媒介关系的一个隐喻,因为"人们对自己在任何材料中的延伸都会立即产生迷恋,我们的延伸会使我们麻木。我们的任何一种延伸,都是保持平衡的努力,有些医学专家将人的任何延伸都看成是'自我截除',当人体无法探查或避免刺激的根源时,就诉诸自我截除的力量或策略;当身体感到刺激的压力时,中枢神经系统就截除或隔离使人不舒适的器官、感觉或机能,借以保护自己。发明创造的刺激,构成了加快速度和增加负担的压力。比如轮子,是脚的延伸,或者从人身上'截除'脚的功能。"[1] 所以,那喀索斯之所以会被自己的倒影而沉迷且最终失足落水,是因为也看到了最初的媒介/倒影——自己身体的延伸。

无可厚非的是,麦克卢汉确实是媒介研究的大师。因为时至今日能够将人类世界的发展史、人类身体、人类感知与媒介统一在一起进行分析者也难以出其右者,且其对于媒介性质的划分也在一定程度上成为了媒介研究的典范。但是对于"媒介是人类的延伸"这一概念,我持有不同的看法。

我们可先绕开"那喀索斯和倒影"的神话隐喻,从现代媒介讲起。后工业时

---

[1] [加] 马歇尔·麦克卢汉:《理解媒介——论人的延伸》,何道宽译,南京:译林出版社,2011 年 7 月。

代以降，人类社会已经发生了诸多纷繁复杂的变化，"后科技时代""后媒介时代"等描述当下日常生活的词汇层出不穷，这些词汇所指向的正是当下以数字技术为基础的时代现象：互联网扩展、智能移动媒介（智能手机、平板电脑、超级本等）普及。在这样的时代下，人类的日常生活开始产生对这些传媒产品产生极大的、明显的依赖性——这从无论何人都无法脱离时时相伴的手机可以看出来——许多创意媒体专家将这种现象归结为人类重新回到了"游牧时代[2]"。与其他传统媒介有所不同，智能移动传媒具有着与人身体更为紧密的接触和不可分割性，如我们会随身携带的手机、iPad 和异常轻薄的笔记本电脑（如 MacBook Air 系列）。如果坚持认为这些媒介是"人类身体的延伸"，似乎也未曾有过大的过错，按照麦克卢汉所进行的"中枢神经"延伸的论述，他们也可以作为中枢神经系统向外进行的延伸，如手机可以作为口、耳的延伸，电脑可以作为大脑的延伸一样，因为从某种程度上来讲，这些媒介设备确实起到了一定的对人类身体器官的替代或者延展的作用——正如手机的作用延伸了耳朵和口语的能力范围，而文字则增加了对事件了解的时间。

但是，若我们从身体的自然属性出发，却发现并非如此。因为人类身体具有自然属性，尽管四肢、眼耳口鼻是中枢神经系统的统一，但是并不代表与身体脱离的手机、电脑也应该是中枢神经系统的一部分。因为人类的身体在大自然的系统中是具有独立性的，是可以形成自我的统一的，当没有手机、没有电脑、没有任何媒介的时刻，身体依然能够自如地行动，生活保持一种完整性，正如我今天坐在这里，但是即便没有我的演讲稿、即便没有我的椅子，我依然存在在这里一样。

这个时候我们可以再回到"那喀索斯与倒影"的神话隐喻中去，看看麦克卢汉对这个神话的解读是否埋藏了什么漏洞。

相对于麦克卢汉，我并不认为这个神话的隐喻在于"人类会迷恋自己的延伸"

---

2 李天铎编著 :《文化创意产业读本——创意管理与文化经济》，台北 : 远流出版事业股份有限公司，2011 年 5 月 25 日，初版一刷。

这个问题，而是倒影作为一个媒介，充分而极端地体现了它对于人类身体的重要性。倒影的确可以看作是人类和世界最初最自然的媒介隐喻，因为倒影连通了人类与地面、光线、水面等。所以，倒影的确是媒介。但是，倒影是否是人类身体的延伸呢？它究竟将人类的身体进行了多大程度上的延伸呢？事实上，脱离了倒影，或者说媒介，我们的身体照样可以进行完整的活动和思考，但是相反，有了倒影、媒介，我们身体的完整性反而丧失了——比如说我脱离了我的演讲稿，可能会瞠目结舌，什么也讲不出来；我丢了我的手机，我会心慌意乱，仿佛丢了我的眼睛、我的耳朵、我的大脑一样——这个就是我失去了身体的完整性，而在这个时候有一个极大的暗示：无媒介的身体不完整。所以我认为媒介不是身体的延伸，而是对身体的一种侵略，它在和身体争夺我们的心灵领域。

再来论倒影/媒介的本质。若没有月光，没有宁静的湖泊，那喀索斯永远都不能够看见自己的身体，永远都不会存在"倒影"这个事物，从而我们可以知的是媒介的生发是一种先在的事物，它不是因为人类或者人类身体的存在而存在，而是来源于自然界——大自然是先于智慧的、先于人类的、先于物种起源的——所以媒介是从大自然中来，与人类齐头并进的，而不能因为它与人类产生了关系就认为它是人类身体的延伸。

从而，我们可以将媒介作为一个入侵者，而并非是我们身体的延伸。当有了媒介的出现，我们的心灵几乎失去了对我们身体完整性的认知；在某种程度上来讲，甚至随着媒介技术的不断提高，我们对身体完整性的认知是在不断消退的——从倒影到手机，媒介对身体的侵略越来越严重，现在几乎要成为身体的一部分了，身体脱离媒介时人类所感知到的"被伤害"也呈现出越来越严重的趋势。

但是我们也可以感受到的是，正因为大自然赋予了媒介以一种先在性，也就是它对人类身体的侵犯具有一种天然属性，所以人类便被这种媒介与人类关系的天然属性所束缚，正如俄狄浦斯的命运不可更改一样，这种先在性的不可更改使得人类始终都处于被媒介侵略的位置上，甚至从某种程度上来讲十分享受这种侵略。这也是为什么自有文化艺术以来，艺术家、智者们不断在艺术作品当中反思人类与媒介的关系，并常常指出对媒介过度依赖而产生的后果，电影如沃卓斯基姐弟的《黑客帝国》、文学如威尔斯的《时间机器》等。从而，人类的历史就可以在另一个维度中书写为一种媒介史，也是一个媒介对人类身体的侵犯史，或是人类对媒介的对抗史。

然而，媒介对人类身体的侵犯是体现在人类心灵对身体"完整性"的认知上，也可以这样说，媒介对身体的侵犯从本质上说是其对人类心灵的一种冲击和影响，而这种冲击和影响最终所获得的结果，在媒介史的范畴里我们可以看到，即是麦克卢汉所谓的人类"感知的变化"。

在《理解媒介》里，麦克卢汉不断强调的是人类感知世界的方式，在本雅明的《机械复制时代的艺术》当中，他也不断地强调一种所谓媒介技术对人类审美思维的影响，在丹尼尔·贝尔论述后工业时代的文字当中，也充分地将技术对人类心理、对世界的感知方式进行了论述。有些理论家认为这种"感知"也可以解释为荣格的"集体潜意识"。

所以我们现在回到我们的正题：电影。我的题目叫作《电影：媒介文化的艺术之镜》。为什么起这样一个题目，因为我们在进行一切媒介文化和媒介文化史的探寻与研究的时候，我们的目的正是电影的本质；但是我们清楚地知道，我们进行电影研究的根本目的，也正是为了了解人类生活的本质、了解这个世界的本质。从而这是一个双重的东西，也正如那喀索斯的神话一样，它是同一个事物的两个影像，甚至已经不能够区分出主体与客体，但是却都"犹在镜中"，互相折射、互相映照、互相链接、互相支持。

从电影最初产生的意义上来讲，它是一种媒介，一种大众媒介。但是由于它本身可承载的内容的要求，它也在发展过程中，成为了一种艺术。然而，它的媒介属性、技术属性对它的要求正在于，它不能够独立存在于这个世界，它必是生存在这个媒介世界的，正如在发展的最初，它生存于刚刚发明了电力的世界一样；在2014年的今天，它生存于充斥着新媒介的世界里。所以，回到我们刚才论述的结论中，人类的历史正是媒介史，那么电影的历史也正是媒介史。电影无论是从它的运作方式、文化呈现，还是艺术构思方式、思维方式，都与媒介息息相关，都能够如同一面镜子一样，照映着媒介的文化，能够从中反映出人类的媒介发展阶段，也能够看出媒介对于它的影响。所以，我想在此提出一个自己在阅读中的疑问，是否可以认为，电影在本质上是媒介文化的派生物，或者说，媒介文化是电影文化、电影美学、电影思维的决定者，或是最核心的决定者之一。

所以这个时候我可能不得不回到媒介发展的最初，从媒介的发展史入手来看看媒介是如何对电影产生本质的影响的。

为了明晰媒介和电影的关系，我将它们分成两大部分，一个是电影发明之前的媒介，我命名为"前电影媒介"，而在电影发明之后的我命名为"后电影媒介"。这个命名没有经过充分的论证，也并不一定十分准确，大家可以提出质疑或者是批评，但是也许可以帮助我、帮助大家来理解和清晰今天我想表达的内容。

二、"前电影媒介"与电影

（一）文字

首先我们一起回到人类繁衍的最初。智慧萌发、刚刚拥有行为能力和思考的能力的人类，与现代的人类是有所不同的。正如社会学家们19世纪和20世纪在非洲的原始部族进行的考察一样，在没有文字的部落当中，他们无法对现代文明、文化、艺术进行观看、阅读和理解。他们无法进行透视观看，更无法读懂电影。这个现象非常的有趣，它告诉了我们，人类之所以能够感知所有现今一切文化，能够进行阅读和审美，跟视觉文化的建立是分不开的。而视觉文化的建立，则是由于文字的出现。因为文字出现在了人类的文明当中，正如麦克卢汉夸张的比喻那样，"文字可以为人类召唤整个世界"。

的确，从本雅明到麦克卢汉、苏珊·桑塔格，再到杰姆逊、保罗·莱文森，这些视觉文化的研究大师无一例外地认可了文字对于人类文明的意义在于：它建立了人类文明发展的理性秩序，它建立了人类感知系统的顺序，它建立了视觉文化的重要地位，它建立了人类阅读、审美最重要的流程和方式，它是人类历史上的第一个媒介技术。它是媒介，它是技术。它为人类行为的大叙事建构了一种书写的可能，也在它内部的符号系统中，建构了一种新的、可被人类理解的、建构并吸引着人类感知的叙事系统。

作为最重要的"前电影媒介"，文字发展了几千年以后，终于有了电影这个事物。作为出生的婴儿，当电影睁开眼，想要进行学习和融入世界的时候，它学习的对象必然就是文字。

我们能够阅读电影，是因为我们能够阅读文字。文字的顺序从左至右从上至下，电影的构图亦从左至右从上至下；文字建构了伟大的小说文化、诗歌文化；电影亦从叙事文化入手，建立了伟大的故事片传统，以及不断发展、演变着的伟大的诗电影、艺术电影；文字将视觉感知提升到了最强的力度，并在这种文化中强行压抑或者关闭了其他感知的力量，所以人们有观看影像、观看活动影像、观看世界留影的需求，从而才会有发明电影的欲望；在电影最初的时候，它是默片，甚至在声音进入的时候，被许多大艺术家拒绝，因为他们只认可由文字引领的视觉文化，而不认可声音的文化。

所以大家在阅读或是学习有关于电影视听语言的书时，会有关于电影构图的法则的部分。几乎是每一本书都会强调，在电影构图中如有斜线构图，"从左上到右下"是一种顺序的、自然的方式，以此种方式进行的人物行动给观众以快速、无法阻挡、不顾一切的观影感受；反其道而行之，进行"从左下到右上"的构图的话，则人物的行动给观众以艰难困苦、无法到头的感受。这两种构图方式有两个非常经典的片例，一部是澳大利亚电影《钢琴教师》，另一部是 1927 年德国表现主义的名作《大都会》。《钢琴教师》当中有一个非常著名的段落，即女主人公的丈夫再一次撞破了她与男主人公的奸情之后，怀着极大的愤怒和嫉妒，在风雨交加之下手持板斧一路不停地从山上冲到了女主人公面前，砍掉了她的右手食指。在这个段落中，男主人公拿着斧头从山上往山下快走的镜头即则是典型的"从左上到右下"的斜线构图。而表现主义的名作《大都会》为了展示工业时代对人的异化,在所创造的让挖煤矿工人排着整齐的队列向矿井的出口走去的非常有名的镜头中。导演在此处采取的即是"从左下到右上"的斜线构图,给观众以一种看不见尽头的、艰难上升的感受。

当然,电影能够成为今日的电影,却不能够完全仅仅归功于文字。这也是我要进行"前电影媒介"和"后电影媒介"区分的原因。因为媒介在发展,从而电影也在发展。媒介建构的文化在改变,人类感知世界的方式也在改变,那么电影必然也要改变。

(二) 电力

自从文字的母亲怀抱中断奶之后,尽管电影还未成熟,但是别的媒介也开始发生影响。在电影发生之前,按照麦克卢汉、尼尔·波兹曼等媒介研究大师的划分,还有两个重要的媒介在人类文化史上写下了重要一笔,即电力和照片。尽管常常容易被人们所忽略,但电力确实是一种重要的媒介,因为它是可以承载信息的,将所有的信息都化作电子来进行传导,并且在以光速的速度来进行人与人之间的交流,所以电力也是一种不以感官感受为传导方式的媒介;其次就是照片,这个是除了文字以外"前电影媒介"当中最重要的媒介。

首先没有电力就没有电影。从命名上我们就可以看出,电对于电影来说具有极其实在的物理意义。当然,电并不仅仅在于它提供了电影的物理属性,它还为电影建构了一个事物,即技术崇拜主义的传统。正如马丁·布克哈特在《作者和电磁书写》一文所论述的那样:"那些被中介出来的东西(电流)完全不是任意和独断的,它有着一种语义学,这是电的语义学。"[3] 这种语义学建构的事物正是一种大的神话叙事。当时间在感知上被趋近于零,神就会情不自禁地降落在人类的脑海里,而"科学则通过叙事确立其合法地位"[4],从而在故事层面便出现了有电力进

---

3 [德] 马丁·布克哈特:《作者和电磁书写》,选自《传媒、计算机、实在性——真实性表象和新传媒》,[德]西皮·克莱默尔,孙和平译,北京:中国社会科学出版社,2008年。
4 [法] 利奥塔尔:《后现代状态》,车槿山译,南京大学出版社,2011年。

行的神话叙事，抑或可以说是一种迷思叙事。在对电力的迷思叙事之后，又出现了对电视、计算机、互联网、智能移动媒介等的迷思叙事，这在本质上都是一种对高科技与日常生活关系的一种迷思。

从电影的层面上来看，作为媒介文化的艺术之镜，许多电影都表现了对这种电力神话崇拜的反思。如1999年的大片《泰坦尼克号》在表现泰坦尼克号沉没落入海中的时刻，导演用了一个大全景镜头充分展示了船上的所有灯光瞬间熄灭的场景，这一幕成为了这个电影的经典镜头之一，也给了很多观众以深刻的印象。因为如此震撼人心的表现形式，就是为了引起观众对于电力所带来的光明的反思，以及大自然对于所谓的电力文明的穿透或反叛。

再如2014年的好莱坞大片《超凡蜘蛛侠2》。"蜘蛛侠"的漫画故事起源于60年代，最初是作为对生物技术的神话崇拜出现的（蜘蛛侠是被一只经过生物技术改造的蜘蛛咬后得到了超能力），但是时至今日，蜘蛛侠的故事随着时间和技术的推移体现出了不断变化着的时代特征。今年的《超凡蜘蛛侠》就已经不再将曾经反思生物技术的"绿魔"作为大反派的二号人物了，而是以"电光人"取而代之。并且赋予此人一切与"电"相同的特质：无处不在却又宛如隐形。同时，这部电影也点名了电的意义在于，它不仅仅是一种"电荷"的实体，同时它还承载着信息，它甚至能够承载一个人的精神及思考，同时它也带着对人类如今依靠着电力的媒介文明的极大的毁灭力量。如何正视电力、对待电力，则是值得思考的问题了。

（三）照片

照片对人类感知力的影响则更为明显。苏珊·桑塔格以厚厚一本《论摄影》论述了照片对人类日常行为、政治行为、审美思维等方面的影响，而照片更是本雅明"灵韵"概念的核心论述对象。从而，电影对照片的文化和美学的渗透与体现也屡见不鲜。

在法国新浪潮最重要的作品之一《四百下》中最后的定格镜头曾经引起过业界和观众的热议——在以一个长镜头表现结束男主人公逃出少管所、跑过街道、跑过树林、跑过沙滩、最后来到海边之后，特吕弗为了表现少年的无助与无奈，于是将最后的画面定格在了男主人公怀着无限困惑的回眸的特写镜头上，电影结束。

毫无疑问，定格镜头就是一个照片。特吕弗为什么要在此处加入一张照片——这与照片的媒介特性相关。苏珊·桑塔格认为照片割裂了时空，从而具有了一种断裂性，从而将现实书写为一种非现实性[5]，从而在本质上具有一种超现实主义特征。我们现在都很爱自拍，为什么？摄像机具有对人体的侵犯性，但是因为照片的存在，人们内心对身体完整性的恐慌导致对自拍、对自我身体认知的渴望，从而创造了热爱的割裂在时空那一秒自我的假象。然而，在自拍中的自我并不是真正的自我，是某一时刻在摄像机镜头下人为制造后的自我。所以照片具有一种割裂性，这种割裂性与摄影机的侵略性一起建构着人们的自我和自我认知（在某种程度上自拍也类似于拉康的镜像，但却因为它的可保留性又有所不同）。回到电影，我们也可以知道电影其实并不是一个完整神话[6]，电影需要不断变换的镜头进行叙事，就是它跟照片之间互相的对应，电影叙事需要时空的割裂。

《四百下》最后的这个定格镜头即使如此：时间和空间在叙事上已经无法延续，将时空停留在一个隽永的照片之上，让我们看到时空的割裂，从而形成了一种意义的延宕。库布里克的恐怖片名作《闪灵》的结尾处亦有对照片美学的借用以及对照片文化的思考。他给了男主人公杰克一个超大的脸部特写镜头，并停留了几秒；随后，他在一个长长的"鬼视点"摇移镜头之后，将镜头定格在一个合影照片上，并慢慢地放大——杰克和那栋大房子里面的鬼魂的合影照片。在这部影片中库布里克不仅仅是在诉说着思考着人类的家庭关系与欲望的本质，他用照片建构了最后的叙事，也就是通过照片、特写、定格等美学手段来表达他对人类灵魂和电子技术之间的关系。

与照片的特性最为相近的电影镜头是大全景镜头和特写镜头，因为这两种镜

5　[美]苏珊·桑塔格《论摄影》，黄灿然译，上海译文出版社，2008年。
6　[法]巴赞：《电影是什么》，崔君衍译，"完整电影神话"理论一节，北京：文化艺术出版社，2008年。

具有超现实主义的特性。它们并不能像长镜头那样独立成文,却能产生极为重要的视觉效果,这就是它们的超现实主义在起作用。

三、"后电影媒介"与电影

如果说"前电影媒介"对电影的影响更为内在,在美学上的影响更为先在,那么"后电影媒介"则更为外在,更多的可以说是在文化上、内容上的影响,当然,在美学上的影响正在进行中,我们已经看到了"小荷才露尖尖角",但是却也不得不来提及,与大家探讨。

(一)广播

第一个后电影媒介应该是广播。广播本质上是声音的文化,它一下就将人类从文字建立的理性文明世界,拉回到了原始部落的世界当中——因为广播打破了文化规则,所以它就为电影建立了新的法则,这也是我们在以前的时代呼唤有声片,呼唤声音电影的出现的一个重要原因,从而广播为电影美学(声话对立、声音和画面的蒙太奇)做出了很大的贡献。

比如《辛德勒名单》在选择犹太人段落当中对于声话对位的充分利用,广播中播放的正是宛如天籁的儿童唱诗班音乐,而画面呈现的却是极为残忍的对犹太人毫无人道的选择和屠杀。导演斯皮尔伯格直接给观众展示了声音来源即广播媒介,这既是广播对电影美学的影响,也是电影对广播文化的一种思考。除此之外,贾樟柯的《小武》和《任逍遥》也充分利用了广播在电影中的作用。

(二)电视

在广播之后最重要的影响是电视,因为电视对于我们人类的媒介文化具有非常大的意义,因为它是真正进入到千家万户、深入到每一个人的心中的大众媒介。

《楚门的世界》剧照

电视媒介影响力最大的时候是在 60 年代至 90 年代。在这个过程当中，电视对于电影，尤其对于电影史的意义在于它结束了古典好莱坞时代，因为有了电视，我们对于线性叙事、古典主义叙事风格的需求降低、屡见不鲜，甚至电视的叙事由于多线程和复杂化而产生了更有趣的方面。

为什么新好莱坞会崛起？因为电影容纳了电视文化，适应了这样的文化，映衬了电视所建构的文化和电视所建构的美学。

首先我们可以看一下电影对电视媒介的反思，《楚门的世界》用电影建构了一个巨大的电视媒体的神话的可能性，男主人公始终生活在一个电视真人秀当中而不自知，所有的人都能够观看他、奚落他、模仿他，甚至在他的生活中直接扮演电视广告，而他以为这就是生活。其实这事实上是一个媒介文化与人之间关系的隐喻：人类就是如此生活在电视媒介文化当中的，我们建构电视但是我们又被电视建构，而我们能不能够最终推开那扇门去往一个脱离了"被看"的新世界？未必，因为当楚门推开那扇媒介之门的时候，他其实是进入到了一个另外时空，而那个时空是不是一个新的真人秀电视呢？我们其实也不得而知。也许最终这样的电视媒介环境就像一个俄罗斯套娃，娃娃套娃娃，推开一扇门，还有一扇。这其实是对电视媒介的一种反思。

还有奥利佛·斯通的《天生杀人狂》，这部电影的男女主人公是电视时代成长起来的一代，是美国70年代陨落的一代，是没有人生目标没有理想的一代。因为在电视娱乐时代，失去了文字时代给我们的理性，观众想要的仅仅是碎片化如同明星一样的、拥有着超凡的行为模式、超越出日常生活的状态，所以两个疯狂的、完全无理由的、残暴的杀人犯就能够成为电视时代的明星。这个也是我们看到结尾的时候，有一个记者突破人墙去拍摄他们，将他们当作明星一般去追踪、去建构的一个原因。

一些好莱坞大片里面也有对于电视明星的反思，《虎胆龙威》系列的每一部都有一个女记者，无论男主人公走到哪里，她都会跟在身边爆料花边新闻，图惹事端。《十三罗汉》则主要通过展示赌场中无处不在的闭路电视监视器，再次提醒人们思考人类跟电视之间的"看与被看"的关系。

但是在八九十年代的时候，正是我们大陆电视媒介文化的一个生发期，那时我们电视的数量低于全世界平均电视数量水平，所以我们可以看到，当时人们（包括我们这一代）似乎更青睐外国电影。实际上，与之未曾映照我们的生活有关。那时候的中国电影很少映照着我们身边不断延展的媒介环境变化，尽管观照了艺术，却未曾观照大众，这个是大陆电影为什么在八九十年代不被市场接受的一个重要原因。

当然，在这八九十年代的艺术电影中也有对电视媒介环境的体现。比如说1994年的电影《二嫫》，讲了一个农村的女性二嫫，她的理想就是为自己的儿子买一个最大的彩色电视机，为此她通过卖麻花面甚至是卖血的方式不断努力赚钱攒钱，最终电视机买回来了，但是她的身体无法恢复健康，只能和电视机一起躺在炕上，在某种意义上与电视同样成为"被看"的客体，这就是一个农村女性和现代媒介之间关系的悲剧。这是在我们生活当中的一种现实，体现了当时的媒介文化及其所引起的消费文化对普通人的生活的影响。

还有90年代末冯小刚的《甲方乙方》，而这时已经与《二嫫》所处时代有所不同，中国的电视机普及率已经很高了，"村村通"工程也已启动。《甲方乙方》之所以能够获得观众的认可，并在当时获得票房的成功，是因为它通过"好梦一日游"的方式反映了当时的电视文化。因为电视的普及，电视文化、明星文化也成为市民文化的一种重要形式，而让普通人圆梦正是体现了人们对电视文化的感知。

从另外一个角度来说，电影所涵盖的电视美学主要有两点。第一个是一种"去逻辑化"的叙事。因为电视的大叙事从本质上来讲，是由很多节目构成的，有广告、有新闻、有电视剧、有MV等许许多多的节目。电视的阅读与文字的阅读有所不同，各种没有逻辑关系的电视节目互相穿插，从而受众从电视阅读中获得的感知与文字也有所不同，看电视长大的一代人认为这种"去逻辑化"十分正常，生活当中可以没有过多的理性束缚，我们的生活当中可以仅仅是这样一些奇怪事件的拼接，而不是由逻辑推导所构成的世界，这再一次打破了我们的理性世界，这就是由电视媒介所建构出来的后现代社会的视觉文化景观。

所以在电视时代我们出现了周星驰电影，出现了香港的无厘头喜剧。在周星驰电影中，我们可以看到非常混乱的逻辑，我们这看电视长大的一代可以从中间解读出无数混乱的逻辑，但是我们的父母，以阅读文字为主的一代人，他们是以文字为主媒介培养出来的受众，跟我们不一样，则更为喜欢理性主导、逻辑严密的现实主义叙事。

关于电视的"去逻辑化"叙事，可以举一个十分有名的例子《低俗小说》。昆汀·塔伦蒂诺将故事整个打乱，并将时间线索整个调换，这样的叙事与年轻人观看自己所喜爱的，以及观看多次的电视剧的阅读方式非常相似（如老版《还珠格格》或《西游记》）。如该电视剧在不同的频道播放，他们并不会在这里面选择一集，而是往往在十个频道之间同时观看，广告的阻断成为换台的契机，而即便两个频道讲述不一样的集数，也并不影响人们的观看，因为人们可以将熟悉的叙事自主进行拼接。我觉得这更能够说明我们当下的一种感知现实和一种媒介现实，我们这一代的现实。我能够迅速地在完全无厘头式的、完全没有关系的拼接当中找到可阅读的逻辑，这个逻辑便是电视的逻辑。

同时电视节目也对电影有美学影响，比如说广告美学、MV美学、新闻美学，比如说在《公民凯恩》中就有新闻的插播。

（三）计算机

西皮尔·克莱默尔在《传媒、计算机和实在性之间有何关系？》一文当中谈到，"在计算机发明的最初，我们在一种假定出来的关于加强和替代人类感觉、人类活动和人类思维器官的视域中，来理解技术器具的意义。在这样一种视角中，计算机过去是、将来仍然不过是人的脑力工作的工具，是精神工艺学"。[7] 在他看来，"计算机从一个可计算的程序工具突变为一种思维机器，它一下子从通心的模式构造完全变成了大脑模拟器"。其中提到了计算机特性中的两个要素，第一个是"数字书写"，第二个是"大脑模拟器"。

首先是数字书写的问题。对于计算机来说，最根本起作用的不是我们发的微博和微信，而是数字。数字是电脑得以运行的奠基石，因为没有数字就没有计算机，就不能建构计算机的运算，就不能建构大脑模拟器的机器的可能性，莱布尼兹曾经表达过，数字在这样的一种计算机的建构里，成为了如同货币一样的通用符号，"0"和"1"可以建构万世万物，它们不再代表"0"，也不再代表"1"，而是代表有和无，代表事件本身，所以说这个时候数字成为了一种符号。

然而，随着电脑的出现和普及，人们对于数字的感知也发生了改变，数字不再是我们生活里的一个器具、一个工具，而是变成了一种更为奇特的迷思，它不仅能够计数、计算，更重要的是它还能够书写文字、建构文字，甚至能够建构文字所不能建构的东西，如照片、视频等，所以数字变成了一种缔造者。

那么电影是如何反应计算机的这种数字特性呢？

第一个在于"数据库"建构了叙事中的数字崇拜，正如同在《黑客帝国》当

---

7 马丁·布克哈特：《作者和电磁书写》，选自《传媒、计算机、实在性——真实性表象和新传媒》，[德]西皮尔·克莱默尔，孙和平译，北京：中国社会科学出版社，2008年。

《黑客帝国》海报

中不断降落数字的屏幕一样，数字给人以神秘、伟大的错觉，还有如《云图》《无姓之人》《北京爱情故事》等；第二个是它运用计算机当中的程序的运算法则来进行叙事。我们都知道电脑里面数据库就是一种排列组合。数据库是对所有代表信息的数字的储存和整理，数据库的意义在于它对于浩如烟海的数字信息进行了如同一个详细的分类目录和分类信息的整理，在所有的这种目录底下是非常有规律地在进行这种排序，它拥有既定的运算法则，用以排列信息和提供信息。当人类需要信息的时候，这种本身就先在的运算法则是不可僭越的。

我在此处举三个例子，一个是《云图》，另外两个是 2014 年的《北京爱情故事》和 2008 年的《李米的猜想》。

在《云图》当中，所有的人物、故事和叙事都是在数字当中进行穿梭的，其中有 6 个不同的故事，有 6 个不同的时代，有 6 个不同的空间，6 这个数字主宰《云

《李米的猜想》海报

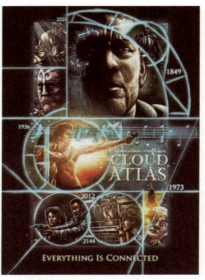
《云图》海报

图》当中具有不同的意义。同时使用同一明星出演不同时代的角色，且人物之间的关系在数字当中发生了变化，这个时候，它已经不再是一种如同《罗生门》一般的复调叙事了，而是建构了一种数字循环以及排列组合与运算法则，从而这种运算法则在其中便建构了一种新的美学和新的叙事。我们如果把《云图》整部电影当成一种序列的话，在主要的方面它拥有 6 个序列，但是每一个序列中它又有新的序列，让叙事与叙事之间产生某种可进行运算或可推导的可能。

其次是《北京爱情故事》，它运用数据库的方式不像《云图》那样复杂而全面，它很简单，它充分体现了观众对数字的"卡里斯马"崇拜[8]——观众会认为充斥着数字或是能够利用数字的电影，是现代的、是有新意的。《北京爱情故事》在影片

---

8 ［加］文森特·莫斯科：《数字化崇拜——迷思、权力与赛博空间》，黄典林译，北京大学出版社，2010 年。

的开头这样讲道:"在一分钟以后我就陷入了爱情。"然后在屏幕的正中心,男主人公左顾右盼的画面中有一个巨大的倒计时的数据,这个时候从60秒倒计时到1秒,"0"和"1"代表了无和有,在"1"出现的时刻,女主人公出现在屏幕的中心,与这个"1"并未一体,这便是数据库叙事的另一个意义——它将数字符号所指代的价值赋予了叙事、人物与故事。

2008年的《李米的猜想》在当时受到的关注不够,但并不能说它就不是一部优秀的作品。它的开头台词是李米的画外音:"83天。我打算回去了,李米,我成了他们看上的那种人……221天。我快回去了,李米,多多少少,我可以算是一个有用的人了,我已经能够看到我们未来超市的样子。430天。我和以前不一样了,李米,也许我已经成了你父母能看得上的人。708天。告诉你一件事儿,李米,我突然决定回去。我买了机票,过了安检,一直走到登机口!"导演在电影的开篇就扔给观众一大堆数字,而并没有按照传统的好莱坞叙事那样立刻走入到矛盾当中。为什么要给我们这些数字,当然为什么要先把这些数字放在最前面,这是因为我们崇拜数字,我们会认为这是一种数字能够带给我们精确的意义,数字能够带给我们宛如神话般的叙事,所以便通过数字建构电影叙事。电影一开头给出的这些数字恰好就是男主人公离开女主人公的那些岁月,并暗示了他们之间的"史前史",如果我们仔细听这些数字和这些数字后面的那些语言,我们就知道在整个故事的开端是有一个史前史的,而这个史前史是用数字来建构起来的,这就是这些数字的意义。

在文化反思的意义上,这就是对计算机作为"大脑模拟器"的幻想与思考。自从科幻电影类型片出现以来,"机器人电影"或者说电影当中的机器人形象并不少见,而机器人的运转原理就是计算机,机器人是计算机模拟大脑的一种极端体现。电影是媒介文化之镜,它所表现的机器人故事也正映衬了计算机文化,表现了人类对计算机的一种期待。如《人工智能》就通过对机器人发展到一定程度时会出现的伦理问题进行了反思和探讨;同时,电影当中还出现许多很有意思的机器人的形象,比如说《星球大战》的机器人L2N2,还有《银河系漫游指南》中忧郁的机器人马文,还有《变形金刚》《机械战警》《2001太空漫游》《剪刀手爱德华》当中的机器人;更不用说动画电影《机器人总动员》所描写的机器人男女主人公的爱情故事了——在这个故事当中,男主人公的名字叫作瓦力,其形象取材于蒸汽机,而他的爱人伊娃,其形象则是从苹果电脑当中得来的,更由此可见电脑对机器人文化、计算机文化的反映与反思。

(四)互联网

第三个媒介是跟计算机息息相关却不是同一种媒介的互联网。

互联网与跟计算机有关,因为它们同样以数字技术为基础;但互联网却不是计算机,而可以作为一个独立的、从计算机技术和数字技术引申出来的媒体。计算机产生于互联网之前,但是当有了互联网之后,计算机也就变成了一个终端,就如同有了电影以后,文字在电影中的地位不再是独立的媒介,而变成了附属于电影的字幕一样,成为了其中一个内容,所以计算机也可以说是变成互联网的内容。

到了如今,我们可以说互联网真真正正地打破了过去一切媒介所建构的逻辑和日常生活,它重新为我们建构了一种日常的生活,又是在过去所有媒介基础上的新巨人,因为它综合了一切的媒介技术,包括文字、照片、广播、电影、电视、游戏甚至是计算机,并延展出来了现在流行的智能媒介设备,把计算机变成了终端之后又延伸出了新的终端。

互联网对于电影的影响,首先是建构了一种"赛博空间"的方式。赛博空间的阅读方式是:"网络阅读不仅能够通过逐行阅读使我们理解一般文章,而且能够理解超文本,即通过随意打开的窗口对原始文本逐页进行深化、补充、转写——而首先是移动和改变。"西皮尔·克莱默尔这样总结:"我们已经没有必要按照一个线性的文本逐页地讲述并全部完成了,尽管文本的顺序和丰富性肯定是被作者考虑到的——读者反而将这一故事用自己挑选的内容和顺序组装成一个拼图艺术,虽然是多媒体的,但却可能偶然地表达或放弃了某种信息:这些信息可能是一致的,但如果碰巧的话也可能是互相矛盾的,这要看一个人是如何摆弄鼠标的。"[9] 时至今日,我们对电脑的阅读首先是对互联网的阅读。例如浏览器、网络游戏、在线视频等,这些都是互联网所提供给我们的阅读对象。与传统的文字阅读时代和电视时代所不同的是,在网络上,我们阅读一篇文字,或者阅读一个完整的页面的时候,我们不仅不期待从上面到下面是有任何逻辑联系的,我们还拥有我们的选择权,在某种程度上来说,读者在互联网的阅读中,参与了叙事的建构,而不再像对文字和电视那样,完全仅仅是在完成作为读者身份的阅读任务而已。所以我们现在也看到的是,为了适应互联网时代的人类全新的感知方式,电视也已经发生了变化,出现了数字互动电视,人们也可以在电视上选择节目,甚至出现了如《纸牌屋》这样通过大数据对叙事进行测算的电视剧——其目的无非就是让作为观众的人们对于电视的叙事怀有更高的参与度。

这样的一种感知便带来了新的电影美学,这种美学不仅仅会为观众陈列数字或是赋予叙事以精妙的运算,同时它还要给观众一种互联网上常见的阅读形态。例如电影《无姓之人》的开端处,它给我们展示的不是一个故事,也不是一个人物,而是一只鸽子。"与大多数生物一样,鸽子很快就能学会按动按钮、升起隔板、获得食物之间的联系,但当隔板每隔20秒钟就升起一次的时候,鸽子就会寻思,我到底做了什么得到了这个结果?如果当时它正在扇动翅膀,它就会继续扇动翅膀,直到确信这个动作就是随后发生事情的决定性因素,我们把这称为'鸽子的迷信'。"

放在电影当中,普通观众会顿觉妙趣横生,而一些影评家则将之归类为"高智商电影";但是,若我们以互联网阅读的角度来看它,则可以将之当作一个再寻常不过的"百度百科"罢了,因为它不能成为一个故事的开端,因为它并不含有任何如同传统好莱坞意义上的冲突与矛盾。

9　马丁·布克哈特:《作者和电磁书写》,选自《传媒、计算机、实在性——真实性表象和新传媒》,[德]西皮尔·克莱默尔,孙和平译,北京:中国社会科学出版社,2008年。

作为一名对故事有需求的观众来说，我们看到的是什么，我们看到的是一个空洞的知识、与这个知识相关的视频，以及对叙事的一种期待——但是唯独没有的就是叙事本身。但是正如同《后现代状态》中利奥塔尔所言，科学需要求助于叙事来进行它的合法化；那么今日，当我们已经将互联网、数字化、计算机当作我们的一种迷思和卡里斯马的时刻，我们是否也可以说，叙事在今天的位置上，需要科学来将之合法化呢？其实在电影中，我们已经看到这样一种直观的方式，电影今日在用一种叙事美学为我们书写媒介美学，它可以用"百度百科"，可以用"微博"，可以用"数据库"，可以用"大数据"。但这样的叙事却是与传统叙事相违背的——那种用来给科学合法化的叙事，而不是用科学来合法化叙事的叙事——但是我们这些阅读者，在这样的叙事当中并没有任何的阅读障碍，同时还觉得非常的有趣，因为它直接应和的就是我们日常的生活、日常的浏览而成就的感知力。

互联网文化除了对于电影叙事美学的建构之外，从它所延伸出来的其他设备对电影美学也产生着影响，如"苹果美学"。实际上"苹果美学"是可以独立出来一个章节来对当下的流行文化、媒介文化进行分析的，但是它也可以作为互联网文化的一个延伸，毕竟"苹果"设备都是互联网终端产品，所以它生产的产品所形成的文化，也是一种互联网文化。正如前文中所提到的《机器人总动员》女主人公伊娃形象的构思，正是从苹果电脑的形象中所得；而我们也可以看到，在电影中表现高科技的场景和空间，皆是以白色或透明色为主，或以玻璃来作为其中最主要的材料和装饰，如《记忆裂痕》《少数派报告》《变形金刚》《蜘蛛侠》等，甚至连《小时代》在选取宫洺住所的时候，为了彰显宫洺的时尚富贵，选取了一间全部是用玻璃制成的房子。这是典型的"苹果美学"——用这种白色的、玻璃化的来表现的高科技，正如同苹果公司所生产的产品外形，甚至是苹果专卖店、技术中心拥有相类似的外表。这虽然证明了"苹果"的影响力，但是同时也证明了互联网文化对电影美学影响之深。这种美学我们可以姑且将之命名为"光透射"美学。《数字麦克卢汉》的作者保罗·莱文森提到，这是一个屏幕是明亮的时代，所以是一个"光透射"的时代,因为无处不在的屏幕的光照射在我们身上。[10]苹果建构了一种无处不在的"光透射"屏幕的生活方式,我们只需要回到家里,坐到"光透射"的面前享受互联网的生活。

第三个就是对互联网文化的反思。在智能移动媒介,也就是智能手机、iPad等流行之前,电影、艺术更为关注的是计算机的文化——所以前文我们论述到主要是通过机器人来进行一种计算机的文化反思。但是媒介文化的变化使得电影对于媒介文化的反映也发生了转向,2013年有一部受到瞩目的艺术片《她》,讲述的是人类与智能移动媒介谈恋爱的故事;而2014年又出现了《超验骇客》,更加极端地将智能移动媒介的能力扩展到整个自然界;中国电影中也有一部《窃听风云》,尽管较其他两部电影来说想象力稍显局限,但是能够扣住内地和香港当下的社会现实,展示了被新媒体打乱了的日常生活、友谊、爱情、理想以及人的自主性等,也算是一部相当有诚意和反思力的好作品。

电影既是一个媒介,它也同时是一种文化文本。毫无疑问电影会被镂刻上时代的痕迹,也会被镂刻上媒介的痕迹;从而,若说电影是那世俗神话之镜,那么电影也必是媒介文化之镜。电影的艺术与文化随着媒介文化的不断迁移而发生着改变,电影的未来也必将随着媒介的未来而产生出更新的形式和样貌。这一刻,我们拭目以待。

---

10 [美]保罗·莱文森:《数字麦克卢汉》,何道宽译,北京:社会科学文献出版社,2001年。

对话

陈旭光　（北京大学艺术学院副院长、教授）　赵立诺的选题是极为前沿并且高瞻远瞩的。她站在一个很高的高度上来看待媒介，就是说媒介不仅仅是一种装载思想或者事物的东西，它改变我们的生存方式，直至我们的思维方式。因为电影本身是一种媒介，更在本质上是媒介文化的派生物，也是氛围广大的媒介文化之重要的组成物。电影无论是从它的运作方式、文化呈现，还是艺术构思方式、思维方式，都与媒介息息相关，都能够如同一面镜子一样，照映着媒介的文化，能够从中反映出人类媒介的不同发展阶段，也能够看出媒介对于它的影响。在一百多年的发展历史中，电影不断地与其他新旧媒介发生关系、接受影响。如《天生杀人狂》《饥饿游戏》与电视传媒，《罗拉快跑》《杀人游戏》与电子游戏，《骇客帝国》《无姓之人》与网络媒介，都是一些显而易见的典型例子。不妨说，电影发展史首先是一部媒介发展的历史！媒介的每一次进步、每一种新媒介的诞生，都既挑战电影又推动电影的发展。比如我们今天说的"大电影观念"，就是强调今天电影内涵范围的开放性，这个本身也预示着电影的媒介形态，而且证明了电影是一种开放的复合的媒介形态、媒介文化。

　　因此，我们应该在媒介文化的高度或视野来看待今日电影的诸多现象或问题。赵立诺关注的正是这些媒介的变化，新的媒介从文字媒介到图像媒介、照相，然后到新媒介和网络媒介。

　　比如，在网络媒介环境下长大的一代导演和观众，其感知方式、创作观念和创作方式必将发生变化。比如，传统艺术创作的主体概念遭遇了解体。因为电影似乎不再完全属于个人的创作，也不是一个以主体为行为发出者的

《黑客帝国》剧照

开端，而是网络媒介的作品。另外，互联网背景下的电影观念无疑更加认可电影影像的虚拟本性，对于影像对现实的反映性、再现性持不那么坚守的态度。在他们看来，影像与世界的关系并非单纯的反映和被反映的被动关系，而毋宁说是一种似真似幻的平行关系，影像可以是"高智商"电影、"脑神经"电影，可以是以数字崇拜为特征的"datebase"（数据库）电影。在此类电影中，影像世界与现实生活可以完全疏离，完全独立于世界，抽象于具象，也不再追求虚假的真实感。

当下电影节关注的网络营销、互联网思维、网生代等话题，都是媒介发展与电影密切相关的表征。

我觉得，赵立诺抓住这些角度去进行思考还是很前沿的，很有理论锐气的，虽然很多问题还有待厘清，有待更为深入的思考。

宋法刚　（山东艺术学院副教授、北京大学艺术学院博士后）　我谈谈几个自己的想法。第一个是关于电影是媒介文化之镜，比如说电视是媒介文化之镜，或者说联网是媒介文化之镜,那么电影作为媒介文化之镜,它的特殊性在哪里?

第二个是我觉得赵立诺的报告对"前电影"和"后电影"这种分法很好,但多少有点问题。我们研究电影老是以电影媒介为中心的思维方式,这样的思维方式是否合适?我们可不可以看成一个前电影媒介或者无电影媒介和有电影媒介,毕竟照相、电报等媒介放到电影之前和之后,这在对象上是不一样的。

第三个是,根据赵立诺的报告来看,她分析了电视、互联网、计算机对电影叙事的影响,我觉得电视也罢,互联网也罢,包括游戏,使得电影由对时间叙事的关注转向对空间的关注,这个在 3D 电影里有着很大的影响痕迹。如果说世界有多维的话,它就是无数的帷幕挡在面前,技术的进步就是把多维的空间呈现出来。如果从今天的电影能够表达的极限来看,可能使我们对现实世界的感知更多元,而不是停留在一个次元中,比如科幻电影就是多次元空间的展示。

刘　强　(山东艺术学院副教授、北京大学艺术学院访问学者)　赵立诺同学的题目叫作"电影媒介文化的镜子",从这个题目来理解,媒介像一面镜子一样,是一个透视或者是折射,这是从媒介文化角度看电影,所以会给我们一种全新的角度与思路,或者是对影片的认识,开辟了新的认识电影的途径和渠道。她是按照媒介的发展的一个逆势顺序来解读了不同媒介在电影当中是如何去反映的,有很多对于一些所谓权威观点的质疑,比如说"媒介是人体的延伸"这个观点的质疑。谈到互联网的时候,她分别谈到了数据库美学和美国学者莱文森的观点,用电影去印证他们的观点。

从媒介文化的角度去认识电影,作为媒介来说,我觉得本身是需要弄清楚的一个概念,因为媒介可能有很多种载体,有很多种的类型,有很多种的方式,光新媒体现在来看就有 30 多种新形式,而现在涉及的可能媒介,除了传统的这种口耳传播的语言文字再到现在的互联网手机,是要分成一个现电影媒介,还有后电影媒介。

李九如　(北京大学艺术学院博士后)　其实现在游戏的叙事也很复杂,如大型游戏的叙事是非常复杂的,最知名的战争游戏"使命召唤",这个游戏往往通常讲好几个主人公，然后这几个主人公之间来回地跳，还有美国的一个暴力游戏，这个游戏之前是一个主人公，但是后来变成三个主人公。我感觉电影的这个叙事方式，很可能是直接受到了游戏的影响，而不是直接受到数据库美学的影响，因为可能是数据库美学影响了计算机，然后这个游戏可能变成了电影，当然电影也影响游戏，因为现在游戏的画面也越来越电影化了，其实是一个互相影响的过程。

李雨谦　（北京大学艺术学院博士研究生）　　根据赵立诺同学的报告，如果从媒介的视角来考察电影，那么是不是假定电影原来依据的传播介质就是摄影机？摄影机的真实存在不仅奠定了电影制作的现场性，也生成了电影理论的主体性。由此，当数字合成技术的再次兴起带来摄影机存在的合法性动摇，这时候我们才能够说电影进入到一种新的媒介状态。那么，这样新的媒介状态，应该是明显区别传统电影或者现代电影的媒介语境，所以我们才引入游戏、网络等领域来试图找到一种新的理论框架和逻辑体系，以此来论述当代电影的一些重要现象。

　　个人认为，目前从整个电影制作格局来说，以摄影机存在为本体的电影还是占据绝大部分，新媒介语境下的电影仍不算是世界电影的主流。因此需要明确界定一个讨论的范围，这样能让讨论更有针对性。比如说《云图》这类电影，它是否具有数学、物理学等非人文社科的知识背景？是否它的叙事不再按照文学的叙事逻辑来，依照某些定律的逻辑演进来推导出故事的结局？这类电影和用3D技术制作出来的线性叙事电影是不一样的，因此我们至少应该假定一下，新的媒介语境带来新的叙事可能，从一定程度上改变了人类历史大叙事的法则。

都性希　（北京大学艺术学院博士研究生、韩国留学生）　　根据赵立诺的报告，在我的经验之中，跟数据有关的一些事情比较让我在意。

　　韩国电影在90年代初，与美国电影保持同步，就是把数据从电脑里面输进去，形成一个数据库，然后剪辑师就在电脑上开始后期剪辑，这对当时的电影人冲击很大。同时也给人们带来很多表达上的自由，使得很多人转变

《云图》剧照

创作者。到了现在，数据、游戏等对电影最大的冲击就是一切不可能表达完全呈现某些视觉效果，利用电脑特效。这种文化或者艺术形态会让人分不清什么是现实，什么是超现实。这改变了我们对于世界以及生活的看法。

赵　寻　（北京大学艺术学院博士研究生）　赵立诺同学的发言勾勒出电影、媒介与人类之间密不可分的联系，指出电影在本质上是媒介文化的派生物，媒介文化是电影文化、电影美学、电影思维的决定者，分析了出现于电影之前的媒介——文字、电力、照片、广播对电影产生的深远影响，以及在电影产生之后，电视、计算机、网络等新媒介令电影发生的重大改变。

的确，媒介对电影有着深远而广泛的影响。当电影由胶片记录转入数字时代，介质的改变促使电影形态发生了巨大变化。当观影由电影院的大银幕，转移至随时随地的个人电脑或手机屏幕，电影不仅丧失了集体观影的崇高感，更因由观众手中可以暂停、快进、回放的操控器，而不得不变得破碎与随意。传统意义的电影似乎早已不在，而电影的特性也随着媒介与文化的不断更迭和变迁而发生着巨大的改变。

计算机不仅将电影带入数字时代，也为电影进入"大数据"的时代提供了可能。当获取和处理大量的数据成为可能，人们已经不需要以少量且具有代表性和典型性的数据和文本，对整体进行分析和猜想。而是最大可能地利用"与某物的所有数据"，观照到各个曾经的"少数派"等易忽略的群体甚至个人。个体的价值在文化层面上进一步被强调。这或许也是"弹幕电影"在中国兴起的一个诱因。"弹幕电影"的出现不仅仅是一种新的电影放映形式或者社交形式，而是使得每一个观众的"个体发声"成为可能。观影不仅仅是观看电影讲什么，更是观看别人"怎么讲"电影，这使得电影的意义在一定程度上发生了外延。"弹幕"的出现又一次充实了电影的观影形态，也可能诱发电影创作为之发生改变。

（娄逸、李诗语根据录记整理）

朱竞、艾克拜尔、谢冕、陈旭光

第二讲

电影传媒历史与文化

—— 考察 IMDb 网站、《视与听》与《电影手册》

主讲人 王 伟 王佳怡 谭笑晗
主持人 陈旭光
嘉 宾 李 洋 陈 阳 刘 俊

电影传媒历史与文化

编者按

　　从传统的工业时代到媒介融合的当今社会，电影传媒有自身的历史流变和文化特性。通过对电影传媒的研究，可以窥见电影文化观念和电影美学观念在不同意识形态中的流淌。

　　2015年12月18日下午，由北京大学影视戏剧研究中心与《创作与评论》杂志社联合主办的第十九次"批评家周末"文艺沙龙活动在北京大学艺术学院434会议室举行。沙龙由北京大学艺术学院副院长、北京大学影视戏剧研究中心主任陈旭光教授和艺术学院艺术理论系主任李洋教授共同策划、主持。来自东北师范大学的三位博士研究生为主讲人，中国人民大学文学院影视系主任陈阳教授，中国传媒大学《现代传播》编辑刘俊博士等嘉宾与众多博士研究生和硕士生同学一起参与了对话与讨论。

活动现场

一、美国电影网站 IMDb 的历史

王伟（东北师范大学博士研究生）

作为全世界用户最多、覆盖面范围最广、影响力最大的电影网站，IMDb 是其中最为耀眼的一支力量。由于新媒体的高速、快捷、流动等特性，这使得 IMDb 的历史梳理成为一个问题。显然，通史和断代史这种以时间为划分维度的历史书写方式对于电影网站这类新媒体来说并不适用。而从巴迪欧所提出的"事件"的角度，可以作为当代史背景下的电影网站的历史书写理路。对于那些由"事件"所导致的"断裂"，需要书写者用个人的知识结构补齐。今天我主要从 IMDb 的创建前后的过程，及其在整个发展时间线上的大事件，论述 IMDb 在其发展过程中的四条主要路径，希冀为电影网站的历史书写及历史研究提供可行的方法和思路。

第一，是美国电影网站 IMDb（Internet Movie Database）的创建。这个网站是由柯尔·尼德姆创建于英国的布鲁塞尔，是一个关于电影、电视节目和电子游戏的互联网电影数据库，收录了电影及电视剧的简介、片长、导演、演员等信息，以 IMDb 250 电影榜单、STARMeter 明星星级以及用户的打分和评论为世界影迷喜爱并熟知。

2015 年 10 月 17 日，IMDb 迎来了它的 25 周岁生日，网站举行了大型的庆典活动，并推出了最受欢迎的 25 部电影、电视剧，最吸金的 25 位导演等一系列榜单。这些榜单无一例外，都将边界限定在"在过去的 25 年里"，很显然，这是基于将 1990 年作为其创建元年的共识。值得深究的是，IMDb 是 1990 年创建的吗？如果是，那么认定这个时间节点的理由是什么？IMDb 这个名字是从什么时候开始启用的？在创建之前，它是以什么形式存在的？其后又经历了一个怎样的发展过程？有哪些人直接或间接地参与了这个过程？又有哪些重要动因驱动其发展成为今天我们所熟知的 IMDb？

我把第一个事件称为"被忽视的十分钟"。在互联网时代到来之前，尼德姆用 VHS 录播系统将影片的片头和片尾拷贝下来，这是记录电影信息的"原始时期"，

IMDb 网站页面

这些信息的时长大约是十分钟。用尼德姆自己的话说,"IMDb 的创建,是源于我对电影的爱和对技术的爱的一种碰撞"。第二个事件叫做"最美的眼睛",最早开始整理并传播电影信息的是 rec.arts.movies 网络讨论组。尼德姆及其他用户前后整理了名为"最美的眼睛"的女演员列表、男演员列表、好莱坞黄金时代已故男女演员列表,以及导演列表,这四个列表基本构成了 IMDb 的雏形。第三是"下放的权限",尼德姆及其他技术宅通过编写一些可以抓取数据库中的电影列表的命令行脚本,将电影信息分享给其他网友。1990 年 10 月 17 日,尼德姆将自己的电影数据库的使用权限公开,这是 IMDb 创建的起点。之后,是"信息银行"。随着万维网时代的到来,志愿者、威尔士卡迪夫大学计算机专业的在读博士罗伯·哈

IMDb 网站创建人尼德姆

蒂尔，借用其所就读的院系计算机与信息工程学院的服务器空间为其建立了网站。并于 1993 年 5 月正式发布，命名为"卡迪夫互联网电影数据库"。在 1996 年，IMDb 电影互联网公司在英国成立，创始人尼德姆出任公司的总经理。然而，就在注册的这一天，当年奥斯卡颁奖典礼也正好正在举行，所以这个公司的成立并没有备受瞩目。这被我称之为"撞车奥斯卡"。第六，是"列装亚马逊"，1998 年 4 月 27 日，亚马逊正式收购 IMDb，并将其作为亚马逊公司集团旗下的独立子公司。IMDb 正式"列装"入亚马逊这支"商业航母"舰队。最后，在 2001 年 12 月 5 日，推出了专业订阅服务 IMDbPro。这项服务主要提供电影制作细节、票房详情、公司目录等电影信息，专门为电影从业人员设计。IMDbPro 的订阅成为区分影迷和电影专业人员的一把可能的"标尺"。我把这个事件取名为"另一条路径"。

就此，我还总结了 IMDb 在发展过程中实现的四条主要路径。第一条路径是网站性质的转型。从 1990 年创建的 IMDb 到 2002 年生发的 IMDbPro，网站定位从影迷网站拓宽至专业网站，这也使得其主要用户从影迷拓展到影评人、电影记者，乃至电影导演和制片人。而 IMDb 的创建者由尼德姆等技术发烧友，拓宽至全球二十余位志愿者，乃至全世界的网友。对于 IMDb 来说，它的最重要意义就是每一个为 IMDb 和 IMDbPro 编写条目的人，都可被视为 IMDb 的作者、电影信息的传播者、互联网时代的"媒体人"。这也与新媒体时代的互联网文化相应和。

第二条是技术路径。IMDb 从刻录在 VHS 录像带上的电影视频信息，发展到数据库信息，实现了从"计算机电影数据库"发展为"互联网电影数据库"，以及以手机、平板电脑为主要传播平台的"移动互联网数据库"。这与从电脑到互联网以及移动互联网的计算机技术革新之路相吻合。

第三条是商业路径。如果我们仅从 IMDb 的内部切入，那么这条路径可能会被忽略。但是，从 IMDb 的整个发展轨迹来看，如果网站没有实现商业化转型，IMDb 可能也会在 1990 年代至新千年的这场"电影网站之战"的殊死搏斗中湮没。1996 年 IMDb 成立互联网电影公司可视作这条商业路径的起点，而 1998 年亚马逊的收购为其提供的资金和技术支持，使 IMDb 得以发展为我们今天所熟知的 IMDb。以至于在 2004 年，IMDb 收购了 Box Office Mojo 和 Without box 两家互联网电影公司。这两个电影网站一个是统计电影票房的，一个是将影片推送至电影节的。如果说票房跟电影节是电影评价的两个主要标准，那么 IMDb 或许能够作为互联网时代电影的"第三种评价标准"。甚至 IMDb 推出的"星级奖"STARMeter，已经成为互联网时代明星评价的一把"量尺"。

第四条是媒介特性的转变。在 2010 年以前，IMDb 仅可视作一家以传播电影信息为主业的媒体。2010 年 IMDb 发布的原创视频内容 What to watch，使其完成了由媒体到自媒体的发展之路；随后在 2012 年推出的应用在 Kindle 上的 X-ray 功能，实现了由单一媒体到交互媒体的跨媒体发展路线。这与媒介自身的发展相一致。

二、英国《视与听》杂志及其榜单文化

王佳怡（东北师范大学博士研究生）

《视与听》杂志，又被称为《画面与音响》，是英国一本历史悠久的、极具权威性的电影杂志。这本杂志创刊于 1932 年 4 月 1 日，《视与听》创办之初归属于英国成人教育协会，两年后收归到新成立的英国电影协会主管，直至今日。

在创刊之初，《视与听》是以季刊的形式出版的。直到 1949 年，它幸运地获得了 BFI 的基金补贴后，才终于改为月刊。然而好景不长，月刊出到 1951 年 8 月时，又因为纸张与印刷费用上涨而招架不住商业性电影杂志的竞争，不得不重又回到了季刊的形式。1991 年《视与听》与英国电影协会发行的另一本期刊《每月电影公报》合并。《每月电影公报》从 1934 年 2 月创刊直至 1991 年 4 月，它所刊载的文章主要是回顾在英国发行的所有的影片，包括所有上映范围很小的艺术电影。1991 年开始，合并后的《视与听》开始以月刊形式出版。

从 1932 年创刊至今，《视与听》的发展史上有几位非常重要的主编：Y.M. 里维斯、R.W. 迪金森、加文·兰伯特、佩内洛普·休斯顿、菲利普·多德、尼克·詹姆斯等。他们见证了这本杂志的成长与成熟，对其有着不可磨灭的贡献。加文·兰伯特曾在英国的切尔滕纳姆学院和牛津大学莫德林学院受教过。在兰伯特担任《视与听》杂志主编这段时间，林赛·安德森也定期为该杂志撰稿。1955 年年底，兰伯特移居好莱坞。《视与听》开始由著名影评人佩内洛普·休斯顿担任杂志主编，从 1956 年到 1990 年，长达 34 年之久。1950 年，她加入《视与听》的时候，是作为兰伯特的助手。早期，她曾参与 1952 年左右发起的"电影史上最伟大的 10 部电影"的民意调查。同时，直到 70 年代中期，她都是《每月电影公报》的定期撰稿人。在她的领导下，《视与听》的影响力达到顶峰，成为西方世界特别是英语世界中领导电影文化潮流的一块主要阵地。1990 年，休斯顿退休后，由菲利普·多德担任主编，并于当年合并了《视与听》和《每月电影公报》两大报刊。多德不仅有着编辑、作家、播音员等多重身份，同时还是一家名为"中国

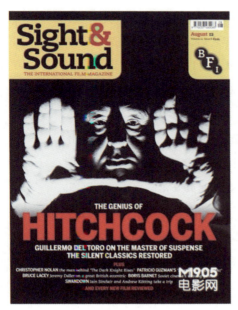

《视与听》封面

制造"的创意公司的董事长。直至1997年5月,尼克·詹姆斯从多德手中接任主编一职。

根据早期《视与听》所刊载的文章来看,这是一本以研究电影理论、历史和评价当代影片为宗旨的杂志,而现在则更多是以刊登一些电影评论性文章为主。这本杂志早期最重要的栏目就是"论文",这一栏目经常发表一些西方国家电影艺术大师和电影理论家的文章,这些文章主要可分为如下四类:电影艺术问题探讨、电影史研究、电影艺术大师的专题、经典影片分析。而如今,"论文"这一栏目已经逐步退出历史舞台。《视与听》杂志的其余各栏分别是:"专题""影评""书评",而以上这些栏目则一直保留至今。"专题"栏目包括"编辑部前言""影坛杂感""读者来信""上映影片简介"四个固定栏目,此外,对各大国际电影节的报道也经常出现在这一栏里。而现在,这些栏目则归属到新设置的"常规"栏目中。"影评"栏目则是对新片或正在英国上映的影片的评论。但其阶级偏见还是极其明显的,例如社会主义国家的电影就很少被评论。与商业性电影杂志不同,它竭力提倡纯粹的电影艺术,要求艺术摆脱商业而独立,而这在艺术被商业控制且走向没落的现状下是具有实际意义的。

1952年开始,《视与听》召集了当时最顶尖的影评人,让他们评选自己心目中"电影史上最伟大的 10 部电影",此后这项传统一直延续了下来,如今已经是第六次评选。一开始的投票人身份主要限于影评人和学者,1992 年之后,导演也得到邀请,和影评人分别投出两个榜单。回顾这六次名单,我们从中可以看出,哪些影片是能够经受住历史的检验而屹立不倒的真正的经典。纵观这六次评选活动,早期的影评人多以欧美为主,美国人占 1/5,英国人占 1/5、其他 2/5 多为欧洲其他国家,直至 1982 年才出现了亚洲人的身影(日本 4 人)。到了 1992 年,评选人名单中出现了中国大陆、香港和台湾的影人,名单中有中国电影史学泰斗程季华老先生、香港影评人舒琪、张建德,香港导演关锦鹏、吴宇森,演员成龙,大陆导演陈凯歌,台湾导演杨德昌等。这说明其早期体现出的较为强势的西方背景,所评选出的影片并不是很公平公正的。如今,《视与听》杂志也开始突破欧美影人的局限,更加注重全球化。畅想一下,能否有一天,我们也会在这个榜单中看到华语电影的身影呢?

在 2012 年最近一次评选的"影史十佳影片"榜单上,依旧是那些人们早已熟悉的老面孔,最晚拍摄完成的影片是弗朗西斯·福特·科波拉拍摄于 1979 年的《现代启示录》。这实在是个非常有趣的现象,它是否意味着在最近的 30 年中,电影人始终处于停滞不前的状态?或许在这个消费的年代,电影沦为商品的现实使人们不再关注于是否能超越前人,创造新的经典,票房才是他们的终极考虑目标呢?

《视与听》除了每十年一次的"影史十佳影片"评选,其每年还有"年度电影十佳"的评选。2015 年由台湾导演侯孝贤执导的影片《刺客聂隐娘》就荣登了"《视与听》2015 年度二十佳榜单"的第一名。与此同时,"2015IMDb 年度十佳""美国电影学会(AFI)年度十佳"也纷纷出炉。但是,相比较后就会发现在《视与听》的榜单中,主要还是以艺术片为主,很难发现像《星球大战:原力觉醒》《蚁人》《复仇者联盟》等商业大片。面对每年各大电影杂志的榜单的评选、各种"十佳影片"的出炉,我们不禁要问,为什么我们要不断列清单,选出众人认为的经典影片呢?这些经典影片又有什么意义呢?其实,"影史十佳评选是一次艺术的科学运算",它是一个做"减法"的过程,每个榜单都是经过个人取舍后重新汇聚起来的,而汇聚的过程就构成了一次文化行动。经典电影的清单,可以说是对电影史的梳理。从电影诞生之日起至今,影片的数量有几十万之多,能在影史上留名的少之又少,而这种取舍也是一种列清单的过程。经典影片是同时具有典型性与独特性的,既浓缩了优秀作品的共性,又体现其卓尔不群的特质。每个人心中都有自己的榜单,如何评判、通过怎样的标准便只有我们自己知道了。

三、法国《电影手册》的华语电影批评

谭笑晗(东北师范大学博士研究生)

我的关于《电影手册》研究,第一部分是概念的界定,第二部分是关于整个《电影手册》对于华语电影从历史这个观点来看的史观的分析,第三部分研究了非常重要的中国有名的电影导演和个案研究,第四部分是关于《电影手册》华语电影批评的一些局限性,还有关于整个华语电影批评方面,对于华语电影人的一些启示与个人思考。除了这四部分以外,还要解决六个问题,分别是"什么是华语电影",第二问题是"如何认识《电影手册》",第三个问题是"《电影手册》如何建构华语电影史观",第四个问题是"《电影手册》关注了哪些华语电影导演,又为什么关注这些导演",第五个问题是"《电影手册》华语电影批评的局限性",第六个问题是"《电影手册》华语电影批评给我们怎样的启示"。

首先,针对华语电影的概念进行深入的辨析。然后是把《电影手册》杂志进行了概况介绍,并概括其来源的理论知识。第二大部分是对于《电影手册》非常细致的梳理。50年代的时候,《电影手册》发表的都是比较严肃专业的影评,60年代开始,新浪潮对于《电影手册》,《电影手册》对新浪潮都有很大的互相影响。然后从70年代开始,《电影手册》受到法国政治的影响,变成了红色手册,而且从这个时候开始背景出现了深红色由浅到深,说明从这个时期开始已经对华语电影有了一定的关注,并且对华语电影的各种影评和文章逐渐出现了。在80年代,回到了调整期,一直到80年代为止,在这之前《电影手册》都是精英化的文章,

《电影手册》封面

整个文章评论都是非常的理论性,学术性非常强。在 80 年代之后,整个《电影手册》的影评趋于大众,变得比较温和化,这在之后就变成了大众化的时期。这是从时间上来看《电影手册》在历史上的变化,到底《电影手册》是从什么时候开始对华语电影有一个介入的呢?

第三个问题,就是《电影手册》是如何建构华语电影史观的。在这里,对于整个华语电影史是地域性的研究,分成了大陆电影、香港电影,还有台湾电影三大部分。在大陆电影的部分,《电影手册》对中国大陆电影史的构建是影响比较大的,因为它从 30 年代开始就已经关注中国当时非常著名的电影演员了,同时也关注有一些名气的、将自己转变为电影导演的电影演员。从 50 年代开始,《电影手册》关注的核心是当电影和国家形象、国家意识形态结合起来的时候会呈现一种什么样的状态，是否会带有其他意义。然后在"文革"时期，中国变成了"沉重的摄影机"，当然那个时期的《电影手册》本身也变成了红色手册。后来在 80 年代和 90 年代，《电影手册》又开始关注中国大陆的第五代导演，其中着重关注的是陈凯歌和张艺谋，在关注的第六代导演中，《电影手册》比较重视的是贾樟柯和娄烨，这是《电影手册》对于大陆电影史的影响。第二块是《电影手册》对于香港电影史的研究。在 80 年代之前，香港电影在法国刚开始流行，那个时候还没有特别多的文章和期刊研究这些电影，但是在法国已经上映，大家已经看到有不少香港的电影在法国出现了。在 80 年代之后，《电影手册》就开始对香港电影、香港电影新浪潮进行比较大的关注。从一开始认识阶段的状态，进入到解读文本的状态。从 1988 年开始，香港电影的喜剧和动作片开始进入流行杂志主导期，《电影手册》对于香港电影的关注都没有脱离香港电影动作片、武侠片类型的来源。《电影手册》关注香港电影的三个关键词是：粤语电影、功夫电影，还有新浪潮电影。功夫喜剧和现代动作类型片，再精简还是以动作类型片为主。《电影手册》对于香港电影史观的呈现主要是以类型电影史观念或者民族风格电影史观念来研究当时整个香港电影史的建构。第三部分是《电影手册》和台湾电影史的关系，《电影手册》里面对于"华语电影"的定义，是从民国时期的电影一直到现在的华语电影，这个法语词汇是有一个变化的。名字的变化是《电影手册》关于华语电影有实无名的华语电影史观的证明，有实无名华语电影大家心里都清楚它的存在。但是，《电影手册》对于台湾电影的研究在方法上是有很强的断代史的意味，它研究的电影几乎都集中于 80 年代以来的台湾新电影，在传播上重点全部放在了台湾的新浪潮电影上，基本上不太研究台湾传统的商业性电影。

　　第四个问题就是《电影手册》关注了具体哪些华语电影导演，为什么关注他们。非常具体的例子是侯孝贤、杨德昌、王家卫、徐克和贾樟柯。从简单总结可以看出，《电影手册》关注侯孝贤导演，关注他电影中的自然感还有现实主义观念；关注杨德昌导演，看到杨德昌导演电影中有一种多重叙事结构的组织，还有电影中所带有的现代感。而看到王家卫的电影美学有一种独特的城市诗意哲学，然后他的电影也是非常符合《电影手册》中的作者论，以及带有个人化倾向非常强烈的个人影片。徐克导演的电影带有现代化的中国传统的内容，电影的内容也许是非常传统意义上的故事，但是他拍摄的电影却是具有现代性的。而关于贾樟柯导演则关注其电影的主题，贾樟柯电影的主题都是非常边缘化的主题，称他为中国新现实主义。关注这几位导演首先是因为他们的电影作品是风格化的，第二个特点是电影美学的独特性，提到每一位导演的电影马上能够想到具有自己特色的代表作，所以《电影手册》更关注风格化的电影作品，并且有自己独特电影美学的导演的电影。

现场 PPT 演示

第五个问题是关于《电影手册》华语电影批评的局限性。一是以点概面的华语电影批评，第二个是影评权力构成的文化等级，第三是规范影评的趋向。以点概面，"点"是典型的电影人，而"面"是陪衬在"点"之后的若干向点趋近的群体。比如说《电影手册》关注的都是非常具有个人特色的导演和他们的代表作，其实在这些导演之外，整个华语电影界还有其他并没有这么出名的导演。第二个是影评权力构建的文化等级，因为《电影手册》在法国甚至于在欧洲整个影评界算是一个制高点的期刊，不只是评价华语电影，还有整个第三世界电影，它会带有欧洲中心主义的倾向。在这种视角和这个高度来看待其他世界的电影，去进行他们的影评活动，会导致这个影评权力构成出现不同的等级。关于规范影评的趋向是，越来越多趋向于模式化的影评开始出现了，《电影手册》的影评对于整个世界，对于华语电影，包括第三世界电影的评价都有很大的影响，一旦它出现了不规范的影评之后，对于整个电影评价都有一些影响。

谭笑晗发言

王佳怡发言

李雨谦、石小溪

刘俊发言

最后，是《电影手册》华语电影批评给我们怎样的启示，一是作为电影人在风格化创作上的启示，第二是在重写电影史方面的启示。风格化创作方面有三条，第一个是深入研究和挖掘现实与传统，华语电影的题材其实是非常多的，但是可能现在我们所拥有的题材还是有局限性，所以要深入研究挖掘更多以前大家没有注意到的一些题材。第二个是积极探索独特的语言风格和电影美学，这也是《电影手册》在评价那些导演比较重视的一个部分，可以促使中国的电影人创作出更多带有自己独特风格和美学的电影。第三个就是要与世界与西方世界媒体做交流，既能够让西方的世界更了解华语电影的发展，也可以让华语电影得以在全世界进行更好的传播，互相之间都有一个非常好的影响。而在重写电影史方面有两条启示，一个是不断寻找历史中的"失踪者"，在整个中国话语电影史中有非常多的电影人，也许他们并没有《电影手册》中出现的这些导演这么出名，但其实他们对于整个华语电影史的构建有不可磨灭的影响。第二个是电影史和电影美学相结合的复调式历史抒写，原来中国的电影史大部分都是以历史线性的思维方式来书写的，但是在欧洲，比如说《电影手册》杂志，它在评论影评的时候就更注重对于整个电影的影响。所以从美学方面也可以和电影史结合在一起同时进行一个历史构建的写法，也许我们重新看待华语电影史能够得到新的启发。

一、"榜单文化"与电影美学的投射

陈旭光　（北京大学艺术学院副院长、教授）　电影网站上的排名是否是第三种评价电影的标准？这个问题非常有意思。另外，英国的《视与听》十大影片评选的榜单文化，从中窥见电影文化和电影美学观念，甚至还有一些政治经济的格局与变化，包括杂志选哪些影评人，哪些电影导演来评这个榜单。所以，榜单文化其实是电影美学史的一种折射，是在电影之外的媒介上的一种折射。同时，榜单既聚焦了电影媒介的评选，又聚焦了很多电影生产、电影观念，包括电影技术的影响，包括显现欧洲一体化的格局。因为欧洲艺术电影慢慢地好像也不是铁板一块了，后来好莱坞电影渐渐进入，日本电影也偶尔加入。另外，可能还会涉及如何处理媒介的新与旧关系的问题，很多老电影在前面列了几年后就被新的经典取代了，老经典跟新经典的关系怎么处理，这也是值得思考的。但是这个选题的结果比较有限。我们很难验证《视与听》榜单中这十部电影的变化到底能够折射到什么程度，能够印证到什么程度？比如去年毕业的博士研究生胡云，他曾经想研究好莱坞奥斯卡的获奖电影榜单、奥斯卡的最佳外语电影是如何变化的，从中探索世界文化、电影文化以及政治格局的走向。比如美国今年关注哪个国家，说不定就把哪个国家的电影评为最佳外语片了。然而，这种概括度太强了，它的反例可能会很多。

《公民凯恩》海报

陈 阳 （中国人民大学文学院教授） 在IMDb网站的研究里面应该有网站自身的排名，应该比照一下网站排名的榜单和学术性的榜单有什么样的区别，我觉得横向纵向的比较都是很有意义的。因为网站的大众性特征比较强，它与专业杂志或者更专业的一些网站相比，它们有哪些重合点，我觉得这都是有启发的。实际上我们国内的电影史里面，尤其是世界电影史里面都是随便的拿来主义，就像人家哪个是经常提的就列出来，但是它内在的逻辑不是很清晰。英国《视与听》杂志榜单中反复地出现《公民凯恩》，这个理由到底是什么，我觉得就很值得追问。另外，这也折射出美学的或者电影自身的艺术标准，在中国是不是很清晰的问题。有一个要素是在中国不愿意强调，或者有人意识到，有人没有意识到——结构。艺术性的基本特征是结构性的问题，我想《公民凯恩》的价值就在于它的结构，这也是在那个年代它出现在榜单中的原因。民众表达最集中、最核心的观点意见往往透露着一些评价电影的标准。

《公民凯恩》剧照

中国电影的问题在于我们似乎总是以"代"的概念来强调这种时间的断代感。因为在第六代出现的时候,他们就是标榜所谓的和第五代的不同进行反抗,第五代也是以和前几代的不同,或者说反抗为标志。当然,每个时代都有自己的特征,但是电影的不同年代它到底有没有内在联系性,或者内在传统应该怎么判断,这个我觉得是一个很有思考价值的东西。纵观世界电影史,影评的特征都是关注本国、本体。在美国人的电影书里面很少谈美国之外的,苏联的电影书里谈国外的时候也很少,也是以他们自己民族的或者他们自己国家的作品为主。但中国绝对是海涵天地,哪国的作品都有。在 2012 年的时候,导演评出的榜单里面终于出现了《持摄影机的人》,这部电影在中国的电影理论史上是被低估的,因为《持摄影机的人》相关的文章翻译过来的内容不是很清楚。但是,它是典型的在探索镜头匹配的方式的电影,后来在美国的电影理论里,电影匹配被我们中国人接受,而且在商业电影中也好,在艺术电影里面也好，这种方式都被我们所谈及。但是这种方法在《持电影机的人》里被谈得特别棒，为什么他们 2012 年把这部电影列入榜单？因为他们骨子知道，蒙太奇的的确确就是电影的基础，因为它是一个基本的建成结构的方法。所以说在 2012 年的时候还出现了导演评选的《镜子》。

诗性、叙事结构、自然感，这是电影结构始终在追求的，所谓的自然感就是真实性的问题，就是建构自己对生活的真实理解，这是电影史上始终如一的考虑。还有电影叙事结构的考虑，这是艺术根本性的标志。最后是诗性，从 20 世纪 20 年代起法国人就对诗性那么痴迷，而且诗在西方人的概念里面，当然在中国也是一样，绝对是艺术的最高境界，所以我觉得这三个方面是电影永恒的问题。

二、媒介融合时代下的电影艺术

刘　俊　（中国传媒大学博士、《现代传播》编辑）　在媒介融合时代探讨"电影"与"传媒"这两个关键词是恰逢其时。传统的工业化时期期刊主导的电影文化在今天是不是可能发生变化？如果传统期刊的形式发生变化，主导的电影文化是不是也有可能发生变化？有一个契机就是《外滩画报》的停刊，电影的专业刊物和时尚杂志刊物有一点点相似之处，所以在这个时期探讨《外滩画报》停刊特别关键，特别重要。不知道是不是未来所有的刊物都能够逃过这个困境，而又有一个矛盾的张力，专业性刊物因为它在小圈子大热，是不是会影响到新媒体的运营，而真正出现的危机等到他们再投向新媒体的时候就迟到了，这也是有可能的一个现象。

传统媒体时代，信息和人可能是一个天平，在传统媒体时代，信息是少的，人更多要主动地走向信息，获取信息才有所得；而在新媒体时代，信息是多的，人是被淹没的，人的数量没有变化，信息的数量是成倍的裂变，所以这个时候信息主动走向人了，而不是人主动寻求信息。现在，片子的艺术价值不在于它本身，而在于推不推得到你面前。传统工业化的方式与后工业化方式，由此折射到电影和传媒这个话题当中。第二个问题关于深度思辨。人类艺术是不是可以分成传统艺术和传媒艺术两个族群？"影"更多的是一个艺术的东西，就是电影艺术特性的东西多一些。关于电视，很多人说它的传媒的属性和特性多一些，其实影视在一起并不太一样，一个偏艺术，一个偏传媒。但今天这个话题让我们感觉到虽然电影艺术属性触发更多一些，但是它也和传媒紧密地结合在一起，复杂的地方就是电影和传媒是电视和艺术都互相咬捏在一起，这个东西可能就有意思了。传媒和艺术，一个主行而下的物质传播承载，另外一个主行而上的精神认知的拔越，那么传媒和艺术能否在比较大的层面代表了人的非生理层面全部的需求？

李雨谏　　　（北京大学艺术学院博士研究生）　　因为我是文化研究的思路，我会想为什么一个杂志或一个网站除了有常规的栏目，还会有一些特殊设置的栏目。如果用语言结构这种方法看的话，它有它发生的逻辑，有它发生的内在依据。能不能用研究内部话语的方式以及发生学的思路来研究它？《申报》有很多读者专栏或者回馈的栏目。但是它所有回馈出来的信息你能感觉到非常的"左"，或者说有很高的知识精英的成分，里面包括它的主刊者也提到了对于一般市场上观众的认知是什么。读者其实是选择了一些东西，所以它也有一定的遮蔽性。比如说当时迷影网也有一些评选，评选其实是一个审美共同体，而不是一个想象共同体。它基于一个审美的共同体，在于它会对某一类片子有很强的审美情趣的认同，因此在他们的榜单中会体现出来。

李　洋　　　（北京大学艺术学院教授）　　任何评选都假设自己有普遍使用的公正规则，但其结果都是某种价值体现。然而对于中国研究者来说，因为你要基于话语分析、语言表述的掌控能力，分析批评当中的话语方式，对于话语研究者来说稍微有一个挑战。但是话语确实是比较本质的，话语代表很多问题，也是它的身份，比如说它是精英还是大众，还有一个就是它的权力体现的问题。

陈旭光　　　20世纪在电影没出现以前，我们的媒介观念不是那么强，注重的都是艺术形态和艺术形式。但是到了现在，媒介的观念越来越强。因此，在古典或者经典艺术年代，或者是前现代艺术的年代，人们关注得更多的是艺术的形态、形式和语言。我们更关注情感上的表达和享受，而不会特别关注媒介，甚至轻现媒介。所谓"得意忘言"就是这个意思。但到了现在这个媒介融合时代，一些新的艺术，特别是新的艺术门类或古典艺术的现象所呈现的，媒介突出来了。比如美术中出现了行为艺术和实物艺术，活生生的人和物，活的媒介变成了艺术对象，我们能不关注它的媒介性吗？

刘 俊　传统艺术有三个特性：科技性、媒介性、大众创意性。对于媒介的界定具有三个层级，第一个叫作形式的媒介，第二个叫作材料的媒介，第三个叫作为传播的媒介。传统艺术和传媒艺术一样都需要有这三种形式，但是我们发现传统艺术时代更加注重作为材料的媒介，就是媒介的材料，如石头、油画；而传媒艺术时代更加注重媒介作为传播的介质，这是一个很重要的区分。提及到传媒艺术概念本身，我们最初的想法是传统艺术族群长期而稳定地占有人类艺术全部的内容，即所谓七大艺术。而传媒艺术更多的是从摄影开始的，以及一些经过现代传媒改造的传统艺术形式，划归到传媒艺术。比如把机械复制艺术特性的界定从摄影开始，人类艺术走向了机械复制艺术，和手工传统复制就不一样了，单一的东西消失了。后来的机械复制、电子复制和数字复制都有异曲同工之妙，都和传统的手工复制有很大的区别。第二个我们界定传媒艺术第一性灵魂性的性质是科技型，科技诞生之后，发现从摄影之后必须有现代科技的加入，才使得艺术最根本能够成为艺术的最重要一关发生了变化。为什么说报纸的版画不是传媒艺术，因为它不需要现代科技也可以画出版画，不过是通过报纸这种大众传媒传播出去而已。但是从摄影开始，不通过自然科学创作都不可能完成，这是非常重要的界定标准，这个要具体解释就是科技性，媒介性和大众创意性都是非常强、非常复杂的解释。第三个就是为什么把它命名为传媒艺术。我们发现传统艺术族群内部有共同的特征，传媒艺术内部也有共同的特征，而这三性在它们内部有共同的一贯逻辑，外部又与传统艺术有巨大的差别，所以我们考虑如果内部有共性，外部又和前面那个族群有差别的话，是不是可以把它作为一个新的艺术族群进行整体的观照呢？所有从摄影开始的艺术形式，它和传媒密切相关，比如说都是可复制的传媒文本，传媒都是反馈的重要平台，等等。

李诗语　　（北京大学艺术学院硕士研究生）　　比如《当代电影》的目录和时光网每期专题，是大众性的也是学术性的，这其中也涉及一个话语权的问题。一种话语权是你有意识要彰显你的话语权，还有一种就像你评的时候觉得是代表所有人，但是我本身的属性就是呈现出来了。我是这样的一种文化群体里的人，我有这样的文化权利。这个文化权利如何体现出来应该是所有榜单中核心的问题，我觉得每一个规则之间，设立规则本身就体现了一个话语权。杂志的主编换了，领导换了，那这可能是他认为这个杂志面向的问题定位发生的改变，但实际的受众群体也发生了变化。比如说 IMDb 的方向是进行专业化和大众化的两条路走，《视与听》是从精英转向大众，从这种主动或被动的转向中，也呈现出了我们平常说商业电影和精英电影之中的转化或者关系的问题。

李　洋　　我觉得大众可以界定，就看你怎么界定，这肯定不是一个想象的、没有边界的概念。我觉得社会科学和人文科学的魅力就在于可以界定，只不过当你把某种机制相互比较的时候，那种绝对的大众，它是一个比较有风险的提法，因为要界定它的有效性在哪里。在互联网文化当中有署名和匿名，匿名肯定是以大众姿态出现的。其实欧美一直强调一种精英文化，他们的评选都是知识分子和精英的表态。美国强调的是工业，就是工业的态度，我觉得也是一种精英，只不过它不是知识精英而是行业精英，奥斯卡是工会选的。在工业精英和知识精英之外可能还有一批人，他们是影迷、爱好者、网络参与者，或者是电影信息使用者，这些可能会形成相对大的范围，可能会表达一些意见。

陈旭光　　借助文学批评的内部批评和外部批评的区分，电影的媒介研究是否也可以区分为媒介内部研究和媒介外部研究？内部研究如从电影技术发展的角度看，拍摄方式、胶片、数字化和 3D，电影的传达媒介形态发生了变化，电影语言也在不断发生变化。然后是网络媒介，"互联网+"进来了，电影传播的速度和面向都在发生变化。另外就是电影媒介的外部因素，如我们今天谈的网站、电影杂志、网络舆评对一部电影的评价。"经典"是如何被"造成"的？它需要多次反复出现，需要权威定评才能经典化。比如我们讲课时候会不断地讲《公民凯恩》《罗生门》等。我们接受了它的经典评价，同时在强化它。我们对经典会有一种莫名的敬畏感，哪怕看的时候第一印象觉得电影不怎么样，但是被反复告知这是一部经典之后，慢慢地会去寻找出它的经典性，说服自己。所以外部媒介的传播对电影的生产影响也很大，因此电影的生产并非到电影本身为止，它在电影本体媒介外继续生产，再生产。也就是说，电影的生产和再生产，很多是由外部进行的。现在肯定要特别关注互联网时代以及互联网时代下电影的内部、外部整个媒介环境和媒介方式发生的变化。从外部方面来看，就涉及电影的传播环节，它的时间和空间的存在与运动。电影观看或传播的时间维度和空间维度都在发生巨大的变化。比如说时间维度，以前看一部电影我们是在电影院看的，但现在是一个泛媒介化的时代，我们可以从很多地方看电影，其实我们在看这部电影之前，就在网络上和其他大量的媒介中"先行"观看了，看完之后我们又发微博，发微信，继续延续着这部电影的再生产。电影观看的时间拉长了，空间也零散化了。所以这些新的变化，正在全方位影响着电影，也正在全方位地构成着新的与时俱进的媒介艺术学。

（姜逸根据速记整理）

三 文化热点

第一讲

从硬汉到暖男

——"男性气质"理论与中国当代男明星现象研究

主讲人　车　琳
主持人　陈旭光
嘉　宾　陈晓云　顾春芳　苏涛　顾亚奇　等

文化热点　　从硬汉到暖男　　51

编者按

2014年11月14日周五下午，北京大学"批评家周末"文艺沙龙在北京大学艺术学院会议室举办第四期沙龙活动：《"男性气质"理论探讨与中国当代男明星现象研究》。

此次沙龙由北京大学艺术学院副院长、北京大学影视戏剧研究中心主任陈旭光教授主持，北京大学艺术学院博士研究生车琳主讲，北京师范大学艺术与传媒学院陈晓云教授、北京大学艺术学院顾春芳教授、中国人民大学文学院苏涛老师等特邀嘉宾与众多同学一起参与讨论，网络评论平台《非一流评论》等媒体进行现场报道。

从新时期80年代到当下，中国银幕男性形象和男明星，经历了一系列气质、形象、心理、接受等方面的流变，背后究竟是怎样的一种文化根源与社会心理变迁？如何看待现在的男明星的中性化气质？为什么《小时代》涌现那么多乐意于被人观看的男明星？"暖男""小鲜肉"的登场与愈演愈烈，这些都具有很强的话题性。

车琳博士从西方性别理论、社会学、文化研究理论进入电影研究，聚焦中国明星文化中男性气质的探讨。开场之初，她通过十余个关于男性的名词的引入，使在场的男性参与到当下有关男性气质修辞的语词概念讨论里。从概念开始，在男性气质（Masculinity）的内涵与外延探讨中，她辨析了生理性别、社会性别和性取向等不同属性，将男性气质放置于社会性别的讨论中。以此为基础，她进一步介绍了当代文化研究中对于男性气质研究的四个路径：雷文·康奈尔（Raewyn Connell）提出的主导性、多元化的男性气质理论；习性研究对于男性社会属性的讨论；性别实践和性别塑造；朱迪斯·巴特勒的表演性的性别理论。结合新时期以来的中国社会文化的几个样本和标志性银幕男性形象的时代差异，她与大家分享了主流男性形象变迁中的一些值得注意的现象：《红高粱》在80年代与当下，关于"男人"的不同诠释与社会接受；从"上海男人"在90年代引发的缺乏男子汉气概的热议到现在张亮、金秀贤等"暖男"的推崇；同性恋文化的艺术呈现与商业收编等。最后，她跟大家提出自己的思考问题，引导大家讨论男性气质在现实生活和银幕中的建构问题。

陈旭光教授、陈晓云教授、顾春芳教授、苏涛博士、博士后顾亚奇，以及访问学者刘辉、陈华、唐宏副教授，博士后宋法刚副教授、博士研究生刘胜眉、张隽隽、郝哲等纷纷就当代男性气质、当代大众文化流行语、历史序列中的男性气质等方面对报告进行回应，尤其是对80年代以来的中国男性银幕想象与现实社会的男性形象之间的差异进行深入讨论。

《红高粱》海报　　　　　　　　　　《失恋 33 天》海报

从 1988 年《红高粱》电影血气方刚的"我爷爷",到 2014 年《红高粱》电视剧中荷尔蒙四溢的余占鳌,26 年间的"男子汉""男人味"在银幕呈现和受众反响中经历了怎样的变化;从 2006 年《疯狂的石头》的百米狂飙到 2014 年主宰银幕的 40 亿帝,黄渤用 8 年时间讲述了银幕内外怎样的逆袭故事;从被禁忌的话题、"不敢说出名字的爱"(奥斯卡·王尔德)的艺术电影专属,到 2011 年《失恋 33 天》中的"事件性"的带有中性气质但仍回归异性取向的男闺蜜形象,同性恋如何从"艺术的"地下走到"商业的"地上,被收编入消费话语之中。从新时期 80 年代到当下,中国银幕男性形象和男明星,经历了一系列气质、形象、心理、接受等方面的流变，背后究竟是怎样的文化根源与社会心理变迁？

同时，一大批词语进入视野，并以迅速而颠覆性的方式互相压榨、互为嘲讽、升级换代：屌丝、备胎、男神、高富帅、暖男、正太、经济适用男、小鲜肉、大叔、花样美男、男闺（gay）蜜，乃至直男癌。当去试图给这些词一个序列或者几个分组时，每个徒劳的分组都暗含分歧，每个随意的安插都构成意义。甚至可以设想以上面的词语为数据库，每次抽样组合都可以搭建起一个具有解读空间的男性世界。

因此，不同类型男明星走红的背后，对应的是某种男性形象在银幕接受中的流行，而进一步对应的是某种男性气质在社会语境中的主导。因此，男性气质研究就具有了一定的现实意义。

一、"男性气质"相关的理论路径

"Masculinity"（男性气质）在转译过程中，存在一定意义的偏差，可以翻译成阳刚气质、男子气概，或者男子汉气概。这几个中文表述的内涵都会有一些偏差。我想从一开始把几个定义和范畴做一些区别，让我们更好地理解男性气质是在哪个范畴中讨论。

在性别上，生理性别主要分为男人和女人，当然还有双性人、雌雄同体，这些非主要探讨对象；在性别取向上主要有同性恋、异性恋，相对应有双性恋、无性恋等；社会性别分为男性和女性，而在男性和女性的具体气质下面，具体对应的是男性气质（也就是阳刚）或者女性气质（也就是阴柔），除此之外的中性气质也暂且不放在主要讨论范围中。通过这几个定义范畴的区别可以发现，男性气质处于社会性别层面的讨论，跟生理性别不具有必然相关性，女人也可以有男性气质或者阳刚气质。

在理论范畴的建构下，进入"男性气质"研究有以下几种理论路径。

（一）雷文·康乃尔（Raewyn Connell），澳大利亚的学者，奠定了关于霸权主导性男性气质（Hegemonic Masculinities）的基本理论。

这里复数的"男性气质"名词形式，强调男性气质具有多维度、多元的特点。在历史学和人类学的范畴中，男性气质不是普世皆然的共同现象，不同历史社会和文化方式有着不同的男性气质，比如军人和武士、政客跟文人、同性恋与异性恋，他们都构成男性气质的复数结构。在多元文化社会内部也会有不同的男性气质的构建，以美国为例，美国内部不同种族、不同阶级的男性气质建构不同。在中国当下，也有着城乡差异、地域差异、汉民族与少数民族的差异。不同年龄、社群和团体内的男性气质也有所不同：有的注重领导能力，有的注重专业知识，与此相对应的政治人物和知识分子也具备不同的男性气质。

另外需要注意的是，"hegemonic"可以翻译成霸权性、支配性、主导性，强调的是在不同的男性气质之间，彼此虽然有着特定的联系，但是通常有一些比其他更受重视和尊崇，有的受到鄙视，比如男同性恋的男性气质，或者在经济上，或者在身体上属于劣势的男性气质；有一些会被社会边缘化，比如少数族裔的男性气质。还有作为典范的男性气质，会被推到最主要的霸权位置，比如通常我们所见对于强健的身体强调的运动英雄气质，以及具有政治领导性的领导力男性气质。

在康奈尔的研究中，把男性气质分为四种，其中探讨最主要的一种就是主导性、霸权性的男性气质，通常意义上也是理想性的男性气质。这是男性气质的核心立意，在男权社会保证了男性统治地位以及女性的从属地位，因此从另一方面来说，也构成了女性主义批判的来源。

第二种是从属性男性气质。从属性相对于主导型、霸权性是在男性群体中较低的阶层，包括男同性恋，以及不具备主导性男性气质的异性恋男性。

第三种是共谋性的男性气质。这是一个比较特殊的男性气质的现象，主导性的霸权男性气质还处于一个金字塔的顶端，占据的还是少数人群，社会中大多数男性更多的是从男权秩序中获得利益，分得红利，同时也规避了承担主导性男性气质的风险或指摘，所以构成了一种共谋性的男性气质。

车琳发言

活动现场

第四种是边缘性男性气质，与前三种跟性别相关的男性气质不同，这种男性气质在男性内部的阶级、种族等因素影响下，产生不同的男性气质。比如通过成就和地位取得了主导性的男同性恋，他们也具有主导性的男性气质。广告公关界是同性恋群体占据较高职位的行业，在这个行业里面具有主导的是男性同性恋，因此男同性恋男性气质就具有了主导性。这是我探讨的第一个进入男性理论研究的方法途径，叫主导性或者霸权性的多元男性气质。

（二）皮埃尔·布尔迪厄的习性研究。

习性强调在长时间生活实践中积累下来被视为理所当然的习性，所以习性需要放在社会理论和场域里面去看：在特殊的社会环境下成长，自然会受到该环境文化的影响。在这里我举两个简单的例子，一个是不同民族、种族、地区不同的男性气质习性，比如说日本武士道、骑士精神、中国的侠义，本质上他们都具有主流主导性的男性气质，但在不同地方呈现出不同的分支特点。第二个是跳舞，跳舞是作为一个跟男性相关的研究，美国有一本关于性别研究的书叫作《对不起我不跳舞》，主要讲的是美国白人男性拒绝跳舞的事实——他们通过不跳舞来获得一种身份，认为身体的过度使用会贬损身份价值；而拉丁裔或者黑人能歌善舞，在身体上具有更强的吸引力，实际上是对白人身份的另一种贡献性的建构。这种跳舞在中国现实中也有所适用：大多数汉族男人很少跳舞，跟少数民族男人的能歌善舞相比，这一点是存在类似的现象。少数民族能歌善舞是男性气质的一种表现，但在汉族里面芭蕾舞演员、舞蹈家似乎跟女性气质，或者非主导的男性气质有相关性。

(三)Candace West 和 Don Zimmerman 共同提出的性别实践或者性别塑造。

通过理论化性别实践和性别塑造，不断创造社会性别的区别，来强调生理性别的不同。这相当于从相反的路径来进入男性气质研究：本来是从男人女人来衍发出男性女性的探讨，在这里从男性女性的塑造来质疑生理性别的意义。这个理论的方法是通过不同性别的社会区别，以及这种社会区别如何建构，最终来反向引导我们对不同生理性别的认知。

(四)朱迪斯·巴特勒的表演性的性别。

这一理论已经在国内有一定影响。性别的表演性认为，性别的内在本质是通过一套持续行为大规模塑造出来的，而不同身体的性别特征通常因为表演的参与而具有假象。通常认为的所谓内在特征实际上是通过某些身体行为参与而生产出来的，所以从理论可以推衍出一些现象，比如任何性别融合可能都会导致男人被认为不是真男人或者是同性恋。而表演性的男性气质，也表明男人的历史跟社会脚本的变化、男人的表演行为以及男性气质之间，它们的关系是在不断影响和相互作用的。

需要明确的一点是，男性气质作为一种表现性的经验，并非专属的男性身体，西方的一些相关著作，在谈及具有男性气质的女人，以及对玛莉莲·梦露的健身，鲁道夫·瓦伦蒂诺的女性气质，都会融入关于男性气质如何增强明星对于观众认知和受欢迎程度的提升等问题的探讨。

二、中国新时期以来的男性形象变迁举隅

从新时期以来中国的主流男性形象建构经历了一些重要的变迁，从唐国强式的奶油小生，经过日本电影《追捕》的广泛影响所掀起的"男子汉"风潮，到一批中国式硬汉的本土化银幕生产，经过 90 年代市民形象、都市青年和笑星的过渡，发展到 21 世纪以来的花样美男、暖男、小鲜肉，主流男性形象似乎经历了一

《寻找男子汉》海报

个回潮；但这种回归当中，又有种种值得思考和商榷的罅隙。通过几个例子，跟大家分享这种变迁的历程。

首先是80年代出现的受日本影响而引发的高仓健式男子汉的流行。改革开放第一部外国电影《追捕》，使得当时的中国男性形象建构出现了新的现象和问题。此后，1986年，根据沙叶新话剧作品改编的《寻找男子汉》电影，在高仓健式男子汉形象流行全国的状况下，引发了一场关于寻找男子汉的讨论和热潮。这部电影主要讲述的是女雕塑家舒欢在茫茫的人海中寻觅真正的男子汉。母亲为独生女儿至今尚未成婚焦虑不安，她来到婚姻介绍所。第一个"男子汉"两面做派，有依赖母亲的"胎化病"；第二个"男子汉"畏惧权势，放走坏人；第三个"男子汉"迷恋西方，缺乏民族自尊；第四个"男子汉"迷恋流行歌曲，精神空虚，不学无术……舒欢不停地在生活中发现、寻找，更多的是苦闷与迷茫。真正的男子汉究竟在哪里，她雕塑着自己心目中的男性形象，最终还是一次一次地失望。这部寻找男性的电影，反映了当时中国银幕在寻找理想男性的迷思。借用康奈尔理论，这也是在寻找"主导性男性形象"过程中，所遇到的那些从属性男性气质以及共谋性男性气质。

"上海男人"的例子，也可以通过语词的社会接受来反映当下影视作品中男性形象变化的社会文化背景。90年代时，龙应台曾发表一篇文章《上海男人》，这篇文章所引发的讨论和描述经过十余年社会文化变迁，与现在形成了有趣的对照。1997年1月7日《文汇报》刊登了龙应台的《上海男人》，经过观察上海男人的种种习性后，龙应台这样写道：

"上海男人竟然如此可爱：他可以买菜烧饭拖地而不觉得自己低下，他可以洗女人的衣服而不觉得自己卑贱，他可以轻声细语地和女人说话而不觉得自己少了男子气概，他可以让女人逞强而不觉得自己懦弱，他可以欣赏妻子成功而不觉得自己就是失败。上海的男人不需要像黑猩猩一样砰砰捶打自己的胸膛、展露自己的毛发来证明自己男性的价值。啊，这才是真正海阔天空的男人！我们20世纪追求解放的新女性所梦寐以求的，不就是这种从英雄的迷思中解放出来的、既温柔又坦荡的男人吗？原来他们在上海。"

文章在《文汇报》刊出以后引起了轩然大波，上海的男人纷纷打电话到报社大骂作者，认为诬蔑了上海男人，上海男人其实仍然是真正的大丈夫，等等。但是放在今天来看，现在媒体、影视和日常生活中，我们会发现这样的男人越来越被人所认可。比如近几年出现的男性解读的新标签：上海小男人、围裙丈夫、花样美男、经济适用男、暖男，这些概念的共同点都赋予了男性一种传统上属于女性的特质：善解人意、细腻等，从而跟传统意义上的男性气质形成强烈的反差。同时这些词语，也显影出女性身份和女性本位，反映社会心理在一定程度上趋向以女性为中心的社会想象。

三、角色、身份与性取向——男性研究的几种角度

电影中主流的男性形象或者男性角色，我们可以有一些大致的分类。以战士或者武士为例，中国有工农兵，或者中国传统里面的武将形象，这些暂且都归为战士形象。从不同时代和社会来看，日本武士和斯巴达时候的武士社会，他们诞生的背景对男性气质的要求都有不同的呈现，跟社会、不同时代的人文，以及不

同的社会动荡关系和政治处境都有联系。总体回顾一下战士的特征，大概包括有勇无谋、武艺高超、无限忠诚。这种忠诚既包括对领袖也包括对战友、对同僚的忠诚，他们强调自己的从属地位，有时候会产生拒斥异性的现象，所以他们秉持的是禁欲主义的私人生活。

跨越到现当代社会，这种男性气质在表述中会产生变化。在当代美国，战士的身份变化已经从流血的战场变为体育赛场，专业的橄榄球可以类比成战争的体现，而现场的体验和身体的对撞，也是战士身份通过他们的实际的功能化转变，变成一种视觉化想象满足。关于对身体的强调，有一本书叫《骑士精神到恐怖主义》，里面也谈到对骑士精神的推崇如何在现代逐渐被从主流主导性男性气质中所去除，骑士精神如何过渡到恐怖主义，对尚武的推崇在当下社会逐步在不同的环境、不同的国际关系中被压低，或者呈主导性、支配性、霸权性的男性气质，因为它本身具有霸权性而更多地被掩盖在社会功能中。

关于父亲形象的探讨，在美国社会男人的首要身份是养家糊口的丈夫或父亲，任何有悖于一夫一妻制的行为，都会有损男性形象。但是这个结论，其实是一个20世纪30年代以来才有的现象，在那之前，就会跟我后面探讨关于同性恋的问题有密切的关联，在那之前已婚男性的婚外性行为，包括跟男性女性，以及未婚男性跟男性的性行为都不作为对他的男性气质的任何挑战，都不会有损他作为男人的形象。

由此生发到男同性恋的银幕重现的讨论。西方同性恋传统跟中国同性恋传统各有千秋，这种传统之间，存在一定的相互参照意义和影响关系。西方的同性恋传统，可以追溯到柏拉图的《会饮篇》，比如只有一种男性性别，男性之间的爱是最美的爱，年长男人跟年幼男人性传承关系以及对男性气质的影响关系。在当时性别隔离的阶段，这些未婚的年轻男性可以参与到与成年男性的性行为中，而不受任何关于阴柔化或者丧失正常男人身份的指控。这种传统一直延续，或者说一直不被作为问题而提出，一直处于道德允许的状态下，一直到一个事件出现——1895年，奥斯卡·王尔德案件。

1895年，昆斯伯理侯爵（Marquess of Queensberry）因发现儿子阿尔弗莱德·道格拉斯与王尔德交往长达四年而控告王尔德，并到王尔德常去的名人俱乐部贴上纸条："致奥斯卡·王尔德——装腔作势的鸡奸客。"斥责王尔德是一个好男色的"鸡奸者"。王尔德上诉告侯爵败坏名誉。结果王尔德上诉失败，被反告发为"与其他男性发生有伤风化的行为"（committing acts of gross indecency with other male persons）。

　　需要了解的社会背景是，当时并不存在男人跟男人是不道德的社会评价标准或者法律条文，而且当时还没有诞生"同性恋"这个名词，所以控告的罪名叫"鸡奸"。王尔德在抗诉的时候对于法庭有以下辩解，这些辩解可以称为对于西方传统男人与男人之间的感情比较贴切的描述，他把它称为"不敢说出名字的爱"，他的描述是这样的：

　　"不敢说出名字的爱，在本世纪，是年长男性对年轻男性的伟大的爱，如同大卫和乔纳森之间的，如同柏拉图为他的哲学而做的根本，如同你在米开朗琪罗和莎士比亚的十四行诗中找到的。正是那般深深的心灵的爱才如完美一般纯净。它支配并渗透了伟大的艺术，比如米开朗琪罗和莎士比亚的，以及我的那两封信。这爱在本世纪被误解了，以至于它可能被描述成'不敢说出名字的爱'，并且由于这个误解，我现在站在了这里。这爱是美丽的，是精致的，是最高贵的爱的形式，它没有一丝一毫不自然，它是智慧的，并循环地存在于年长男性与年轻男性之间，只要年长者有智慧，而年轻者看到了他生命中全部的快乐、希望以及魅力。以至于这爱本该如此，而这个世界却不能理解，这个世界嘲笑它，有时竟然让这爱中之人成为众人的笑柄。"

　　因此，在当时看来，年长男性和年轻男性之间存在着平等的动态关系：只要年长男性有智慧，而年轻者看到他生命中存在的希望及魅力，并通过自己的年轻身体来获得经验，他们在智慧与身体之间就会完成一种平等的交换。

　　作为男性与男性之间关系的转机，后来在另外一本著作《纽约的Gay文化》里面也有另一种描述。在这本关于19世纪末到20世纪40年代纽约的都市文化以及 gay 男性世界的塑造的书里，提出了一个我们对于男同性恋文化研究里一个名词的不同认识，即"出柜"（come out of the closet）。"出柜"从名词到现象在 1930 年之前都不存在的，在"一战"之前的世界，gay 男性世界是可见的，并且是完全被放置在异性恋的世界观中（当然当时还没"异性恋"这个名词）。直到 30 年代禁酒令的结束，这种新的社会形态和新的文化焦虑产生，构建出了一些新的都市男性 gay 的问题。所以，简单地说，美国纽约社会在 30 年代构建了一个柜子，强迫 gay 去藏在这个柜子里面。禁酒令出现以后同时伴随着男性的危机在美国的出现，男性危机强调的是美国主流男性在面对新的就业压力同时，一方面大量的妇女、女人在占据更多的工作岗位，另一方面他们在这种两性关系的强势地位弱化同时，对同性恋群体所不承担两性关系任何责任的状态，产生了一定的焦虑，所以"come out"的宾语补足语也发生了本质性的变化：从"come out into the gay world"到"come out of the closet"——原本处在社会表层的同性恋现象被压制到一种不能有伤风化、不见天日的探讨范围中。

之所以用很大的篇幅探讨 30 年代美国同性恋现象，是因为这种转化正发生在我们社会的当下。2014 年，网络兴起了一个很具争议的词叫作"直男癌"。字面看这个词的提出者绝对不是"直""男"中的任何一个，而是女人，或者是 gay 群体，他们在获得话语身份或者获得自己的社会身份、经济独立之后，对男权社会主导男性气质进行反击或者嘲讽性的批判。现在中国同性恋文化和美国战前禁酒令废止之前的同性恋文化有着类似的状况，没有被任何法定制止，没有宗教意义上的抹杀。所以中国同性恋实际处在真空的状态，而且在影视作品中我们会发现同性恋题材只要不出现直接的男性性行为就是可以呈现的。从艺术电影到商业电影的转化中，存在明显的亚文化收编现象，在最近《心花路放》里对同性恋商业化使用，以及《蓝色骨头》中被消费或者被指认出男性与男性之间的感情，都可以看出同性恋文化在浮出水面或者在获得自己的话语，同时也在被新的主流男性形象所收编。

电影《红高粱》剧照

四、从硬汉到暖男——男性银幕形象案例分析

新时期以来中国主流男性形象发展到现在经历了一种轮回现象,这种轮回现象内含着不同社会解读意义。从 80 年代寻找男子汉的现象到 90 年代市民文化兴起,多元男性形象出现,包括边缘青年、都市市民形象、小知识分子以及青年文化,到 21 世纪商业电影大片的推进下,主流的男性形象怎样在商业影片中慢慢地具有一种偏向中性气质的出现,以及这种中性气质在这几年的发展中,如何在回归主流的男性气质形象同时被斥责为具有"直男癌"或者具有过度大男子主义化社会接受的过程。

一个有趣的案例是从 80 年代的《红高粱》到现在的《红高粱》,男主角一个是姜文一个是朱亚文,从他们的表演中可以看到多方面的反馈:姜文张扬了当时男子气概、阳刚气的爆发,以及压抑了几十年的中国男性的苏醒、热血;现在我们对朱亚文扮演的男性的解读,比如说他的一些台词,他对九儿说的,"我要睡你",很容易成为女性主义者的靶子,对于大男子主义或男性沙文主义具有警惕心态的女性,会产生对这种性宣告的另一种解读。

通过这个现象我们可以进一步阐释关于暖男的现象,之所以会出现对于《红高粱》的热血男子这种主流男性形象的拆解和不同解读,是因为有更多信息出现,或者有了另一种男性气质的线路——中性化男性气质的发展。

张嘉佳在文章《暖男》中,以周迅与汤唯的新婚为引子,指出爱上风流才子或者高富帅,对于女性都太累,一个经济上精神上独立的女性,或许更倾向于选择温文尔雅、体贴善良的男人,也就是暖男。从这一点来看,暖男的风头盖过了高富帅。

从湖南卫视的真人秀《爸爸去哪儿》第一季里面张亮的儿子天天被冠以暖男的名字之后,暖男对男人性格的归纳,会看出女人对新的理想男性的要求。另一方面也反映了一种社会现象——当男人不需要独自担负养家的重任,厨艺能力和性格细腻程度被看作是一种新的对男性的要求,包括任劳任怨、撒娇卖萌、理解女性,同时也要具有引导能力。但暖男还是不能成为软男,还是要让女性有安全感。所以在前年张亮能下厨疼老婆形象的流行,以及去年《来自星星的你》金秀贤形象的流行,都体现这种趋势,但是暖男这个形象的内部矛盾在于,男性需要体贴与柔情气质,同时又不是娘娘腔,要求他们有能力懂得关爱和体贴。

就像我之前读过的一个关于男性危机的描述,强调随着维多利亚时代要求男性具有自制内向收敛的隐忍特质,慢慢地变成需要通过身体的强健表象来完成男性形象的建构和确认,这两种矛盾的呈现也体现了这种隐忍与外显、既要低姿态辅佐女性又要适时高姿态扶持女性的要求。

从暖男回到"直男癌"的解释。这是 2014 年在豆瓣上兴起的一个词,在网上的一些描述,就是常见于直男的症候性解读。主要症状是不懂审美,不着边际及差,对女性品头论足的男性沙文主义。通常从"直男癌"口中说出的一些经典说法包括"你一个女孩子家读那么多书干什么""女人都是传宗接代,赶紧找一个好人家嫁了"之类的话。所以在这种语言状态下,"直男癌"其实是一方面体现女性主义、女性权利在中国当下话语权的一种崛起,另一方面也指出了活在自己世界观价值观和审美理念中,常常流露出对对方不顺眼以及不满一部分大男子主义者的问题。这里遇到的问题是当阳刚气质变成"直男癌",如果一个符合阳刚或者具有主导性的男性气质在另外一种解读下被理解成过于具有霸权性、忽视女性地位,这种矛盾在不同的语境有不同的解释。

网上有一些"直男癌"关于对于具有充足男性荷尔蒙男性形象的演员或者男明星的描述,比如说孙红雷,比如说文章,比如说黄海波,还有朱亚文。有一篇报道,关于朱亚文"直男癌"的探讨,认为在《红高粱》里面他扮演余占鳌的角色叫"行走的荷尔蒙",就是具有充分的荷尔蒙,在扛起一部戏的同时,过度展露释放男性的荷尔蒙,从而产生了一些让女性观众或者女性主义者产生猥琐气息的态度,也就是说过分"直"了。现在的矛盾是展现了当下的一个社会问题:女性获得了一定的话语权,但同时仍在一个稳定的社会秩序中。从这种意义上看,彭丽媛在国际政治中形象上的上升,一方面似乎为女性者提供了一种新的想象性的投射。

跟现在的暖男、直男现象和同性恋现象的探讨相比,什么能够构建成主导性的男性气质?而这种主导性的男性气质在收纳不同暖男、直男、同性恋的不同的优点缺点的同时,也在怎样发展出相对应的银幕形象,这些都是我在继续搜集和关注的问题。

最后有两个文本,我想跟大家分享。一个前一段热播日剧《昼颜》,里面讲的是生活在下午三点之后的家庭妇女在忙完家庭的生活之后,进行的地下感情活动,侧面体现了一种具有摧毁以家庭为主导的社会结构的男性形象。而跟这个相联系是中国古代的一个名词,叫"潘驴邓小闲",它在《水浒传》《金瓶梅》都出现过。什么样的男人最具有偷情的魅力?当我们把"偷情"这个定语隐匿化,什么样的男人有魅力,对女人有吸引力?潘安的"潘",具有潘安的容貌;驴大的货;"邓"

就是姓氏的邓。邓通是西汉人，相当于西汉的铸币大臣，非常有钱。这个"小"一直在中国主流的男性形象中有所隐匿，"小"就是大小的小，要有绵里藏针的忍耐。我们可以理解为乖巧，可以理解成讨女人欢心，可以理解成任何意义的小鲜肉，或者年龄上的小正太的小。"闲"是悠闲，有闲工夫，这是对偷情行为一个保证，就是有闲工夫做这个事，是王婆对于这个事情的解读。所以从这个回归到当下的文化现象研究，我主要想集中于"小"字，其实这"小"也是值得研究的话题，'小'如何在中国的男性形象建构中显影或者藏匿，怎样慢慢在中国的男性气质中重视和挖掘出来，这可能是一个值得发现的问题。

我想跟大家商讨的问题是，关于怎样的男性气质存在于当下的男性或者男明星的气质中，哪些男性气质在影视作品凸显或变迁，中国是否存在一个主要实际生活中占主导性的男性气质。如果我们可以从历史上或从当代电影史上找出一条变迁之路，当代的主导男性气质是否可以被归纳？

当然，康奈尔的男性气质理论虽然很多时候较为"好用"，但对于很多现象的批评是有局限的。主导性霸权性男性气质，我们可以说男神或者高富帅，但是又被"直男癌"这个词解构。从属性包括男性同性恋或者暖男里面具有女性特质的一部分。"屌丝"或者"备胎"这一类男性自嘲的名词，应该放在共谋性男性气质，他们的确不是主导性男性气质，但他们在享有男性权利，在男性特权中获得利益，而且仍然在维持这种稳定性别结构关系。关于边缘性的男性气质，暖男可以理解为边缘性的男性气质吗？很多人不愿意做一个上海男人或者暖男，但实际上在两性，特别是在女性有一定主导权和选择权的社会里，这种男性气质已经获得了一些异性性别上的认同。主导性男性气质在建国到"文革"都有非常明显的建构，任何对男性气质的表现，包括对性的强调，包括对性的隐匿，都有着强烈的政治内涵和指向。但对于新时期以来这种男性气质的改变，一方面受日本、韩国，以及美国等西方文化的影响，一方面也在我们当下社会里面有一些需求的设置。是否还存在主导性的男性气质，已经成为当下中国社会值得商榷的问题。

活动现场

活动现场

陈旭光　（北京大学艺术学院副院长、教授）　车琳引进介绍西方的男子气的理论，概括比较齐备，她的学术视野比较开阔，通过网络术语表现出来的男性的社会形象、银幕形象，也有包括电视节目《爸爸去哪儿》呈现的形象，涉及社会对男性形象的塑造，总之就是说所有的男性形象都是她的研究对象。我感觉，男性气质具有的多样性和差异性，与西方理论中区划的术语完全对应的形象、气质很难找到，另外男性气质在不同的时代有不同的理解和期待，如汉族人认为跳舞的人不符合男性形象，所以汉族人基本上不跳舞，穿戴逐渐不再花花绿绿，但是少数民族没有这样的对男子气的塑造，他们载歌载舞，花花绿绿，这是一个有趣的文化差异。

可能因为车琳面对的对象范围太庞杂，有的地方概括还不够，包括男性气质发展的种类和阶段。另外，这些网络及社会上的形象最后应该通过银幕来表达，我们立足的本体还应该是电影。应该寻找这种形象在社会形象和银幕形象的中间层次，在被塑造的过程当中人物形象和社会形象及银幕形象的中间地带、中间层次，关注形象是如何被塑造的，被谁塑造的，以及在被塑造过程中，银幕形象和社会形象之间的缝隙、差异，这些方面的研究可能还不太够。当然你的研究留下很多空白点，更能够让我们继续深入分析。

另外，我一直有一个感想。从80年代以来到新世纪，男性形象的社会属性以及这种社会属性体现在银幕造型、人物角色上的变化，有几个点很有意思的。比如解放以后，男性形象是高大全式的，都是拿着枪杆子、具有阶

《小时代》海报

级符号化特征、代表军事文化的男性形象。80年代之后,这样的形象受到冷遇,有一个时段流行俊美的形象,代表人物如像郭凯敏、唐国强这一类"奶油小生",面貌端正,浓眉大眼。但这个形象很快又被另一类形象所代替,就是与葛优那一波带有市民形象特征的,王朔笔下的一批小市民,机智聪慧,不认可自己是知识分子,从知识分子队伍里面逃出来,反过来嘲讽知识分子,同时也跟主流形象、主流意识形态保持距离,对主流冷嘲热讽,表达了市民的机智的形象,他们语言幽默,其实是更高层次的"智者",一种否认自己是知识分子的知识者,也应了毛泽东的话,最贫贱者最聪明。但这一类形象很快又被黄渤这样的形象所取代,黄渤既有继承又有颠覆,他更屌丝,更底层,更不像知识分子。葛优他们还有一种精神优越,但黄渤优越感不是特别,他是在最底层打拼,最后才得到一点好结果,最后才预示着他好的前景。黄渤能一个人扛起三四十亿的票房,说明他是一个代表着当下主流愿望的主流形象,有着丰厚的社会意义。当然除了黄渤形象,还有《小时代》里面的那一类花美男形象，这又是另一个话题。黄渤形象的受众面可能是三线城市，很多打工者、农民工这一类人喜欢，而《小时代》里的花美男是90后想象的，是虚空的、未来的。所以《小时代》里面的人物非常虚幻，浑身都是光芒、光环，这个可能更值得我们分析。我也对这些形象有担心，担心未来对青少年的男性形象塑造会有负面影响，但也许是越俎代庖，杞人忧天。总之，银幕上男性形象的变化，具有非常丰厚的社会文化变迁的意义。

陈晓云 （北京师范大学艺术与传媒学院教授） "明星研究"是这几年学位论文中最热的词之一，研究对象主要集中在两个时段一个中心。"两个时段"就是30年代，还有80年代以来，明年会出现研究17年电影明星的博士论文，"一个中心"就是女明星，车琳从男明星入手来做研究肯定是一个很有意义的选择。我觉得大家对女明星感兴趣主要有两个原因，一个是20世纪女明星身上纠结着更多的权力关系，不管是"五四"以后还是80年代还是当下这个时代；另外一个原因是"宏大理论"被解构之后，我们并没有看到太多新的理论出现，近年来，"身体政治"成了电影研究的一个关键词，它与明星研究有相当大的关联度。从这个角度来说，我对这个选题充满着期待。比较遗憾的是，我希望讨论的话题能够落在当代中国男明星这个点上，但它悬在空中突然消失了，更多在解说一些社会层面的关于男性的问题。这个可能是下一步要解决的问题。关于这个选题，我有几点想法。

第一个问题，无论女博士研究男明星，还是男博士研究女明星，都涉及一个学术立场问题，一个是个人性别立场，另一个是作为学者研究的立场。比如说，作为个人性别立场，我可能有一些十分喜欢或者十分讨厌的女明星，而作为学者我必须理性地面对她们。对于男明星，谁在看，看什么，如何看，这些都是我们写作过程中需要面对的问题。有一个不太恰当的例子，《花花公子》最牛的摄影师往往都是男的，为什么？到底是他们摄影技术高超，还是说一个女模特在男人面前或者女人面前呈现的状貌是不一样的？这里面是不是包含着性别权力关系？我提出这个问题，不是说我们一定要规避个人的一个性别立场，而是在如何保持自己性别立场的同时，至少保持一种相对的客观性来面对明星。关注明星，同时还要注意性别差异、年龄差异，以及文化差异。

第二个问题，是关于男性气质，车琳花了比较多的时间来讨论，但是最后没有得出结论。我想是因为现实客观状况的一种呈现，实在很难找到一个结果。当我们面对好莱坞明星的时候，似乎也难以找到一种涵盖面很广的所谓男性气质，比如格利高里·派克、克拉克·盖博、马龙·白兰度、迈克·道格拉斯、施瓦辛格、乔治·克鲁尼，他们身上的男性气质便完全不同，很难从这里面找到共同的东西。车琳前面提到的一个关于男性气质的结构，所谓的四种分类，因为我没看过，不知道分类具体针对什么，从字面意思而言，我们有很简单的方法来进行反证，比如说主导性，范冰冰的"我就是豪门"，到底是男性气质还是女性气质？当性别趋于平等，主导性是不是必然成为男性气质？我们现在要做的，不是把例子找出来塞进去某种框架，而是可以对这样一种分类提出质疑。包括从属性与同性恋的关系问题，我对这个并不完全不了解，但是我觉得这里面有一个问题，同性恋中两人的关系是怎样的？我一直认为中国的同性恋电影，它的模式基本是异性恋的。异性恋中有一个主导一个从属，同性恋里面是否也有？从属性或许只能解释同性恋中比较被动的角色。还有一个问题，在父亲身上如何来体现中国人的男性气质？华语电影中，有两个父亲非常的中国，一个是郎雄，一个是朱旭，一看这个脸就是中国的父亲。他们的男性气质，这四个属性好像都不能涵盖。这样的分类，当初提出的时候一定有它的合理性，但是我们今天面对一个无法归类的现实对象的时候，可能就要去质疑这种分类。

由此带来的另一个问题是，下一步要讨论的对象到底是什么？是男性气质？是男明星？还是男演员？是男性角色？还是男性形象？因为你在一论旦景时比较多的提到形象这个词，或许基本还是人物研究。从气质角度来说，其实我今天特别期待听到的是，按照男性气质，男明星可以分为哪几类。这可能是下一步要直接面对的一个问题。除了要有研究对象的界定，最后还有时间段的界定，到底是80年代、90年代，还是新世纪。对80年代男明星的描述当中，高仓健是一个重要的符号，因为这个符号太重要，往往把要表达的东西给遮蔽了。关于这个阶段，我可以提供我知道的背景。高仓健的进入跟美国强被认为是"奶油小生"有一定关系。为什么要寻找男子汉？因为本土男子汉似乎消失了。除了高仓健之外，随着国外电影一起进来的，还有三个哥阿兰·德龙，还有日本明星三浦友和等。所以，80年代关于男明星的状况并非很单一，它有着一定的复杂性。

顾春芳　（北京大学艺术学院教授）　通过"男明星来探讨当代文化的变迁"，还有"男性气质的理论在中国当代语境中如何来阐发"，题目的开掘有研究的价值。关键是从哪个角度来阐发蕴含在男性气质背后的文化内涵和社会多样化的心理结构。

车琳主要运用西方性别理论、气质理论来研究男明星的气质。那么，研究的重点究竟是男明星个人的气质？还是指明星塑造角色体现的男性气质？或者是中国男明星塑造的角色所呈现的男性气质，在某种程度上已经成为公众所认可带有当代文化意义层面的主导性男性气质？或者是男性气质背后的文化成因和文化内涵？

第二个方面是究竟从生理学、心理学、社会学、文化学或是艺术学的角度来研究男性气质的差异，不同的角度得出的结论也可能完全不同。当然现在的思路主要运用西方性别和气质的理论，对于男性的气质进行划分，并且得出了"主导的霸权性"到"从属性"等一些类型的划分。仅仅做这样的划分、归类，我以为意义似乎不大。划分这些类别的目的是要阐明什么问题，这应该是你论述的重点，也是我最感兴趣的地方。

我同意车琳刚才发言中的几点思考。第一，同意你所说的关于性别的表演性问题。男性气质在影片中的呈现显然是被想象和被表演出来的。这种表演极具普遍的象征意味，因为生活中大部分时候所谓的男性气质是被设计或被表演出来的。作为外在呈现的男性气质其内在可能是极其空洞的。另外你提出不同的性别特征是具有假象的，我也非常同意，这个观点也是很睿智的。第二，男性气质作为一种外在的呈现，它确实不专属于女性。比如说我们讲男性气质豪迈或者是阳刚，或者是阴柔，事实上在中国的古典诗词里，你就会发现实际上阳刚不一定是男性，很多女性诗人也有阳刚的一面，女性的气质、她的诗风、艺术的风格，有阴柔也有阳刚，有婉约也有豪放。我举一个例子，一个很典型的例子——秋瑾，她穿男装，她的诗比男性还豪迈。阳刚或阴柔很难对男女性气质作为划分，也不能作为标准对他们艺术风格进行划分。

现在男性气质的表演经验确实越来越被女性所采用，尤其在当代成为一种时尚。女性趋于男性化，男性趋于女性化，虽然还不是最普遍，但男女在气质的接近，确实是一种现象。为什么会这样？你提到沙叶新《寻找男子汉》这个戏，很有针对性。从表面上看这是一个大龄女青年找对象的戏，舒欢作为主人公不断被安排相亲，在先后遭遇"缺钙型""恋母型""洋奴型"等男性之后，始终没有找到真正的男子汉。沙叶新为什么写这个戏？他不是写简单的相亲，而是写民族对具有人格操守的中国人的寻找。为什么要寻找？沙叶新认为经历历次运动，中国人给整软了、整怕了，骨气精神被阉割了、脊梁骨被打断了，所以舒欢的寻找其实质是"民族性"的寻找。这是这个戏的深刻所在，它是想通过男性气质的筛选和确认来寻找人格的归属。

第三个我比较感兴趣的话题，就是你说的当代主导性男性气质是否存在的问题。如果从表面来看男性气质的话，其实是没有太大的意义，有意义的是看一个时代，主导性的男性气质背后真正的文化属性和文化诉求是什么。如果在男明星塑造的男性气质当中，一定要挖掘什么气质带有一种当代中国主导性男性气质的话，现在很难得出一个肯定的答案。中国历代有一些具有典型中国男性气质的人，我们可以回顾一下，春秋战国推崇的是骑士精神，刘再平认为项羽是中国最后一个贵族，代表贵族的骑士精神。再看秦汉，秦汉给我们留下的历史群体的男性气质的印象就跟春秋战国的骑士精神不一样，也更多是"英雄侠士"，高渐离、荆轲、卫青、霍去病这些人，他们在历史留下的背影和传奇就是侠士和英雄的气概。魏晋南北朝，特殊的时代背景下，出现了大量所谓遗世独立的高格隐士，像阮籍、嵇康、谢安这些人代表着魏晋南北朝时期最重要的士大夫形象，就连三国里面关羽的形象，侠肝义胆、忠勇英武之外，他也是有儒者精神的，他的形象始终是手执《春秋》的儒夫。到唐宋的男性就更加倾向于风流旷达，从唐诗宋词中就可以体会到。男性气质的背后是一个时代的文化内涵以及群体性内在心理构成。到了明清，能够代表中国男性的有几个形象，比如说王阳明、曾国藩，都是内圣外王的典范，明代以来"内圣外王"一直是男性成就自我、成就事业的一个最高追求。但是到晚清以后，中国经历了外强入侵、最暗淡的一个世纪，到抗战、大战、新中国的成立，多次运动的出现，原有的中国人的文化属性和人格属性所受无几。今天，我们和真正中国人的人格气质属性断了根，80年代是寻找，90年代是被经济大潮冲击得顾不上寻找，现在是不知道怎么寻找，去哪里寻找，于是干脆放弃了寻找。加上一个娱乐致死的时代的到来、各种西方思潮的涌入，人的气质以及外部模仿大大胜于内在的自我提纯，具有原来文化意义和民族意义上男性气质不再被思考。

我们讨论当代银幕上的男性形象和气质是否应该思考一些更深层的问题。改革开放以后，有几个深得人心的外来男明星。那个时代除了高仓健之外，还有阿兰·德龙等人，大家有没有思考过这些男明星所塑造的角色的男性气质背后包含着什么？阿兰·德龙的佐罗，我们那时候极为崇拜，佐罗形象俊美，武功了得，劫富济贫，完全符合我们的男性形象的想象。实际上这个角色的背后是代表法兰西民族的"自由浪漫和骑士精神"；高仓健不苟言笑，他的杜丘形象的背后是大和民族"专注顽强、隐忍坚韧"的内在品格。这些男性气质不是空洞的，都有着内在深层的民族属性和文化内涵。我们可以模仿佐罗和杜丘的外表，但是更应该通过我们的艺术形象所展现的气质呈现我们的民族的精神肖像。

80年代是一个不可忽视的文化阶段，这个文化阶段直接导致我们今天对当男性气质的重新审视和思考。当主流意识形态或任何话语已经不能在这个时代构成一种群体气质注塑的理论和力量，当多样化的观念和生活方式引领了这个价值观分崩离析的时代，还有什么气质能够成为主流？我个人找不出来。坦率地说，我觉得我们周围有很多男性，他们果真符合我们对于中华民族有担当的、有文化的、有操守的男性气质的想象吗？我们身处一个鼓励个性的时代，在一种共同的价值观没有被大多数人认同之前，在民族性遗落很久之后，每个人在今天都可以依据自我的想象、爱好和自由来设计自己。我最后想说，你这篇论文要写男性气质，写明星气质需要挖掘出中国人的文化属性和民族气质，也就是寻找你论文最后的立足点，你的落脚处、你研究的意义是什么？你想告诉大家的是什么？这个是我比较关心的，也应该是最关键的。

中国人的模仿力很强，尤其现在这个时代，不管"屌丝"或"肌肉男"，这种表面的男性气质都是容易模仿的，长相、外貌都可以模仿，都可以通过一些技术方法无限地趋近西方人，包括本来不是同性恋的，因为同性恋很流行，

"出柜"成了一个时髦的词，原本不是同性恋的也会给自己贴上一个出柜的标签，因为这很时髦。男性外部的形态和性征，在这样一个时代是非常容易模仿和表演出来的。但是，男性气质的内在、人性构成当中的文化属性和人格内涵是没有办法模仿，而我们今天这个时代缺乏的不是外在对男性气质的表现，而是内在的文化属性和自觉的文化意识越来越缺失，我觉得这是我们应正视的问题，中国人不可以丧失之所以为中国人的那些本质。

苏 涛 （中国人民大学文学院讲师、博士） 近几年，我对明星研究比较感兴趣。车琳是女博士研究男明星，我是研究女明星，而且我比较喜欢研究在银幕上演坏女人的女明星。我对女明星的关注有盲打误撞的成分，本来没有特别在意，但是我在研究电影史的过程中发现，在中国电影史或者华语电影史上，有一些特别重要的女明星无法回避，于是从女明星入手，对明星理论、明星形象等问题做过一些粗浅的研究。我自己对明星和明星研究的最初的认识，是在翻译《民国时期的上海电影与城市文化》（北京大学出版社，2011）的过程中，该书中有一章是写李香兰的，她是 20 世纪 40 年代最受欢迎、也最富争议的明星之一。那篇文章让我特别震惊，因为作者没看过多少李香兰主演的影片，但她从当时影迷杂志上关于李香兰的采访、报道中发现了一些问题，并通过这些蛛丝马迹或只言片语，构建出李香兰复杂的明星形象及其投射的意识形态，对我影响很大。

近几年，我的研究兴趣是 20 世纪 40 年代中后期到 50 年代的华语电影，尤其是从上海到香港的这段历史。在 1949 年以后的中国大陆，中国早期电影中的明星系统已经被切断了，但它在香港得到进一步的发展。最有代表性的明星，比如像白光、李丽华等，都是出自上海影坛，她们的银幕形象非常丰富。我的关注点其实不是西方意义上的明星理论，我采取更多的还是社会文化批评的方式，把明星作为研究电影史的切入点之一。例如，我在分析白光、李丽华的时候，关注的是在冷战背景下，左派、右派对同一个女明星的不同塑造：左派喜欢把李丽华塑造成"新女性"，或者受到封建势力迫害的"旧女性"；而右派倾向于把李丽华塑造成一个更具有传统妇德的女性形象，不是通过她来批判背后的社会制度，而是强化她与传统文化之间的关系。实际上

《第一滴血》剧照

在李丽华的明星形象背后，体现的是冷战背景下"左""右"在争取中华文化正统代言人的竞争，这是最吸引我的地方。我觉得车琳的报告视野很广，很庞杂，有社会文本，也有具体的电影文本，但还应当有个相对清晰的历史脉络和相对扎实的落脚点。

我对男明星也略有所关注，尤其是战后香港影坛的男明星。在战后初期的香港，明星制的大格局是女明星压倒男明星，男明星基本上是阴柔、浪漫型的书生角色。到了60年代中后期，随着新派武侠片的出现，男性形象有了改观。这里面有偶然性（例如编导者的气质），也有必然性（即时代的呼唤）。观众不再喜欢阴柔浪漫型的小生，而更青睐具有阳刚气质的、健硕的明星，王羽、狄龙、姜大卫、李小龙就是在这个脉络里出现的。我觉得，要把明星形象跟具体的社会文化背景联系起来，做深入细致的分析。美国学者把道格拉斯·凯尔纳分析过史泰龙的明星形象，他认为80年代初，史泰龙的硬汉形象之所以会在《第一滴血》等影片中不断出现，与美国的男权中心主义遭受"越战"和女权主义的冲击相关。史泰龙的硬汉形象所起的作用，就是在象征意义上修复遭受创伤的美国男权主义。我觉得这个观点很有启发性。我在研究武侠片中的男明星、男性身体的时候，受到这方面的启发。总之，我觉得还是应该把明星和他/她所处的时代联系起来，一方面研究明星的银幕形象，另一方面也要关注银幕之外，大众话语、公众话语里的明星形象，两个层面都应该考虑在内。

关于方法论的问题，我赞同陈晓云教授的观点。西方理论在应用到本土现象时，到底有多大的适用性，这也是一直困扰我的问题。我自己的体会是，我们研究的目的是为了加深对电影史、电影现象的理解，这是终极目的。应警惕那种一味追求时髦的方法论而陷入空洞的理论推演的倾向。我对西方理论的观点是：不排斥，但也不必完全照搬。最重要的还是要把明星形象或男性气质与具体的影片文本、社会文化背景放在一起讨论。

顾亚奇　（北京大学艺术学院博士后）　这个选题是很有意义的。这一议题，首先是要摆脱概念的纠缠。我听了几个老师的观点，比如你是男性气质，还是最终界定为男性形象，其实可以进一步明确，因为气质这个事情，如果要分析，可能跟社会性，更多是人类学上，可能更有科学依据。但是形象可能跟今天的议题更贴切，因为它是被建构出来的，被社会建构出来，被文化建构出来。那么当然它的基础是深远的，有概念的纠缠，同时还要存在逻辑，在某些地方就会陷入一种陷阱，就是说我们过多借助别的学科的东西，而忘掉了对电影文本的细读，通过对文本的细读来把握这个角度，作者可能会更佳些。虽然我不是研究这方面的，我主要搞电视研究，比你这个浅一些，但是我觉得有些东西是共通。

其实面对各种各样的新词，现在就是一个语词狂欢的时代，推出一批新词，这些词语焉不详，但是又有所指。如果拿这些词进行归类会发现很多问题，难以归类，因为本身语焉不详，又想说明什么东西，怎么办。比如说对男性气质的理论，这个名词相对来说，我们比较陌生，但事实上我们也没有得出了一种结果，因为这个结果，其实在每个时代，这种男性气质或形象是共存的，为什么？男人同样有各种各样的人，只是这个社会更宽容，我们以前觉得不是男人的男人，现在我们也把他当男人看了。

第一个是概念，第二个就是边界，现在真的是一个无边无界的状态，寻人和女人没有边界，教授和教授也没有边界，警察和流氓也没有边界。说到男女，男人和女人有一个人的本质，以前就是因为社会的规定性，让你是做男，还是做女，你只要做人就行。性别的好多东西，原本被建构的东西，正在被遮蔽，被浅化，所以说如果从这个角度说，所有的概念都在滑动，都在蔓延，都在产生新的概念。我想在这个边界上，文本的边界不是关于社会学的研究，就是电影的文本。

此外，可以加一个维度，关于男性和女性之间，男人是通过女人这面镜子认识自己，所有女神都是男人建构起的。相对来说，具有革命性的名词就是"屌丝"，是共同建构出来的，有男屌丝女屌丝，这是社会层面的东西。今天的报告给我们很多的信息量，但理论框架太大，霸权性从属性主导性，你如果说把那个理论拆碎了，用在形象分析，如家庭怎么塑造男人，这样的话，把这个理论揉进来，那个理论不能成为你的同义词，而只能是你阶段性分析电影或者你的角色定位的时候一个工具。我现在也在做报告，往往都会遇到这样的难题，看到一个很庞大的东西，最终你的聚焦越来越集中落到电影，用这些理论来分析，我想最后会有相对比较集中的一个观点出来。这样的话，我想其实也不是评论，关于男人女人，大家都可以谈，都有话题，都有观点。

陈 华　（北京大学艺术学院访问学者）　中国人一直认为明星八卦，应该很早有经济学家从男明星的这种明星制，或者说明星这个角度来谈，这个可以算是娱乐经济。现在这个世纪，社会的变化比较大，城市消费行为的社会特征比较明显，尤其是刚过去的11月11日，中国的购买力是特别的强大。加上以女性为主要需求对象，所以男性形象具有女性特征、女性趣味，跟以往80年代以前，或80年代左右男性承载历史责任的形象是完全不同的，这跟消费社会可能有很大关系。所以我觉得可以看一下后工业化，社会中的交流与和平已经成为主题，可能男生或者男性被大量地注入清新或者柔和的特性会更容易被大家接受，男神当然好，但是生活中很少有，所以有一个暖男的形象作为补充。还有我上次听陈老师说过，有一个男色消费，很多人都说男色消费已经成为全球化的问题，你的研究领域也有这种现象，刚才陈老师也提到，近期的影视作品里面，很多男士裸身戏，不管上半身或下半身，男人裸露成为我们看到的对

《小时代》剧照

象,这就是娱乐经济,很多人都是认为这不太能登大雅之堂,但它是不能呈现的东西。

刘胜眉　(北京大学艺术学院博士研究生)　男性气质是什么,我觉得男性气质是基于一种生物遗传使命上为了繁衍生息而产生不计代价的行为,这就是在我心目中的男性气质。但凡不计代价,因为为了传播自己的遗传基因,雄性是不计代价,被狼吃了都无所谓。但是当他变成了人类社会的一种文化风格或者文化现象的时候,我们选取了"不计代价"这四个字,前期有不同的前提,有的是为了民族,为了人类,为了自己的个人理想,有的甚至为了更简单的目标,就要复仇,这种不计代价的行动其实有区别。我刚才想到一个问题,就是我们为什么把男性女性这两个气质对立起来,这两个气质是不对立的,我们真正探讨的是男性气质跟人性气质的区别,有一部分男性的气质,还有一部分女性的气质,还有一部分人性共同的气质。

那么什么东西是让男性的气质从人类共同气质浮现出来东西，不计代价不计后果坚定地去做一件事情，不管这件事情是什么？这个东西是能够从人类共同的本性中浮现出来的，是偏男性的性质，我们把这个男性气质整理出来，那么男性加上一个人性的东西，可能就会构成大家刚才所说的几种行为，为了子女不计代价叫作父亲，为了女人、为了爱情不计代价叫作浪漫中的男性，叫作骑士。在我看来，男性气质的反面不是女性化，而是理性的消解，不计代价的反面是女性的消解。举个例子，当谈到一个很聪明的人，我们从来不会认为一个很聪明的人就很有男性气概；一个科学家到最后说为了人类做了一件跟自己的理想指引的方向相反的事情，人们认为这个人有男性气质；或者说一个科学家为了人类理想，到最后甚至愿意牺牲生命，我们也认为这有男性气质。但是我们必须注意，在做选择的时候是非理性的。所以我觉得现在之所以会经常说男性气质受到削弱，就是因为现在社会越来越趋向理性。刚才我特别喜欢苏涛师兄说的史泰龙的形象，是对于被"越战"和"反越战"这种话语体系所损害的男性气质的一种修补，这就是说男性气质有的时候能够从人性气质当中凸现出来，意味着必须有一个社会的语境，尤其是在某些事情过分理性需要一种突破，需要一种开创，需要任何一种非理性的方式时，愿意为了某些事情所付出巨大代价时，男性气质才从整个人类气质中浮现出来，并成为一个可能更为社会大众喜爱的一种文化潮流。

所以，我认为男性气质，在很长一段时间内都会遇到一个很尴尬的语境。我们不会认为天天坐在计算机前搞IT，或者天天坐在股票交易所去关注数字的人的那种理性的状态是男性气质，而这种状态恰恰是我们现在人类社会的生存状态。

都性希 （北京大学艺术学院博士研究生、韩国留学生）　现在听到各位老师说一些华语电影的时候，对我来讲，有几个词语让我印象深刻，一个是80年代，一个是小时代，以及17年时期。谈到80年代后中国电影中缺少男子汉形象，在我看来，是中国革命成功之后，拍了一系列的英雄电影，塑造了很多与国家意识形态需求匹配的男子汉形象，这样的想象一直延续到了"文革"结束之后。1976年开始，中国香港、日本等地区和国家的电影开始陆续进入到了我们的生活中，但是与意识形态之间的相互关联发生了某种程度上的偏移，大众欲望诉求也转向了消费主义和市场经济，使得这样的英雄形象慢慢消失。另外，我觉得现在很多年轻人都说"屌丝"这个词，这与他们所处的社会身份不一定符合，一个正在接受知识教育的大学生这么称呼自己，与一个在社会中打拼、在大城市奋斗的人这么称呼自己，显然并不是在表达同一个意义。让人奇怪的是，在现在很多电影里，很多人物形象都是在加强这种"屌丝"幻想，树立一个个奇异的人格气质。这种做法让人们忽略它的实质应该是消费主义赋予人们的一种幻想，让许多年轻人误认为这是他们需要去追求的方向。

张隽隽　（北京大学艺术学院博士研究生）　我看到戴锦华老师的一个访谈，标题是"女性的发明"，其实男性也是一项发明。会议一开始的时候，车琳同学念出了十几张小纸条，上面写着"暖男""直男癌"等，这些都是比较文学形象学讨论的所谓"套话"。就是某个国家对另外一个国家人整体形象的塑造，比如说法国人都很浪漫，或者德国人都很严谨，但实际上男性对女性的塑造，或者女性对男性的塑造，也有类似的特征，用一个词概括某一类人，突出他们共有的，但可能不是他们身上主导一种特征。

　　这些套话当中可能也隐含我们一定的价值判定，比如说"直男癌"非常典型地对表达对主流男性气质近乎绝望的情绪，感觉没救了。反过来，男性对女性好像也会有这样的绝望，比如说拜金女"宁愿在宝马车里哭"，大家口诛笔伐，感叹世风日下，而忽略了那句话的现场氛围和背景。这句话并未表达字面的意思，但很快被提取出来，作为整个社会斥责女性拜金的明证。这些套话的流行，让人觉得男人和女人好像都在感叹，好男人或者好女人到哪儿去了？我认为，好男人和好女人，都到电影当中去了。这似乎是以一种虚列。女性导演塑造男性形象，或者男性导演塑造女性形象，都可能会显得有些单薄。这个也不奇怪，投射到异性身上的最为理想的男性或者女性形象，肯定是空洞的。但正因为如此，才能诞生明星这样一种东西。电影明星跟戏剧明星最大的区别是，戏剧明星可能被大家记住他所演的角色，电影明星可能被记住的是他本人的形象。比如白兰度的硬汉形象，贯穿到自己所演的每一个人物身上。

女性主义兴起之后，对既定社会性别秩序造成冲击，无论是男性气质还是女性气质，都成了问题，原来一些天经地义的事情，比如说男女一起吃饭肯定是男性来付钱，如果上公交车男性肯定给女性让座，等等，都让人犹疑和摇摆不定。男性气质仍然在建构的过程当中，逐渐融合了女性所表达出来的意愿和愿望。所以研究影视中的男性气质是一个很有意思的话题，尤其是一些新的当下鲜活的影视现象，也能折射社会的一些变迁。

李九如 （北京大学艺术学院博士后）　在《非一流评论》上看到这次的议题的时候，有一个强烈的感觉：时代真的不同了。为什么这么说？这几年，无论是在网络上，还是在影视作品中，以至于在日常生活中，我们越来越多地能够听到女性对于男性的公开的品头论足。女性已经随着时代观念的变化、技术条件的变化，更大规模地进入公共领域了。现在，得风气之先的北大，也率先将这种变化引入了学术讨论的范畴，我相信，此后女性对于男性的"反研究"，会越来越多。实际上，以往的女性主义，往往还是在研究女性自身，我现在感受到了新一代女学者更平和、更自然的心态。

作为一名男性，我还是要对女性进入公共领域发表一下自己的看法。比如说现在的中国，充斥着娱乐化的性别讨论议题，男神女神啊，正太暖男啊，等等。像《北平无战事》这样严肃的电视剧，一部男人戏，观众们关注的是什么？是方孟伟、孙秘书这样的"小鲜肉"，崔中实这样的"暖男"，很少有人关注它的历史观念、它的反腐败叙事等。我的意思不是说是女性导致了这一切，中国公共领域的沦落，原因很复杂，但女性的进入并大规模地参与讨论，却是一个不争的事实。包括男同性恋的被消费，谁在消费他们？显然不是男性，也不是男同性恋自身。当然，我不是反对女性进入公共领域，在这个时代，这是严重的政治不正确。

刚才听几位老师谈的时候有一些想法。陈晓云老师谈到了寻找男子汉，顾春芳老师回顾了中国历史上的男性气质演变。确实，男性气质是变动不居的，是被建构的，没有永恒不变的男性气质。我的一点个人粗浅想法是，对于男性气质的寻找，其实就是一个建构的动态过程，只不过这个过程在中国似乎持续了一两百年，甚至更久。客观地说，对于男性气质的寻找，在很大程度上就是对于社会主流价值观念的寻找。而中国近百年来恰是一个主流价值观念不断被打碎的过程,也是一个中国男性不断被打败的过程。甚至从宋元之际开始,中国第一次被异族彻底征服,中国男性就开始了"奴化"的过程,明朝实际上遗留了大量蒙元残留,包括男性知识分子气节的变异:明代知识分子有些变态地享受皇帝的折磨和侮辱,并自认为是忠贞的表现,在之前是没有的,这是一种很诡异的心态。儒家知识分子的气质理想是什么?是孟子说的浩然之气,你看孟子在书里是怎么与君主们对话的?清代就更不用说了,儒家知识分子的最后一点气节也在皇权面前丧尽了。直到晚清,就是顾老师说的国门被打开以后,汉族儒家知识分子的男性气质,才渐渐找回一点。但新的男性革命意识,又要援引西方的理论去否定这种男性气质,民国电影里不断被批判的父权,就是这种否定的表现。郑正秋的《孤儿救祖记》说的是什么?说的是一个孤儿拯救了作为儒家文化代表的祖父。到了30年代,新的政权试图确立新的合法性,电影中就开始出现阳刚健美的男性。但当时社会主流的价值观念还是"革命"的,对于新政权的这种树立新的男性标准的做法,往往不认同,所以电影里出现更多的,还是各种不堪的男性。直到1949年更新的政权建立,而它又要确立党的权威,作为个人的男性,仍然是被贬抑的。我想这大概也就是为什么会在80年代出现寻找男子汉的原因吧。总之这么多年来,中国男性从来就没"正确"过。如今以及将来,他们很可能又不得不在女性面前继续表演自己被需要的角色了。

男性气质的研究,是很新颖的,一定要谈出新意,要有真正的新的研究方法,否则如果还是男性形象的研究的话,也可以成立,不过创新性可能就无法体现了。另外,既然主导性的男性气质难以找到的话,那就不去找。事实也的确如此,这本就是一个价值观混乱的时代,不如干脆通过男性气质的混乱,去表明时代价值的错乱。最后一点我想不太明白的是,男性气质研究,到底与男明星研究有怎样的区别?它是男明星研究的分支吗?还是一个相对独立的体系?如果是独立的体系,我期待你在中国做出开创性的研究。

(李雨谏根据速记整理)

第二讲

粉丝经济、青年文化与电影本体

——关于综艺电影的深度思考

主讲人　刘强
主持人　陈旭光
嘉　宾　江耀进　刘俊　顾亚奇

编者按

2015年4月9日下午，由北京大学影视戏剧研究中心主办北京大学"批评家周末"文艺沙龙举行了"粉丝经济、青年文化与电影本体——关于综艺电影的深度思考"学术研讨。本次学术研讨由北京大学艺术学院副院长、博士研究生导师陈旭光教授主持，北京大学艺术学院访问学者、山东艺术学院副教授刘强博士主讲，并邀请了《中国广播影视》总经理江耀进、中国传媒大学学报《现代传播》编辑刘俊讲师、北京大学艺术学院博士后顾亚奇三位对话人就研讨主题进行点评。另有北京大学访问学者、博士研究生等数十人，共同就综艺电影的艺术特征、本质属性、粉丝经济、市场营销、票房表现、跨媒体融合、存在问题、发展前景和其对于持续快速发展当中的中国电影产业的意义，进行了激情洋溢而又客观理性深刻的研讨。

我们节选了主讲人与部分对话嘉宾的观点，以期能更为深刻理性全面辩证地认识综艺电影。

活动现场

刘强发言

《奔跑吧兄弟大电影》海报　　　　　　　　《爸爸去哪儿1大电影》海报

    2015年1月30日《奔跑吧兄弟》（以下简称《跑男》）上映首日便迎来了票房"开门红"，以三成排片狂卷7000万成为该日国产片票房之首，次日又创下单日票房破亿的神话，首周累计票房已突破3.3亿，不到两周累计票房已达4亿元。然而，一边是票房的节节攀升，一边则是网友吐槽声不断，尤其是导演冯小刚与《人民日报》的三番五次的交锋互掐，更是将这样一部电影升级为一次"全民狂欢"事件。综艺电影作为一个新兴的电影类型一时间被推上了舆论的风口浪尖，且引发了一系列始料不及的话题。该研究报告力求在归纳梳理和论证综艺电影的美学特征后，从粉丝经济的角度透视综艺电影高票房的原因和实质，并对综艺电影可资借鉴的经验和存在问题做出辩证的分析，以期对中国综艺电影的发展提出有价值和建设性的观点。

一、综艺电影的含义与类型

综艺电影是电视综艺节目和电影结合而产生的衍生品，它是以综艺作为手段、以电影为介质的一种文艺表达形式，具有制作周期短、投资少、回报高等特点。简言之，综艺电影大多是电视综艺节目的衍生品，以电影的形式吸引观众走进影院观看，以获取票房的"快餐"式生产，"任性"化消费。

其中它又包含两种类型：

（一）广义的综艺电影。即以综艺节目中的人物和故事为原型改编的、由其扮演片中人物、有着完整的故事情节的故事片。代表作有《乐火男孩》（根据湖南卫视热门节目《快乐男声》改编）、《中国好声音之为你转身》（根据《中国好声音》改编）、《我们约会吧》（根据湖南卫视婚恋节目《我们约会吧》改编）、《我就是我》（根据湖南卫视《快乐男声》拍摄剪辑的纪录片）、《爸爸的假期》（根据湖南卫视《爸爸去哪儿》改编）。

（二）狭义的综艺电影。指的是制作方几乎把完整的一期节目放在大荧幕上，这种电影既没有固定剧本，也没有规定台词，"剧情"就是嘉宾在各种规定情境下完成任务，从某种意义上来说更像一期大银幕的电视节目。代表作有《爸爸去哪儿大电影1》《爸爸去哪儿大电影2》（以下简称《爸爸1》《爸爸2》）、《奔跑吧兄弟大电影》。

作为第一类综艺电影，是不折不扣的大电影，这一点无可争议，且作品质量普遍不高，社会反响小，票房差，没有太多探讨研究的价值，因此本研究报告主要分析和探讨的主要是狭义的综艺电影。

二、电影的外壳，真人秀节目的内核——综艺电影的艺术特征

综艺电影虽然目前在中国发展历史还很短暂，创作数量和质量普遍不高，其发展前景也充满变数，但在美学上却表现出了某种审美统一性。

2014年、2015年两个春节期间上映的三部综艺电影其实是电视真人秀节目的衍生品，沿用真人秀节目的制作模式和制作理念，在构思、游戏设置、叙事手法方面与综艺节目如出一辙。同时它又借鉴了纪录片、故事片和游戏竞赛节目的一些要素，是一种综合性的娱乐电影，正如总导演谢涤葵所言："如《爸爸去哪儿》它有纪实类节目的特征，也有综艺节目的痕迹，有一些桥段的戏剧化设置又带有故事类节目，甚至电影的剪辑手法。表现形式是大杂烩。"具体说来，其艺术特征可归纳为：纪录片式的跟踪拍摄和细节展现，故事片式的叙事手法和视听表达、竞赛节目的欲望客体设置和淘汰方式，也即大电影的外壳，真人秀节目的内核。

（一）纪录片式的跟踪拍摄手法和大量的细节呈现

作为脱胎于真人秀节目的综艺电影，真实是其本质。韩版节目企划、MBC综艺部部长权石曾这样总结过《爸爸去哪儿》在技巧上的成功，那就是让真实最大化。如实记录，是这个节目最大的看点。总导演谢涤葵在各个场合也不止一次地说为了让真实最大化，节目组绝对不会安排和设计孩子的行为，只是给他们安排任务。同样为了追求纪实和真实效果，三部综艺电影在摄影方式和拍摄手段上均采用的纪录片式的跟踪拍摄手法，并予以大量的细节呈现。

如《爸爸1》脱去了传统电影的外衣，剑走偏锋地选择半纪录式的拍摄方法，启动了25台机器摄影、19组录音、10组剪接和现场高达400多人的摄制组，全天24小时无死角拍摄。

丰富生动的细节是"真人秀"节目的一个重要元素。正如细节在纪录片中的作用一样，"真人秀"节目中人物的言行、个性及品质等都要借助细节来表现。从某种角度上说，缺乏好的细节的"真人秀"节目是不成功的。

（二）故事片式的叙事手法和视听表达

与纪录片以真实生活为创作素材，以真人真事为表现对象，以不能虚构情节、不能用演员扮演、不能任意改换地点环境、不能变更生活进程等基本特性不同的是，综艺电影虽然不存在演员扮演谁的问题，但在人物与环境选择、事件安排等方面都是有所设计和安排的，在叙事手法、视听语言运用、镜头剪辑等方面也大量借鉴了故事片的艺术手法。

1. 人物、环境的选择和矛盾冲突设置

在三部综艺电影中，参与的嘉宾都是精心选择过的，他们一般都具有以下特点：首先，屏幕形象好，人气高；其次，有代表性，且具有话题性；此外，"有型"也就是具有独特的个性。

如《爸爸1》《爸爸2》和《跑男》大电影几个嘉宾，他们不仅身份、职业、国籍各异，性格特征也是极其鲜明、富有个性。职业、性格、年龄的差异自然成了人物之间的矛盾冲突，产生了强烈的戏剧性，使节目更具张力。

此外，在环境选择上，三部综艺电影同样也是煞费苦心。《爸爸1》选择在广州长隆野生动物园拍摄，第二季则在斐济；《跑男》是在海南三亚千古情区拍摄。这不仅仅是因为美丽旖旎的自然风光会增强电影画面美感，也不单是与旅游景区的一次合谋共赢，而是为电影矛盾冲突的产生和激化设置伏笔。

2. 多线索叙事

由于综艺电影选择的嘉宾较多，且往往在异地同时完成着不同或相同的任务。为了能更为完整且面面俱到地表现嘉宾的行为事件，这三部电影无一不选择了多线索叙事。导演将不同空间、时间、人物的不同故事融合在一块，如火车轨道般纵横交错，在某段故事的平铺直叙中，忽插入了另外的故事。

在多线叙事电影中，最精彩也最关键的往往在于角色间的彼此牵连，以及各个支线的互相对比映照。如《跑男》结尾真相大白那一部分便有三条线索展开，交替剪辑：一是陈赫举报前的犹豫不决；二是王祖蓝在缜密推理后赶到现场公布其推理结论并说服其他人；三是李晨露出破绽后只好偷袭金钟国，二人发生激烈的撕扯。镜头在三组人物之间来回切换，一边是金钟国处境危险，一边是陈赫的犹豫不决，一边是王宝蓝十万火急地奔赴举报现场，三组线索之间形成了强烈的悬念和张力，从而形成了激动人心的高潮。

3. 平行、对比、积累式、心理、声画蒙太奇手法的大量使用

作为实质是真人秀节目的综艺电影，原本应更多使用长镜头来增强作品的纪实性，但在这类作品中，导演为了产生各种艺术效果却大量灵活使用了各类蒙太奇手段。

多线叙事本身就是一种典型的平行蒙太奇手法。多条线索齐头并进，各自独立又交相呼应，脉络分明，叙事条理。

如果多条线索之间不是以叙事为关联，而是以对比关系来组接镜头，这就是典型的对比蒙太奇了。像《爸爸2》第一天吃晚饭时荒岛上的曹格父子与另外三个家庭的对比，通过环境巨大对比反衬曹格处境的艰难，并反衬出人物坚毅勇敢、乐观有担当的性格。

积累式蒙太奇通过同类的相加，把一些性质同属一类，而画面内容并不相同的许多镜头连续组接在一起，更产生了强烈的冲击力。郭京飞被撕掉名牌和伊一因为举报错误被淘汰带走时，都采用了这种手法，或营造悬念，或煽情。同时这两个片段还使用了色彩蒙太奇，冷色暖色的对比，以区别时空，表现人物心理世界。

心理蒙太奇通过镜头组接或音画有机结合，直接而生动地展示出人物的心理活动、精神状态，如表现人物的闪念、回忆、梦境、幻觉、想象、遐想、思索甚至潜意识的活动。如《爸爸2》中表现多多对海景房的想象，以构成想象与现实的巨大反差；如《跑男》表现陈赫睡梦里梦到自己被金钟国推手落水的场景都是最典型的心理蒙太奇手法。

诸如此类的蒙太奇语言，都是最典型的故事片式的表达手法。

4. 视听手段的多功能体现

法国著名导演罗伯特·布烈松曾说："电影书写的影片，借影像与声音的关系来表达，而非靠（演员或非演员的）动作和声调的模仿。它不分析，也不解释。它重组。"电影作为一种视听兼备声画结合的艺术，画面和声音历来是导演传情达意的重要工具和手段。

如曹格跳伞片段，一方面运用大量细节，表现人物在跳伞前的紧张恐惧。特

文化热点　粉丝经济、青年文化与电影本体

《爸爸去哪儿1大电影》剧照

写镜头下曹格双目紧闭,面如死灰,不停地深呼吸,而后多机位多角度地剪辑曹格跳伞的过程。大量远景、摇镜头的运用和俯仰角度的变化,表现人物在天空飞翔的自由和快意。写在手掌上的求爱语言,如同翅膀一样的掌形,表现人物不善表达的内敛个性,同时让观众深深感受到曹格对妻子强烈而深沉的爱,令人动容。同时在这一片段中,导演还同时使用了平行蒙太奇(飞机父亲与孤岛上的孩子)、色彩蒙太奇(过去与现在)等手法,以更好地完成叙事,产生了各种艺术效果。

在此段中,音乐风格前后也呈现出明显的变化。跳伞前主要是巨大直升机的马达轰鸣声,以此暗示人物内心的紧张和凌乱,后来在人物大声喊出"妻子亲嫁给我"后，音乐越来越宏大激昂，表现人在战胜恐惧和自我后的人性升华。

诸如此类的手法在影片中不胜枚举，而这显然是对故事片视听手段的借鉴和运用。

（三）竞技类栏目的节目形式和欲望客体设置

三部综艺电影分属于不同的节目类型，《爸爸1》《爸爸2》是亲子互动真人秀，而《跑男》则是户外竞技真人秀节目，虽然节目类型不同，但两者却均借鉴了竞技类节目的特点——欲望客体的设置和竞争淘汰机制。

1. 欲望客体的设置。奖金或奖品是竞赛类节目必不可少的一环，它能调动起参赛者主观能动性的充分发挥，加强了节目内容的矛盾冲突，从而增强节目的可视性，提高收视率。综艺电影借鉴了这种要素。如《跑男》为获胜方设置了高达88888元旅游奖金，而《爸爸1》《爸爸2》虽没有直接的利益引诱，但更好的食材或更好的住宿条件同样作为欲望客体刺激着各位爸爸使出浑身解数去比拼。

2. 竞争淘汰机制的引入。此外，综艺电影还借鉴了竞技类节目的淘汰制。有淘汰便产生了对抗矛盾冲突，也增强了电影的悬念性。《爸爸》各个游戏环节如挤眉弄眼、吸管接力都是一种最直接的竞争，《跑男》撕名牌大战更是最典型的淘汰赛制，层层淘汰以决出最后的优胜者。

综上所述，综艺电影中的各个要素是紧密相连、不可分割的；它既不是纪录片、故事片和竞赛节目的简单杂糅，也不是其中任何一种节目样式的副产品，它是一种新型的综合性电影类型。综艺电影是时代和电视自身发展的必然结果。

三、粉丝经济产物：综艺电影高票房透视

综艺电影之所以能取得如此之高的票房，其原因是复杂多样的，如精准的档期定位、不惜重金的全方位立体化的宣传、明星效应等，其中深层原因应当是他们主打粉丝群体、重点消费粉丝的购买能力的这一营销策略。从某种意义来说综

艺电影是一种典型的粉丝经济的产物。

（一）粉丝经济与粉丝的特征

《粉丝力量大》作者张蔷对粉丝经济的定义为："粉丝经济以情绪资本为核心，以粉丝社区为营销手段增值情绪资本。粉丝经济以消费者为主角，由消费者主导营销手段，从消费者的情感出发，企业借力使力，达到为品牌与偶像增值情绪资本的目的"。简言之，所谓粉丝经济泛指架构在粉丝和被关注者关系之上的经营性创收行为。

从社会学角度看，"粉丝"就是一种特殊的社会群体，它具备社会群体的一般特征：

1. 有明确的成员关系。
2. 有持续的相互交往。
3. 有一致的群体意识和规范。
4. 有一定的分工协作。
5. 有一致行动的能力。

这一社会群体是"'固定地、有规律地、情绪性地投入一个流行故事或文本。文本来自书本、电视剧、电影或音乐的形式，或者是体育或流行符号皆可'。他们以异乎常人的热情投入于他们所倾慕或崇拜的特定个人、节目／作品、团体等，虽然不一定有很强大的购买能力，但其为偶像消费的冲动却很惊人。

（二）粉丝经济的意义与综艺电影高票房透视

电影是商品，有着商品所有的属性，且卖点不同。或卖故事，或卖情怀，或卖特技，或卖偶像。其中对于偶像的迷，又分为若干种，而每一种偶像都有其的粉丝。所以明星的崛起，本质是粉丝的崛起。粉丝感情投射于偶像在银幕上的塑造，主导电影类型片的衍变。正是粉丝推动了娱乐业的发展，没有粉丝则完全不能考量娱乐业的影响，这一点与好莱坞的明星制可谓是异曲同工。

1. 粉丝意味着力量。

当代是移动互联网时代，信息的传播速率呈几何式增长，人们的信息消费也变得更加便捷和主动。粉丝经济时代，谁把握了粉丝的心理，谁就占有了市场；谁的粉丝数量大，市场占有率就高；谁的粉丝黏性大，铁杆粉丝多，谁的品牌就有持续的发展动力——粉丝意味着力量。"粉丝经济"牌目前出现在电影界、舞台剧、话剧等各艺术领域，其热度令人震惊，比起明星效应、名家效应、经典效应等传统的吸引力法则，"粉丝"效应的能量丝毫不逊色。依靠微博营销、论坛预热等手段进行宣传发行，也是这类作品成功的经验。对于这类电影，真正决定观影的动机排序中，话题热度、演员知名度、节目品牌效应等都是不能忽视的原因。有时，它们甚至排在口碑、艺术性的前面。

2. 粉丝意味着经济价值。

社交媒体的兴盛正使大众传播方式发生深刻的变化。新的网络语境下，粉丝数量不仅意味着影响力还意味着经济价值。日渐庞大的粉丝群逐渐形成金字塔般的构架，他们的"关注"，意味着兴趣和潜在购买行为，只要经营、管理到位，粉丝效应就会逐渐扩大，一个粉丝团对品牌的宣传力甚至强过一个专业策划团队，蕴含推动产业的巨大能量。可以说，谁掌握了粉丝，谁就拥有了金矿。

3. 粉丝经济区分客户和用户，并差异化地对这两个群体服务，从而有利于电影创作的针对性，促进电影发展。

粉丝经济这一概念的产生为音乐、影视等娱乐行业指明了客户所在，区分客户和用户，并差异化地对这两个群体服务正在被业内人士普遍关注，粉丝经济的出现一定程度改变了近年来中国国产电影票房收入低迷、新人和新作品匮乏的现实。

新浪微博副总王雅娟曾说道，粉丝经济的关键点，一方面是基于价值观的认同，也就是所谓的"粉丝"，另一方面是"经济"，即如何将这种认同转化为经济利益。通过网络聚合粉丝的社会化媒体平台对品牌舆论传播尤为重要。综艺电影也正是充分利用粉丝的力量，通过网络聚合粉丝，将粉丝的认同转化为经济利益，才有了票房的巨大成功。

四、经验与不足——关于综艺电影的思辨

"粉丝经济"影片尽管多被传统电影人所诟病，但它的制作流程、宣传手段，有其自身的规律，其市场经验也可圈可点，传统电影可以从中找到值得借鉴之处。但毋庸讳言的是，当下综艺电影还存在着诸多的问题与不足。

（一）值得借鉴的经验：

1. 电视后产品开发

我们对电影后产品开发并不陌生，且中国电影的后产品开发也作出了极大努力并取得一定成绩，但中国电视的后产品开发在影视领域近乎空白，至多有一些电视剧热映后制作成了 DVD 或出版了同名小说。而经过电视剧各类授权的与该电视剧有关的漫画、海报、图片、道具、玩具、纪念品、电子游戏、软件等相关产品的开发更是凤毛麟角，更遑论广告、主题公园、摄制基地旅游产品等项目了。

影视后产品消费本质上是一种文化符号消费，即亲近、占有、欣赏、品鉴与电影相关的意义载体而产生愉悦感和满足感的消费体验。影视生产者可以通过影视作品的后产品开发来起到增强受众忠诚度、延伸受众体验的效果。从这方面来说，综艺电影无疑是电视后产品开发的成功产物，并为影视从业人员提供了宝贵的尝试和有益的借鉴。除大电影外，湖南卫视《爸爸去哪儿》栏目组与天娱公司还相继推出了同名手机游戏、各类题材的图书、动画片、卡通粘贴，取得良好的社会和经济效益，在电视后产品开发方面做出了非常成功的尝试。《跑男》也出了同名图书、各种手游。所以说综艺电影是电视真人秀节目一次"向上"的突围逆袭，是一次银屏与荧幕的"台幕联动"，为未来电视衍生电影项目的开发提供了新的可能，为真人秀节目剧场版的成熟化提供了更多可能和经验，这对中国影视产业的发展必将产生积极而深远的影响。

2. 营销前置创造参与感，无缝衔接把握最佳时间

电影营销并不意味着是电影即将放映前或放映后的宣传炒作，相反，电影营销

销往往要具有前瞻性，甚至从剧本构思阶段，营销已经渗透其中。电影营销要贯穿电影从生产到发行销售的各个环节。所以营销前置是电影营销一个非常重要的原则。

《奔跑吧兄弟》电影在节目策划开播之初便列入计划之中，最后几期节目甚至成为电影的最佳"宣传平台"，多次插播影片预告片等视频。综艺电影借助栏目的前置营销，让大众深深地参与其中，最终取得大卖。

除此之外，把收视率转化为上座率，看似是简单而又一本万利的赚钱生意，但若档期选择不当，却往往会陷入赔本的窘境里。综艺电影正是因为做到节目与大电影在时间放映点上的无缝衔接，才保证了电影票房的大获全胜。参照几部综艺电影在改编成电影的时间来看，《爸爸1》《跑男》是时效性最高的两部影片，分别在节目最后一期之后30天和7天就上映（详见表1），而其他几档节目上映日期都拖到了少则几个月，多则1年的时间。

从艾漫关注度指数曲线图发现（详见图1），《爸爸1》《跑男》的电影热度是与节目的高关注度曲线无缝链接的，很好地借势了节目的影响力，帮助影片营销，这恰好吻合了《爸爸去哪儿》的营销策略，借着大家仍在回味最后一期，对第一季恋恋不舍时，主创团队用一周的时间拍出一期节目并打造成电影版在春节档上映，吸引了原本就眷恋节目的观众。

今年的《奔跑吧兄弟》更是充分利用观众对于节目的热度，持续发酵该品牌效应，保持高密度的曝光率。在1月16日最后一期结束，向大家预告大电影的同时，在1月23日适时推出一期积聚众多主创的魅力盛典，随后7天电影版就放映了，电视荧屏的综艺节目与大电影完成了无缝衔接，为高票房的取得奠定了坚实基础。

3. 跨媒体融合的有效尝试

媒体融合是信息时代背景下一种媒介发展的理念，是在互联网的迅猛发展的基础上的传统媒体的有机整合，是指各种媒介呈现多功能一体化的趋势。不仅包括媒介形态的融合，还包括媒介功能、传播手段、所有权、组织结构等要素的融

表 1　近年来综艺改编成电影距离综艺开播最近天数

改编电影	上映时间	距离综艺最近时间距（天）
《中国好声音之为你转身》	2013.12.27	80+
《我就是我》	2014.07.25	300+
《爸爸去哪儿大电影》	2014.01.30	30+
《奔跑吧兄弟》	2015.01.30	7
《爸爸去哪儿2大电影》	2015.02.19	180+
《爸爸的假期》	2015.02.19	400+

注：《中国好声音之为你转身》主创核心成员为第一季学员，因此时间从第一季开始记。
©艾漫科技2015.02.03 Big Date Discovery　　www.iminer.com

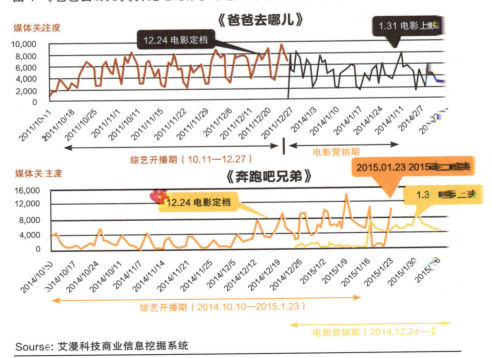

图 1　《爸爸去哪儿》《奔跑吧兄弟》综艺及电影营销热度曲线

Source：艾漫科技商业信息挖掘系统

©艾漫科技2015.02.03 Big Date Discovery　　www.iminer.com

合。也就是说,"媒体融合"是信息传输通道的多元化下的新作业模式,是把报纸、电视台、电台等传统媒体,与互联网、手机、手持智能终端等新兴媒体传播通道有效结合起来,资源共享,集中处理,衍生出不同形式的信息产品,然后通过不同的平台传播给受众。这种整合体现在两个方面:技术的融合和经营方式的融合。而综艺电影无疑也是媒体融合的有效尝试,它同样包含着技术的融合和经营方式的融合。

从最早的综艺电影《乐火男孩》到《爸爸的假期》,根据综艺节目或真人秀节目改编成电影,这是信息时代背景下媒体融合的一次实践,综艺电影的影响力和成功证明了文化产业最大的特点在于不断开发IP知识产权、积累、沉淀品牌,提高电影和节目知识技术含量,提升产品附加值,发展知识经济。

(二)问题与不足

综艺电影尽管票房高得离奇,但口碑上的两极分化却相当大。这四部作品中除了《爸爸1》取得了票房和口碑的双赢外,另外三部票房与口碑显然不成正比,尤其是《跑男》打分更是在春节档期上映影片中拿下了豆瓣和时光网两个网站的最低分,这应该是作品先天存在的诸多问题与不足引发的必然结果。

1. 创新性不足,游戏与任务设置均缺乏创意和新意。

虽然说粉丝经济要求电影剧作较大程度地保留原版作品的特点,包括人物形象、情节逻辑、风格品位乃至表现形式,都应与原作一脉相承,但这并不意味着综艺电影在节目内容、游戏设计上是对真人秀节目原封不动地照搬。而纵观三部综艺电影,其游戏设计都存在着严重的因循守旧的问题,如《爸爸2》"挤眉弄眼"和"吸管接力"游戏,不仅在《爸爸去哪儿》电视节目里多次运用,而且《奔跑吧兄弟》也采用过,后来《快乐大本营》游戏中也运用过,所以当村长李锐宣布游戏名称和内容时,连参与嘉宾都明显流露出了厌倦和反感的神色。而电影再次使用这些游戏形式,不免给人以炒冷饭之感。反映出综艺电影创意的俗套,缺乏新颖性,很容易让观众产生审美疲劳。

又如《奔跑吧兄弟》决定豪华套间归属的推手游戏，虽然现场很搞笑，但对观众来说却毫无新鲜感。游戏设计的俗套不仅暴露出了编导人员创意不足匮乏，也显示出了创作上的敷衍和不用心。对于艺术创作来说，创新是其最根本的原则和最大的动力，《周易·系辞》下说道："易，穷则变，变则通，通则久。"如果编导一味因循守旧，游戏环节设计缺乏新意的话，自然遭到观众厌倦甚至唾弃。

2. 游戏环节过于单薄、悬念设计不足、叙事重心的偏离导致情节空洞、混乱。

在这三部综艺电影中，游戏环节除了缺乏新意外，整个游戏环节设置也过于单薄，导致情节空洞，节奏缓慢。这一点在《跑男》体现得最为典型。90分钟的电影，除了推手选房间和寻宝得奖金这两个环节，再无其他游戏环节设计。这也是《跑男》推出所有的期数中内容最单薄空洞的一期，这反映出主创人员创作心浮气躁，急功近利，缺乏深度设计。最后游戏设置因为内奸加入而导致叙事中心偏离，寻宝变成了大家之间的胡乱猜忌和推测。每个人都像无头苍蝇似的，没有缜密的推理，缺少有理有据的判断和分析，结果就变成了一窝蜂的举报，既感受不到团队协作成功所带来的喜悦，又无法看到明星的"真情流露"，这样一来既无悬念，也无冲突，甚至失去了喜剧性。而深受观众喜欢的撕名牌环节也只是蜻蜓点水一笔带过，缺乏戏剧性和张力，导致情节单薄空洞。

3. 主题先行或缺失。

钱锺书说，理之在诗，如水中盐，花中蜜，无痕有味。好的主题应该是自然而然流露出来的，但综艺电影因为创作上功利和档期上的投其所好，使其主题表现上犯了主题先行或主题缺失的错误。

主题先行导致影片煽情过于直白，主题表达生硬直白，而且导致电影叙事显得拖沓冗赘。

如《爸爸2》为了表现中非友谊、民族团结融合这一主题，设置了许多中非人民共同参与的游戏，如共同打橄榄球、传吸管、包水饺和吃水饺来消弭差异和文化的差异，表达和而不同的主题。其次作为一部春节档期上映的电影，贺岁自然是其不可或缺的主题，所以为了追求贺岁主题影片甚至失去了纪录片的真实

《奔跑吧兄弟大电影》剧照

实不允许胡编乱造的本质，让嘉宾在银幕上刻意互道新年快乐，不无表演成分。又如最后用剪辑的视频来回顾每个孩子参与节目的过程，低沉伤感的音乐、大量的细节、特写镜头的运用都意在营造一个温情伤感的氛围，有着明显的煽情意图，表现方式太过功利、刻意。

而且这种主题先行导致影片结尾变得拖沓冗赘，缺乏叙事推动力。结尾部分，大家共同吃水饺，互道祝福，大量的细节，激昂热烈的音乐，都在走向和谐欢乐祥和的大团圆结局，但是却出现去电影院看电影表演节目的结尾，在一段煽情后，导演还画蛇添足地又让四个家庭共同表演《孤独的牧羊人》音乐剧，这段音乐剧的加入与整个作品内容脱节游离，毫无目的性的设计，让人觉得突兀生硬。随后又是焰火表演，四个家庭在银幕上向观众拜年，在结了四次尾之后，导演终于恋恋不舍地让影片结尾了，堪称有史以来最冗长最拖沓最自恋的结尾方式。

4. 宣传与影片内容出入过大，造成观影期待心理过高，落差过大。

《跑男》剧情简介是忽悠的，报备的剧情梗概和最后呈现的内容可谓是风马牛不相及。背景设定结果完全是个可有可无的东西，什么孔雀公主、黑虎都是一笔带过再不提起，正片就是一个穿普通队服的普通综艺节目，80分钟只有2个游戏，流程长度、笑点、精彩程度甚至不如电视版。宣传海报所谓"让你笑出腹肌"仅仅是主创的自恋式表达，牛仔造型不过是挂羊头卖狗肉的把戏，丛林大战不过是空想，撕名牌大战变成了一次蜻蜓点水式的偷袭。

五、从粉丝经济看综艺电影的发展

　　郭敬明在面对《小时代》系列电影"质量低劣却票房高企"的质疑时，曾反驳道："我不拍《小时代》，贾樟柯的电影就能卖票房？"郭导这句话，虽然残酷却是事实。某些相对优秀的电影作品，票房乏力，其背后的原因很复杂，绝不是"烂片"不拍了，"好片"就有人欣赏。所以，中国电影到底该如何发展才能取得口碑和票房上的双赢呢？综艺电影到底该何去何从呢？

（一）摒弃浮躁功利的创作心态。

　　尽管《爸爸去哪儿》大电影在上映之初就因拍摄周期仅为5天、制作周期不到1个月等"高效率"的手段，受到"纯属圈钱""粗制滥造"的质疑，但创作周期长短从来都不是衡量一部影片质量高低的标准，创作周期短并不可怕，应该警惕的是一哄而上的综艺电影背后的浮躁功利的创作心态。无法否认的是当下综艺电影喷涌式的集体捞金，与其说是产业链的延伸、品牌的完善，不如说是利欲熏心、抢钱式的自我摧毁。

　　而这种浮躁功利的创作心态，不独体现在综艺电影创作中，国产电影创作何尝不是如此？《泰囧》后，《后会无期》《港囧》"公路"喜剧片陆续登场；《失恋33天》后，《被偷走的那五年》《一夜惊喜》《一路惊喜》《我的早更女友》《撒娇女人最好命》都市爱情轻喜剧风靡一时；《致青春》后，《匆匆那年》之类洒狗血校园片十屡见不鲜，急于圈钱的，又何止"综艺电影"？

所以对于当下中国电影来说，创作者如何避免急功近利的心态，如何不做市场和金钱的奴隶一味圈钱，如何能脚踏实地地进行电影艺术创作，才是创作者需要解决的问题。

（二）提高作品自身艺术质量。

从科学的商业分析来看，在态度谨慎的基础上，剧本和制作水准是关键。虽说中国电影半推半就地步入了"乱拳打死老师傅"的年月，但如若只有抵死讨好和玩闹任性，缺少创意、剧情烂俗、画面呈现又简陋粗率，从头至尾不带换气的冷笑话乱炖只会令观众倍感寒意。

综艺电影寄生于综艺节目，本身带有一定的依附性，在最初的新鲜感退潮之后，如果形式与内容仅仅是简单重复，那势必失去了生存的根基。形式探索固然该点赞，但内容品质不该被牺牲，尤其是粉丝的离心，更值得警惕。

目前国内的衍生版电影，其共同特征都是由节目嘉宾或选手本色出演，剧情相对简单，甚至是节目的跟拍花絮剪辑。所以综艺电影既然是将电视节目内容搬上银幕，就要遵从电影自身特有的艺术创作规律，围绕节目的核心竞争力和主题衍生出完整清晰的故事叙述主线，不要给人落下"圈钱"的口舌。如果仅仅是靠粉丝经济吸引粉丝在大银幕上看电视节目，占据排映空间，并引导"投机风潮"，无疑是自杀行为，同时不利于电影艺术和电影行业的发展。

（三）以开放多元包容心态接纳电影的新类型、新样式，同时新的审美和评判标准有待建立。

互联网时代，更多资本、人才跨界进入电影领域的同时，也促成了业态的多元。同时随着电影的概念越变越大，现在已经和互联网思维以及知识产权的概念紧密结合，新的电影类型正层出不穷。一个丰富多样的市场可能性，才是一个健康生态系统能延续下去的前提。我们不必对"粉丝经济"和综艺电影谈虎色变。

在文化产业蓬勃发展的时代，以任何形式出现的文化产品，首先都是一种创造。打开思路、接受了这种创新之后，才谈得上改进和发展。综艺电影票房的火爆这也从某个角度反映了中国电影市场对于多类型影片的"多样化选择"，市场多元化带来的并非"抵触"而是"包容"。

同样，类型的多元化和媒体融合，要求我们在衡量一部综艺大电影时，套用和参考的指标已经不能再完全雷同于传统类型片，时代的发展同样呼唤新的审美和评判标准的建立。

习近平总书记在文艺工作座谈会讲话中曾提到："文艺不能在市场经济大潮中迷失方向"，"文艺不能当市场的奴隶，不要沾满了铜臭气"。随着电视产业边界的不断拓宽，会有更多的后继者搬上荧幕，但面对越来越多的"娱乐产品"，观众的口味也会日益刁钻，在购票时更为审慎，而能否打动观众，呈现高"性价比"的关键则将更多地回归到电影本身，精良的剧本和制作水准才是此类电影成熟发展的标志。

《跑男》策划王征宇认为，综艺电影成功的本质还是节目本身，但每年能达到高IP值的项目屈指可数。"2015年全国卫视当中预计有150档新节目，这150档当中能够冒出一个像《爸爸去哪儿》《奔跑吧！兄弟》这样的现象级节目，我们做电视的都阿弥陀佛了。"从这个意义上，我们希望能有更多更高水准更高质量的综艺电影出现，因为那意味着电视综艺节目的火爆，也意味着中国电视后产业开发的成功，更意味着媒体融合的大发展和进步。

对话

陈旭光 （北京大学艺术学院副院长、教授）综艺电影这一文化现象归根结底还是以前研究后现代化主义文化美学上的经典问题——日常生活的审美化，或者审美的日常生活化。原来我们做高雅艺术也好或者早期艺术电影、好莱坞电影，都要夸张、要戏剧化，或者像欧洲艺术电影要陌生化、情感化或者心理化，这个都是远离现实生活的，是在描述过去时代、幻想时代、心灵时代，时间是过去时的或者超现实的。而电视作为大众传播媒介针对的更多是当下，按照美国著名后现代理论学者杰姆逊的说法，电视是一个典型后现代主义物品，它处理的是当下的事件。所以电影和电视作为艺术其本质差别很大。观众对于电影会有审美疲劳，或者是审美需要分化，而综艺电影的产生恰恰反映出当下观众审美的多元化和分化。

综艺电影的某些桥段表现得很粗鄙、非陌生化，或者反陌生化，里面的事件也都是尽量还原真实。综艺电影这种艺术特性从某种意义来说像是艺术发展史上的一次返璞归真，或者回到电影的原始开头——游戏化、杂耍化，是一种超现实的绝对真实化。所以综艺电影的故事都尽量在原生态的基础上夸张虚构，嘉宾身份、人物关系没什么变化，里面的事件发展、问题处理都与当下时间保持一致。其事件也予以生活化的凸显，而不单单是一种虚构。因为我们说任何东西都有"心"和"物"，有形式和内容的改变。而综艺电影把形式那一面抹去了，尽量让观众感觉不到它的形式，"心"的那一部分也给它抹去了，不让观众有太多的情感，凸显了物的成分，凸显了生活本身、事件本身，所以里面虚构、戏剧性也只是一种媒介融合时代的物质主义的趋向表现而已,或者一种物化的趋向,或者是回到刚才那个命题,就是日常生活审美化,或者是审美日常生活化。从美学的角度我觉得还可以往这方面去思考。

现在的艺术毕竟是大众艺术,跟以前高雅的艺术不太一样,艺术身段降低,其接受层面在平面化、空间性展开。同样作为电影艺术的视听语言、传播方式跟高雅经典的艺术不一样,所以对待综艺电影应抱着宽容的心态。

刘　俊　（中国传媒大学博士、《现代传播》编辑）　对综艺电影这个研究对象有个从内部研究和外部研究两个体会。

内部研究的体会就是综艺电影其实也是传媒艺术的具体类型之一,体现了兼容性混合性的这种传媒艺术的艺术特征。媒介融合时代,艺术的丰富性往往不再是某一单一艺术品类的呈现,而是艺术品类大兼容、大汇流、大汇聚的状态。当下,许多艺术作品或者呈现形式,均呈现出一种兼容混合的、未必边界特别清晰的艺术生态。综艺电影或综艺电影现象的出现,对艺术学的拓展是一个提示也是一个警示,它提示我们,艺术学研究也应有一个拓展,应该有这样的一种视角,这种混合的大兼容大汇聚的艺术生态,需要一种拓展,即建立传媒艺术研究。

所谓传媒艺术研究就是把传媒艺术的艺术形式,如电影、广播电视、数字新媒体艺术看作一个整体的艺术族群,思考这个整体的艺术族群、特别是在媒介汇聚兼容的状态下,整个的艺术族群有什么样的属性与特征、价值与功能、规律与逻辑等。这是我们对综艺电影应该采取的内部研究。

从外部研究看综艺电影的话,我认为对综艺电影的看法和认识可以宽容一些,但是对其发展,需要严格的规约。我们一般把电影的流程分为创作与生产以及传播与接受两部分。综艺电影之所以引起广泛争议就在于其创作与生产和传播接受环节前后产生了矛盾。在创造与生产环节,它存在一些问题,甚至起到不好的示范效应,但从传播与接受环节,它又有一些收益,又反映了某些特定需求。前者的逆向和后者正向的关系,导致了矛盾的出现,从而也导致观众、学者对综艺电影的判断没有一定之规。

从综艺电影产生的角度来说,它的传播和接受端有一些收益,也应着某些社会需求,其存在也是基于相对广泛的需求和回应,毕竟综艺电影在当下中国的社会权力结构、人口结构、家庭结构和个人需求结构都有密不可分的内在联系，而且被电影化的综艺电影具备了的类型电影生产投资定式化、意识形态融合化、接受效果预期化这三个基本的特征。

即便从电影本体来看，综艺电影也有电影的材质属性、广义的叙事结构，也强调接受效果，具备一定文化价值，所以综艺电影可以被视为一种新的电影类型，或者新的电影形态，其产生和存在无可厚非。但是对于它的发展来说，应采用一种自由的眼光，但另一方面也确实需要用一种严格的眼光来规约它。应该及早地进入怎么做这个阶段，就是如何把电视综艺节目积累起来的强大的娱乐力量，转换成为一种电影的精神高度和精神反思，怎么将其巨大的文化影响力转换为优质电影艺术的魅力。

总之，无论什么样的影视作品，无论什么类型的电影，都需要珍视当前转型时期中国观众的价值观和非常稀缺的艺术注意力。无论什么样的电影都不要轻易地以娱乐之辞或者混混沌沌的价值示人，也不能以草率的、潦草的、盲目的艺术示人。综艺电影若出现这方面的问题，就会将转型时期的观众稀缺的价值引向歧途，从而不利于艺术的发展。

顾亚奇　（北京大学艺术学院博士后）　综艺电影是当前值得关注的艺术生产与传播的一种跨界现象，"批评家周末"关注这一热点案例，具有学术研究的敏感性和前沿性。个人的思考主要有以下几点：

一、综艺电影的功能承载问题。影视作品在文化属性上是大众文化的范畴，市场效益是当下无法回避的一个现实问题。因此综艺电影并不必须承担讴歌时代、教化大众、探究人性的功能。本雅明曾感叹，机械复制时代艺术作品的"光晕"、独一无二的"本真性"消失了，膜拜价值被展示价值取代。但今天我们面对的已不仅是"机械复制"，还是一个"数字复制和传播"的时代，影视作品连"母本"都不存在了。当下的艺术，不管是你奉如神明的高雅艺术还是你可能不屑一顾的大众艺术，吸引公众关注已经是一种隐蔽的价值诉求，不被关注就意味着没有市场价值可言。许纪霖曾说，90年代以后中国知识分子"自我瓦解"，渐渐远离中心，社会大众其实也不需要你来启蒙，今天如果还想着通过电影拯救谁的灵魂，是不是有些堂吉诃德呢？因此，在当前的文化

《奔跑吧兄弟大电影》剧照

语境下，综艺电影获得了一个应予宽容的前提。综艺电影本身难以承受"电影作为一种崇高、神圣、精英文化"的价值诉求，用艺术品位、品质来指责综艺电影是伪善、伪精英的。影视作品要跟市场接轨、要跟大众对接，不管我们愿不愿意承认，感观化、娱乐化是难以避免的，这是个让人沮丧却也无奈的现实。

　　二、综艺电影是媒介融合的一个突出案例。媒介融合包括多个方面：技术融合、内容融合、渠道融合、所有权融合、规制融合等。综艺电影首先实现的是技术融合，综艺电影的技术是按照电影的标准来做的，这是电视人在向电影人学习。其次，综艺电影实现了渠道融合，以前说"打开电视看电影"，现在"走进影院看电视"。互联网思维其中一个核心就是"用户至上"。电影院只是块大屏幕，是当前"多屏接受"的屏幕之一，随着时间的推移，"大荧幕去电影化"现象也可能发展成为"新常态"。

三、综艺电影出现的原因分析。首先是中国电影良好的发展势态，使影院终端的价值提高了。当下中国电影市场变大且前景看好，平台的价值凸显，所以电视也要来试水并且想分一杯羹。其次，就是粉丝经济，影院平台上的观众也是可以细分的，影院观众的年轻化不容小觑，粉丝经济的一个指向就是时尚、轻松，综艺电影恰恰与此相符。再次，现在的观影模式发生了很大变化，过去看电影就是看电影，但是现在看电影是"体验"，是一种社交模式，是一种体验、群体认同。综艺电影基本都适合全家看，因为它带着电视家庭收视环境的烙印。

四、综艺电影的文本分析。首先，文本对于"故事"时态的处理。电影的本质是讲故事，是真的"故"事，过去的、封闭式的叙述模式。这个故事哪怕是现实题材的，也变成"别人"的事。综艺电影也讲"故事"，真人秀本身就包括故事元素，但是其"电视"特性在于，所有的叙述都是当下的、进行时式

《爸爸去哪儿2大电影》剧照

的,它跟当下和现实靠得特别近,它的时下性、时尚性、播出的时机都重要。其次,文本的价值诉求是主流的、积极的。我们看到,到目前为止综艺电影传递的都是正能量,它形态上可能不像观众习惯了的传统电影,但它文本内容和主题上都是难以指责的。再者,综艺电影并不是没有编剧,没有故事设计,而是编剧思路、操作方式与电影不一样,甚至更难。脱胎于真人秀的综艺电影,是在遵从现实逻辑和人物特点的限定框架内编剧与设计故事,而且要随着拍摄的变化及时调整。如果按照电影的逻辑,综艺电影就会破坏它跟现实之间的关联,更会破坏它跟原来的电视节目之间的连接,这就是"纯电影的综艺电影"必然失败的要害所在。另外,综艺电影是电视节目影响力叠加与增值,是一个由量变到质变的过程,前身都是现象级的电视节目,已经赢得了非常好的口碑与相当规模的粉丝,并非是简单的急功近利的投机。

江耀进（《中国广播影视》总编）　湖南卫视、浙江卫视生产的这些综艺电影,个人认为实际是在做电视节目的衍生产品,或者说是产业链条的产品,只是一不小心做成了现在的综艺电影。所以从学术角度来说,与其说它们是综艺电影不如说是真人秀电影,综艺电影应该是综合了音乐、舞蹈、绘画等各艺术门类的电影,而《爸爸去哪儿》《跑男》是电视真人秀节目,所以应该叫真人秀电影。

对于综艺电影我们要采取宽容的态度,它是全媒体时代电影艺术发展的一种新型艺术形式。就如西方的绘画艺术,从古典主义到印象派、后印象派,然后到安迪·沃霍尔的衍生复制品,再到六七十年代的波普艺术、达达艺术等。艺术发展应该是一个动态的流动开放的系统,电影类型也会因为技术变革、内容创新、表现对象和领域的变化而衍生出新的艺术类型。

从我个人观点看,我对综艺电影下一步的发展并不看好,因为它更多的是一种产品延伸,其票房的火爆有其偶发性的东西。作为学术探讨,我们可以思考电视节目怎么提升其艺术品格以期能够赢得更多的市场,但是在实践上并不看好它的发展前景。

(李雨谏根据速记整理)

第三讲

大电影与网络语境生成的文化形象

——以《美人鱼》《余罪》为例

主讲人　李雨谏　拓　璐
主持人　陈旭光
嘉　宾　宋法刚　万俊杰　等

编者按

这次"批评家周末"是第二十二次,由博士生李雨谏和博士后拓璐主讲。"批评家周末"最早的宗旨主要以学生为主体,我们现在形式更加好,请外面的一些名师,国内外的学者来参加对话或者主讲。但这一次我们的"批评家周末"为了活跃气氛,活跃学术风气,做一次小范围内的讨论,有关大电影与网络语境生成的文化形象,涉及电影《美人鱼》,以及网剧《余罪》。

活动海报

活动现场

美人鱼形象的理论与实践

李雨谦（北京大学艺术学院博士研究生）

上岸叙事、视觉阻断、崇高威胁这三个话题的讨论是针对《下水道美人鱼》与《美人鱼》这两部影片来说的。这次报告，我将探讨三个方向，首先是叙事的角度，美人鱼的故事逻辑怎么建立的？其次，在这种故事逻辑里，美人鱼形象中夹杂着我们对女性肉身的观看，而在我选取的两部影片中发生了什么转变？最后，根据转变揭示出一个源自理论层面的逻辑探讨，因此，也算是一次戴老师所说的理论演武场。

美人鱼这个形象，在大众文化里属于比较特殊的文化想象，常常出现在童话和传说里，尤其是美人鱼在现当代文化中往往呈现出女性身份。在东方文化中，女性美人鱼并不常见。而在欧洲的童话、传说中，女性美人鱼的形象经常出现。

在我国，美人鱼的想象很早就有了图像化，在《山海经》研究中叫人鱼图像。同时也进行了一些文学命名，如氐人等。通过这些图片我们能够看到，鲛人从表面上并没有明显的生殖辨识，相对来说是无性别的，或者在我看来是男性化的。魏晋时期，《博物志》在叙事上塑造了人鱼逻辑，即报恩和善织，出现了道德化理解。但根据研究表明，大约是在南北朝之后，人鱼开始从无性别或者男性身份转向女性身份，如《述异记》中的，"或为美异妇人，或为男子"；另外在《治闻记》《清宫海错图》等中也有相关记载。在整个东方文化系统里，日本的《百鬼拾遗》形容人鱼为下半身布满金光鳞片。就国外而言，古希腊传说中的塞壬女妖，就是《伊利亚特》里引诱主角的人鱼生物。更多的想象是在西方现当代进程中的一些经典描述，最著名的如王尔德的《打鱼人和他的灵魂》、安徒生的《海的女儿》、艾略特的《普鲁弗洛克的情歌》等。在大众文化里，如星巴克的标志，实际上就是美人鱼。具体到影视作品里，如梅里埃的电影《加勒比海盗》、迪士尼动画《小美人鱼》、宫崎骏的《金鱼姬》等。

我们用什么方式来处理美人鱼形象呢？我参考齐泽克在研究中提到的活死人

《美人鱼》剧照

和吸血鬼。在齐泽克的体系里，他认为吸血鬼和活死人（丧尸）是大众文化中仅有趣存在，它们吸附着一种老掉牙的命题——自我即他人。与其他想象体（外星人、大白鲨、变态杀手等）的威胁不同，吸血鬼和丧尸不是抹杀主体的存在，而是通过吸血和啃咬完成主体的"去主体化"，将主体变成一个混杂着主体、他人的非主体存在物。与走出逻各斯不同，这种被他者所纠缠着的现象，正在眼下遍地开花：商业电影的主旋律化、主流电影的商业化、艺术电影的商业化、商业电影的艺术化——种种概念都在提示你——商业与艺术、商业与主流是彼此对立的，失去任何一义，也就失去阐释另外一级的可能。

回到美人鱼。"她"跟丧尸和吸血鬼都不太一样，美人鱼不是一个去主体化的过程，而是在上岸叙事的召唤下完成化身。在最经典的想象里面，美人鱼付出的代价要失去人鱼下半身，成为一个少女，获得一种性征和男人接触。但在这个过程中不光失去下半身，还得失去她的声音、视力等。那么，为什么美人鱼上岸？为了寻找爱情，比较经典的迪士尼文本是这样表述的，包括《加勒比海盗》里面辅助角色也是这样塑造的，大部分我们谈论美人鱼的时候不能说都一样，但基本逻辑是献出代价，化身少女，与人类接触，获取爱情。

放置在一个更大的语境下，用现代主义和现代主义后期的对比会显得更有意味。在现代主义叙事里，基本上就是获取启蒙，走出原始，摆脱不文明不发达状态，即走出原始状态，用发展、现代化的诱惑进入发达社会、文明社会。因此，美人鱼这个上岸其实跟现代性叙事发展逻辑是基本上并制的，她离开大海走进更发达，她需要文明化，需要一个身份感，这是一个现代性叙事逻辑。但如果走向现代性后期叙事里，我们会发现，人类美好明天的伟大历史想象被终结了，一切日常审美经验、原始经验取代了那些崇高客体的呼唤，乌托邦从永恒历史变为一种历史的切真渴望。这是后现代主义困境或者现代性后期困境。从这个意义上说，《下水道美人鱼》和《美人鱼》显得很有意思，大海作为后现代乌托邦的幻想产物，不再具备神圣的他性存在——因为已经被征服了，生活在其中的美人鱼需要"上岸"，需要重回进化前的过去形态，进入原生态的现实层面体验人类社会的堕落，体验真实本身，从而去提醒人类社会有关环境污染的问题。这是两种文化语境下上岸叙事背后的逻辑变化。

在前面，我探讨过美人鱼的视觉想象问题，这里面涉及最基本的视觉霸权问题。上岸是第一步，第二步是化身。在迪士尼的经典文本中，化身为人形，让美人鱼获得了一种性征的标识，从而在性别权力系统里占据着位置，并以此来体验爱情，体验真实的日常审美。化身确保一个虚拟的因果原则发挥作用，即唯有占有性器官作为前提，一切有关生物功能、行为、感觉和快感的统一性才能发挥作用。视觉霸权才能建立并隐藏在这样的原则中。但这两部影片却没有像过去影片那样化有长腿翘臀的下半身，而只是一条鱼尾。不仅如此，它们阻断在视觉享乐的色情凝视，解构了传统意义上的视觉霸权问题。

《下水道美人鱼》的做法比较简单，就是采用化妆，让人们看到美人鱼身上恶心的疮口，从而失去视觉欲望的可能，转化为作呕的状态。包括最后把美人鱼存尸，是没有传统意义上的视觉快感存在的。周星驰的《美人鱼》比较多样，在邓超送林允回家的场景里，在黑暗中，美人鱼试图表明自己的性征和身份时，邓超处于黑暗中没有看见。而八爪鱼亲她的时候，美人鱼表示没有什么感觉。美人鱼应有的性别视觉享乐被张雨绮取代了，显然她的身材更容易成就凝视快感。最有意味的是，在警察局取证的段落，周星驰很会处理，当邓超失神落魄地描述美人鱼形象时，警察根据他的描述"滑稽"般地画了好几个不搭边的事物——人身鱼尾的组合、人头鱼头的组合等。

正是这里给了我写公众号上文章的启示，为什么他要这么处理美人鱼？从理论层面来说，作为象征界的警察系统和社会符号系统，试图隐瞒什么？为什么对于美人鱼的描述会成为一种带有精神病症（疯癫）的说法？这意味着什么？这延续着齐泽克在《享受你的症状》中对于拉康理论的讨论，在他看来，如果说现代主义时候是在找出话语符号实践的结构，那么现代性后期则关注的是抵制符号、符号实践的创伤之物。以警察体系为代表的社会系统抵制美人鱼被符号化、进入符号实践的做法是很容易理解的，因为关于美人鱼所引发的创伤——自然污染是不能被揭示的。这就是为什么影片中，几个大资本家能够轻易地拿走当下商业利益，而政府基本上处于隐形位置，这便是大社会系统拒绝接受邓超作为个体的特殊创伤经验的逻辑所在。同时，这种拒绝也是在拒绝邓超将美人鱼欲望化，从而伴随着美人鱼被猎杀的残忍画面，以及雇佣兵的猎杀行动，关闭观众的欲望享乐和凝视快感，提示一种创伤的在场。

由是，在视觉享乐阻断后，美人鱼所具有的意义便彻底地转化为这两部影片的主题意义——生态破坏和保护环境，这就是背后的、无法被符号化的创伤实在。在这两部影片中，环保或者环境污染或者生态破坏，都是一种客体的状态，它的关键特征是未曾来到或未曾显现的事实，确实在未来时间轴上，却没有在影片现实生活中发生过，停留在一个遥远的威胁。每当人们看向这两部影片时，能看到的就是糜烂的伤口、被猎杀的事实以及被检索出的新闻画面——邓超经典的问道：

"我们是不是在破坏生态？"这一发问那么令人不安，却又保持沉默，只是呈现为一个敞开的、正在流血的伤口。

这个"未曾抵达目的地的信件"呈现了大众文化与影像内容的一种视觉对应物：它僭越了外部／内部的界限，它不属于剧情的现实（因为美人鱼的受伤或死亡只是一种隐喻），也不属于生活的现实，而是潜藏在剧情与生活之间的空间，如同一个神秘的异物，也如同诸如第三次世界大战等预言，带给我们一种精神焦虑。就像前段时间，柴静在纪录片中所提到的雾霾危险——迅速带给人们一种精神焦虑。

在《下水道美人鱼》里，精神忧郁、丧妻的男人被呈现为美人鱼的癔症幻觉，通过这一幻觉的方式，美人鱼不在她的欲望上让步，并拒绝了现实中画家给予的治疗。她的一切被投射到了一块画布之上，成为真理的第三重折射：一种来自实在界的入侵（未曾到来的环境污染）投射在美人鱼中，再印在画布上。

由此，美人鱼成为一个障碍，能够让主体同实在界的威胁保持距离，保护主体不受实在界入侵的伤害，但其突出的"超写实主义"（那些附着于身体的脓疮等）又唤起实在界的恶心。对于《美人鱼》来说，当美人鱼被炸上岸时，它让人不出意外地想起了一条在干旱土地上脱离水的、即将死去的鱼。同样，这个画面也被定格在吴亦凡所递出的那张照片里，也成为了真理的第三种折射。无论是画布，还是照片，对于美人鱼的凝视在伦理层面构成了一个典型的症候，即颠覆社会边界的凝视都是在努力让伤口敞开，不让人们去拒绝和否认，而是通过三层折射的方式展示一种不可抗拒的致命吸引力。当我们望向美人鱼时，似乎也就望向了那个预言或真理。

在大众文化中存在的这两条美人鱼，它们的命运便联系着那个永恒丧失且无法避免的假想——就如同蒙克《尖叫》中永不到来的声音，成为我们为了使自己成为客体欲望的对象，或拒绝成为客体欲望的对象而"假定"所必须存在的东西。只不过，在两部影片的结尾处，所谓的那个预言／真理最终都没有到来。画家杀死美人鱼与张雨绮试图屠戮美人鱼一样，是在拒绝美人鱼本身，也是在否定成为崇高客体的欲望对象，更是在否定实在界消息的发声。

陈旭光教授（中）

陈旭光 （北京大学艺术学院副院长、教授） 齐泽克是很深刻，但雨谦要考虑的是，很深的理论能不能用很通俗的语言说清楚，后面的结论要再清晰些，要不然就用力过猛了，变得只是你自己很清晰，旁人听不明白。从做研究的方法论上说，作为一个题目，焦点要集中，不要太散，前面一开始我特别新鲜和好奇，美人鱼有跨文化比较，美人鱼形象的演变都是值得深入的。

后半段你提到背后的实在界恐慌，通过这样的一种欲望化象征性的表达，用剧情片的方式把恐慌表达出来，这种恐慌一方面是环境问题，但是另一方面因为美人鱼有这么丰富、这么怪异的造型，历史这么悠久，历来可能跟情色和男性欲望有关系。所以这两者很奇妙地纠结在一块。本来环境保护是个整个人类宏大主题，美人鱼情色味道又是个人化的东西，但这两者可能纠结在一起，纠结在一块可能反而恰恰能够说明这种大众化的电影如何呈现情色、如何调动观众的视觉欲望，却又非常巧妙、有意无意、有形无形地表达出环境污染问题。这或许能够解释《美人鱼》为什么票房那么好，但不管怎么说，你的讨论还是要回到电影上，这样才能形成一篇既有展开、收缩，又有集中、重点，几个角度、几个层面进行研究的一篇好论文。

对于你提到有关柴静的纪录片，似乎有点不满意她的表述？

李雨谦 柴静的表述本质是一个"狼来了"的问题，柴静的表述过于直接，就像大多数媒体所呈现的那样，某种潜在的、蠢蠢欲动的危机渐渐显露。更何况她试图建立一种因果逻辑，告诉了一种逻辑可能。对此，我比较反感。

《美人鱼》剧照

陈旭光　　　话语霸权？

李雨谏　　　就周星驰的商业电影，虽然他也建立着某种因果逻辑，但他通过更加通俗的方式，潜在地完成它的大众教育意义。这种做法显得较为隐秘，同时也比较合适，比起柴静以及戈尔等人的做法。

陈旭光　　　从方法论的角度上，看得出来你没有拒绝成为拉康的信徒。

李雨谏　　　这么说吧，用这么一种方式回应，拉康自己都说过他的理论别人没有办法成为信徒的，因为拉康最终说的缺失是永恒的。齐泽克讨论拉康的书，能加深我们对写作、剧作、叙事方面有一些对好莱坞电影的重新认识。拉康他会从视觉到文本，到大众，我们接受别的文化研究，研究文本和现实，文本的自足性、现实自足性，很少触及视觉层面。拉康给我们一个路子，从先视觉着手，然后到文本到社会学。老师前面说得很对，我得承认，我这三个主题非常大，每个地方往深了做是非常好的论文，要不然就像陈老师在公众号下面的留言——不是阅读阻断，就是术语太密集，阻断文章，卖弄术语和堆积术语。

宋法刚　（山东艺术学院副教授、北京大学艺术学院博士后）　一上来李雨谏谈到变成美人鱼的过程，她上岸形象化身这个话题很好。鱼上岸以后我们去化，必须有一个化身，她不想上岸，要成为间谍被迫上岸，他们想过自己的生活，他们是要求他们的主体性。所以我们祛魅的过程是增加性感的过程。而去性感的过程则是附魅，比如宗教排除性感欲望，观音从来不是性感的形象。宗教当中把鱼作为信仰对待，民间中国也有"年年有鱼"的说法。影片也延续这种做法，让老太太承担了一个近似保护神的作用，带有宗教的气氛，带领人鱼重归海洋的神力，显示出宗教不可侵犯性。

娄　逸　（北京大学艺术学院硕士研究生）　我有一个问题，你一开始说像丹麦那个美人鱼，如果上岸的话，她会失去声音，喝毒药会痛苦，但在周星驰的《美人鱼》里面，这个桥段弱化了，阉割情节去掉了，这在两部电影里都没有表达，如果用阉割问题来看待的话？这个变化你怎么看？

李雨谏　宋师兄提醒了我一点，他提到去魅和附魅。在传说和童话里，阉割问题实际上是一种魔法的过程，也是因为这个东西的存在，让付出代价与承受代价显得不那么具有提示性，也就是没法真切地揭示出崇高威胁。影片里，都走用了对于美人鱼伤口的直观特写，让人们看到代价，将代价转移到观众这里，而不是停留在美人鱼交换身份。这里，我并没有讨论这个问题，这个变化就传统叙事来说，也是很有意义的。

拓　璐　（北京大学艺术学院博士后）　以前的美人鱼是我愿意变成人，我愿意成为一部分，我主体价值在人这边，但现在主体价值在大海这边。这是活死人和吸血鬼所不具备的，它们都有着独立空间，不用承受代价转移问题，只需要保守自身独立就行，或者蚕食别人的独立性。另外，你的文章提到去性感化的方面，这其实跟当代文化的审美联系到了一起，比如欣赏禁欲系的东西。我个人觉得，

《美人鱼》剧照

周星驰一定是禁欲的,他选择的女生都是那样的,还经常把女性进行丑化,看你从哪个角度阐释。你可以把文章写再浅一些,把港台的人鱼传说融入进来,因为他们是一个商业话语体系里面的,这样探讨话语转变很有意思。

陈旭光 商业电影有时候要追求纯情,大众内在可能喜欢情欲,有时候可能还是喜欢清纯。美人鱼是一个楚楚动人的另类,混合了人的自我形象和他人被鱼类想象的混杂存在。她漂亮的上半身和下半身没有满足人欲望的功能,只能让你去想象,这是一种追求而不得的意味。这个形象今天在大众文化时代,又混杂了现实生态保护环境的问题,如何卷土重来,如何进行美学再生成,都生成这样或那样的复杂性。其实,可以和别的形象深入对比,像吸血鬼形象,吸血鬼纯粹属于一种心理恐慌,印证着类似于现实生活中没有吸血鬼,所以需要吸血鬼的形象提醒自己的人性克制、梦魇的感觉。而美人鱼则完全是自我牺牲的做法。周星驰的做法很巧妙,演变了美人鱼的形象,再次表明电影作为现代神话编码是如何将世俗和远古神话、大众教育、社会话题等联系到一起。希望今天的讨论能有助你今后更加深入地思考。

(拓璐、李雨谦根据速记整理)

痞子英雄：论《余罪》作为网络剧的生成

拓璐（北京大学艺术学院博士后）

我给大家分享一下我最近的想法，抛砖引玉，希望大家能够感兴趣，一起耳这个问题。《余罪》最近比较火，警校的学渣，出于各种各样的原因卧底团，完成从学渣到英雄的路径。同名书一共有5本，现在才拍到第二本，但剧《余罪》出来以后，网络上点击量一直第一。因为最近比较热，我关话题，大概观点是：新式的痞子英雄，是在网络环境中生长出来的。

我们要追述余罪这种英雄在大众文化语境下的阐释，首先会考虑到年代的时候，痞子英雄这个形象最早是在大众文化市场里面出现的，以表，而且王朔的痞子英雄是一个断代式的代表。他自己所携带的时代身便是"文革"刚刚结束，大众文化刚刚开始兴起，之前的文化标语、口号、嘲讽的一个对象，包括对于现状的不满，对于当下的批评。还有一个的痞子不是真正的痞子，属于雅痞的形象，对自我生存环境有着荒诞性《顽主》便是很鲜明的代表。《顽主》里面的人物在当时是脱离体制的。逐渐出现了一种之前都是体制内的人，他们在90年代市场化开始后脱离有的人可能是小偷，有的人找不到工作失业了，有的人是游荡的，有的人法犯罪的社会边缘人。相对来说，王朔关注社会边缘人，他自己写《小说时，边缘人的形象同时也具有商业元素，空姐在当时来说是一种有的形象。而他自己写的无业者游荡的故事，里面也是逐渐脱离体制的。《焰一半是海水》里，他们在香港寻求迅速致富的手段，有关于与犯地带描写。由此，"痞子"作为一种文化现象开始受到人们关注。

可以和《余罪》纳入不同比较纬度的是，海岩剧的出现。在90年是一个编剧身份，打造以他为品牌的一系列电视剧。首先是小说，其次包括《玉观音》《永不瞑目》，可以说创造收视奇迹。海岩剧有两个特点，一个是从非类型剧到类型剧的转变，第二个是海岩剧里面主要是公安刑侦类型剧

《余罪》海报

情。可以说，海岩剧言情程度比较大，借公安题材说的还是言情和市井情感。《便衣警察》《永不瞑目》《玉观音》等，都在讲市场经济萌发以后，边境贩毒活动不安定的背景，海岩借助刑侦剧的形式来讲市井状态。海岩剧里还把当时环境的变迁和青年形象的成长联系到了一起，这是他所有剧的模型形式特点。

在刑侦剧里，海岩有一个风格化的变迁。在80年代刚出来的时候，我们可以想象，那个时候大家都追求纪实风格，因此刑侦剧呈现出的面貌也是一种偏写实的风格，不讲究镜头剪切，尽量营造特别真实的氛围。之后，它有一个转变，在纪实类型方面的转变，人们对于情节剧这种类型的认识逐渐从创作上或者商业上考虑进行转变。从追求纪实到情节剧的结合有一个过渡期，《英雄无悔》是特别典型的一个文本，介于纪实和电视剧之间，同时加入海滨边境城市地方商战经济破案的元素。后来，海岩剧开始进入一种明星的、有情感的、商业剧的制作模式。再之后，在现在我们进入到网剧和电视剧几乎平行发展的时期，我们看到，对于网剧来说，它强调青春偶像的树立和类型元素，同时把情感弱化，这是开始了网剧最主要的特点。

《余罪》体现出一种大叙事衰落的倾向。2003 年，《英雄》的宏大叙事把英雄和国家神话再一次讲出来，当时的市场是不买账的。2010 年的《赵氏孤儿》为了保住皇族血统，杀死自己的孩子，大众已经不能欣赏。2015 年《大圣归来》的观影盛况，说明"孙悟空"形象的号召力，孙悟空就是痞子英雄，他不支配且被认可，并且被权势所打压，他的个人形象特别突出。

作为一个小说改编，《余罪》的小说是一个男性向的，在刑侦题材的小说里，是特别讲究情节的，余罪的形象和韦小宝、孙悟空很像，一个浪子，情感上没有去忠贞任何一个人，小说是这样传统的言情策略，但走向网剧后，进行了一次大改革，做了一个纯情化的更改：主人公余罪本来特别反抗体制和对体制不满，走为了心仪的女孩走向为体制服务并一步步净化心灵，认可体制。可以说，网剧是一个青春向的改编，有意在《余罪》改编过程中把小说的情感定位低龄化。小说里面，警校毕业的同学没有参与主要情节，但网剧里，余罪的同学几乎都成了他的帮手，类似于青春校园结构这样一个策略处理。而且，网剧做了主流意识形态的一种话语——屌丝逆袭。从无用的、边缘的痞子状态，在完成卧底自我实现中寻找了个人价值，完成逆袭。这也是现在网络剧的模式，为屌丝说话，以弱者的身份来发出声音，占据语言制高点。

《余罪》最成功的地方在于它在改编的同时保留了强烈的类型化意识。在刑侦剧的发展过程当中，之前刑侦剧把情感戏做足，男女情感，或者我们说市井情感做得特别多，占大部分篇幅。但网络剧在改编的时候，把情感弱化了很多。尽管主人公纯清化，但是篇幅占据很少，完全走向了情节，针对本身要完成任务来推动叙事，我在很多游戏故事的编写中看到这样的处理。从另一种角度看，这可能是一种扁平化，这个世界只有不断完成一个接一个的任务，才能直直往前进。

主人公个人的情感变得很弱。这种改编在于大家欣不欣赏，当认可这个类型的时候，就不太会关心是不是不丰富。可以说，类型化的同时也单一化，选择一种单一的方式讲这个故事。

同时，在《余罪》里，我看到一些亚文化的策略。虽然网络文学本身一直处于亚文化边缘，但《余罪》也找到一些自己的方式来表述这样一个立场。痞子英雄是一种什么样的身份呢？很暧昧，黑白两道之间的一个人，他拒绝政治正确，对于主流政治没有任何威胁力，也没有任何反动性。这是它亚文化所呈现出来的一个面貌。余罪这个人在公安系统里，是受到认可的，同时又受到黑帮老大青睐，打破权力阶层、精英阶层，或者正反两个阶层的差异。他是一个从精英到非精英、流动的人。作者之所以拿"余罪"命名这本书，就是在试图说明在讲一些没有被证明的罪，潜在灰色地带的人，这是一个被放置的法律术语，不被讨论的、被抛弃的东西，但确实存在。然而，如果仅仅证明存在本身，对周围的主流声音是形成不了威胁的，主流声音可以不认可你的存在。如果对主流声音有所改变，那么可能是亚文化生存状况的一个隐喻分界式的，有点像部落文化，你的部落确实存在，但你只能在这个蒙古包生活，你不能越界生活。

关于《余罪》的表演，我没有特别深入研究，但是《余罪》的表演体系是特别夸张的。现在被称为一个表情包式的表演体系，把人物表演单独截出来，就有很强烈的直译成分。这可能在之前的表演训练中是不被认可的，也不会存在的。但《余罪》里面，在网络剧语境下却完全认可这样的方式。它的表演体系其实跟类型追求是一致的，就是说单纯地强调情节，那么表演追求的也是单纯的、强烈的表现方式。我不知道将来的走向会是什么样的，但这种夸张，这种本身被放大的特点，也是网剧自身处于一个亚文化圈子里，才会强烈地去放大。在这样的语境中放大是不违和的。

对话

陈旭光　　请拓璐介绍一下它的原著，改编以后网剧的收视率。

拓　璐　　原著的作者是常书欣，他早年有坐牢的经历，所以他写《余罪》的时候，关于监狱段落被大家特别认可。这个剧特别有意思，里面有一些情节特别紧凑，大面积采用最后一分钟营救的方式。而"高大全"的人物在里面变成被批判的形象，虽然长得也很帅，但他们使用比较卑鄙的手段赢得了比赛。警察在招卧底时，"高大全"人物都输了，余罪却赢了。

陈旭光　　你怎么定义的"反英雄"？

拓　璐　　不是一个英雄对立面——邪恶的，既是英雄又不是英雄。比如余罪在做卧底的时候帮助警察捣毁犯罪团伙，为了人民财产奋不顾身。刚开始他自己不愿意，是被迫的，他不相信自己成为英雄，他自己也不愿意。

陈旭光　　这部网剧的重要收视群体是些什么人？

拓　璐　　看网剧的以80后和90后为主。

万俊杰　　（北京大学艺术学院访问学者）　　余罪和许三多有什么不一样？

《余罪》剧照

《余罪》剧照

拓　璐　　　许三多的"三观"非常正，余罪、韦小宝这样的人物是为达到目的可以不择手段。他的心理状态没有绝对的黑，没有绝对的白，没有是非判断。一定程度上，可以为了自己的利益去适度伤害公安系统。

陈旭光　　　批判性的呈现？

拓　璐　　　并不算批判性的呈现，其实是小人物的深入转变过程。

刘　志　　　（北京大学艺术学院访问学者）　90后比较喜欢这种价值观吗？

拓　璐　　　不光90后，作为一种英雄形象，孙悟空和他很像，拒绝体制，但顺着一定的机缘会进入体制内。

张立娜　　　（北京大学艺术学院博士）　在香港的电影和电视剧里，亦正亦邪的角色很多，像梁朝伟、小马哥都是这样的。

拓　璐　　　对，因为内地太少了，出来一个大家就特别关注。

宋法刚　　痞子英雄的过程，我有一个想法，王朔当时的痞子形象，没有用痞子英雄这个词。从这个脉络来看，王朔的痞子文化早于大众文化，那么，痞子文化和大众文化的交集什么关系？作为痞子英雄前身，王朔的痞子文化其实当时还刻意表达着政治对抗的意味，但你刚才谈到痞子英雄时说，他不想成为英雄，反而成为了英雄，那么痞子能不能成为英雄？李云龙有争议，但余罪更直接是痞子，不想成为英雄，却成为了英雄。

拓　璐　　李云龙在抗战剧里面形象的转折，《亮剑》也是网络小说。

陈旭光　　后冷战时期的背景里面，没有意识形态的对抗性，哪怕王朔那样的，游离于法律边缘，不会触犯法律，但它的冷嘲热讽其实相当明显的。在今天这个网络剧时代下，意识形态的批判性更弱了，属于另外一种文化上的妥协，或者更倾向青年性文化，跟年轻人有关。这是网络社会组织呈现出来的新型文化倾向。

　　　　　　痞子形象的概括，伴随着中国的社会发展，肯定是一个线索。痞子、贫民游离体制之外的，带有意识形态解构性的形象，在王朔手下曾是一批子人。雅痞，充满语言的智慧，虽然表面上说没有上过学，但他们的知识很风趣，很高雅。这种浪潮渗透到历史记忆里，对于一直很正统的高大上的军人形象也是有一定的颠覆，这是一个平民化、世俗化的浪潮，不可阻挡的浪潮。新世纪以后，发生了非常微妙的变化。以前是冷战时期，里面充满各种意识形态斗争。现在带有一种微弱的、面向意识形态的抗争性，包括王朔笔下，包括李云龙这一类带有明显的对意识形态解构的软刀子。这实质是政治社会向世俗社会转型的过程，采用一种伪装方式呈现。我觉得，拓璐这个话题如果要再深入的话，既要追述前面的历史，前面的阶层，甚至包括许三多。许三多非常励志的，讲述底层是如何进入体制，变成正规英雄，他所传达是一个非常励志的主任。相对于电视时代的许三多，网络时期的《余罪》更加大众文化，它的对象是非常年轻的，也具有很杂的丰富性，有着刻意拓展的余地。

（拓璐、李雨谏根据速记整理）

四 国际视域

第一讲

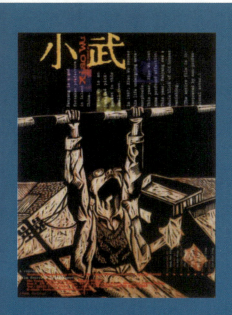

"转瞬即逝的景观"
——贾樟柯电影的"空间"研究

主讲人　[巴西]丽娅·梅洛
主持人　陈旭光
嘉　宾　李道新　阿　肖（贾樟柯导演助理）

编者按

2015年5月15日下午，由北京大学影视戏剧研究中心主办的北京大学"批评家周末"文艺沙龙举行了《"转瞬即逝的景观"：贾樟柯电影的"空间"研究》学术研讨会。本次学术研讨由北京大学影视戏剧研究中心主任、北京大学艺术学院副院长、博士研究生导师陈旭光教授主持，北京大学艺术学院访问学者、巴西圣保罗大学艺术与传媒学院教师丽娅·梅洛博士主讲，并邀请了北京大学艺术学院影视系主任李道新教授、贾樟柯导演助理阿肖先生等进行嘉宾对话。北京大学访问学者、博士、硕士研究生等数十人参加了对话活动，共同围绕丽娅·梅洛博士的主题演讲，就享有国际声誉的中国第六代著名导演贾樟柯的电影艺术创作与文化表达、时空美学特征等话题展开深入的研讨。

丽娅·梅洛发言

活动现场

今天很荣幸来这儿，我接下来会读一读我准备的讲稿，同时有一些东西分享，还有四段影像要给大家看，大概会用一个半小时的时间。

我研究了贾樟柯电影近两年，注意到最近20年关于贾樟柯的研究呈现出世界电影跟以好莱坞为中心的电影的对话的特点，我用了耐基的表述，这种多元中心式的对话已经被世界各地涌现的电影所打破。很明显，以好莱坞为代表的中心，和除了好莱坞以外的世界、其他地方的对立不再是那么明显。

在现在的状况下，随着电影史的发展，越来越多的政治和经济现象影响到电影视野中，不仅是一个多元的力量在指导某一部电影，而是一种多角度的、多元的世界格局在影响着一部电影。通过这些观察，我认为贾樟柯的电影在这种世界电影多元化的图景下，呈现一个独立的尖峰，呈现出中国和世界其他地方的一种对话和一种对中国传统美学的传承。

我的进一步解释是不想把世界电影跟好莱坞电影作为两极化的对立来谈，更想把贾樟柯电影作为世界电影里面存在的一座尖峰，跟其他世界电影的一个案例来进入整个电影史的探讨。同时，好莱坞电影不作为一种模式或准则，我希望把贾樟柯电影放在整个电影史中来看，而不是放在世界电影的边缘来看。

贾樟柯电影原始的美学特征主要来自对于电影所呈现的转变和消失的记录与描绘，包括一个关键词"转瞬即逝的景观"。导演在很多次访谈中都承认，在近几十年来，他很清醒地意识到在时间性的空间里面，记忆扮演着一个怎样的空间性的角色。这些空间怎样带来记忆的损失，贾樟柯存在着一种很强烈的紧迫感，要把这些正在消失的空间、正在消失的记忆记录下来，同时这种记忆也跟他观察中的缓慢的存在跟现在正在呈现的，一切都在以极大的速度转变，这个快跟慢在他的电影中呈现出对抗性，所以导演也进一步强调这是一种暴力的形式，在电影的结构性的本质中存在一个暴力的形式。从这个意义上看，一方面是资本主义的对抗，另一方面又极度迷恋于重复性再生产，所以中国正在面临着一种社会市场经济转型下，如何来面对在新的时间和加速的经济膨胀影响下的新的空间状况。通过长镜头，贾樟柯使电影的进展速度很缓慢，同时这些长镜头的使用印证了劳拉·莫尔维的一句话，叫作延迟的叙述样式，也是对速度暴力的对抗。

这张 PPT 上可以看到中国当下时间上的并存包括空间上的并存，高楼大厦跟久远的胡同的并存，从 PPT 上还说了关于中国呈现的样式是各种形态的共存，包括过去现在、快与慢、变与不变，这些断裂，从 1919 年的辛亥革命到 1949 年新中国成立，再到十年"文革"乃至改革开放以来，出现的一段一段不同的试图抹去历史、重置历史，重新开始一段新的中国记忆的过程。

跟前面提到的中国正在变化的现实相比，贾樟柯这种缓慢电影模式呈现出关于电影现实的美学特征，其中包括使用战后欧洲电影特别是意大利新现实主义以及包括时间观念上的时间的延续和扩展。在战后阶段关于运动影像和时间影像的使用，德勒兹以及安德烈·巴赞对电影的观念都在贾樟柯电影中有所体现。这些长镜头缓慢的表演形式以及对于没有任何动作的时间的记录都呈现在贾樟柯电影样貌中，同时这些电影样貌可以在德西卡、罗西里尼、安东尼奥尼、布列松、侯孝贤等贾樟柯经常引用的导演作品中可以看到。更晚近的是对于现实回归在当下电影中的使用。

关于贾樟柯这一长镜头引用跟其他世界知名导演的关系，包括蔡明亮、格斯·范·桑特（《大象》《我私人的爱达荷》的导演）、阿彼察邦（《综合症与一百年》的导演）、贝拉·塔尔（《都灵之马》的导演）等这些导演中作品中的长镜头与贾樟柯的长镜头都被巴西电影所提倡。

所以在这种跨媒介并置中，贾樟柯电影对于过去的展望及关于其他艺术性的投射中，有一种美学创新的意志性，这个中心词是被强调的。所以在这篇文章中我会谈电影与建筑，包括建筑作为一种对于逝去时间的能指以及个体记忆跟集体记忆的接受物。我主要关注贾樟柯电影中的墙所呈现出的静止和运动，通过这些墙在静止与运动中呈现对历史的记忆与历史的抹除。

我这里进行了两个城墙的对比，一个是《站台》里面的尹瑞娟与崔明亮，也们在恋爱中一次一次地相遇。在城墙上的相聚的镜头，还找了一些其他的中国电影，如《小城之春》，影片中男女主角在城墙上所遭遇不确定性、尴尬以及沉默。《小之春》的城墙呈现旧中国的衰败以及理想化的爱情的衰败。这种衰败随后会被新的政治体系所替代,而在《站台》的城墙上,这种徘徊和等待包括历史的沉重,包括相遇两人的无言,都在一定程度上体现了现在时间的快速感和缓慢乃至静止之间形成的对比。

今天,我主要关注贾樟柯的三部电影:《小武》(1997)、《世界》(2004)和《三峡好人》(2006)。这些电影呈现了建筑学上的建筑之旅,我们可以从充满记忆的城墙,北方中国的古建筑,以及到公共建筑里砌了一半的绿色墙壁,包括三峡奉节的那些墙,我们可以看到这些墙上所承载的记忆印记以及不同层面时间性的痕迹。贾樟柯想呈现出这种永恒与转瞬之间的关系,这些关系怎样编写在电影中的物质性和短暂的时间性,在电影中的指示特性是呈现出怎样的价值。

《小武》剧照

首先谈一下《小武》这部电影。我主要介绍《小武》中的一个场景,小武跟小勇是从小的伙伴,小勇曾经也是一个扒手,但后来小勇成了半成功的商人,小武发现小勇结婚并没有邀请他,使他感到挫败与伤心。电影中整个镜头跟着小武,小武穿越城市,穿过一个个旧的建筑,建筑在这里成为他关注的一个点,而建筑上的一些"拆"字也映射了小武在地点的转换,主人公在变化的城市中找不到自己所处地位的关系,以及人物的边缘性、被抛弃感和人物渐渐脱离这个时代的疏离感。

还有一点我想强调一下,电影里的"拆"字随处可见,跟这个"拆"相对的是在另外的城墙上会有小勇跟小武身高的印记,"拆"的转瞬即逝与身高的印记在墙上呈现的持久性形成对比。

刚才那段影像描述了小武跟小勇摸那个墙,共同分享他们成长记忆的过程。我们都记得电影里面也提到过他们俩都有文身,所以在身体上、肌肤上的纹理,和墙上建筑上的印记同时构成他们不可磨灭的记忆，但是这种记忆在"拆"的现代构建下呈现他们的转瞬即逝性，这段讲话证明过去的记忆跟现在之间存在怎样一种偶然随意性的连接。

所以在这里我想强调关于记忆的理解，记忆其实是存在于现实中而不是存在于过去，同时它是存在于空间中而不是存在于时间中，这种记忆是可以重表达。通过这段对话进一步强调，跟柏拉图的蜡纸以及弗洛伊德的神秘书写板可以进行对比，书写板是一个板子上面覆了一块像蜡纸或者牛皮纸的东西，写的字可以透到底下去，然后一揭起来就没有了，这样的板子可以不断地重写，用这种重写过程来描述记忆。记忆方式在这种引用下呈现出一种建筑性的特征，可以被拆被建，再被重新拆重新塑造，这种内在的记忆书写跟建筑上的实践是相结合的。

《小武》电影中呈现手持摄像机一直跟随小武在城市中间穿梭，拍下了其中一些建筑的历史。刚刚举的例子就是箍窑，这是在平遥具有普遍性的建筑，跟北京的四合院一样正在迅速消失。通过墙上的记忆的展现以及他们实际友谊的变化，贾樟柯想将个人的记忆和集体记忆、个人友谊的丧失通过图片与建筑进行连接，这就像我们刚才举的例子，书写纸和蜡纸一样，一切都在被重新书写，同时这种指示性的特征也深深刻在墙上以及电影的胶片上。

通过手的触摸，电影中小武和小勇同时触摸那堵有历史记忆的墙，也是有意味。手跟历史的接触相似的场景可以联系到一部巴西电影，这部电影叫《舍间回响》，2012年一个巴西导演拍摄的，拍摄了巴西东北部一个城市的故事。电影发生在一个中产阶级家庭，既呈现出当地的地区性，同时也具有全国性的特征。这部影片的这个场景将酒瓶与建筑对峙，日本导演小津安二郎的《东京物语》里有类似的手法，小津将烧酒瓶与寺庙的塔相对应，这种平行结构的剪切就是对那部电影剪辑手法的借鉴。同时这种对应存在于每个建筑之下的家庭，也存在同样的场景，一个个体家庭场景可变化到整个城市景观中，这种从个体到普遍的习俗手法的运用也呈现出电影不同于其他艺术的独特艺术手段。

这部电影里面写的是一个叫弗朗西斯的家庭，是存在于17至19世纪的奴隶主家庭，当时的巴西在葡萄牙统治下，土地被大量的糖种植园所占据，刚才几个图片都是关于那些种植园的奴隶的照片,这种照片呈现出的特质是罗兰·巴特强调照片给我们带来的创伤,一种突如其来的刺痛,就像历史的一把剑,突然间刺进我们柔软的心里,呈现出现实的力量。

这个片段是大种植园主的一个侄子带着女朋友去他的旧房子,这个旧房子就要被拆了,我们看到他们在房子中呈现了一个触摸的场景。

刚才那段影像中可以明显看出记忆跟建筑怎样密切结合在一起。因为巴西近50年来也跟中国一样发生剧变,这种对于记忆怎样在现实中将历史邀回现实,同时召唤历史记忆回到当下,也是中国电影跟巴西电影都可以看出来的非常明显的特征。

《世界》海报

接下来我会谈跟《小武》不一样的指示性的建筑特征,《世界》这部电影通过数码拍摄,呈现出另外一种关于记忆如何呈现在城市建筑中的角度。在这部电影中,我想强调一个场景,在二姑娘这个角色将死以前,她的好朋友赶往医院的时候最终接过二姑娘递过来的小纸条,这个纸条的场景跟建筑之间的故事讲述,会在影像中呈现。

《世界》剧照

刚才那段数码影像呈现出的可以很快成像在墙上的字同时很快被擦除,这种数码影像跟之前在胶片上由光投射形成的影像,是两种影像的对比。他并不是要强调这种传统影像跟现代数码的对比,包括数码影像如何在《世界》里呈现,电子音乐、卡通的运用、新建筑的拍摄、新的技术手段的运用。导演想强调的是在新旧手段运用中,更多的是新旧的融合,和历史如何在这种融合中被以一种新的方式记忆擦除和重写的过程。

影片中重复出现过半堵绿色的墙，这个绿色的半堵墙实际上在中国电影的很多场景中都会呈现，包括在贾樟柯自己的《二十四城记》里面也从始至终地贯穿。这些绿墙不仅连接着导演的童年经历，也连接着很多中国人早期的记忆，包括公共场所里面医院、学校、车站都会有相似的场景，这种通过颜色将个人私人记忆与集体的城市或者说整个的建筑记忆相连接的方式也是贾樟柯电影所呈现的路径。同时在《世界》里面，他之所以采用这样的手段是因为二姑娘本身属于在城市中漂泊的外来民工，她并不属于那个城市，所以那堵墙不能完全铭刻她的生命记忆。所以在那堵墙上贾樟柯用电子影像的手法，很快地成像又很快地擦除。

我们现在要进入最后的总结阶段，通过刚才的一些引用，包括刚才呈现的《三峡好人》照片，那堵墙其实是由墙上的一个洞所定义的，那个墙的画面也是引用《风柜来的人》以及意大利新现实主义电影《德意志零年》的场景，那一些场景都为我们呈现出历史的过程，从之前提到山西的箍窑到承载着二姑娘记忆绿色的墙再到最后《三峡好人》中被一个空洞所定义的墙壁，这呈现出了历史的变化。

我们进行最后的总结，刚才《三峡好人》的组合一个片段呈现出CGI技术怎样在新的技术手段上为我们提供了一个城市的记忆和记忆在影像中的呈现。

我想进一步强调贾樟柯电影对于缓慢和静止的强调，而这种强调是跟中国快速的空间转换和当代美学与文化的变化有着相应的关系，就像鲁晓鹏教授在一篇文章中指出的，中国现在所呈现出的，"拆"所呈现出旧的城市景观变化实际上也反映在中国家庭和邻里之间象征性的心理结构和社会关系的变化，同时马兰在她的文章中指出，在我们记忆中所有关于历史和现实的思考都处于消失的边缘，随时随地都在消失，因此通过这些躲藏在中国全球化进程背后的时间性和空间上的层面，我想进一步强调通过经济和社会方面的所指，这些背后的记忆实际上所反映出的危机。

最后，我想强调的是，在贾樟柯电影中呈现出的关于形式与内容的连接上，其实存在着一种以现代化的视角对于历史的反思，这种反思建立在个体跟历史结合之上，同时也呈现出在电影化的建筑学、电影化的考古学和个人情感化的透露中。

对话

陈旭光（北京大学艺术学院副院长、教授）谢谢丽娅·梅洛博士精彩演讲和车琳的翻译。刚才丽娅·梅洛博士给我们带来一个关于贾樟柯电影的很新的视角，既有中国和巴西的比较相似的文化进程当中第二世界的现状，也有好莱坞的背景，同时也有电影历史上现实主义电影的依据，视野非常开阔。她的研究方法非常细致，从贾樟柯电影当中对于建筑的关注，通过这样的空间的遗留物来表现时间和记忆，然后在这表现过程当中，对建筑表现出来的静态感，那种静止感和缓慢的移动，对这样的一些印象的表现，从这些方面来考察，我觉得可能揭示了贾樟柯电影的一个独特的意义，这也可能是国外的学者为什么特别关注贾樟柯的很重要的一个方面。我觉得贾樟柯的电影在这样的一个时代的加速度当中，我们都在向前看、向前赶的时候，他引导或者用他的影像逼使我们要往后看，往心灵看，往静止看。贾樟柯电影的这种时空表现和哲学主题揭示了贾樟柯电影在主流的电影、商业化电影之外的一种独立的、另类的、非常有价值的存在。他是在"反抗现代性"！具有一种特有的对现代性的自我反思，一种审美现代性的文化意义。我觉得丽娅博士的解读是一种"他山之石"，非常深刻，也非常生动，对我们非常有启发意义。下面请李道新老师发言。

李道新（北京大学艺术学院教授）我觉得丽娅·梅洛博士的演讲对我来说非常有启发性，因为她不仅仅能够把巴西作为一个与中国相近的国家及其电影进行某种比照，同时也是在整个欧美当今学术语境以及对中国当代电影特别是贾樟

《小武》剧照

柯电影研究之下做出相当具有个性,同时也很有深度的演讲。

对我来说启发最大的就是梅洛博士方法的使用,她在通过记忆存在空间之中,以及影像、人与建筑之间关系的讨论的时候,通过对《小武》《世界》《三峡好人》三部最具代表性的贾樟柯电影的观照,找到三个最重要的最有特点的痕迹,对我启发意义最大的是描述方式。并且在她的基础之上,我自己有一个比较欣喜的发现,她在对《小武》的箍窑以及对《世界》的立墙和对《三峡好人》中远远地通过一个空洞所远观的那么一个城市,这三者之间关系做一个讨论,就可以发现其实在记忆或者说表达空间的过程当中,人与建筑之间的距离在贾樟柯的这三部电影里其实是在不断地拉远,或者说不断也是在疏离,我觉得这样的发现非常有意思。

在《小武》当中的箍窑,就是主人公还可以不断地触摸,触摸墙,过去人和空间的关系还有一种可以触摸的关系。到了《世界》,人和绿墙的关系开始变得比《小武》更加疏离,是并置的关系。到了《三峡好人》,人只有用眼睛去观察城市发展和高楼大厦的轰然倒塌，人与建筑的距离逐渐加大，人与建筑的疏离感在贾樟柯的电影中越来越强烈。所以通过这样的解读方式，是否表明贾樟柯在通过影像表述当代中国的过程当中，他的内在情感和观念是越来越悲观的。这是我通过丽娅·梅洛博士演讲新发现的理解。

陈旭光 谢谢李道新教授，请其他同学加入讨论，可以向丽娅·梅洛博士提问，也可以自己翻译。

李雨谏 （北京大学艺术学院博士研究生） 时间在空间的表现我现在还没有弄清楚，因为时间是一种前期的美学概念，在后期我们强调空间、观念空间哲学。在前面你谈了很多贾樟柯的怀念记忆，这是很明显的时间东西，它在空间中如何表现，你怎么看这种关联？并且我觉得贾樟柯电影在咱们国家研究中其实大部分我们会把它放到现实主义、新现实主义的范畴，就像费里尼，是一种比较早期的电影的现代美学，但你这个提法跟现在结合得很紧。简单来讲，这是两种美学的东西，你讲的时间和空间是一个更当代的一种概念。这个概念好像在我们的研究体系中或我们对贾樟柯电影的认识中很稀缺，我没搞清楚这种关系。

丽娅·梅洛 （北京大学艺术学院访问学者） 哈佛大学的一个教授布鲁诺有一本书叫作《电影作为一种空间艺术》，强调电影存在的空间性，以及强调空间是充满动态的空间，是在不断变化的空间，这个空间的引用，作为电影不断地在空间中所体现出的东西。

李道新 我觉得在咱们电影批评界主要以空间层面讨论电影还是比较少的，咱们以往对电影的认知更多从文学层面去谈论它，把影像和声音当作事件讨论，而把空间当作记忆，把记忆与影像结合在一起进行讨论，其实是特别有效的一个方式。

陈旭光 贾樟柯的电影通过表现建筑的空间性影像而呈现出他的时间性主题。他更关

《三峡好人》海报

《三峡好人》剧照

注的是新旧建筑的对比,可能更关注的是旧建筑,通过对旧建筑的"凝眸"、"抚摸"式的温情表述,有一种在时代的加速度中刻意"慢下来"式的意味,包括影片中人物形象的沉思、凝思的状态。虽然电影就画面而讲,它与美还是空间艺术,但是贾樟柯这样的独特的表现方式,可能能够引起我们对时间问题的思考,我们的心境就会慢下来或者是往回头看。所以说他表现的是空间,画面上表现的空间,但是空间的背后表达的是时间,而且是一种过去的时间、记忆的时间,不是一种追求现代性的时间。这好像是一种在现代性的洪流中放慢的、反现代性的时间意象。这也许就是丽娅·梅洛博士所要表达的。我们能够感知到贾樟柯电影独特的通过空间来表达时间记忆的这样的一种方法,一种影像的"炼金术"。

我认为,贾樟柯电影里人物的心理时间是慢于社会时间,也慢于物理时间的。

李道新　因为时间肯定是有空间性的,贾樟柯和此前第五代导演当中,空间也有时间性,并且空间时间性是在《黄土地》《红高粱》中得到非常重要的体现。更重要的是,在讨论空间自身的特质以及空间的时间性的过程当中,最重要的还是人与空间、人在空间之中的关系的表述。没有人也就没有空间的存在的感觉,实际上我觉得贾樟柯电影之所以能够在各种不同的语境当中被广泛接受,并且在梅洛博士这样的讲述当中得到这么细致深入的一种阐发,非常重要的原因就是贾樟柯除了表达一种空间的时间感和时间的空间感之外,更把人放在空间中,探讨人与空间的一种关系,这样的关系其实就是一种存在的表达方式。

陈旭光 我顺着李老师接着讲,我认为,贾樟柯电影里面的人物,如那些民工、打工的人,他们是这个城市的闯入者、外来者、自己家乡的离乡背井者,跟现代大大都市的社会空间是不相适应的,这个空间不适合于他们的存在,包括《三峡好人》里面,他们虽然推倒一些东西,建筑一些东西,但新建的建筑物不是他们的,他们是外来的移民、漂泊者。因此他们跟现代性的时间进程常常是格格不入的。所以,思考人和空间的关系是和谐还是不和谐,这肯定是理解贾樟柯电影一个很重要的视角。如果从这个视角出发,我觉得贾樟柯电影可以分为两大类,一类就是"汾阳系列"。汾阳系列里的小人物总是要往外走,他和那个空间在童年时期是和谐的,但是在世界越来越开放的时候,他跟这个空间产生了新的矛盾,他们要往外走,这是一个系列。

另外一个系列人物,就是"都市里的外乡人系列"。他们来到了都市,然后改天换地搞建设,破坏都市人原来的记忆(当然这都是受雇的),他们跟这个空间也是不和谐的,是疏离的。他们不是这个世界的真正的主人。所以从某种角度讲,贾樟柯电影里面的形象都是一些有点乡村知识分子性质的,如《小武》里那个戴着眼镜、讲兄弟之情、文质彬彬的小偷,《天注定》里姜武演的那个有着乡村诗人情调,与暴发户资本者对着干的"凶犯",他们跟这个世界明显有抗拒和排斥,他们并不是特别愉快的一群人,这个时代对于他们来说不是最美好的时代。

李雨谏 两位老师刚才都讲到了关于人在空间中的疏远的问题,我有一个想法跟进一下。我们谈的空间其实有学术差异,一般的空间我们认为是市民社会或者大众媒体已经完备情况下形成的都市空间或者公共空间。但像《小武》中,他们触摸的那个记忆是私人的,在中国的记忆模块是个人的空间,小到一个城市有一个集体观念,我们会把它复杂化,既包含个人也包含公共。我觉得这其实是可以讨论的，从一个传统文化比较复杂的空间到城墙，可能是一种更加个人的空间，因为那绿色的墙，包括黄色的墙，墙群跟墙围这种记忆，我认为不是我们提到的空间观念或者使用空间学术这一套理论的那种公共空间，如果把这种记忆区分清可能也代表了一种疏远？

李道新　我觉得这里面所蕴含的学术命题还是非常复杂的。丽娅·梅洛博士刚提到了，讨论空间问题非常复杂。她找到所谓建筑，然后从建筑到具体的墙、门以及色彩、油漆等这样一些方面。所以我的理解就是说丽娅·梅洛博士在讨论这个空间的时候，这个记忆空间的时候，把它物质化了。

　　我突然有一个想法，其实如果说我们刚开始从《小武》中，我们隐隐约约能找到巴赞和意大利新现实主义的某种痕迹，以及把它跟世界史上非常重要的现实主义的传统产生某种勾连，到了他此后的很多创作，特别是《三峡好人》到现在的《天注定》，其实我们已经发现他从所谓的意大利现实主义，也就是40年代末期和50年代那样一个传统的痕迹，通过他短暂时期的发展，可以说已经经历了从现代主义跨到后现代主义的历程，贾樟柯也是用很短的历史时间以及用自己独具个性的一系列的作品，在中国完成了世界电影半个多世纪的历史。这样一种压缩式或者标本式的作者和文本，对于世界来说都是非常有意味的，因此我也非常感兴趣。

李九如　（北京大学艺术学院博士后）　李雨谏，你说现在国内研究贾樟柯主要是以现实主义的方法？

李雨谏　空间偏后现代的艺术，至少是当代美学。

李九如　我不知理解得对不对，你的质疑是本来她要用空间的方法研究贾樟柯，但是她还说大量时间的问题，是这个意思吗？

李雨谏　这是一个方法论上的跨越，她怎么用这个概念，因为咱们老月过去的东西来理解，她用了一个相对来说靠前的，我想知道她这个思维怎么转变。

李九如 我可以替她回答一下，他们肯定没有一种美学方法统治一个国家的时代，他们肯定没有社会主义、现代主义时期，所以她不需要跨越。另外一个，现实主义它是一种美学研究，用美学来研究贾樟柯电影，但是她是用社会现代学方法，这不在一个层面，她讨论的不是美学，她是想通过贾樟柯来理解中国，我觉得她用的是新的理论，讨论的不是美学，更关注的是社会，我是这么来理解的。

我的想法是为什么她里面还会涉及时间，我理解她的意思。她说现代性分两个时期，"二战"之前，现代性给我们一个感知是速度，也就是时间的快速。"二战"之后，跨国、多国资本主义，是现代性空间上的扩张。其实贾樟柯的电影，他就是典型全球化时期的空间感，为什么里面还有时间？我们在所谓后现代或者叫现代性新阶段里面，我们对于社会的理解可能就是时间的空间化，讨论的还是有时间的，肯定还是会讨论时间问题，只不过用空间方式呈现时间，李老师说的不断地疏远，通过空间，通过建筑感觉时间流逝，一去不复返，记忆消失了，可能还是时间问题，但是以空间方式呈现，而在早期现代性阶段是空间时间化，现在更多是时间的空间化。

李道新 建筑本来就是一个空间和时间，说到空间和时间，空间不一定是时间的，时间不一定是空间的，电影也是自身空间化的时间、时间化的空间。国外研究贾樟柯电影现象，更愿意从空间角度来展开，一方面有空间文化和空间理论的支撑，同时还有非常重要的一点是对中国历史文化和语言以及地方特质的一种疏远感，真正的时间就是在这些之中的，像赵本山的二人转、"新闻联播"，以及五六十年代的歌曲，这些对海外研究者是不存在的，从某种意义上讲他们没有时间感，而对中国人来说这就是时间。

李九如 我还想说一点，西方人说现代性的空间转换，是站在哪个角度去看一个遥远的社会，我们自己还是能感受到的。中国现在还是在走西方那个重时间的时期，而且这个时间感是非常强烈的，但是他们可能是感受没那么强烈。

陈旭光　　但是巴西与中国都是发展中国家，语境可能还是有些相似性的，巴西恐怕还不是纯粹地作为我们的"他者"的西方。

活动现场

李雨谦　　空间概念用法是"二战"之后的资本主义那种公共空间，跟咱们现在肯定存在差距。

李九如　　我觉得你理解得太具体，她说空间的时候，可能比较抽象。

李雨谦　　太抽象没办法解释。这个我们以后可以再讨论一下。

李道新　　前年我在上海的华语电影会上听了美国的写第五代导演研究著作《原初的激情》的周蕾教授分析《小城之春》，我就不太理解，今天听丽娅·梅洛博士讲到贾樟柯电影当中的建筑和墙之后，我在某种意义上能够理解西方学界对中国经典电影的一种独特的选择性的读解了。它确实就是从空间角度读解中国电影的影像，我们认为有一点过度。对于中国的接受者，中国经典电影的接受者来说，我觉得我们可能对时间的部分，对影像和声音自身更加丰富的机制，还有更多的理解。

车　琳　　（北京大学艺术学院博士研究生）　我们讨论"indexical"（英文意思是"索引的"，"像索引排列的"）这个词的时候，特别强调了关于这个名词来历。在表现现实跟影像或者现实跟呈现物的关系上有三个名词，一个叫绘画，这不是一个完全性的相似，同时还存在一个名字对应一个东西，完全不相似，是表示、索引存在物体上的相似。"indexical"会呈现电影独特特质，跟其他媒介，其实摄影是最具有"indexical"意味的，电影跟摄像有很强的"indexical"的意味。

　　　　　随着后来数字影像的发展，这个词重新被质疑，技术上可以做CGI，人可以被模拟可以被虚拟，这种新的指示性是否存在，又被质疑。刚才那位博士的字，其实墙上是没有字的，这是建筑跟图像的叠加。我们会联想到巴赞的电影本体论，包括巴赞的"现实的渐进性"的说法。

李道新 我想对中国电影学术来说这一点还是非常必要的，尽管西方超越了这条路径，我们还是需要往这方面去靠，同时要有一个更加超越的讨论。所谓更加电影或者更加影像到底是一种什么东西，现在确实无法明确认定，以前我们以摄影本体或者运动本体可以去理解它，但是现在电影到底是什么，又已经是一个问题了。在这种情况下，我很尊重从电影的时间和空间或者两者结合某个独特细节层面去读解某些经典独特的段落的独特象征，但是我觉得这只是电影研究的一个思路而已，其实还有很多种方式。

陈旭光 我认为时间和空间作为存在的两个基本维度是互相依存也是可以互相转化的，尤其是电影，正是一种德勒兹所言的"时间—影像"的表达，而借用著名现代主义诗人艾略特的诗句再改改，就是：时间过去、时间未来，都存在于空间现在。下面我们请丽娅·梅洛博士再谈谈，看看对大家的反响有什么看法，总结一下。

丽娅·梅洛 这个研究只是电影跨媒介研究一个主要部分，包括电影跟建筑、绘画、戏剧都会在我的研究中呈现。贾樟柯在这个电影里面呈现的政治态度以及他如何看待中国当代社会，都表现出他自己的"政治力量"，同时这种"政治力量"是用美学的方式呈现出来的，实际上也呈现出形式与内容的契合。贾樟柯在2014年去过两次巴西，一次是8月的贾樟柯电影回顾展，另一次是10月的关于贾樟柯电影的发布。我跟巴西导演拍摄贾樟柯纪录片的时候，在汾阳认识了贾樟柯的助理阿肖，也回顾了跟贾樟柯相识的经历。中国和巴西的关系呈现了新的秩序，不再是一个中心和其他世界的关系，而是世界格局中不断出现的新力量，中国电影在巴西仍然是一个很新的领域，我是巴西第一个研究中国电影的人，希望把中国的电影带入巴西。

陈旭光　　　这次活动我本来也邀请了贾樟柯导演，但因为他远赴澳大利亚拍他的新片《山河故人》而未能前来。我们请到场的贾樟柯导演的助理阿肖先生谈谈吧。

阿　肖　　　（贾樟柯导演助理）我没有学术背景，所以我只能提供经验主义的东西。我觉得以梅洛博士提供的方向来观察贾樟柯的影片非常有意义，因为我以前从来没有这样想过，但是她从建筑这种毫不起眼的东西去关注一个艺术家的意图，马上勾起了我跟贾樟柯拍摄时候的一些回忆。我记得第一次到汾阳的时候，贾樟柯指着那破墙那绿色说："我们把这个叫汾阳绿。"对我自己而言，那种绿在中国所有乡镇都是一样的，而对他来说属于他记忆故乡的颜色。所以丽娅·梅洛刚才把墙上的绿色反复呈现的时候，给我一种感觉，其实我们可以看到这个"作者"及贾樟柯一直在寻找，在这个世界不同的角落、不同的时代、不同的时期一直在尝试去抓他故乡的味道。丽娅·梅洛提到城墙的问题，贾樟柯曾经有一次回顾说，在他小的时候，汾阳也是有一座比平遥还要大的城墙，父亲周日会把他带到城墙看远处的风景，印象最深刻有一次，他父亲去了一趟太原回来很不高兴，不知道是工作还是个人的问题，周日的时候把他带到城墙，两个人坐在城头，看看小的得像蚂蚁的公共汽车，在原野的深处这样跑来跑去，两个人一直从中午坐到晚上，一句话没有说。

　　　　　　丽娅·梅洛的这种分析方法不断勾起我对贾樟柯电影里面一些细节回忆，我在想，刚刚听到同学们分析电影的时候，谈到空间性、时间性、现代性与现代性，我觉得对于我，如果把我自己还原到一个观众本身的话，可能我更倾向于用影像里的某一些细微的物件跟我的个人经验联系起来，形成对贾樟柯导演或者他的电影风格新的认识。她作为巴西人，从南半球另一端的时空，居然能察觉到贾樟柯电影里那么细微的点，跟我的一些现实体验产生一些联系，我觉得这是非常了不起的工作，非常感谢。

陈旭光　　　谢谢阿肖先生，谢谢丽娅·梅洛博士，谢谢各位。我们2015年第一次"批评家周末"到此圆满结束。再见！谢谢大家！

（车琳、张甄根据速记整理）

第二讲

电影、政治与外交
——软实力与中美电影关系

主讲人　朱　影
主持人　陈旭光
嘉　宾　柏佑铭　李道新　陈　均

编者按

2015年6月23日,北京大学"批评家周末"文艺沙龙暨博雅论坛讲座在艺术学院召开,这次学术论坛的主讲人朱影是美国纽约城市大学媒体文化系主任、斯坦顿学院终身教授,也是著名的中国电影电视媒介的研究专家。她关于中央电视台的研究——《二十亿眼睛:中国中央电视台的故事》非常有影响力,她同时也是著名的评论家,面对中美最新的一些电影,她时时发出自己有力、新锐的声音。

活动由北京大学艺术学院副院长、北京大学影视戏剧研究中心主任陈旭光教授主持,参加对话的有华盛顿大学的柏佑铭教授、北京大学艺术学院影视系主任李道新教授、陈均副教授等。朱影教授从"软实力"这样的前沿角度切入对中美电影的观察和比较。

朱影发言

李道新、柏右铭

谢谢大家，我真的觉得好像在班门弄斧，在座的各位都是专家，李老师、陈老师，还有柏老师都在这里，我这次只是带来最近在写的一本书的大致纲要来和大家交流一下，也想听听大家的意见。因为这两天没有休息好，所以可能精力不够，请大家多多谅解。我现在觉得压力很大，据说柏老师今天上午是用中文讲的，讲得很好，所以我就更加麻烦了。我也用中文讲，这本书写的时候是用英文写的，我在上海复旦大学也做过一次交流，但是是中英文夹着讲的，今天我尽量全部用中文，但是肯定是不能跟柏老师相比的。

这个标题其实已经说清楚了我所要讲的课题的中心，我把中国电影和美国电影放一起当作一个软实力和硬通货来看。我这个项目主要是把中美电影100年以来这样的一个交流或者是较量或者是交往史（就看你怎么看）做一个梳理，想在百年梳理当中找，哪些是共同性，哪些是变异性。我们看民国时期的中国电影和美国电影的较量，当然民国时期大家都知道，美国电影是占上风的，占有很大的票房市场。1994年，美国电影重新进来之后又不可阻挡，这个势力很强大，尤其最近又有新的一轮WTO谈判开始。中国现在是引进34部，将来是多少部，结果是什么样的，这个也是大家关心的问题，我想把这两段历史做一个比较，提出一些线索。

其实大陆电影界对好莱坞的扩展还是比较恐慌的，尤其是业界的人，原来是10部后来又升到20部，现在又30部，将来不知道怎么样。好莱坞也觉得很委屈，因为好莱坞进军中国市场的时候也会受到各方面的压力。中国方面觉得我们的政策怎么就让他们进来了，把我们本土的电影给打败了，那好莱坞也是一样很委屈，因为它受到的压力是双重的，一个是美国（或者说西方）媒体的压力，就是说好莱坞为了进军中国市场就频频讨好中国观众，会迎合观众改变剧情、改变电影的现实场景，它们会受到美国媒体的一些批评（一会儿我会给大家看一个西方媒体对《变形金刚》的批评）；然后好莱坞还要受到中国官方通过电影审查来控制电影限额的压力，所以好莱坞也是两边不讨好。冯小刚也发牢骚说，美国片可以这样拍那样拍，但是中国片不能这样拍，因为中国没有这个环境。

《环形使者》海报

《环形使者》剧照

所以大家都觉得很吃力,在中美双方较量的时候,双方有时候会对对方有不满,也有一些戒心,但又无法回避对方。像交友或者是谈生意那样,或者就是说大家在不安之中又觉得这个期待值很重。因为最终如果说我们能够站到一起来,肯定是双方都会获利,这个婚姻最后是有成果的,那这个成果的衡量标准是什么?票房啊,这会是一个很快乐的婚姻,不管是不是出现踌躇和敌对的局面,交往的双方还是会在对繁荣和幸福的追求下走到一起。马小刚说衡量幸福的指标就是票房收取的数量。

从民国到现在,好莱坞和中国这一段交往在我看来是一段偶有丑闻,却像过山车一样刺激的旅程,像好莱坞大片一样富有娱乐意义,同时它们关系的跌宕起伏也跟好莱坞大片差不多。不过因为时间的关系在这里不能够讲一些很有趣的事情,我就主要的线索理一理。

首先来讲美国,从美国媒体对好莱坞为进军中国而做的一些调整的评论来看,美国媒体批评得还是比较尖锐的,他们指出好莱坞为了进军中国,频频对中国观众以及对中国官方屈服。比如说拍《环形使者》的时候,就把原先应该是巴黎的背景移到了上海,诸如此类,我就稍微理一下,这个不是最新的例子,最新的例子我还没有来得及理上去。

这些电影大家都看过吗?其实大家不用觉得很惊喜,好莱坞早期电影并不是没有展现过大陆,尤其是上海,不过上海在早期好莱坞电影里面多为反面角色，我这里有个链接，给大家看看当时早期的电影上海。这是一部当时很著名的电影，以这个作为背景，看得出来上海在早期好莱坞电影里面多为一些反面角色，不像在新好莱坞电影里面那么富裕和时髦，那么具有吸引力，这种吸引力是不一样的。同时我想说好莱坞态度的转变和政治、意识形态没有什么太大关系，它既不是关于政治又不是关于意识形态，好莱坞以前也并非要抹黑中国，现在也不是要吹捧中国。

好莱坞讨好中国的主要的原因，是它的盈利确实越来越依赖海外市场，这是一些数据，大家可以看出来在多大程度上好莱坞依靠了海外市场。在过去的十年当中，英语片在全世界所占据的数量已经从73%降到了62%，这整个的趋势是呈下降的。很大程度上出于这个原因，好莱坞非常重视国际市场，因为国内市场也在萧条，整个英文片市场也在下降，对它们来说这个海外市场更加重要，其中中国在世界电影市场确实占据了一个很重要的位置，中国现在是世界第二大市场，前几年超过了日本。据一些报道说，中国会在2019年超过美国，作为世界上最大的市场，那这个市场是很不得了的，肯定是要占据的。

好莱坞为了这么大的市场就是做一点小小改变好像也无可厚非，当然有一些做得有些过分，我觉得一些改编没有什么必要，就像一部片子里的中国秃头海盗的戏份被删除，我想中国秃头海盗没关系吧，还会有一些趣味放在里面。但是其实很多情况下这不是一个官方的审查，而是好莱坞的自我审查，觉得把这些负面因素去掉就可能有更多的机会，不会被中国官方给审查掉。现在我们习主席强调正能量，那可能就会更加要注意一下这方面。大家学过历史，回想18世纪的时候有一个马戈尔尼使团进华，那个使臣马戈尔尼坚持不向皇帝叩头（好像这个大家小学的时候也学过），因为他认为这项礼节必须是保留给英格兰国王的。

鸦片战争期间，欧洲列强轻易用他们的硬实力——也就是军事实力打开了中国的市场，而现在，西方的实力必要要和中国的软实力进行较量，也就是必须尊重中国审查机构的意愿。我在来之前，大概5月底的时候，美国公共广播公司做了一个节目，就是关于预计中国暑期电影票房的节目，因为他们对电影很感兴趣，

《2012》海报

我就□接受了采访。他们也问出了同样的问题——在多大程度上中国观众的意愿以及中国官方的意愿可以决定好莱坞拍出来什么样的片子？我说这个成分现在是越来越大，因为美国制片商考虑中国市场。我跟他们开玩笑说，从某种意义上来说，中国的电影审查官变成世界电影警察了，他可以告诉片方这个不合适，也许你可以不要做。

对好莱坞来说，大片是很大的投资，OK，我就不做了，这个镜头不要了。同时话又说回来，中国严格的审查机制其实并不是好莱坞妥协的唯一原因，一些爱国的中国电影观众也会要求好莱坞正面地呈现中国形象。在2009年的时候（我没有亲身经历过），据说在放映灾难史诗片《2012》的时候，荧幕上有一位白宫工作人员，慷慨地赞赏中国科学家拯救地球文明，大陆观众就看到这儿会自豪地鼓

《2012》剧照

彩，据说这还不是个别现象，至少大家会觉得很兴奋。实际上这不仅仅是一个官方的意图，也是大众的意图，中国观众具有民族主义、爱国主义的激情，跟中国百年历史是有很大的关系的。

　　我目前的这本书就是想要研究贯穿百年关系的几条叙事的线索。首先我想强调一下，中国的电影审查制度其实不是共产党的发明，它产生于晚清时期，第一例电影审查案件发生在1907年，国产影片《见色痴迷》因涉及亲昵镜头画面被禁播；到了民国时期，政府又成立了江苏省教育局电影审查委员会来规范电影。另外还有一个中国观众怨声载道的现象——就是将娱乐从属于道德和启蒙这一倾向，也并非来自共产党，其实它来源于中国传统美学的规范，要求艺术和娱乐表现善与美，现在习主席说是正能量。中国历史上的政治政策向来干涉文化，和西方传统相比，中国更加强调艺术在社会规范过程当中的正面引导作用、稳定作用。在中国，娱乐旨在促进道德修养，而不是推动文化艺术的创新，或是提供娱乐、开拓市场，其实开拓市场是现在改革开放以后的事情，原来也不是这样的。

大家也知道30年代左翼电影人当时的情况也都是一样的，这就使中国电影产生了和西方电影很不一样的特性，中国电影一开始就被认为是世界启蒙的工具之一，好莱坞电影在美国就没有担任这样的角色。同时中国电影的文化传统也是不一样的，早期的电影人很多都是作家，作家变成剧作家、变成电影人，作家和电影人都由此承担了政治活动家的角色，尤其在抗日战争时期，这就给当时的中国电影染上了一个强烈的爱国主义色彩。当然色情和暴力也不是民国时期唯一的两个审查对象，电影也会因为政治原因被禁，比如说美国那部得了奥斯卡奖的《西线无战事》，因为在中国的一些评论家看来它具有反战情绪（它确实是反战的）。所以考虑再三，就决定把这部电影禁了，因为这部电影，政府就决定把所有类似这样的电影都禁掉了。上海政府做出了禁止所有反战题材电影制作放映的决定。因为是在抗日战争时期，不能削弱中国抗战的决心。

其实值得注意的是，从美学和艺术价值的角度来讲，早期中国电影人对好莱坞也是有一定抗拒的，好莱坞电影当时就被一些比较另类的导演认为叙事模式拘泥于俗套，从而限制电影人的创作力。活跃于三四十年代的著名电影导演费穆就认为，美国电影在艺术价值上要低于欧洲电影。同样的观点在80年代中国新生的电影人中间再次盛行，当时大陆的第五代导演早期走的就是欧洲现实主义的道路，在我看来其实是意大利的新写实主义的道路。和电影审查相关的还有保护国家电影产业的一些指定性的政策。在民国时期，电影从业人员就常常呼吁限制美国进口片的数量，这也是因为那时的中国电影工业招架不住好莱坞电影在华霸主地位。大家也都知道，二三十年代的时候，电影放映遵循一套两分的结构，大城市的高档电影院全部和好莱坞签有独家合同，影院放映中国电影就会被罚款，这样中国电影产业就被排挤在大的一线市场之外，只能由次级的小型院线播放，且影界主比掀起了对抗西方垄断的抗争。支持放映中国电影的影院，并对外国经营的电影院想方设法进行抵制，当然抵制其实效果也不是太好。所以我们又一次回到中国电影的特征，从早期对文化经济成熟地位的不满和受到重教化轻利润的艺术传统的影响，使得中国电影一开始就有很强烈的民主主义色彩。

对经济利益的考虑和民族主义的心态往往联系在一起，因此建立一个有收益的、爱国主义的民族工业就成为了早期中国电影的双重动力，在我看来这种双重动力一直延续到今天。在民国时期，中国放映方对美国电影大幅度的持续依赖就表明，他们在对好莱坞的需求面前是呈弱势的，当时好莱坞占有票房利润的30%到70%之间（比现在要高），同时放映方还要负责电影的推广和宣传，甚至还要花钱从发行商那购买预告片和海报，等等。大家知道1949年以后尤其是1950年朝鲜战争的爆发，结束了好莱坞在大陆的统治，当时好莱坞的片子就被禁了。当然，中国对好莱坞的疏远也只是暂时的。90年代初期中国电影面临着制作和观影量的衰落，中国电影进入了低谷，在这样的情况下，业界又重新考虑怎么样才能够把观众吸引回电影院，因为观众有多种娱乐方式，看电影和各种其他的新兴娱乐方式进行竞争，很多人已经不进电影院了。

为了让观众重新进电影院，在90年代中期，中国政府决定把中国市场打开，对好莱坞打开，每年向美国引进十部票房重要级的电影。其实票房上去不一定完全是从美国进来的，但是主要的还是美国的片子，因为只有美国的片子才有这样的重量级票房。引进的电影果然带来了巨大的收益，占票房的70%到80%，立即把中国观众引回电影院，当然引回电影院的中国观众突然发现中国自己也有一些大片。我刚刚看陈老师给我一本书里面讲的中国大片，从那时候开始中国就有了大片的概念。当时有一部叫《樱桃樱桃》的电影，就是那个时候出来的，1995年甚至被称为中国电影的电影年。

好莱坞的这次回归在大陆重新激起了反抗的心态，又导致了新一轮的保护措施，这一次是以共享收益的方式进行票房分成。当今中国的政治经济实力已经和民国时期大不相同，在谈判的时候中国政府处于强势的位置，这在和好莱坞的分成合约上是可以看出来的，我们看看这些数据。这份合约在共享收益和固定收费这两个层面上起作用，目的是在限定好莱坞能赚回的资金数额。但是在2012年2

月份，在奥巴马政府的强力游说之下，中国同意了增加收益共享的数额，现在美国电影制片公司能拿到中国票房的20%，这其实和当时民国时期的30%到70%的分成没法比。

但是这个比例的提升已经比90年代高了，这个提升的高度和美国政府的干预是有很大关系的，这也涉及我要谈到的下一个问题——美国政府在好莱坞全球扩张中扮演的辅助性的角色。中国政府并非是唯一保护本国电影产业的政府，美国政府在辅助好莱坞全球扩张的过程中一直起到积极的作用，在刚才谈到的访谈中，那个好莱坞的资深从业人员就说过，美国政治的强力支持是好莱坞在世界市场上能够称霸的主要原因。我还顺便说一下，因为这次我在上海电影节主持了一个中美电影的对话，美国方面就来了专家，是美国电影家协会的主席，他也是（如果大家要对美国政治感兴趣的话）民主党总统竞选的八个候选人之一，因为没有被选上，他就退出了，被任命为美国电影家协会会员，来做行政。他的目的就是出来为好莱坞推向市场起一些促进作用。

我觉得他很有意思，他与一个负责上海文艺方面的局长在会上分别讲话，美国电影家协会主席举了一些数据，是好莱坞到中国的一些战绩，而上海文化局的局长上来说的是中国也要怎么样走向世界，大家在同一个场所说的并不是在同一个层面的话，很有意思。民国时期，国民党政府在经济和政治上对美国的依赖，使它不能够采取这种更严厉的措施来抵抗好莱坞，在很多情况下，美国政府出面以偏袒好莱坞的方式解决纠纷（这种经济上的纠纷是不断的），而且政府就会经常出来帮助好莱坞业界来解决纠纷。

另外一个值得提及的线索就是好莱坞一向很关注观众的趣味，有一句话说"观众永远不会错"。当时美国驻华机构会定期做市场调查反馈给制片公司。大家看美国领事做的这些报告，其实是为美国的电影制片公司提供一些信息，民国时期还有一名国民党政府审查委员会的官员被好莱坞聘为顾问，以确保他们制作的中国电影不会冒犯国人，这个就很有意思。我这次还在上海碰到美国电影协会主席所带的一个左右手，他是中国方面的负责人，是华人，我发现他讲中文比英文还要好，他这样的一个角色跟民国时期差不多。

　　这里我还想举个例子，就是美国政府或者是美国的一些制片公司怎么样依赖政府来解决一些实际制作上的纠纷。大家可能都知道这部电影——《大地》，由赛珍珠的书改编并还得了奖，赛珍珠的这本书本身是得了普利策奖，电影后来又得了奖。当时赛珍珠在南京写，这本书出来的时候，中国方面很有争议，因为他们觉得她写得太过于注重中国乡村的经济文化上一些落后的东西，中国官方觉得这种文化味道是很丢人的，后来米高梅公司买了这部电影的版权，还说要拍电影，中国政府就更加不能理解了。几经协商以后，中方也无能为力，因为米高梅一定要拍，那就拍吧，但是米高梅还不甘心，还要带一批摄影摄制组到中国来实地拍，那中国官方就更不满意了，这个怎么行呢，说我给你拍就算了，你还要进来拍，要进到中国实地农村去考察，也许就会更加放大我们一些不好的、负面的东西。那家公司的负责制片的人叫作艾尔文·萨尔伯格，他是一个具有传奇色彩的米高梅的电影人，他说他想要拍全美国、全世界第一个真实反映中国农村现状的电影，所以他觉得必须要到实地去拍摄才能真实地反映当时的中国。他与当时的政府僵持不下，就去求当时美国驻南京的领事，让南京的领事去说服中国的管理方。但中国这边还是比较死板，不肯松口。萨尔伯格干脆就说这部电影是受到罗斯福总统重视的（他把罗斯福总统的名字给搬出来），你让我们进来并协调拍一下。然后他又跟美国国务院说，美国国务院就直接跟蒋介石说了，然后由蒋介石亲笔写信，说这个片子是可以拍的，还是让他们进来吧，审查官员这才决定让他们进来。而且这不是一个个案，其他还有类似的情况。这样来来去去非常有意思，我查到一些史料，看到当时写的一些电报。

　　拿出这个例子，就是想说政府在促进电影国际化这方面的力量。那么快进到现今的情形，2012年2月份的时候，当时即将成为国家领导人的习近平（当时是副主席）在访问美国的时候就会晤了好莱坞的领导层，当时美国也是具有针对性地让一批好莱坞的人跟他会晤，想游说他把电影配额提高，结果中国增加了引进电影的数额，并提高了美国制片公司享有的票房收益额。促成这次交易的中美谈判其实级别是很高的,中方当时是习副主席,美方是当时的副总统,不过政策归政策,实施起来并非容易,大家都知道后来是产生了一个什么情况,新的政策遭到了业界频繁的抵制,尤其是由中影集团领衔的这样的一个反抗。

这个是刚才我先放的那个PPT——同室操戈,大家可能都关注过这个事情。2012年夏天,好莱坞大片降临中国市场的时候,中影集团就把同类型的大片安排在同一时段上映,当时好像网上炒得很厉害,观众对于这种举动很不满。这一举动限制了好莱坞电影的收益总额,刺激了国产电影的票房份额增长,结果美国电影学会最终又介入,要缓解中国电影集团和好莱坞制片公司之间的这种紧张关系,而且美国电影协会把奥巴马政府又请了出来,这是很有意味的一件事,这说明电影是事关国家大事,不是小事。

我还想说的一点,中国的电影保护政策多半不受中国电影院线和观众的拥护(这个还是要实事求是说),这个是我要谈到的下一个问题,中国与好莱坞的关系一直都很暧昧,当制片公司和好莱坞因为竞争蒙受损失,发行商和电影院线从中获利,因此制片公司常常和电影院线发生冲突。现在情况又不一样了,现在像大连万达,它不仅仅是院线,也是制片,所以这个利益纠葛就更加厉害了。我们再回头看看民国时期是什么情况。在民国时期,一家地方电影院的身份和地位常常取决于它能否取得好莱坞的合约,能否上映最新的好莱坞电影,比如1934年,上海电影公司就把公司那一年的首映权给了南京电影院,这让它的竞争对手大光明电影院在业界大丢面子,从而形成了一个事件——就是大光明丢面子了,南京电影院赢了。

当1994年,好莱坞重返中国的时候,现金缺乏的本土电影制片厂就积极争取发行好莱坞电影来赢取利益,但现在又不一样,现在是不让你放,还让你同室操戈,那时候你要是能拍一部高质量的电影,我就让你发行一部国外的电影。那时候的衡量标准还不一样,就像发粮票发油票一样,还有一对一的比例。还有大家都知道在2009年的时候,突然将《阿凡达》从内地的院线撤下来,就是要为国产电影《孔子》让路,然后电影院线和观众集体反抗,大家不满意,在网上和各种社交媒体上抗议，反对可怜的孔夫子，最后政府让步，连锁电影院就赢了。

这个事件过后，后来有多少人去看《孔子》了？有没有人去看？我主要想说明一点就是，从过去到现在，中国的发行商和院线的观众始终是好莱坞在中国最亲近的盟友，而另外一方面中国电影制作方就害怕好莱坞，并经常打着爱国主义的旗号向国家要政策，但现在情况就更复杂了，现在有了一种新的倾向，国内的一些大企业开始直接投资好莱坞电影。

当今的中国有比民国时期更加强的竞争力量，这个是又一条贯穿中国好莱坞交往史的线索。中国本土电影产业在21世纪的崛起，以及国际扩张的野心，我们现在不光讲合拍，还讲直接投资好莱坞电影，当然合拍也是其中主要的一个议题。比如说今天上午在怀柔看张艺谋拍《长城》，我的一个朋友是《洛杉矶时报》驻中国记者站站长，他今天早上就去了，他说现在所有人都在看这样的合作会不会成功，会是怎么样的成功方式。然后我跟他开玩笑说，你去看那边好了，我还是去跟徐峥谈话，我觉得徐峥更有意思。

为了寻求中国政府的这种优惠政策，好莱坞也在积极辅助中国电影在美国的发行和放映，目前中国电影是唯一能在美国自己的艺术院线播放的外语片，当然大家都知道万达购买了美国第二大院线，然后它还放一些中国的大片，其中包括陈老师刚刚给我看那本书的大片《建党伟业》《建国大业》。万达就给这些影片提供了一个平台，看的人还真是寥寥无几，我去捧场，把女儿和先生也带去了，我估计我们一家三口就占了这个观众群的10%，我们很认真地看，看完提了很多的问题，要问这个是怎么回事，这个也是软实力的一个部分了。

好莱坞当下在中国的本土政策变得更加积极主动，他们制作华语电影、搜寻本土人才，并改变好莱坞风格的叙事方式以满足本土需求，还签订本土化的产品植入交易等。西方一些记者经常会提到一个问题，好莱坞在中国的本土化对它们片子的影响会是怎么样的？我还会回头再讲这个问题。我刚开始的时候也提到过，其中的一个影响就是中国政府、中国电影审查官、中国观众有了更多的话语权，他们可以决定拍出来的电影会是什么样，会不会适合我们的市场，当然这只是一

《长城》海报

定的程度上。其实好莱坞的电影从来就是要考虑各方面的力量与因素。好莱坞工业一直是非常保守的,既要迎合市场又要迎合政府,就是这两条。

我还想给大家讲一个事例,大家知道有一部电影叫作《红色黎明》吧,这部电影就比较有趣。大家都知道好莱坞电影必须要有很强的戏剧性,它很大程度上是有一个正角和反角来成立的,反角要是一个敌人,正角是一个英雄。好莱坞早期的时候反派是用苏联,后来重拍的时候考虑到俄罗斯的国际力量,就用中国人,后来发现这个也是有问题的,就改为朝鲜人,这个就很有意思。

我再稍微讲一下合拍片。为什么要合拍片,为什么中美双方都看好合拍片(当然到目前为止还没有一部真正能够盈利的),虽然真正好的合拍片还没有出现,张艺谋在拍《长城》，大家都在等着看这部片子能不能成功。合拍片对中美双方都有利，因为从美国方面来说，合拍片不受配额的影响，票房也不受影响，好莱坞当然很希望能以这样的方式进来；从中国方面来说，中国自己拍出来的大片总是达不到这样的成功率，所以他们也希望借助好莱坞的人力资源来做。在投资方面，自然是中国政府出很多了，因为中国现在真的是很有钱，连好莱坞都要过来找中国投资了，所以这就是近几年合拍片成为一个很红的话题的原因，就跟现在的IP一样。当然现在IP是更红的话题，还有互联网也是非常非常红的话题。

我还想要说的是，寻求这种互惠的道路还是充满了困难，尤其当双方遵循着不同的游戏规则的时候。好莱坞在试图遵循中国规则的时候也经常会和美国法律触礁，美国证券交易委员会前一两年就展开了对好莱坞几家最大制片公司的调查，看看他们是否为了优惠的发行和放映条件非法给了有关负责人回扣。我觉得很奇怪，他们为什么要调查，这种走捷径是中国商业行为的常规，不犯规才是有问题的，所以我不知道他们的调查的结果是什么样的。

最后还是要回到价值观、感知方式这样的问题。电影对于塑造价值观和感知方式的影响也是毫无异议的，这个是我在这里要谈到的最后一个问题——好莱坞电影在宣传中国软实力中起到的作用。刚刚一开始的时候我就说了，好莱坞要拉近与中国的关系，就不免要向世界展示出中国非常正面的一面、玫瑰色的一面，这的确帮助国家树立了良好的国际形象，也印证了电影在软实力构建中的有效性，那么中国官方包括影界也清楚地意识到电影在其宣扬软实力中的潜力，积极招聘好莱坞的人才帮助修复国际声誉，因为中国自己国内的电影人达不到这样的效果。现在的一些策划人似乎觉得如果我们可以运用好莱坞来帮我们讲中国的故事，宣扬中国梦，那不是很好吗？所以会有一些政策，包括北京市委经常会出台一些方案来吸引好莱坞的人到中国，包括好莱坞的年轻人，其实这是早先一两年就开始做的事情了。

这次的北京国际编剧大赛，就是为了宣传中国文化在海外的影响力，是中国政府努力动用美国的剧作家帮助讲述和推销有关中国的故事，然后大家可能也都

《长城》剧照

知道在 2013 年 4 月末的时候,梦工厂动画公司宣布要和中影集团合作推出一部动画长片,叫作《战地密码》,这是一个冒险故事,是由最近出版的一系列发生在公元 9 世纪西藏中国小说改编的。梦工厂的决定引起了西方媒体强烈的反应,因为西方媒体觉得如果这样一做,所讲的肯定是代表中国政府立场的一个西藏故事。去年的时候,争论最厉害的就是关于好莱坞进军中国以后,好莱坞在一些价值上的改变,它的影响是什么?好莱坞这个电影会不会变味变质?讨论最激烈的话题就是去年的《变形金刚》。

大家可以看 PPT,关于《变形金刚》这部电影,大家看看美国的反应、英国的反应。这个是英国《卫报》的反应,这个是《金融时报》的反应,这个是文艺杂志的一些反应,都是英美最权威的一些报纸,你看看他们的反应,这就是他们的感觉,他们对好莱坞的一些批评,大家同意他们的看法吗?

然后我后来看了这篇文章，我给美国的外交政策写了一篇文章，我说《变形金刚》不遗余力地向中国献媚，但美国还是真正胜利的一方，我觉得这部电影最终宣扬的还是美国梦，而不是中国梦，原来这篇文章是英文的，后来又翻译成了中文。我在里面主要是做一些剧情、形式的分析。归根结底，里面讲的是什么故事？讲的是一个具有叛逆精神反政府无政府的德克萨斯州的一个人，带上他的女儿一起到美国到中国来拯救人类，你说这个宣扬的是什么梦？那肯定是一个美国梦，非常典型的美国梦。而且我那篇文章还非常详细地进行了一些文本上的解析。我就不多讲了，因为在座的诸位都是专家，你们可以从自己的角度反驳美国一些报纸的看法。

归根结底，这部电影过来赚了中国观众的票房，因为这部电影在美国的票房不是很好，美国人不喜欢看。这部电影在中国的票房高过美国的票房，中国的电影还植入了很多广告，用了中国的财力、人力，一切这样的力量，但最后讲的还是一个美国梦，而且他们把中国的元素编进去其实是很不伦不类的。大家都知道最后的45分钟与前面都是完全不搭边的，就像我说的，其实它最后还是一个美国梦，这是非常有意思的一个较量。

中国现在是有硬通货，电影市场很大，可以吸引西方，可以做一系列的调整，但是这个软实力在哪里，最终所说的故事是谁的故事，是什么样的一种价值观，是不是中国所认可的一些价值观，这些还值得商榷。

这里我还是要强调电影的重要性，斯大林说过一句话，他说："如果说我能够掌控美国电影，我就无须借其他的力量将共产主义传遍全球。"可见斯大林他也认为电影是意识形态领域很重要的一个工具。意识形态归意识形态，还有一个商业的东西，因为实际上中国电影如果要为中国的软实力出力的话，业界与政府的想法肯定不完全一样，这还牵涉到了一个资金的问题、策划的问题。法国政府是非常支持电影界的，他们会支付很多的钱帮助宣传法国片子。中国政府怎样做的我不太清楚，还在做这方面的调查。我采访过一些人，这个到底是谁在做，电影业界是要挣钱的，他们的第一考虑不是这个。

业界其实也有走出去的想法，这是一种出于市场的考虑，比如现在华宜公司直接投入国外的制片，也不是合拍，那他的这个考虑就是，这比拍中国的国产片盈利的机会就多了。万达到国外去买院线、去发展，从某种意义上来说，我觉得也是把它自己的一部分的资金投到它觉得一个更加保险的地方去，对这些商人来说还是一个硬通货的问题。大家都知道万达，它频频进入好莱坞，又频频在中国大量建造各种各样的商业中心，并且现在万达和新媒体也是要有统一的，这就很有意思，万达是一个非常值得研究的个例。

在这里，我只是非常简单地抛砖引玉，稍微讲了一下我想要做的这个三题。我最后一个主要想表达的是，中国和好莱坞的交往史其实是两国文化和资产价值的竞争历程，是一种发展模式的竞争，也是美国和中国双方的这种民族主义和超级主义的竞争，同时也是全球政治、文化、经济实力转移和全球/本土资本主义之间的竞争。当然，像万达已经不是一个本土的公司了，它已经想要变成全世界的超级公司。这个案例我觉得非常有意思，我也是刚刚开始做这些研究，所以把一些很不成熟的想法大胆地拿到各位专家面前来炫耀，有什么不足的请大家多多指点，我也会好好学习。占用了大家很多时间，我就先到这里，谢谢。

对话

陈旭光 (北京大学艺术学院副院长、教授) 我们先谢谢朱影教授给我们带来一个虽然时间不是特别长,但是内容非常丰富的讲座。它的丰富性在于它有历史,从民国到当下,然后在横向上她还原了电影所有的复杂性。在朱影教授的视野之下,电影绝不仅仅是艺术和美学,它里面有政治、外交、软实力,还可以进一步看到中美电影的时分时合的复杂关系,一会儿是蜜月,一会儿是互相敌视、互相民族主义这样的一段非常丰富、复杂的历史的扫描和审视。她还原了电影的复杂性,立足于当下中美电影的关系,有历史依据又有前沿性、前瞻性的目光。我相信朱影教授以这样比较特殊的身份和比较特殊的事业(她是美籍华人),她对美国电影的本土化策略、中国的民族主义立场,对这些问题的看法,会对中美电影人都有相当的启示意义。

　　我特别感兴趣的就是,朱影教授关于看国内中国人怎么做、怎么对待美国电影,以前民国时候怎么对待的,现在又怎么对待的,她对影片概括得非常有意思。在时过境迁之后一个全球化的时代,在中国经济腾飞的心态下又怎么看美国的电影,美国的电影又如何试图更大地占据中国市场,又采取了什么样的一些措施,有一些巧妙的美学上的修辞,这些东西我个人觉得有很多很新的、非常让人思考的地方。朱影教授来一次也不容易,各位老师同学可以向朱影教授提问,中美电影近百年的交往史中在这里又要有一个新的交锋、新的沟通和共赢。

旁听同学　我问一个问题，您刚才谈到美国政府对好莱坞有很多支持，我想请教一下美国政府对好莱坞电影与中国市场和全球市场的支持，从政治的角度、商业的角度，更注重哪些方面？

朱　影　（美国纽约城市大学教授）　最早是在商业上，就是把电影输出分在美国商业部分，其实这是一个商业的行为。最初在二三十年代，电影促进了美国产品的出口，大家看到美国电影里面用的是这个产品，穿的是这样的衣服这个样子，就促进美国产品的外销，这并不是政府要宣扬他们的实力，很多情况下只是商业的行为。美国没有像中国政府这样从上到下的监管，更多还是一个商业行为。政府最终会满足电影的一些需求，因为他们最终对美国的商业实力还是有帮助的，但不一定是从政治的角度来说，这个结果也是大家所接受的，就是美国的价值观、美国的生活方式。

旁听同学　顺着他的问题我补充一个，您有没有这方面的了解，美国政府对于文化产品包括电影输出方面，有没有一些倾向性的政策扶持，比如出品一个一亿美元的电影政府奖励多少。

朱　影　好莱坞不需要美国政府支持，不需要在税收上进行支持，因为好莱坞太强大了，它占据了全球电影市场的90%。中国政府在税收上有讲究，在民国时期，民国政府为了促进国产片的发展，在税收上已经有一些优惠了。在今天，中国税务部为了促进国产电影的放映，还跟院线方面有一些协议，如果多放国产电影的场次这些收入的税就会减低下来，中国政府会在税收上进行扶持。但美国好莱坞是不需要这种商业上的政策。

旁听同学　我问朱教授一个方面的两个问题，其实十年之前在上海我听过您的报告。一直以来，中国电影最迫切的希望就是走向美国甚至是全球，但我们也看到中国电影在美国市场占有率非常低，您多年关注这方面的问题，您个人看是主要文化上的原因还是语言障碍上的原因，还是市场保护这三方面的原因。

朱　影	美国没有市场保护，好莱坞不需要市场保护。有一个文化的原因，因为美国人不喜欢看打字幕的电影，大家都知道唯一的打字幕的外语片创了很好的纪录，就是李安的《卧虎藏龙》，所以美国观众有一种文化上和心理上的习惯。然后说到文化折扣，我昨天跟周铁东聊天，他其实提了一个很好的想法，他说中国电影其实应该不只讲中国故事，讲中国人的故事，故事是有共性的，不能老是向别人推销中国故事，而是要有全球视角让别人接受中国人讲的故事，所以肯定有这个文化折扣。里面有很多的原因，但是我可以跟你说中国电影要打出去只是政府的一厢情愿，国外要有观众需求你这样的电影才行，但至今为止真的是没有这样大量的需求。除了几部大片之外，除了张艺谋《英雄》（其实《英雄》的票房还可以，但是口碑不是很好），唯一真正好的还是李安的《卧虎藏龙》，这个其实不是因为是中国电影，李安的身份就是一个跨国界的。
旁听同学	第二个问题，请您对中国电影走向全球提一个建议。
朱　影	我今天上午就在跟徐峥访谈，徐峥的《泰囧》变成了一个世界电影，我谈到这个问题，就像我 2008 年的时候发表了一篇文章，我说中国市场之大，只要中国电影占领中国本土的市场就已经可以了，不要谈什么占据美国市场。我觉得中国现在没有这个能力走出国外市场，唯一能推出去的是文化、政治的原因，不是商业的原因。如果说中国的电影像徐峥这样真正扩展中国自己的市场，中国的市场是很大的，我觉得中国电影应该好好地面对自己的市场，好好地研究一下自己的市场，不一定要去占据所谓的美国市场。美国市场是另外的一个方面，中国电影到美国市场有一定的距离，我们不在同一个平面上谈电影、谈故事、谈价值。而且中国电影软实力最终的问题是什么？我觉得软实力最终的问题不是说你要宣扬什么，而是人家能不能接受你，所以并不是说政府投了很多钱，我一定要把软实力冲出去，别人就会要。这还有一个错位的问题，但这个是非常有意思的问题，我也会不断地访谈中国的一些政策。

《英雄》剧照

陈旭光　　现在在国家策略层面上，在国家的文化软实力建设的层面上，政府非常重视如何把中国的文化产品包括电影往外推，国家也有这样的一个重大课题——中国电影如何往外推，现在艺术研究院的丁亚平老师在负责，所以尽管从产业的角度考虑，我们有一部分作品只要国内市场饱和，国内占据一定的票房市场，就已经不亏甚至已经可以非常盈利了，冯小刚一直是持这样的观点。但是从长远的角度看，中国电影要分层。小成本的电影不可能到国外去宣发，成本不够。但是我觉得有一些大片可能是面对各个阶层、文化层面的，投资也非常的大，它大可拿出三分之一的投资资本来宣发，它的目的和意图也可能不仅仅是国内市场，也希望有国外市场，哪怕获个奖，哪怕去国外转一圈。所以我想从国家的层面上看到中国电影应该分层，有些电影可以只抢国内的票房，有些电影国内国外都可以，或者是在有余力的基础上往国外走，对这一部分的电影您有什么建议？

朱　影	这有两个问题，首先这个是政府行为还是业界市场行为？政府和业界之间有没有沟通，谁出钱谁出力有没有具体的政策，这是第一个问题。另外，这是谁的诉求，是政府的诉求是业界的诉求还是观众的诉求，还是一个民族情结的诉求？谁的诉求谁处理，谁来管这个事情？是电影局管吗？是宣传部管吗？这些都是一系列问题。政府说要把中国文化走出去，所以就有了 CCTV 的美国台，在纽约有了中国国际广播电视台和新华社，这些是有具体的政府投资。那电影这方面谁来做？也许可以叫万达或者私人来做，这是一个政策的问题。首先是必须政策要明确。这个问题我和赵启正还说过，赵启正就是前一段时间国务院发言人，去年的时候我在上海跟他说起过这个问题。还有一个问题就是，那些美国大片不认为这部片子是美国的，不只是一个美国的故事，而是一个全球视角的故事，所以说拍一部合拍片或者是投资一部好莱坞电影，其实身份就是一部国际电影。我不是说要推出中国的电影，但是在这个电影在多大程度上反映了中国的价值观？所以定位要明确，美国电影的定位不是美国的，是全球性的，但是美国的电影是产生于洛杉矶，产生于纽约的，但是对很多人来说世界电影就是美国电影，所以这个问题你要定位，不能说这个电影出去了就是中国的电影，不是只是讲的中国的故事，讲的是全人类的故事，所以一个是政策是谁在具体落实，是电影人出钱还是谁出钱。
陈旭光	我感觉电影局是不会出钱，但是它出政策，宣传部门有很多的政策希望电影走出去。另外还有一个你刚才说的，我们的电影最好不是中国电影而是一个国际电影，但是这里面有一个问题，目前为止在美国票房最高的中国电影好像还是《英雄》。《英雄》是古装片，但《英雄》是纯中国的故事，它反而渲染中国人的奇观，这里面有一个困惑，就是咱们渲染的这个奇观能够吸引美国人，还是相反的。
朱　影	这部电影是索尼发行的，发行的时候已经把这部电影非常巧妙地转变了意味，转变成为个人反对统治集团。它在做宣传片的时候和张艺谋原来的初衷是不一样的，并且《英雄》出来以后，它真正的口碑你要去看《纽约时报》的评论和一些具有权威性的主要报刊，它们很多都是尖锐批评的。并且中国还有一

个问题,就是说一直在探讨电影能不能走出去,这个问题的首要前提是中国的价值观能不能让人家接受?这个就是陈老师刚刚提了,我两年前写过一本关于央视的书,采访了央视一系列的人,包括白岩松。当时有一句印象很深的话,白岩松跟我说的,他说:"我们谈什么走出去?只有中国真正站起来能走出去,我们才能谈到中国的媒体被人家接受,如果中国本身不能够让人家接受,这种价值观不能让人家接受,这个谈何让我们的媒体走出去,让人家接受?"我觉得他这个话说得很犀利,因为他牵涉了一个信用的问题,还牵涉了别的一些问题。

旁听同学 您提的观点我很赞同,我特别感兴趣一个问题是关于中美合拍片在国内的影响。当然从中美合拍片的角度来讲,从美国方面简单来讲是因为合拍片的票房分账可以达到40%,从中国合作这一方讲,一个最常见的大家认同的说法,就是要学习美国电影制作成熟的运作体系等。但是您刚才也谈到了,您说到中国的电影其实也包括合拍片,国内市场还是很重要的,抛开经济利益这种考虑,您认为就国内电影了解的这个现状而言,如何能在文化博弈当中占上风?虽然国内的一个电影局局长曾经说过三条要素:主角要有中国人;要在中国取景;投资要有10%。但实际上很多所谓的合拍片里面,中国演员是花瓶式的人物,只是一个中国人的外形,美国文化和美国精神的这种主导或者说压倒性优势还是很明显的,那么这种情况下您认为我们从文化博弈的这个角度应该怎么做?

朱　影 首先我要定位,我是一个学者,我不是政府官员,我既不为美国政府做项目,也不为中国政府做项目,我只是通过电影来看这一系列的政治经济文化的问题,所以说我可能不会从这个角度去看。但是你为我的定位,是一个跨国界的中国籍华人,我觉得中美文化有很多不同的地方,也有很多类似的地方,我觉得大家不用急,随着中国的大公司不断投资好莱坞的电影(不一定是合拍片),文化沟通会自然而然地产生一些交换,我觉得最关键的是大家要互相要了解,大家要能够做到非常坦然的承认,我们是不同的,我们很多观点是不相同的,但是不管怎么样这是一个地球村,我们是可以共赢的。

陈旭光　　　我建议柏教授，您作为一个喜欢中国文化、中国电影的美国学者，就朱影老师讲的话题讲讲。

柏佑铭　　　（美国华盛顿大学教授）　我想提三个问题，也可以说是一个问题，三个次问题，我也应该说我并不是美国人，我在以色列长大，受到了欧洲电影的影响，说实话一直对好莱坞电影有很强烈的反感，所以我的问题跟这个有点关系，也可能是你有点没有预料的问题，可能不在你的研究范围以内的问题，所以我先问你。明明好莱坞电影产业垄断了中国的大片市场，可以说是中国电影大片，也可能包括中国的大片在内，都是被好莱坞电影垄断，那其他国外非中国的电影产业有没有试过打破这种垄断性，不管是美国的也好还是欧洲的也好。第二个问题是国内，就是电影局内有没有人试过把非好莱坞电影当作进口影片。第三个问题是按照我所理解的，其实没有非常明显的这种实验，那没有这种实验的话，那是什么原因呢？

朱　影　　　柏老师其实就是从两个角度回答这个一系列的问题，其实像你说的，最终是一个问题，说欧洲的电影，其实又回到我刚刚说的，我在上海电影节上碰到了很多电影家协会主席说好莱坞电影怎么样怎么样，和中国合作将来有宏大前程。很有意思的是上海主管文化方面的文化局局长，他所说的是和韩国、伊朗和法国合拍，我觉得这不是一个偶然的现象，所以中国政府意识到这样的问题，这个还是一个市场行为，因为法国市场能有像好莱坞那么大吗？所以说欧洲电影并不是因为中国政府要怎么样，市场就把它给禁止掉了，而是因为没有市场，很难看到法国电影。同时我和柏老师英雄所见略同，我要看的就是法国电影，我不看美国电影，因为我要写文章，但是法国电影在很小的剧院里面放，时间也不是很长。从美国自己来看，为什么美国所有进口的片子都是一些大成本的高科技动作片？因为美国制片认为进口片让国外看得懂，必须是不要说太多的话，只要打一下就可以了，只要有高科技、有很好的声光灯的效应就可以了。就像《侏罗纪世界》，我是在上海电影节看的，因为在那儿天天听论坛，我真的很累了，然后我就去看了这部电影，看了觉得非常的舒服，然后心情焕然一新又去听论坛。

所以说这样的片子使得中美双方都有一个观点,只有这样的片子能够推出到国外去。像美国真正很好的情节片就没有很多的机会,早年的时候还有一些机会能够进到这里来,现在越来越少了,然后独立片就更加没有市场了,中国的市场尚不能容纳中国自己的电影,从何谈美国的独立电影?这个是很大的政策问题,因为电影的关键不是制作是发行,发行才是掌握真正的命脉。这个真是一个政策的问题,现在是受市场的行为调节,谢谢。

旁听同学 首先感谢朱老师的报告,我对您说的中美关系中政府的施压和最后的结论是全球与本土资本经济论比较感兴趣。我觉得既然说中美双方存在暧昧,我判断它们的暧昧期可能会持续得很长,并且会强度更深。我觉得接下来讲一个问题,他们谁是最大的获利方?最大的获利方在考虑这个问题的时候,获利主体的属性在这个时期是不是出现了根本性的变化?您是在百年的历史上已经梳理过了,从1994年以后引进第一部片子到现在,获利主体出现了根本性的变化,这个获利主体扮演了什么的角色,这个既有国营也有民营的,他们中间的力量在不断地变化,而且中影还有进入壁垒和资格的特权。在现在的状态下,刚刚您提了万达,还有一个我想补充说,除了万达,阿里也很有作用,它可能会产生一个小小的颠覆性变革的作用。然后在这样的一个情况下,我觉得我们会判断它的趋势是必然的,就是随着美国更多的影片进来,获益方本身在变化,而且未来的变化会更强大,万达也会进入国外。那这样状态下我们又怎么解决一些跟诉求相关的问题?阿里、万达的诉求肯定不一样,电影公司也有自己的诉求,当这个诉求出现极大分歧的时候,政府和民间的企业之间最后又会怎么去解决这种诉求的分歧性,这个就还蛮有意思的。归根您的结论,全球和本土资本主义的竞争其实是一个例证,它们最终会发生各种合力都加在一起,影响到未来趋势的变化,所以我觉得如果您的研究中加一点1994年以来主体属性的变化,从每个人的力量变化去分析,我觉得也是否可以做一个切入点,这是我刚刚产生的一点幼稚的想法,跟老师探讨。

朱　影	这个是很好的想法，我当时说的就是本土资本主义竞争，我在 2002 年写的那一本讲中国电影的改革旅程的书中已经提到这个问题了，其实这个问题在若干年以后还是继续这样的一个问题。那实际上万达最终已经成为跨国公司了，它现在还是比较小型的，不能形成美国那样的超级跨国公司，但是它已经朝那个方向改变了，也想要变成跨国公司，现在就是跨国公司的天下。从 1994 年到现在，中国电影工业不断地变得成熟和强大，当然是一种很混乱的状态（不知道是谁说的，我非常赞同这个观点），中国电影的媒体商业化做得很好，但是产业化做得不好，其实是因为没有工业化就突然变成商业化了。但美国的体系是非常强大的，这个中国还没有，但是无可否认它的这个趋势是在上升的，那就面临国际的挑战，能否走出去。还有中美实力的转换，中国现在实力很强大了，实力强大就会影响到海外的一些文化产业对中国的一些方式方法。
旁听同学	我想补充一下，媒介的力量和媒介最重要的作用肯定在这里面不是 IP 的问题。我听一个老师说过一种观点，我忘了那个老师的名字，他说我们之前关于所有媒介融合的研究都是错误的，它最核心与最大的价值是一直被忽略的，它真正的变革性是对权力结构的辩论。所以说像阿里也是，它未来走的媒介是对整个产业结构的一个变革性力量，未来几年，我觉得政府力量与政府的诉求和民间的诉求、产业的诉求之间的分歧会越来越大。
朱　影	不单单是阿里，还有腾讯，这是一个产业生态的改变。
旁听同学	它未来的走向会很有意思，它会在什么度上面增加那个弹性。
朱　影	对，它会变成历史，我还不是太老，还在研究，历史是很有意思的。
旁听同学	是不是现在探讨这些问题有点早，您觉得？
朱　影	没有，我觉得还是有点苗头了。

陈　均　　　（北京大学艺术学院副教授）朱老师，您的演讲谈到百年史，我感受很大，您说了要有一个爱国的电影工业，让我想起中国的第一部动画长片《铁扇公主》，万氏兄弟做了这个长片，一般都认为主人公是在模仿迪士尼，但是仔细去看就会发现是很有意思的一个混杂的类型。比如说它里面有一些动画形象、一些情节的设置，确实是根据迪士尼米老鼠这样的类型来设计的，但是它的表达是那个时期的抗战的一种类型，把《西游记》的这段故事重写，而且改的幅度特别大，变成现在的《大话西游》，但是让我想到就像您刚才讲的，它其实是为了迎合市场的概念，迎合抗战的情绪，符合当时的情形，是在好莱坞的模式影响下产生的，但是又具有中国动画民族化的情节。

朱　影　　　这个我想起了，我发现我做研究有一个特点，一方面是我研究分两大块，一块是史料的研究，一块是采访，你必须跟行业里的人交流，听他们在讲什么。我今天早上跟徐峥谈这个问题，他说影坛这几年的票房都是类型片，任何可以把这种类型本土化、当代化，就像当时万氏兄弟动画片的成功，就是现在电视把娱乐节目的版权买回来把它本土化、现代化，是一样的。

陈　均　　　它的那种改变是符合当时的社会氛围，比如说他们实验不同的角色就是具有象征性的，所以您的这个说法对我是有启发的。第二，您谈百年电影的时候忽略了毛泽东时代，我想您可能是会有一些避讳。

朱　影　　　这个很难写，不可能 100 年都写出来，只能是断成两段。我写好莱坞在中国非常有市场的两个阶段，因为从 50 年代到 90 年代中期，那时好莱坞电影是非常少的，80 年代也有一些进来但是非常少，影响力不大。我只有说某个阶段肯定会谈到，但是不会去比较，因为任何一本书都是有局限性的。

陈　均　　　50 年代到 70 年代有一个现象，我不知道当时内部电影是怎么来的，但是在当时人的回忆和叙述中，其实有很多人会找自己喜欢的好莱坞导演的影片去看，而且这种美学会渗透到社会主义美学里面，比如说毛泽东时代的戏剧风格上是受到这样一种美学影响的。

朱　影　　　　　就是美国的歌剧百老汇。谢晋他看过很多美国片了，他是不用说的了。

陈　均　　　　　不光他看，他也会找人来看，一起分享。

朱　影　　　　　对，他有很多内部参考片。

陈　均　　　　　他的一个标准就是他会从他的观影经验和观念中得到的启发。

朱　影　　　　　柏老师是研究这方面的专家，我们那个时候一起把样板戏看来看去，从上看到下，从左看到右。

李道新　　（北京大学艺术学院教授）　其实我现在的感觉是好莱坞在中国从来没有中断过，刚才陈均老师表达的可能也是这个意思。1949年之后，不仅仅说我们内地的一些以谢晋、谢铁骊为代表的所谓第三代中国电影家，他们看起来是仿好莱坞的，但其实我觉得好莱坞模式是一个内在的东西，"文革"的电影当中也是如此。那我们把现在这个数据再往前推是两岸四地的分化时期，那个时候台湾和香港的好莱坞化其实比1949年有过之而无不及，如果这么去讨论就比较全面了。

朱　影　　　　　这个是专门有一章来探讨的问题，当然它肯定是有这个渗透，好莱坞的叙事方式必须讲这个，但是我的重点不是讲这种叙事方面，这个只是其中的一部分。有一点我必须要强调，就是好莱坞的电影其实不是一个新的东西，中国早就接受了，它没有断过。2005年，中国电影100周年的时候，我们把谢晋请去，我们在亚洲协会放了他的电影。那时候我采访他，我说好莱坞的模式（当时不是说谢晋模式，说来说去还是谢晋的电影接地气）其实渗透到第三代，第五代导演是反叛的，他们走的是法国新浪潮、意大利新现实主义，但是这个是传承，他们不是一个暴发户。

陈　均　　　　　艺术在好莱坞没有被超越。还有第三个就是关于《英雄》和《卧虎藏龙》，它

《英雄》海报

们被认为是不同类型的一种电影。虽然都是武侠片，但是张艺谋在《英雄》里以好莱坞的模式作为参照，然后才制作出来的。而就《卧虎藏龙》来看，一般我们都知道《卧虎藏龙》是根据小说改编的，但是关系不大，所以我们一般对《卧虎藏龙》的研究不太看原著小说，假如我们对照小说的原著，其实《卧虎藏龙》的小说文本确实是反映了当时的中国人，它是描写了晚清民国时期的中国社会，而且这个中国社会和美学的关系是不一样的，李安之造成关于一个道家的观念，而原著描写的是以儒家为中心的一个中国民间社会中观念。

朱　影　　你说得很好，其实李安的电影是半政治化的电影，他的电影都是这样的。

陈　均　　他的目标是跨文化的，他表达出来的这样一种美学，虽然被认为是东方的美学，但其实是东方主义的美学。

朱　影　　他的东方美学是值得商榷的，他是一个品牌。

陈　均　　我也读到关于李安电影的观念的解读，我发现对李安电影哲学的解读过度了，他本人其实没有这么深的。就《卧虎藏龙》来说，他里面表达的道家观念，对于一般的中国观众来说可能是陌生的，但是如果你对道家有一点点了解研究的话，会发现他的表达可能是有问题的。所以我想像《英雄》《卧虎藏龙》这一类的，想展现或者是认为有东方美学的电影中，其实并不具备我们所认为的这样的一种中国传统文化。它其实是东方主义的，或者是自我东方主义的类型。

朱　影　　肯定会有掺杂，大家去看也是因为觉得好才去看的，这就牵涉到一个距离的问题了。中国想拍一个电影，国外的观众也许压根就不感兴趣，国外观众感兴趣的电影也许中国不愿意拍。我给你举个例子，可以看到两者之间的差距。我拍了一个纪录片，讲的是一群比较小众边缘化的中国大学生、高材生、博士研究生之类的人，他们有一个读书会要学传统经典，我从这群小众人的眼中去看他们对中国社会的理解觉得很有意思，但我拿来放了以后发现有一个差距，中国观众的反应跟美国观众的反应是不一样的。中国观众的反应是你为什么要去拍这个，这不是一个典型的事件，这群小众不能够代表中国的学生，不能够代表中国的大众，我说我不是拍电影去代表，我就是要观察。看事物的观点不一样，对它的期待值也不一样。

　　　　　还有就是冯小刚的例子。2008年，我们又开了一个会（我们在2005年的时候请了第四代、第五代、第六代的导演），在洛杉矶，我的一个想法是，我觉得在美国研究中国电影和中国自己真正看什么电影是有一个差距的，因为我们研究来研究去，更多还是第五代电影，但是第五代早期的电影在院线就不放了，现在大家看的是冯小刚的电影，我们可不可以把冯小刚请来听听他的说法。然后我们请了冯小刚和李扬，请了以后我很清楚冯小刚带来什么样的电影才会得到美国观众的好感，因为我在电影学院上课的时候放过他讲小偷的电影《天下无贼》，非常轻快，有港星，音乐也很愉快。冯小刚说好，但是他到的时候换掉了。你猜他带了什么片子？《夜宴》，他不甘心，因为中国不承认他的《夜宴》。但那一场我们放了以后，大家没有什么特别的感觉，还放了另外一场，我不记得那一次放的是《集结号》还是《唐山大地震》。完以后我去现场采访他，因为电影的反应不好，他一肚子的气（冯小刚经常生气，他的脾气不太好），他坐下来第一句话问我，你看我们千里迢迢到美国来和你们交流，有没有诚心跟我们交流。他所想要带来的片子和美国人想要看的片子是有距离的，这是一个非常有趣的案例，我觉得值得大家去好好思考这个问题。

李道新　　我再说几句，我非常感兴趣你在涉及早期民国时期中美电影关系的时候，你主要的资料是来自美国报告和海关的数据，特别是美国方面的意见，主要是来自这两个方面吗？

朱　影　　对，这个都是在洛杉矶的。

李道新　　那你讲到当下好莱坞跟美国之间关系的时候，当下这样的一些跟中国相关的好莱坞电影都有评价，主要是用到很多媒体的资源，比如说《纽约时报》这些。

朱　影　　你是说数据吗？

李道新　　数据和反馈。

朱　影　　数据用的是一些年鉴。

李道新　　所以我非常感兴趣，这个不是缺点也不是我指责的地方。我就非常感兴趣，其实在我的理解里面，民国时期的中美关系主要是体现在报告或者海关非公开出版物的数据和评价的话，但我们现在又在用主流媒体的评价表达两者之间的关系。当我们在陈述民国时期的中美电影关系和新世纪中美电影关系的时候，我觉得其实我们核心的观点就不一样了。据我所知，美国在中美电影关系之中，无论是美国人对中国电影还是中国人对美国电影，其实是一个非常复杂的多人转换的过程，那在这个过程当中我觉得复杂性可能远远超过了我们各种已经表述出来的逻辑和方式，在这个过程中我特别感兴趣的在于，在你的整体表述里我认为还是充满着一种乐观主义的。中国电影相较而言不是那么乐观，但是你相对乐观一点，不像我们内地的学者和一般的观众会认为中国电影没有希望，我们的文化丧失了。我们现在有相当一部分的学者和观众以及包括官方其实也在担忧这样的问题，但是我觉得你的整个观点表述的，当然主要是从主流媒体当中审核到的，是否感觉到中国电影除了开始有硬通货以外，我们的文化软实力是不是引起了美国方面某种不安？

朱　影　不，恰恰相反，我不是很乐观，我一而再再而三地强调，中国没有软实力，有硬通货没有软实力，我一直在说这个问题，我其实不乐观，我只是很客观地来讲，我的身份是中立的。我给你举一个例子，为什么说中国的软实力还是比较远的一个东西呢？前年英国开了一个讲文化软实力的会，集中了全世界各个国家的一些人，包括阿拉伯国家、以色列，当然还有欧洲、韩国的，是一个全球性的会议。当时美国有洛杉矶、南加州大学的两个教授过去，我从纽约过去，美国政府有一个人过去，还有一个美国驻英国的大使过去。我作为一个学者过去，会方让我讲中国软实力，我说我不能讲中国软实力。在这样的高端会议上，各个国家都是一些驻外交理事之类的，就中国方面没有人参加，没有人替中国讲软实力，他们也没有这个愿望去请中国讲软实力，会上有一个跟赵启正一起开律师事务所的，但他只有旁听的权利没有说话的权利。所以说，我并不乐观，我觉得最终节点还是一个问题——中国本身能不能让人家认同，中国能不能在被人家认同的情况下谈到电影的软实力、媒体的软实力。作为一个跨国界的人来说，我希望这两边可以沟通，这也是我这两年在这两边奔波的原因。我的不乐观的一个原因就是说，中美关系的局势变化很大。

李道新　我刚才自己乐观了一下，我发现你所呈现的那一批资料，给我们看到的是美国媒体好像在说中国的精神、中国的理想都已经到了有影响力的感觉。

朱　影　　　非常有意思的事都是英国人在说的，《金融时报》是英国的，《卫报》是英国的，都是比较前卫的报纸。而《纽约时报》现在的影评人是一个不懂中国电影的人，他经常连写电影名都会写错，他并不代表美国主要的媒体。《纽约时报》具有比较大的影响力，所以他写的影评会在研究中国问题的专家那里起反应，这个情况下也证明中国已经有一定的实力了，所以才会让人关注。

李道新　　那话说回来，我在后面的一部分材料当中，特别想看到同样类似于我们主论证民国时期，那一批来自我们官方的一些数据。

朱　影　　　数据是官方的，因为好莱坞非常保守，它非常忌讳跟你说这些实际情况，中国肯定也一样。我也看中国的历史、中国的资料，我也看原来很多人写过的论文。

陈旭光　　有一些左翼的电影还是比较多的，但是商业性的，自己出海报发行。

李道新　　如果说作为一个研究案例的话，其实政界、业界、媒体以及个体知识分子都是不同的论述，都在面向好莱坞和中国的市场。在这个过程当中如果稍不经意弄到一起来，有的时候证据链就会出问题。

朱　影　　　但还是把它们的复杂性要写出来，观众的反应是不一样的，商业业界反应是不一样的，而且不同制片的政策策略又是不一样的，当时的政策人也不一样。我觉得，还是要面向大众知识分子，超越学术这方面，所以还用了一种比较通俗易懂的方式来写，不是完完全全的学术。我是把它主要的一些人来当成案例来写，所以这个是非常初级的。

陈旭光　　现在可能有些知识分子具有民族主义的情绪，对美国电影大量进入国内，动不动就上十个亿的票房，有很多反感和警惕。但是现在的普通民众和年轻人倒是不管知识分子怎么说，其实还是非常趋向美国的，特别是大片，是很受欢迎的。

朱　影	还有美国电视剧，美剧下架变成世界的丧失，美剧还作为划分不同阶层的东西，认为精英就看英美的，中层就看韩国的，不太那个的就看本土的，有一个非常有意思的意味在里面。
柏佑铭	我可不可以强调一下，我也不想替你说话，我的说法可能跟你的还是不一样。就是我发现今天观众的反应还是给我一点启发的，你刚才说过美国电影产业并不是一个产业、一个人，要多理解这些人际关系等。美国政府跟那些电影产业的关系都是非常复杂的，然后有一些人好像把美国的电影产业当作一个一致的系统，在美学方面也是。像刚才陈老师说的李安电影的道家美学，要具体来说是说哪儿的道家呢？你是说2500年前的道家还是现在的道家？你是说五台山的道家，还是说所谓新儒家的那个道家？我觉得尤其是说电影，其实从来没有一个纯粹的中国电影，也没有西方电影，都是一直有互动的。
朱　影	因为你说的那个李安的道家没有定位，你的前提就是有一个准确理解道家的方式，你的方式是准确的，他的方式是不准确的。
陈　均	我的意思是李安或者是李安编剧所用的道教的形式，他不能够反映中国文化。
柏佑铭	道教是中国的美学吗？
陈　均	一部分。
朱　影	这个就是我说的一个问题，中美思维方式存在很大差别。我觉得还是跟文化传统、政治意识形态的控制有关系。因为在美国是非常正常的（我不是说代表整个美国），甚至没到这个级别你就不应该评论。难道这批人就没有发言权吗？就没有说话的权利吗？我觉得是一个思维方式的问题，无所谓对错，只是不同的切入点和方式，其实还是要做中西方的对话。

嘉宾合影

陈旭光 不同话语的交锋，不同的思维方法，不同的研究方法。因为时间的关系，咱们的这个交锋可能就告一段落了，韩国的朋友你要不要简单说两句。

文宽奎 （韩国釜山大学教授） 我对今天的演讲特别感兴趣，因为中外合拍片是韩国非常重要的话题。中美合作非常有趣，在看中美合作交流市场扩散的情况下，这样的问题越来越多，中美合拍片的展开是拍片子的终点，我觉得有几个点给了我很大的启发。从规模来看，美国市场和中国市场是有区别的，美国是1000亿以上韩币，中国是6000亿，是差不多两倍的规模。在这样的情况下，同样的规模对于中国来说是大规模、大制作，可对于美国就是小规模的发行，以至于这样的问题带来这样的谈话。然后另外还有导演的问题，美国一般是以市场的眼光来看导演的作品，可是中国的导演不仅看市场，也是带有自己的价值观来看待作品。随着产业的变化，相信大家会更加清楚什么样的片子会有什么样的表现，谢谢大家。

陈旭光 谢谢大家，因为时间的关系，今天这一场非常多元的对话告一段落，非常欢迎在美中韩的电影产业以及各方面的学者，像历史研究的学者，像朱影教授这样跨历史地研究政策、政治、经济的学者来进行多方面的交流沟通，我觉得非常有意义和价值。感谢朱影教授，也感谢柏教授，谢谢大家！

（刘强根据速记整理）

第三讲

术语、现状、问题与未来
——跨国华语电影争鸣

主讲人　鲁晓鹏
主持人　陈旭光
嘉　宾　王一川　李道新　李焕征

编者按

2014年12月18日，北京大学艺术学院434会议室座无虚席，一场持续半年之久的学术热议从《当代电影》接连几期的隔空对话，转场到北京大学艺术学院的直面交锋。两位学术"老男孩"各执己见，在场嘉宾调和不断，在座学生笑声连连，称从未见过如此直陈坦率而又短兵相接的学者对谈。

作为北京大学"批评家周末"文艺沙龙的第八讲，北京大学艺术学院副院长、北京大学影视戏剧研究中心主任陈旭光主持对谈，"华语电影"术语最主要的提出者和阐释者之一，加州大学戴维斯分校比较文学系的鲁晓鹏教授作为主讲，艺术学院院长王一川教授、艺术学院影视系主任李道新教授作为主要的回应人和点评嘉宾，参加了沙龙活动。

在北京大学平等自由、各抒己见的学术空间，在中国电影业飞速发展、全球化进程加速、文化流动性越来越大的时代，围绕着"华语电影"这一富有理论延展性的，有着极大学术探讨空间的术语，几位嘉宾展开了更进一步的探讨。

陈旭光、王一川

活动现场

谢谢大家，能到北大跟大家交流我很高兴，我今天发烧，有点语无伦次，说话要说太过，算我没说。关于"华语电影"一些问题，我再梳理一下：讲一讲华语电影研究的方法论、华语电影研究与跨国电影的关系、华语电影与世界电影的关系、中国电影史学界的主体性——这是李道新老师提出来的概念，值得大家思考。还有美国学界一些所谓的去中国化、去汉化的一些问题，两岸四地英文学界、中文学界接受语境问题的困惑，等等。

华语电影的来源大家比较清楚，当时两岸四地之间交流，要找到一个对话的基础，所以"华语电影"这个词成为选择。在方法论上它跟全球化研究有不谋而合的地方：即不从国土、疆界、政体着手，而是从文化、语言、产业等方面着手。现代世界秩序的基石是"民族国家"，民族和国家绑在一起。世界上每个国家都宣称自己的公民讲共同的语言，有共同的领土疆界，比如，在美国人们讲英语，享有共同的疆界，有共同的历史，是美国人就说英语，国家等于民族，民族就是国家。我们中华民族，民族和国家也绑在一起。华语电影研究本来不是全球化一部分，但现在也可能走到一起。华语电影研究也是把民族和国家拆开。"nation-state"有时候翻译为"民族国家"，或"国族"，而华语电影研究的出发点是民族性。什么是民族（nation）？民族是历史记忆、深层记忆、语言、文化这一类。什么是国家(state)？国家是疆界、政体。疆界你不能动它，政体你也不能动，但是华语电影本身所具有的跨区域性，构成了其方法论的特点。

这有点像杜维明先生阐述的"文化中国"的概念。他是在中国昆明出生的人，后来在台湾，接着去了美国。他是不是中华人民共和国公民，我不知道，大概不是吧。但他与海外几千万华人一样，都有中国情结，他们都有诉求，所以"文化中国"这个概念就是超越疆界。就像杜先生的"文化中国"，台湾学者最先兴起了"华语电影"研究。其中有很多共同之处，很多都是不谋而合：疆界和国家讲不通，就把民族和国家拆开，就从民族、语言、记忆、叙事这些方面着手。

这样一来，华语电影对民族和国家的想象、构造、解构和质疑的角度和方法就更多了，比狭义的民族电影以及其所塑造、反思和解构的民族性更多。任何有

《悲情城市》海报　　　　　　　　　　　《悲情城市》剧照

内容的电影都对民族性做出一种塑造或解构——你觉得表面上没有内容，那么没有内容就是对民族性的一种反思。一个典型的例子是电影《悲情城市》。主人公是个文青聋子哑巴，话也不会说，那就是以"我不说话"对正统电影学、正统官方历史的一种质疑。所以我觉得华语电影应该是开拓了一些新的东西。那么华语电影跟民族电影、世界电影有什么关系呢？将近二十年前，我做助理教授时，写了一本书叫《跨国华语电影》（Transnational Chinese Cinemas，1997年）。我当时认为民族电影可以放在跨国电影语境里研究。现在看来，这句话没有错。你当然可以单独研究某个国族电影；但是如果可能，把中国电影研究放在更大的框架里不是更好？

举一个例子，电影何时最先到达中国的问题。《中国电影发展史》记载卢米埃尔兄弟的电影第一次在中国放映是1896年8月11日，在上海徐园，有的学者说，没有啊，放映的"西洋影戏"可能是幻灯片，不是电影。从一八七几年，中国人就用"西洋影戏"这个词，但是多是指幻灯片。我们考究来考究去，学问可以这么做。但是有一年我正好去法国里昂开会，就顺便去了卢米埃尔纪念馆。我进去一瞧，墙上的文字清清楚楚地写着卢米埃尔兄弟1896年把放映员送到世界各国去，包括伦敦、柏林、莫斯科、华盛顿、上海、东京等地。（我就此写了一篇短文，见《电影新作》，2015年，第1期。）除非卢米埃尔博物馆的信息不对，疑问不是就解决了吗？你在中国查资料、查报纸查了半天，就搞你的国族电影研究，但是你跑一跑，把中国电影放在世界电影的语境里会有益处。我不是说你非要这么做，但是你走出国族的限制，如有机会，你就到人家博物馆看一看，会有帮助的。还有一个很好的例子，就是挪威最近将《盘丝洞》送还给中国，这种跨国电影研究有助于国族电影研究，解决了一些研究方面的死结。

我当时还写过一句话："中国电影一开始就具有跨国性"。这句话值得推敲，可能说得有点绝对了。早期默片时代的电影是国际主义的，可以说是跨国，像《盘丝洞》挪威人可以看，卢米埃尔兄弟短片拿到中国，中国人也可以看。有声片产生跟民族国家的构建关系比较大，因为语言问题。二次大战以后东西方有各自的阵营。西方电影界学界就开始出现"世界电影"的概念，比如有法国电影、日本电影、意大利电影。各个国际电影节推出来"外语片"的概念，有意大利新现实主义电影、法国新浪潮、德国新电影等外语片电影，那就是世界电影话语的产生。东方阵营也有它的东西，有斯大林电影奖。中国电影在阿尔巴尼亚放，阿尔巴尼亚电影在中国放。这样看来，我们可以把一个国家的电影 (national cinema) 放在大的世界电影（world cinema）的语境中。现在所谓"全球电影" (global cinema) 产生了，就是某个影片可以同时在各个国家放映，真正的全球电影时代到来。所以我那句话可以修改补充一下，可能我当时说得太绝对了。

全球电影研究有它的道理，中国电影研究可以把它当作世界电影研究一部分。中国当年最封闭的电影时代，也可以作为社会主义电影研究，可以跟朝鲜电影、越南电影、阿尔巴尼亚电影、东欧电影放在一块，我觉得也很有意义。从更广义上来讲，电影可以放在现代性研究的一部分，比如说现代性研究，可以研究中国的事情。但是也可以有一个全球的视野，比如说，所谓的世界体系论(world-systems theory)，把所有资本主义经济国家都放在一个历史框架下，不也挺好嘛。再往前推，马克斯·韦伯研究资本主义为什么在欧洲发生，而不在其他地方产生。大家都熟读他的《新教伦理与资本主义精神》，但是他又写了一本中国宗教的书，讲道家和儒家，还写了一本印度宗教的书，而他并不懂中文、印度语。那你说他为什么不老老实实地研究欧洲资本主义呢？他就是要把资本主义放在一个全球的话语中。不管是德国资本主义还是英国资本主义，他说为什么资本主义不在中国产生，虽然中国有资本主义的基因。用今天的话说，那也是跨国主义的思考方式。今天在座都了解马克思主义，熟读《共产党宣言》。马克思不单独研究德国资本主义，他后来根本不在德国生活，最终在英国去世，他研究整个欧洲资本主义和世界经济，因为资本主义本来就是全球的。好像有这么一句名言："工人阶级无祖国。"所以到电影资料馆查资料，查《申报》等是一个必要的工作和训练，横向的跨境比较研究也应当做。

史学首先要尊重史实。唐代史学家刘知几讲实录史学，第一不要伪造东西。清代史学家章学诚说，他跟刘知己不一样，他本人着重史义："史所贵者，义也；而所具者，事也；所凭者，文也。"史义最重要，任何历史都要叙述一个故事，讲一个道理，说明一个原因，任何历史都要还原历史本来面目，要不然就成了流水账。讲一个故事就涉及叙述角度、选材，以及叙述方法和理论。说某些人把西方理论搬到中国来。不可能，理论跟文本研究是粘在一起的。没有理论的史学，就成了流水账史学。

然后谈一谈主体性问题。我觉得李老师对主体性提得非常好。这个问题我觉得最早在中国改革开放初期的时候非常重要。李泽厚先生、刘再复先生他们讲主体性，因为"文革"时，文学艺术要为政治服务。后来需要肯定人的重要，所以那个时期的哲学和文学理论强调主体性。从那个历史背景和意义上讲，我觉得非常值得讲主体性。因为中国当时刚经历"文革",把人的存在上升到哲学高度讲主体性我觉得恰得其所。如果要讲现在拜金主义、消费主义横行,可以回到马克思讲的"异化说","人的异化",或者用卢卡奇的"人被物化"的理论。但是就因为几个海外学者发声,"指导"电影研究,就如临大敌,倡导国内学者抱团建立主体性,这个没有必要——海外学者说几句话,就要抵抗美国强势话语,这就是主体性,我觉得有点小题大做。

我提出一个主体性,叫"主体间性",或者叫互主体性(intersubjectivity)。尤其在华语电影里,香港人有他的位置,澳门人有他的想法,台湾人有台湾人的考虑,北京大学的学者有北京大学学者的想法,我在美国的乡下小镇教书,也有乡下人的想法。大家建立什么样的主体性?一个主体性还是一百个主体性?大家怎么沟通?能不能建一个所谓主体间性?我跟叶月瑜聊天,她说国内有些人对华语电影有这么大的抱怨,为什么不直接找她算账?我说人家不找你算账,因为你的特殊身份:台湾出生,香港工作,人家怎么跟你算账?我是在中国大陆出生长大的,所以人家找我算账有道理。

华语电影是去中国化还是构筑一个中心呢?都可以,看你怎么做。华语电影可以从民族,从国家和疆界开始,做成一个向心的东西,也可以成为一个离心的东西;你可以解构,可以建构,可以反思,可以批评,可以质疑,可以重建。比如说,一个日裔加拿大学者批评我,说我是大中华种族中心主义。因为美国主流文科话语讲究差异性,解构主义风气流行。会有人觉得"华语话语"构建一个庞然大物,不光包括中国大陆,还包括港台,还有世界上的华语、华人,所以她说这个是一个压制的东西。也可以想象在海外有人批评杜维明先生的"文化中国",说他搞一个大儒家文化,是压制差异。但是你也可以利用这个东西搞解构。说你老大,你压制别人,我不认同你,我有我的想法,所以也可以从边缘解构中心。在华语电影的概念里你可以做任何事情,每个人的思维方式和出发点不一样,看你怎么做。

在美国文科学界,一般来说,主流话语是解构欧洲中心主义。随着中国崛起,大家现在警惕可能的新的中国中心主义。学界也有"非汉化"，去中国中心的倾向。我举两个例子。一个是美国汉学界所谓的"新清史学"，其主要学者包括原来我在匹兹堡大学的同事、日裔美籍历史学家罗友枝教授（Evelyn Rawski，她的先生ThomasRawski是著名的中国经济学家），以及哈佛大学费正清中心的现任主任历史教授欧里德（Mark Elliott）。在早先的清史研究领域，何炳棣先生说，清朝为什么能统治这么长时间？因为它完全实行汉化。新清史研究说不对，清朝成功统治中国两三百年，因为他们保持了多民族的局面——既维护满族的认同，同时建立多元的民族格局。所以清朝不是狭义的汉民族，它个是多民族的国家，满、汉、蒙、藏、回几大民族，这就把传统中国解构了，去中国化了，而又重构了。何炳棣跟罗友枝有个著名的争议。他们都曾被选为美国亚洲学会会长，名气大。在他们当会长的时候，他们在《亚洲研究》杂志发表文章论述自己观点。这可以看作是美国汉学界有关汉化与去中国化的一次争论吧。还有一个去中国化的思维方式，我以前已经给大家介绍过了，所谓的"华语语系"的概念。加州大学史书美教授是华语语系的主要阐释人和提出人，"Sinophone"这个字是她发明的，以前字典里没这个字。她说华语语系不包括中国大陆的普通话，只包括中国大陆以外的东西，可以包括一些中国大陆少数民族语言，但普通话肯定不能包括。她认为华语语系是种对抗性的、反对大陆霸权主义的语言，这是一个比较典型的去大陆化的对抗性话语。

所以华语电影我觉得理解也是不一样的，你要想往哪个方向走都可以。在海外有人习惯批评中国大陆，批评中国大陆所谓的霸权主义，因为整个人文学科背景就是这样。但是并不是说华语电影概念是固定的，可以重构，也可以解构，你可以疆界化，也可以去疆界化，有很多的方法可以做。我就说到这里。

对话

陈旭光　（北京大学艺术学院副院长、教授）　今天是北京大学"批评家周末"文艺沙龙的第八讲。"八"是一个好的数字,恰逢学术盛会,高手如云。今天做报告的主角、加州大学戴维斯分校鲁晓鹏教授是"华语电影"这个术语的主要提出者和阐释者之一。另外应邀参加这次沙龙的还有艺术学院院长王一川教授,还有艺术学院影视系主任李道新教授。这一次无疑是"批评家周末"开始以来最有分量、阵容最强大的一次。

在平等自由、各抒己见的学理探讨的基础上,在一个中国电影产业飞速发展、全球化进程不断加速、文化流动性越来越大的时代,围绕着"华语电影"这样一个富有理论延展性的、有着极大学术探讨空间的术语,我们将在这里展开更深一步的探讨。在我看来,术语绝不仅仅是术语,一个术语从提出到被学界甚至是产业界广为接受,其背后不仅有提出者的独特观念、方法、立场等学理性的因素,还有中国电影业的飞速发展,经济、文化全球化等产业背景和文化语境。任何术语既是对现实的一种概括、一种总结,更是一次提升、一次对未来的展望。胡适先生曾经说过,一个语言学家发现一个古字的含义,跟一个科学家发现一颗行星的意义是差不多的。以此类推,提出一个术语而这个术语又能引发广泛的关注甚至争鸣探讨,其意义也绝非小可。况且学术争鸣本身对于我们电影研究界甚至电影产业界、中国的电影事业,都会有极大的好处和促进作用。

作为知名的海外中国电影研究者,鲁晓鹏教授提出并系统阐释的"华语电影"术语,赢得国内电影学术界较为广泛的认同,但是其中也有一些难点,鲁老师自己都说有"盲点"。国内重要的电影史研究学者李道新老师本着平等自由的原则，以颇为尖锐的独立之见对相关术语提出了自己商榷的意见。这也得益于《当代电影》的谋划和编辑。这次沙龙恰逢主要提出者、质疑者都在现场，还有王一川老师等一向关注"华语电影"的学者也加入对话和讨论，《当代电影》也一如既往地支持，面对面的交流探讨必然会有更好的论辩效果。真理越辩越明！

李道新 （北京大学艺术学院教授） 刚才鲁老师已经点名，我就先反馈一下。鲁老师是我的前辈，当年鲁老师及一批研究者提出"华语电影"这个概念的时候，我甚至还没有跨入电影研究的大门。今天能够跟鲁老师在一起进行对话，我感到非常荣幸。

我觉得，我自己跟鲁老师在很多方面是有共性的。鲁老师跟我接触的其他海内外的中国学者相比，确实不同，并且挺可爱。鲁老师今天更可爱，不仅抱病参加这次对话，而且显示出把学术当作生命的态度。在严谨的学术研究中呈现一些感性的面向，也是我自己在性格和学术上努力追求的一种状态。我们不想有太多的内心城府，所以才有这样的争论发表出来。对于我来说，确实是想在一个学术的平台上，从一个比较深入的角度去讨论问题。如果因此惹得鲁老师不高兴，甚至生了病，就只得深感抱歉了。

我们之间的第二个共性，是都有对电影史理论与实践的一以贯之的讨论和研究。鲁老师是著名的理论家，但也非常关注电影史研究，特别是深度讨论过民族电影、跨国电影在世界电影中的身份、位置及流变，这也是我之所以对您的论述非常关注的一个重要原因。其实，我们也都是非常注重理论与史实之间的关系并力图在此基础上寻求自己的阐释框架。让我特别感动的是，鲁老师肯定把我那篇论文看了很多遍，并且很认真地分析过。尽管到目前为止，我也撰写过相当不少的学术论文，但我从来没有想到过，我的论文会有那么大的影响力，特别是引来鲁晓鹏老师这么强烈的反应。

我现在再来谈谈我发表这篇批评文章的背景。《当代电影》发表了中国农业大学副教授李焕征对鲁晓鹏老师的访谈后，我也在较早的时间看到了这篇文章。我以为本着开放、宽容、对话的态度，大家各自表达各自的想法和见点,这都是可以理解的;作为一份历史的文献,该访谈也是很有价值的。所以,我并没有特别在意。但我接到了《当代电影》资深编辑刘桂清老师的电话,希望组织文章对此访谈进行讨论。我想,既然当下中国电影学术基本上没有什么商讨的声音,大家都在众声喧哗之中各自发声,很少进行具有针对性的、更加广泛的讨论和争鸣,那么,这样的工作还是值得做的。文章写完并发表出来之后,我发现,我跟郦苏元老师、丁亚平老师不约而同地对鲁晓鹏老师的观点进行了批评性的反思,可谓英雄所见略同;尽管鲁老师在接下来的反馈文章中,批评的主要目标对准了我。我要说的是,我跟鲁老师一样,我也是非常尊重史实的。为了撰写这篇文章,我尽我最大所能,寻找并阅读了鲁老师发表在中文学刊上的几乎所有中文文字;我也没有打算只从一般感想的层面去讨论问题,而是努力去追索鲁老师一以贯之的学术思想,并在此基础上进行辨析。因此,就会涉及美国中心主义以及中国主体性的问题。

或许,我的文字稍显激烈,观点比较严正。这是我有意为之。之所以这么做,是想把中国电影学术特别是中国电影史研究中的一个话题提引出来。我相信,主体性问题不仅对于国内的电影研究者,而且对于鲁老师以及在欧美、日本的各位华语电影研究者来说都是有意义的。除了学术以外,没有任何其他目的。

鲁晓鹏 (美国加州大学戴维斯分校教授) 我插句话,在中国大陆中文学界,谁是强势话语,谁占有话语权。

李道新 这一点,等会可以仔细讨论。

鲁晓鹏 就我而言,《当代电影》不发表我的文章我就没有话语权。在大陆我没有学生,也没有教职,认识的人很少,我想发言但不一定有话语权。谁是强势话语,这个要搞清楚,很简单的道理,你是老师,有一大帮学生。我后天就回家,半年以后再回到中国。我这种人在中国有强势话语是不可能的事,在北京绝对不行。可能在上海,比如"洋务派"那边还能说句话,在北京不可能,所以我们这些人灰溜溜的,没有强势话语权。

李道新　　　所以鲁老师很可爱。我觉得表达我的一个学术态度和不认同的意见，就是对鲁老师的尊重。所谓的"美国中心主义"，也不是一个新的观点。在我看来，从近代中国真正面向世界开始，经过晚清到民国，再到新中国和改革开放，中西之争和主体性之辩都在以不同的概念、不同的方式，在不同的层面、不同的规模上反复呈现。在鲁晓鹏老师的访谈中，结合他几乎所有的中文表达，我得出了我的这样一个观点和结论。在访谈中，鲁老师的几句话，会让很多电影研究者产生误解。这一段话也是我想要进入讨论和反思的重要动机。鲁老师说："国内学者虽然在语言环境等方面有独特优势，但老是按一个单一的条条方法来写电影史，是不能让人确信的，这使以往的电影史研究让人有支离破碎和零乱的感觉，需要突破视角方法上的某些限制，把理论框架搭起来进行一个整合。"我认为，很多电影研究者对鲁老师的这个观点是不认同的。在我看来，鲁老师的这篇访谈录就是建立在对当下中国学术和电影史研究的这样一个认识基础之上来展开的。这也就是为什么我特别想结合当下的中国电影、中国电影学术，特别是华语电影研究、跨国电影研究，以及鲁老师和相关海外学者等学术状态展开批评对话的主要原因。

鲁晓鹏　　　当时李焕征找我，他说现在国内电影学界有两个热点，一个是华语电影研究，一个是重写电影史，你能不能谈一谈？我说华语研究我还知道多一些，重写电影史我知道的不太全面，我就硬着头皮谈了。其实我很抱歉，我对中国电影史成果了解不太全面，后来你跟郦苏元老师还有丁亚平，尤其你给的一个大清单，给我震住，一下恨不得有一百本书，我真没看过这么多。我看过一部分，比如我到上海开会，某某说这书你看看，某某给我一本书，我跟上海学者交流多一些，比较熟，认识了十几二十年了，在美国和上海开会，经常见到他们。我对他们的一些东西了解稍微多一点。所以像你说的，可能有些学者对我的说法不太认同，这个是我的疏忽，所以我抱歉。

李道新　　　在我的论述和我自己的研究当中，这种现象也会出现。我觉得这一次讨论，以及鲁老师的访谈最重要的价值就在于，终于能够引发有关学术主体、历史主体以及话语权等这个非常经典但也十分重要的话题。说到"中国性"或者一个问题。我之所以没有改变,还继续引用鲁老师、叶月瑜老师最早的那篇文章的那个译本,而不是引用后来经过修改在另一篇文章里的观点,也没有顾及鲁老师在上海大学召开的一次华语电影研讨会上的那个宣言(我也是在场者),这一点确实是我的忽略。其实在批评鲁老师的那个"崩溃"观点的时候,我至少可以有一个注释。但即便如此,我始终认为,您说的"崩溃"这个词,从表达上面是非常严重的,是最能够说明问题的;如果把这个"崩溃"去掉,换成后来的翻译方式以及鲁老师自己的解释,其实也改变不了您的"美国中心主义"。

鲁晓鹏　　那您现在还觉得我所阐释的华语电影研究还是"美国中心主义"?

李道新　　关于"美国中心主义",后来我在跟车琳的交流过程中,也在不断地进行反思。当然,我的这种反思是在中国人文学术语境中展开的。我大学本科和硕士研究生阶段也是文学出身,我也会在我的阐释话语中,跟鲁老师一样,更多地跟文史哲以及社会科学的各个领域产生一些勾连,我会更多从其他学科寻求我进行电影研究的理论资源。在我看来,"美国中心主义"不仅是美国学者和在美国主流学术之中的人文学者的主要学术导向,而且在中国的人文学界和电影学界也是非常严重、却又十分盛行的。

鲁晓鹏　　"美国中心主义"有什么特点?

李道新　　在我看来,"美国中心主义"就是以"全球化"为中心的一种学术话语;在电影研究里,就是以好莱坞或者美国电影为中心,为世界电影确立一种主导的理论基础和分析框架,进而重塑世界电影以及国族电影的一种努力和尝试。

鲁晓鹏　　可我不研究好莱坞电影,我研究的是华语电影。

李道新　　但您的华语电影研究,一直是在一个跨国电影的框架里进行的;而这个跨国电影中的所谓"跨国",又需要向以好莱坞为代表的欧美中心去寻求一种历史的、理论的支持。我要说的是,国内大量学者,包括我自己,很多情况下也只

	能选择这样一种路径。"美国中心主义",不仅是美国学者的自我中心主义,而且是中国学者的他者中心主义。
鲁晓鹏	也就是说,中国人不认同全球化理论;如果大家研究全球化理论,那就是好莱坞中心,就是美国中心?
李道新	那倒也不全是,这个问题确实非常复杂。
鲁晓鹏	所以您那个逻辑是有问题的,我对您的那段论述记得非常清楚,您这三段论很有问题,因为好莱坞主导全球霸权,美国主导跨国主义,所以华语电影研究是美国中心。这个三段论是不成立的。
陈旭光	我做一个情况说明,令人深思,"华语电影"虽然是鲁晓鹏教授、叶月瑜教授以海外华人学者的身份提出,但是最早提出的还是台湾学者,不是鲁晓鹏这样的美国华人学者。
鲁晓鹏	简直不可思议,这些东西怎么能跟好莱坞扯上。
李道新	我觉得鲁老师在理解这个问题的时候,更容易把它跟一个所谓的爱国主义联系在一起,或者跟"我是否是中国人"这样一个政治性的和实体性的概念联系起来,而我更愿意从一个学术的,或者说观念的层面上去讨论。我在讨论"美国中心主义"的时候,从来没有说鲁老师不是一个中国人,或者说鲁老师站在美国的立场上,我不是这个意思。
鲁晓鹏	我不同意您的观点没关系,您可以说。但我要说,我不是"美国中心主义",而且我认为这其中没有逻辑。您说好莱坞是最强的全球电影工业,美国主导跨国主义,所以跨国华语电影是美国中心,这不成立。
李道新	鲁老师对我的归纳的理解过于简单化。

《榴莲飘飘》剧照

陈旭光　李道新老师说的"美国中心主义",就像他刚才解释那样,可能我们有时候也有,我们常常会说,中国电影工业还不成熟,要向美国好莱坞学习,要类型化发展,这是不是也有点儿"美国中心"?我想李道新老师可能主要是在思维观念、立场的层面上说的,并不跟您现在入了美籍,在美国教书的现实有必然联系。

李道新　在我看来,石川、孙绍谊和我都具有某种"美国中心主义"倾向。因为在学术研究中,我们最常使用的理论概念和思想体系,主要来自欧美。

鲁晓鹏　您把"美国中心主义"的特征罗列下来,好好阐述一下。好莱坞是一回事,华语片《悲情城市》是一回事,《榴莲飘飘》是一回事,《榴莲飘飘》和《悲情城市》怎么就成了"美国中心主义"?就中国本身来看,中国拍的很多电影都是华语电影,《建国大业》《建党伟业》这样的民族电影也在进行跨国化、跨区域化、"华语化",恨不得把中华文化圈里的有点名气的演员,都拉进来演几分钟。你说这个是"美国中心主义"吗?这不是"美国中心主义"。

《榴莲飘飘》剧照

李道新　当我们把《榴莲飘飘》和《悲情城市》，不是主要放在香港、台湾作为一个全球化的地域的层面上去面对的时候，当我们用所谓整个世界电影的框架去分析这些影片特质的时候，特别是将其纳入跨国电影史的框架里来进行阐释的时候，我认为就是"美国中心主义"的研究导向。

陈旭光　好，我们旁观者看得心潮澎湃。激烈的交锋先告一段落，请王一川老师发言，再进行下一个回合。

王一川　（北京大学艺术学院院长、教授）　我想到一个标题："一场可爱的青春对话"。两个60后青春老男人，就像年轻人一样在这儿掐架，笔架掐完了不够，今天还打嘴仗。这都全球化了，印刷媒介、电子媒介、网络什么都有了，最后还要回到面对面的口头传媒媒介的争论，一起来一场亲密对话。这说明他们可亲特好，神交已久，太可爱，生气的时候也可爱。所以两位60后的老男人，像年轻人一样在这儿热情激烈地争论这个"中心主义"，有"中心"了还不够，还一定要有个"主义"。我发现道新老师最近特别喜欢用"主义"，而晓鸥老师又特别不喜欢用"主义"，他们两个就在这儿掐来掐去，很有意思，这是要自

《建国大业》海报

一点感受。

　　第二点感受就是流动的身份。有意思的是，鲁晓鹏老师出生在革命干部和革命知识分子家庭，在"文革"记忆里受够"牛鬼蛇神的残渣余孽"之类苦痛，跟他母亲在江西、在北京受苦。到了高中时代好不容易海外关系起作用了，他到美国去求学，高中就出国，然后读本科一直读到比较文学博士。他到美国寻找到他的新身份，如同现在常说的"流动的身份"或"灵活的身份"(Flexible identity)，从北京居民然后变成了美国的公民，在新的地方有了自己的生活、教职和自己的研究，建立了自己的新的身份和新的主体性。而李道新教授来自湖北，经过西安、北京的求学，然后在北京找到自己新的身份。

鲁晓鹏　　李老师在西安生活过是不是？

李道新　　我在西安五年，还在西北大学中文系工作过。

王一川　　鲁晓鹏老师的老家是在西安，所以这两个人在西安就应该有某种程度的交集，到北京也就更有交集了，当然有时间上的差异。尤其李道新教授在北京找到

《建国大业》剧照

自己的身份,从艺术研究院、首都师范大学到北京大学,他又成为全国学导心目中的中心。所以这是一种流动的身份,都在不停地寻找自己的主体性,寻找自己的认同,这是第二点。

第三点感受是,鲁晓鹏教授从北京到美国,通过华语电影或者跨国华语电影研究去找到自己新的主体性;李道新教授也在北京通过自己中国电影史的研究找到自己的主体性,各自的主体性建构完成了。

第四点,他们现在来了一个主体性的对话。鲁晓鹏教授在美国用英语表述他的华语电影研究,是在美国的英语世界找到自己的主体性。但他觉得自己还不够主体,还是边缘,带着黄皮肤的身份,到美国去在洋人的世界英语里的世界找到主体性,觉得自己主体性不够。但是稍不注意间,意料不到地竟然被大洋彼岸他原来家乡的李道新教授认为他有霸权主义,所以他怎么也想不通——我在美国还在拼命建构我的主体性呢,转头来自己却被认为成了"霸权"和"中心主义"了。想不通!李道新教授作为一个中国学者、北大学者,要跟外国对话。对话的时候,发现翻译成中文的鲁晓鹏教授的文章居然可以对我们中国电影史的研究指手画脚,我的主体性受到冒犯了,我在北京我要坚守我的主体性,美国人怎么能随便对中国电影史指手画脚呢？你说美国电影，我没有什么意见；你谈华语电影，我也可以争鸣；但是你谈到中国电影史研究，你怎么可以这样指手画脚呢！你读完中国电影史的著作吗？

所以我在分析，这就是两种异质性主体性之间的对话。李道新教授其实在中国也难免被外地的学者认为他有北京的霸权主义。我们知道，外地的学者会说你们北京中心主义，外省有的学者就提倡边缘批评，说北京有中心主义。北京学者没觉得自己有中心主义、有话语权，但外地学者就觉得有。所以我觉得两位是展开了异质的主体性之间的对话，一种灵活的身份建构。鲁晓鹏教授身在美国，觉得自己可能是美国人但又是中国人——在中国人眼里你可能是美国人，你想认为自己还是中国人现在变得已经不容易了，因为你是用英语来表述，而且你的文章是用英语翻译过来的。所以这样两种相互不同的主体性，都在捍卫自己的主体身份。但是想不到或者无意中就成了别人中的霸权，这也由不得你（们）了。你不想要中心主义，在李道新教授眼中，你已经"中心"了，还要带"主义"；李道新教授也不想中心主义，在外地一些学者看来，他要跟你争辩，也觉得你有北京的霸权主义，所以由不得你，即便你不愿意，别人可能也会把帽子扣上去。

李道新　我插一句，香港中文大学有一个英文的传播学刊物，曾经发表过一篇文章，关于我的《中国电影文化史》的书评。书评里就说我是大陆中心主义。

鲁晓鹏　肯定的，我可以想象。

王一川　现在到台湾、香港去，他们也会认为大陆是中心主义。

鲁晓鹏　您说的对，我们这种人，在美国是用英文写，要在这个语境下写东西，有个不知不觉、潜移默化的过程。东西翻译成中文，一不小心就惹麻烦，因为在中国大陆不能随便解构东西。中国的国情不一样，国家还没有完全统一，有很多惨痛的历史。不像西方国家很潇洒，解构来解构去，他们原来都是帝国，现在解构自己很高姿态，反正越解构越能证明他们道德优越性。中国不能随便解构，中国还没有统一，中国还有很多事情要做，所以那边的语境跟中国的语境，大陆的文科语境跟美国人文学科的语境是非常不一样的。所以在美国玩得挺潇洒，解构完，你稍一不小心，结果惹麻烦了。我当时用的词叫"fracture"，有"断裂"的意思，但是如果我鼓吹什么中国"崩溃"，那可能正常人不会这么说，这的确是误解。所以跨国沟通要具体进行，误解非常容易产生。

王一川 在话语里就是这样，"discourse"中间包含多元的解读，正确的理解或者误解都是其中合理的成分，因为有正确的理解就有不正确的理解。或者说有唯一正确的理解吗？可能也很难，所以异质的主体性之间展开的对话，确实中间产生新的一些空间、新的一些模糊的地带，引起新的交锋这也是必然的。因为人生活在一个话语场中，由不得你，你想决定自己的话语性，但是其实像杰姆逊后现代文化理论说的，不是"我说话"而是"话说我"，有时候在话语中，你身不由己地进入到一套话语场中，那个话语场要规范你的说话。比如你在英文场合要规范你的说话，你要向英语世界的中心发起冲击，证明你的主体身份。文章一翻译成中文以后你预料不到一些麻烦，就有了这个问题。在不同的语境下说话，产生的效果不一样，同样一句话放在不同的场合，产生的威力和冲击力也完全不一样。

所以最后一点，第五点进行比照，坐在一起打嘴仗，我觉得是一种进步，说明大家友好地相处，希望要把一些东西澄清，所以今天实际上澄清一些问题了，两个可爱的青春老男人。

陈旭光 应该叫老男孩。

王一川 对，这两个青春老男孩还在这儿对话，为了各自认同的学术真理。我觉得这是一件很好的事情，中国人说和而不同，就是和睦相处但又不同，或大家不同但又和睦相处。尽管今天对话完，可能有些地方可以澄清误解，可以沟通，有些地方还会不一样，也没有关系，因为是你的身份决定的。你处在哪个身份，你就只能说你的身份所决定你要说的话，你的主体性决定你只能说这样的话，不能说那样的话，这是一种被决定的状况，由不得我们自己。所以我觉得"和而不同"，不同的主体性、不同的身份可以展开这种平等友好的对话，这本身就是一种跨国别、跨文化的人生境界啊。

陈旭光　　"华语电影"这个术语，很值得思考。当时我见到它的感觉，是眼睛一亮。因为我对现代中国电影史没有太深的研究，我是从现当代文学、艺术理论介入电影，偏重于当下电影研究。面对新世纪以来的中国电影，我越来越感到中国电影的身份在逐渐模糊，港台的、海外的导演、演员、资金进入中国，电影的身份越来越觉得含糊不清，无法界定，特别是多地、跨国的合拍片的生产趋势越来越强劲，中国电影越来越走向海外。像《卧虎藏龙》这样的电影就很难进行身份界定。按投资和出品，它是美国电影，但它却是华人主创主演、中国故事中国风格。这样一些身份不明的电影，无法用大陆电影、台湾电影、香港电影或者好莱坞电影这样的名词来衡量。所以我们是在这种情况下，遇见"华语电影"这个术语的。在这个术语的基础上，我们还衍生出"华语电影大片"这样的概念。我觉得，大片对于华语电影的适用性是最强的。因为大片一般都是资金融合、演职人员融合、跨国跨地融合的。大片也试图走向亚洲，走向北美，走向海外。"华语电影大片"，就像我完成的一个国家广电新闻出版局的重点课题并出了一本《华语电影大片：创作、营销与文化》的书一样，"华语电影大片"成为了一个水到渠成的衍生词。我还提出过"后华语电影"的概念，是想指称华语合拍电影在获得国家体制、制度上的保障之后的华语电影新阶段，就是说在政府与香港、台湾签订了保障电影合拍的协议，即所谓的 CEPA、ECFA 这两个协议之后的。就此而言，"华语电影"这个术语的有效性和理论活力我觉得是很明显的。

　　当然，我觉得这个概念可能是一个"后设性"的概念，对于 20 世纪 90 年代到新世纪以来中国电影的合作方式、对于当下的概括以及对未来合拍的强劲形势的概括而言，这个术语是比较有效的。但是它对早期电影史的言说的有效性如何，可能值得进一步思考。其实刚才两位老师的争辩，内在的焦点之一也是有效性的问题，能不能概括中国电影史？特别是早期电影，以及相对封闭自足、各自为政的解放后的内地电影、香港电影和台湾电影！我觉得华语电影对于1949年以前的电影或者改革开放以前的电影,其有效性值得商榷,可能是有时候强一点有时候弱一点。像基本封闭的解放以后的电影,用华语电影来说即使可以也没有什么意义,那真的是民族电影、国族电影,独立性、主体性非常强大。但是早期上海电影就已非常开放,包括《盘丝洞》都到瑞典去放了,那时候也有很多交流,一部电影史也不能够摆脱中美关系、中日的关系这样一种电影关系的历史。所以在这些时候华语电影这样的概括力度又强了一些。我之所以说它是"后设性"的概念,是因为它面对的是混杂多元的态势。也就是说,当全球性态势比较强烈的时候,它作为一个学术术语的有效性也是最强的时候。说早期某某电影是华语电影,意义不是特别大,但是今天对于某些电影无法说它是中国电影时,用华语电影则非常有效。而且这个术语的使用还让我们感觉中华民族强大的凝聚力,包括像鲁晓鹏老师这些身处海外的学者。其实道新老师是把鲁老师的心给伤了,让鲁老师觉得道新老师这么一商榷,好像自己不爱国了。

另外,我还特别看重这个术语的超意识形态性。虽然现在咱们的电影史也在试图不断超越意识形态纠葛,但是主流意识形态性的制约是难以摆脱的,哪怕现在,体制上的制约还是有的。但是海外的华人想摆脱这种意识形态性,淡化主流意识形态性,更为超脱地来看电影史,这对于我们重写电影史,重构研究主体性是不是引入了一种"他者"的视角?因而产生新的思考?这对于我们电影史研究观念的开放和电影史的研究肯定有益处。我甚至感觉,内地学者是不会提出也可能提不出"华语电影"这样的概念的!这不是水平问题,而是观念与立场问题。

在我看来,华语电影未必取消了国别电影和民族电影。民族电影也是流动的,它的身份也在不断变化当中,就像我们今天汉语也有很多外来词和网络用语,也有很多洋泾浜,这都是在变化,不可能铁板一块。今天很多电影标识已经不清晰了。当然华语电影也有它的"盲点",比如说我们统计产业、统计票房,就不可能来一个今年华语电影票房,那没法统计,只能说中国电影票房或国产电影票房。

另外,华语也不仅仅是汉语这一种,其他少数民族语怎么办,这可能是一个永远没法解决的问题。随着"后冷战"的到来,意识形态冲突对抗性或来越趋向缓和，我觉得华语电影的有效性会越来越大。但刚才鲁老师提到有人用"华语语系"这样的术语，竟然是把华语排除在外，我觉得匪夷所思，这样的观点显然比较狭窄，还是冷战思维的一种模式。刚才大家的讨论偏重于华语电影对中国电影史特别早期电影史写作的有效性问题，后半场咱们能否讨论华语电影对于当下以及未来合拍片、合作电影的适用性以及对于当代电影史的研究和讨论会有什么的意义。

鲁晓鹏 您说得对，我同意您的观点，"华语电影"的概念可以用它，但是有些时候用的意义不太大，像您说社会主义电影时期，可以用，并不是特别有意思。而用在20世纪90年代合拍片时代，那可能更有意思。有时候国族电影描述更好，有时候就用华语电影，不是死板一块。"华语电影"对我来说，我也是后来加入的，最早是台湾学者提出，我搭了他们的便车，并不是说我认同这个东西。有道理就认同，没有道理就不认同；有的时候"国族电影"这个概念更好，那咱们就用国族电影研究，比如社会主义时期17年的电影，那是主体性非常强的电影，就不要用"华语电影"概念。华语电影包括合拍片，比如张艺谋的《大红灯笼高高挂》、陈凯歌的《霸王别姬》，那个时候中国大陆没钱，是港台方面给张、陈投钱拍这些电影，那时候中国大陆合拍片刚开始。开个玩笑，华语电影其实有利于搞统一战线。

陈旭光 对，我也想说这个问题。其实用这个术语极为有利于中国的统一战线工作，有利于中国人和华人的团结和谐发展，海外的电影人不会有受到冷落或边缘化的感觉。

鲁晓鹏 所以华语电影看你怎么做，你可以弄成压抑也可以解放，当时我跟其他人阐述华语电影时候，也有人警告我，像裴开瑞、马兰清等，他们就说你要小心，你这样搞，不要搞一个压抑差异的华语电影概念来。我觉得未来发展很难说，华语电影概念还是有生命力的吧。但是国内好像有两种倾向，我卷入这个争议后才有些了解，有所谓的本土派、洋务派，等等，我当初不知道。所以我觉得大家应该互相尊重，你搞你的电影批评，我搞我的电影史学，百花齐放。

《霸王别姬》海报　　《霸王别姬》剧照

李道新　王一川老师的总结，对我很有启发。通过这种对话，大家都在不断地寻找自我的主体性，在此过程中，显示出一种灵活的身份建构。最理想的目标，当然是能找到各自的主体性，但我个人以为，这种主体性其实是在永远的寻找之中，永远不可能抵达。回应刚才陈旭光老师所说的，关于"华语电影"这个概念，我刚开始也是对其充满期待，觉得极具理论价值和现实意义。但事实告诉我，一个概念的提出，只有进行各种正反阐释才会具有强大的生命力。这么多年来，我们一直在寻求一种属于中国电影的独特表达方式，也就是寻求一种属于我们自身的理论话语或者概念体系。其中，最有影响力的应该就是当年钟大丰、陈犀禾提出来的"影戏美学"，以及从台湾开始包括鲁晓鹏老师这一代人对"华语电影"的持续性阐发。鲁晓鹏老师在对"华语电影"进行阐释的过程中，逐渐推展到一种跨国电影论述。这样一种论述，也适应了当下西方，特别是中国学术界力图在更加开放、更加多元，也更具主体间性的层面上去建构一个新的主体性的努力。我之所以对"华语电影"这个概念，以及对"跨国电影"论述持一种批判性的态度，很重要的原因，也是从历史当中寻求的启示。当陈犀禾、钟大丰在20世纪80年代中期以"影戏美学"来分析中国电影美学传统的时候，可谓影响巨大，特别是在各种西方选本和论述中多次提及。在当时的学术语境下,"影戏美学"其实是一个未经辨析和批判的概念,但在海内外已经成为经典论述。

"影戏美学"这个概念,三十年没有被充分讨论,在很多人心目中,特别是不研究中国早期电影的人,都对此缺乏判断力;即便一般了解早期中国电影的人也是如此。如果说,在电影研究领域,现在还缺乏一种批判性的力量,以及一种对话性的空间,那么,对"华语电影"的讨论和批判,在某种意义上就可以改变这种状况。这就是我为什么要努力表示异议的一个重要的原因。

刚才旭光老师也说到,"华语电影"这个概念,确实存在问题,在电影史的写作上问题更加严重。尤其当它进入到一个历史性的建构之中后,更是显得捉襟见肘。电影史里的很多现象及不少时空特质,"华语电影"都无法整合。表面上看,"华语电影"是一个跨国族、跨政治、跨文化的概念,似乎具有更大的包容性;但当我们把它放回到中国电影史的框架里,就很难适应,也难达目标。"华语电影"不可替代"中国电影"。更重要的是,"华语电影史"在史学理论和史学实践上都是很难成立的。也正因为感受到了这种历史向度的难题,鲁老师提出了一个更高层面的概念,叫"跨国电影史"。我的理解,就是试图以此来解决"华语电影"的困境。

鲁晓鹏　　有些时候不能用"跨国电影史"。

李道新　　或者说弥补、取代"华语电影"这样一个概念,让观点更加开放,更具有包容性。

鲁晓鹏　　可能没人能再像程季华他们那样写通史。华语电影包罗万象,从一百年前到现在,怎么写?孙邵谊也说,怎么写通史?可能程季华他们前无古人,再也没有了。

李道新　　华语电影史不成立,华语电影通史不存在。但中国电影史是成立的,中国电影通史是否存在,或者说是否可以被撰写,我觉得又是另外一个命题。据我所知,目前国内也有中国电影通史的反对派。但同样有人在做通史的努力,我也在进行这方面的准备。跟全球史或跨国史一样，国族通史一定要涉及主体性问题。鲁老师关于跨国电影史的那篇文章，我非常仔细地拜读过，并且读了很多遍。但我发现，因为它是"美国中心主义"的，所以从根本上无关中国电影通史。

鲁晓鹏 那篇文章的翻译也有问题，文章的45个注脚全部被扔掉了，译文没有一个注脚。像刚才旭光提到《卧虎藏龙》，《卧虎藏龙》这种电影用跨国华语电影分析更好。（我对此写了一篇文章，见《电影新作》，2015年，第1期。）李安早期三部曲里的《喜宴》这种电影，用华语电影概念分析，能站得住脚。如果用国族电影谈《卧虎藏龙》《喜宴》，你怎么谈？中国历史有变化，电影史有变化，不是死板一块。17年可以用国族电影的模式分析，但是李安、陈果的电影，国族电影模式就不太好用。这也存在一个分段问题，所以通史很难写，有的地方用"华语电影""跨国电影"的概念好写，有些地方不太好写。程季华他们在一个特定的历史时期，可以自圆其说，因为他们的意识形态是那样。现在怎么确定主体性，首先主体是谁，这个很难讲；程季华他们的主体很清楚，一个反帝、反封建斗争的中华民族，建设民族文化。现在写一个通史，谁是主体？台湾人算不算主体？他们当初的公司叫"中影"，中央电影事业有限公司，他们还有"健康写实主义"。要这样写通史的话，我觉得谁是主体分不清楚。

李道新 我觉得断代史有断代史的主体诉求，当断代史的独特时空被延展到一个更加深广的领域，对主体性的诉求就会提出新的尺度。

鲁晓鹏 你比如说咱们写一个通史吧。如果按区域分，第一卷中国大陆，第二卷台湾电影，第三卷是香港电影，第四卷澳门电影（如果它存在）。这样可能会惹麻烦，你怎么这么分？人家不高兴了。还有一个时间顺序问题。时间顺序我也不知道怎么安排。写到1949年，开始台湾的东西，国民党电影。这不好写。你说主体性，大陆本土学者要建立自己的主体性，平等对话。我说当初李泽厚建立主体性很好，那时候中国人刚经历"文革"，需要建立主体性，我们现在建什么主体性，搞不清楚。

李道新　　　所以鲁老师的观点不在强调对话、交流和宽容的主体间性，而是在宣布主体性的丧失。

鲁晓鹏　　　每个人都有主体性，叶老师有她的主体性，我有我的主体性，你有你的主体性，谁是最后、最大的主体性？每个人都有主体地位，每个群体、每个社区都有主体性，后现代生活时代是分散的主体性。你说我们中华民族的主体性，也可以说美国民族的主体性，那样说有什么意思呢？中华民族主体性有什么具体内容，您能否给我十个中华民族主体性的特征？

李道新　　　如果从学术层面，讨论中华民族或中国的主体性，我觉得是重要而又必要的；但如果仅仅从政治层面上来讨论这个问题，那就不对了。

陈旭光　　　其实鲁老师跟李老师，是"关公战秦琼"，其实你们都特爱国，爱中华，李道新是站在中国民族电影主体的立场，忧虑国别电影史的消失。鲁老师是站在中华民族的立场要超越国别电影。道新老师现在做了很多老电影的研究工作，发掘了很多史料，但好像面临着国族电影有"消失"之虞，这下道新老师有点紧张了。

李道新　　　在鲁老师的宣告之中被消失。

王一川　　　想象了"他者"，然后展开战斗。

李道新　　　其实对"他者"的想象，也是鲁老师的想象。

王一川　　　对，互相想象。

陈旭光　　　刚才鲁老师提的问题，两岸四地的分离使得中国电影史难以统一，很难写，这的确是一个问题。最近，张建勇老师他们在做中国电影编年史，我跟李道新老师都负责一段电影史的写作，李老师是负责开端，最早期，我负责新世纪，都碰到这个问题，我碰到的问题可能最严峻，合拍片的问题、身份很难界定。这是一个大问题。还有的问题几乎各章都会遇到的就是，什么时候写港台？怎么写港台？先写内地，再附录式地写，还是合起来写？挺头疼的。

鲁晓鹏　人家有主体性，你也有主体性，台湾人他写观点也不一样，你就是从北京大学教授的主体性来写。

陈旭光　我们写侯孝贤跟台湾人写也是不一样的。

李道新　我觉得主体性其实已经内含于一个主体间性。这种主体间性，也是在最大限度上互相沟通交流与认同的过程中完成的。

陈旭光　旁边同学也发表发表观点，或者向鲁老师、李老师提提问题。

张　圆　（澳门大学教师）我抛砖引玉，我是来自澳门大学传播系，我叫张圆，今天非常高兴，来到北京，因为我也是校友，从北大出去。我上一周跟着我们传播系主任到了北大作了一个关于主体性身份认同和性别认同的报告，所以我也很高兴看到大家对主体性的热烈讨论。我自己在澳门大学传播系今年开一个课程，就叫做"主体性性别和电影"，在传播系讲电影。因为在澳门大学，学生也是来自哪儿的都有，讲的课程是我自己开发的，没有现成的课本。所以西方的无论哲学界还是传播界还是电影研究对主体性非常重视。

　　刚才像李老师说，鲁老师讲到很多交叉的地方，个人的主体性、国家的主体性、民族的主体性，性别的主体性甚至地域的主体性，港澳地区有很多人研究澳门，澳门没有电影产业，现在还没有发展起来。但有很多人研究自己地域的主体性跟香港电影之间的关系，等等，所以我觉得这种主体性是分成很多层次和角度的，没有唯一一个主体。

鲁晓鹏　我可以回应。你的思路我非常熟悉，你的题目就像我们学校开的课一样，完全是所谓的"美国中心主义"思维方式，为什么？她说的主体性我参透一下，跟李老师的完全不一样，你说的主体性，是同性恋主体性、跨性别的主体性、劳动人民的主体性、非洲裔的主体性、亚裔的主体性，这是在美国的主体性。

张　圆　　　　主体性在西方非常传统，我的留学背景是在欧洲，我对于美国中心论，跟欧洲中心论，跟西方中心论深有感触。我在欧洲留学的时候，别人说我是中国国家主义者，其实是互相的。

鲁晓鹏　　　　你看出中国主体性跟海外的所谓"美国中心主义"完全不一样，中国讲我中国的主体性，中华人民共和国的主体性。

张　圆　　　　我不承认我是美国主体性，我想说主体性如果是现代性产物，它本身也是后现代性，就是说它也不是一个定义或者一个什么。比如我在课程中讲到中国发展历史的时候，就用了一个新闻的光影百年纪录片，台湾焦雄屏跟大陆陈丹青的访谈对话，然后让大家看台湾跟大陆批评家对话时是怎样谈历史的，最后给学生看一个西方非常经典的电影教材，就把各种主体性呈现，尤其在我的课程上也强调性别这个主体性。

鲁晓鹏　　　　在西方学府，解构大的主体性。

李道新　　　　通过无数小主体的建构，解构大主体。

鲁晓鹏　　　　对，可能没有一个大的美国主体性。"政治正确"的美国立场是"多元文化主义"（multiculturalism）。

李道新　　　　然后在讨论无数主体性的同时，消解历史的复杂性和丰富性。

鲁晓鹏　　　　那没有，因为要尊重少数民族以及弱势群体，要尊重拉丁裔、尊重黑人、尊重亚裔，消解白人至上主义，要关注女性、同性恋、劳动阶层，等等。起码那边的官方话语是这么说的。

张　圆　　我觉得"美国中心主义"或者其他什么，其实是西方中心论的一个部分，可看近代的延伸。在欧洲传统，会认为美国也就那样，欧洲才是正根，所以其实欧洲跟美国在整个大的西方中心论之间也有对话和交锋。所以我也想请教各位老师，对我们开设这样一个电影主体性的课程或者是针对我们港澳华语电影有一些什么建议。

李道新　　我说一句，你找焦雄屏是对的，但找陈丹青谈中国电影史，我觉得非常不合适，因为他不可能进入复杂和丰富的电影史层面。那种讨论在我的课堂里不会存在，这是我们的差异。

鲁晓鹏　　我个人认为，美国的人文学科基本上是进步话语，不是要维护美国霸权。学府里流行的马克思主义、左派理论等，要重视少数族裔、劳动阶层。人文学科跟美国国防部、国务院口径不一样。主流语境都是尊重所谓被压制、被边缘化的少数族裔、少数民族的话语。所以大家不要一听"美国中心主义"马上就警觉起来。其实你跟那边文科老师一混就知道，他们一天到晚批评"美国中心主义"，是吧，车琳，你在那边修了一年课，谁敢说"美国中心主义"，那会自找没趣。

王一川　　有没有经常用"跨地域"？

鲁晓鹏　　有。是有"跨区域"这个说法。

陈旭光　　大家继续提提问题。

李　宁　　（北京大学艺术学院博士研究生）　鲁老师您好，我是北京大学艺术学院电影理论的博士，刚才您提到有人认为华语电影的概念是对差异性的压抑。是不是在全球化的语境当中，它体现了一种差异论证法。

鲁晓鹏　　华语电影不是压制差异，有人担心这个。

李　宁　　　对,您刚刚讲有人质疑。

鲁晓鹏　　　有人这么认为,而且希望不要发生。"华语电影"这个概念,不要往那个方向引。

李　宁　　　我的理解是全球化一方面是跨地域的概念,对两岸四地电影的一个总结和概括。在全球化语境当中,这是一个全球性与民族性,或者特殊主义与普遍主义概念关系当中的十分有张力的概念。

鲁晓鹏　　　你说得非常好。"华语电影"本身也是有张力的概念,你可以往这个方向拉,你也可以往那个方向拉。华语电影可以搞台湾研究,可以解构国民党,甚至解构中国大陆,解构这,解构那。香港人也可以解构这,解构那,你也可以不解构。《卧虎藏龙》既解构又重建,李安就一再说他心目中的中国文化没有了:"我从小看武侠片,我就建造一个我童年时代的武侠世界"。在《卧虎藏龙》中,他一方面解构中国,同时又构建中国,具有辩证的关系。好的文学作品、好的电影都有张力,既是重建,又是解构,解构就是重建,这也是后现代主义文化的方式,不是单一线条的东西。

李道新　　　我更愿意从另外的层面去理解"华语电影"的开放性和所谓的对话性。相较于"西方中心主义"或者"美国中心主义","华语电影"确实是一个差异性的声音;相对于大陆,或者香港、台湾的国族电影或地域电影,"华语电影"又有消弭差异的特征。

旁听同学　　鲁老师,其实也是提给李老师的问题。在您的访谈当中,提到冯小刚的作品缺乏中国元素。

鲁晓鹏　　　对一些美国观众来说是这样的。

活动现场

活动现场

旁听同学　　缺乏东方主义，我的问题刚才陈老师提到过，对于21世纪新十年，至到2014年尾这一段时间进行回顾，您认为"华语电影"这个概念对于当电影作品的研究，其方式是一种什么状况？

鲁晓鹏　　你们在国内更了解情况。像旭光老师说的，拿合拍片来说吧，你不用"国华语电影"就讲不清楚。冯小刚我觉得也可以用"华语电影"研究他，也以用"国族电影"研究他。冯小刚的电影在中国以外谁看？好像在美国看的不多。没有发行商对他感兴趣，因为他们觉得冯的电影没意思，缺少他们认的东方主义的元素。前一阵冯小刚去洛杉矶印了他的手印，印了手印也没意义。对他有帮助吗？

旁听同学　　我们也不认为那件事有什么意义。我发现您刚才既说他缺乏东方主义，又太中国化，你说海外不接受冯小刚的电影，具体一点来讲，您感觉是什么原？

鲁晓鹏　　我觉得很多的老外认为冯的东西缺乏东方奇观。他们认为《大红灯笼挂》有中国元素，《霸王别姬》有中国元素。冯小刚太中国化、一般化、平化，讲日常老百姓的事情，中国人爱看，老外不爱看，西方发行商觉得没意思。

《英雄》是武侠片的传统，老外觉得武侠片是几十年香港积累下来的一种审美风格，他们能接受。但是大部分中国电影他们不熟悉、不接受，这有潜在的意识形态，有遗留的冷战思维方式，认为中国是共产党国家，中国是封建国家。另一方面，中国文化博大精深，有很多民俗，衣服、丝绸、京剧、烹饪、武术这类东西才是中国。他们觉得冯小刚的电影里看不出这样的中国，还不如看日本电影，看其他电影，没必要花时间看冯小刚。但是如果弄点政治，弄点批评极权主义的电影，呼唤人性，那就可以看，那跟他们的主流意识形态相吻合。像哈金用英文写小说，讲述华人的生活和改变，刚开始有一些不合时宜的中国传统思维方式，后来接受美国教育，开始放弃中国的价值，接受了美国自由民主价值，而最终又超越了东西方之间的文化差异。所以在美国用英文写书，就要符合人家的审美观点和意识形态，不然没有人看。目前中国人讲电影如何走出中国好像有一个量化的公式。中国电影走入世界，这跟出口服装不一样，这其中有意识形态问题，有审美问题，有冷战潜意识，这些东西绑在一起。所以电影走出中国并不容易，文化是非常复杂的一件事情。

李道新　我再理解一下您的观点。在我看来，华语电影论述和跨国电影的观念，是在整个西方人文学科的批判主义和解构性的立场上来进行自己的话语建构，而国族电影或者民族电影在很大程度上，是在努力追寻一种建构性的姿态。当您面对冯小刚这样的个案时，您是选择解构还是选择建构，其实也是一个非常重要的立场问题。选择解构在我看来可能跨国电影就是理论滋养；如果您选择建构，民族电影的研究就是重要的。

鲁晓鹏　不用这个概念怎么办呢？

陈旭光　这就像新中国成立之后，台湾当局被驱逐出联合国的席位，他们着急了，仿佛台湾都不再"中国"了。那就干脆来个包括内地，不排拒港台的"大中华"！所以是台湾学者首先提出"华语电影"。

李道新　这又回到政治了。"华语电影"总是以超越政治的方式回到政治。

陈旭光　一开始我觉得肯定是有意识形态性的，就是对"大一统"有些不满，但是我觉得鲁老师他也不是从台湾去留学，他是从大陆去留学，他是对这个概念进行了升级改造。鲁老师有点超意识形态性。特别是现在毕竟是后冷战时期，意识形态冲突没有以前那么严重。

李道新　其实我从来没有像鲁老师那样，强调自己的个人身份和个人背景，我只是强调他话语表述里的"美国中心主义"。

旁听同学　一个概念在提出和在运用的时候，您的文章、您预设的读者群是什么？像王老师讲的，其中有一种流动的身份，每个人都会从自己的身份去理解。所以对"华语电影"这个词语，现在在大陆也好，港台也好，或者在海外都不可理解。而且我觉得日裔的学者说您是大中华主义，她是有她的合理性。因为她的身份使然。四位老师在讨论的时候，凭借各自学术身份，既坚持自己的立场又力图去理解其他学者的立场，这种做法给我印象特别深。事实上"华语电影"这个概念，不管鲁老师写文章怎么界定，事实上它只能是一个流动的概念，它没有办法有一个特别固定的说法。每个人理解不同，就是一个客观的现实。

鲁晓鹏　以前我的文章先用英文写然后翻译，以后我应该直接用中文写。像你说语言决定思维，直接用中文写味道不一样，可以避免"美国中心主义"。

李道新　那不一定。至少在我的视野里，很多中文写作也是"美国中心主义"的。

王一川　汉语会有欧化现象，鲁迅的小说既不同于普通的普通话，也不同于绍兴方言，他已经很边缘，鲁迅的话也很边缘，但是又很鲁迅。

李道新　学术和文化上的"美国中心主义"，并没有政治和军事上的"美国中心主义"那么可怕。在我看来，它只是一个中性的概念。

鲁晓鹏　　　您说这个我不同意，没关系，我们可以继续讨论。

车　琳　　　（北京大学艺术学院博士研究生）就刚才所说的身份的流动性，我有一些感触。我在北大度过六年时间，在一系列中国电影史专题课程上，深刻感受了李老师的史学熏陶和教育，我记得当初做中国电影史课程论文时翻《申报》的痛苦，还有收获一手"史料"时的喜悦感。后来到鲁晓鹏老师那里访学一年，也感受到倾向性非常明显的反中心主义的课程设置，包括不同教授选择的批评话语和批评理论文献，都带有非常明显的意识形态选择。我硕士论文是跟导师陈旭光老师写的华语电影大片文化的研究，期间，也跟陈旭光老师办过华语电影论坛。当时的感触是，对华语电影讨论更多是把不同层面和不同方面的讨论都集中到一个"华语电影"的名词之下，而并没有太多关于理论上的延展或者想法。但是之所以鲁老师对李老师那篇文章有更多的关注，是因为李老师对理论进行了阐述和疑问，对这个名词衍生出自己的想法，所以这个讨论更多是电影史家和电影理论家就一个名词在理论方法不同的和历史阐述的可能性方面进行的探讨，而且从各自的学术环境——国内的建构性话语学术环境和国外偏向解构的学术环境中进行对话，这可能是这个对话非常艰难的原因。

　　　　　我跟鲁老师、李老师都就一些相关的问题做过访谈，访谈间隙老师们都问过我，其实我也会问自己，我自己是怎样的主体性。经过今天这样的交流，我还是自己找一把女博士女性主义的小伞打上，看男人们继续争斗吧。

鲁晓鹏　　　你应该去跟戴锦华老师念书。

陈旭光　　　也许，正是因为鲁晓鹏老师等学者提出并阐释了"华语电影"，才让我们有那么多纠结、纠纷，害得我们争吵不断。

鲁晓鹏　　　很高兴跟大家聊一聊，机会难得。一些问题不能马上解决，但是希望以后还有机会大家交流意见。

陈旭光　　　好。请王一川院长做一个小结。

王一川　　　今天这次对话很有意义。现在的电影学研究缺少一些共同的话题，也缺少争论。关于影片的争论比较多，像《一步之遥》又在开始争论了，但是关于电影史研究的争论不容易。所以这一次《当代电影》提供了平台，有两位教授展开这样一场争论，另一些教授也被卷了进来，是今年中国电影史研究领域很有意义的一次事件。无论是加州大学戴维斯校区的鲁晓鹏教授，还是北京大学艺术学院的李道新教授，他们注定会成为这次对话中的主角。我想这场对话其实没有中断，还可以继续下去。如果条件成熟，可以催生加州大学、北京大学关于共同话题的持续对话，以后可以在北大继续对话，还可以到大洋彼岸再去对话，这样形成一个论坛或者平台。

　　　　　　今天的争论只是一个话题，重要的是有对话的机会，相互交流看法的机会，也有吸引全国电影学术界参与的机会。无论对当事者学者本人，对他们所处的大学机构，都是有意义的事情。争论的话题涉及主体性、身份、互动的身份、全球化、地方化或者跨国、跨地、多地，以及如何重写电影史。刚才参加对话的其他一些老师、同学都提出很好的意见，说明鲁老师今天抱病来说的"发烧话"，其实已激起大家更大的热情。这场对话还可以持续下去。

陈旭光　　　谢谢王老师。由北京大学影视戏剧研究中心主持的北京大学"批评家周末"文艺沙龙的第八讲，也是最重要的一讲，到此圆满暂告一个段落。我们不一定达成一致，更不追求一致，强求一致。求同存异、差异化才是常态。更重要的是，通过平等自由、不拘一格的争鸣交锋，我们感受了思想风暴，收获了学术成果，也收获或者说加深了学者间的友情。谢谢鲁晓鹏教授、李道新教授，还有王一川教授，谢谢各位同学。

(车琳根据速记整理)

第四讲

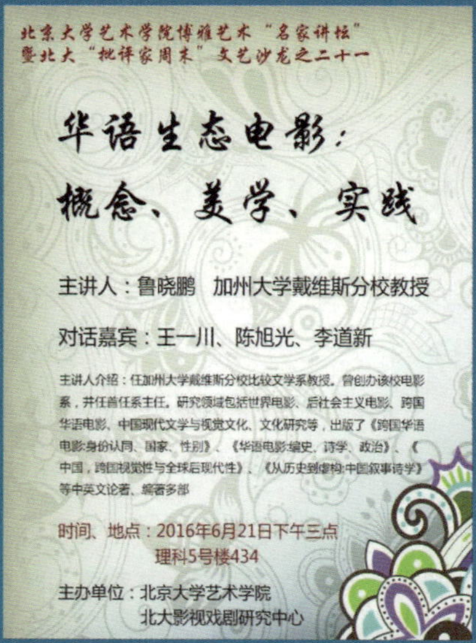

概念、美学、实践

——“华语生态电影”探析

主讲人　鲁晓鹏

主持人　陈旭光

嘉　宾　萧知纬　王一川　李道新　陈　阳　李焕征　李　鹏

编者按

6月21日，由北京大学艺术学院、北京大学影视戏剧研究中心、《创作与评论》杂志社主办的北大"批评家周末"文艺沙龙第二十一期在北京大学举办。

本次沙龙邀请加州大学戴维斯校区比较文学系主任、著名华语电影研究者鲁晓鹏教授作题为"华语生态电影——概念、美学、实践"的演讲，由北京大学艺术学院副院长、北京大学影视戏剧研究中心主任陈旭光教授主持。加州州立大学萧知纬教授、中国人民大学文学院陈阳教授、中国农业大学人文发展学院李焕征教授、北京大学艺术学院院长王一川教授、李道新教授，北京大学艺术学院的一些硕士、博士、博士后，以及其他单位的人员参加了研讨对话。

鲁晓鹏教授指出"生态电影"这一概念在西方学者近年来的研究视野中已经从边缘走向主流。2004年美国学者斯科特·麦克唐纳发表的《走向生态电影》的文章是一个标志性的文章。这意味着这一词语正式进入电影批评语境，在研究领域，生态电影主要指在美学上强调用长镜头、低电影剪接速度，内容上批判消费主义，具有生态意识，探讨人类与周围环境的关系，包括土地、自然和动物，是非人类中心观点看待世界，以向观众展示一个新自然世界为主的电影。2009年鲁晓鹏教授与人合编《中国生态电影》，将中国生态电影放在本土具体历史进程和文化背景中来看，目前，这一研究方式既是一种批评手段，也是一种阐释策略，更是一种具有自然实践意识的中国电影实践手段。

与会专家学者和同学们围绕生态电影的话题展开了热烈的讨论。"生态"作为一个全新的视角可以重新梳理归纳一部分创作实践和批评实践。围绕"生态电影"有可能建构起一个公共文化空间，表达公民意识，体现现代性精神。此术语渗透着海外学者与中国学者的情感立场以及现实诉求，"生态批评"虽然就规范化、体系性等要求而言仍远为不足，但其存在本身就是富有文化意义的。

活动现场

非常高兴再次来到北京大学艺术学院。今天我要讲讲"生态电影"这个题目。在十几年前这还是一个相对新的题目。现在这个议题在海外开始越来越进入主流的讨论，而在中国也渐渐进入大家的视野。同样，我也在学习、研究这个题目，思考这个问题。

"生态批评"（ecocriticism）的概念已经存在一段时间，主要偏重文学批评。但是"生态电影"（ecocinema）的说法比较新。"生态电影"这个词最早出现于1975年的《生命科学》杂志。那是一两页长短的文章，并不重要，无人注意。2004年美国学者斯科特·麦克唐纳（Scott MacDonald）发表的文章《走向生态电影》"Toward an Eco-Cinema"成为电影学者第一次用这个词来谈电影。文章中他讲述的都是非主流的电影，即好莱坞大片之外的电影。作者认为生态电影是批判传统消费主义的，是对现代性的一种反思，因此在生态电影美学中强调使用长镜头，降低电影的剪接速度，用一种静态延长拍摄让大家重新认识世界，让观众"慢下来"仔细看世界，与好莱坞大片形成思想和美学方式上的差别和距离。根据斯科特·麦克唐纳的观点，生态电影是一种让你重新认识世界的理念和美学。

当然，这是麦克唐纳的一家之言。对于一些其他学者来说，他对含有生态意识的电影的定义可能过窄。雅俗共赏的商业片也可以有生态意识嘛，比如，是不是可以把周星驰导演的《美人鱼》算作生态电影呢？

近来一位理论家推出"生态世界主义"（eco-cosmopolitanism）的概念。世界主义不仅仅是人类的事，也不是以人类作为中心，而应当涉及整个自然界和宇宙。二十多年前我在美国印第安纳大学读研究生，学校有个著名的符号学大师，托马斯西比奥克（Thomas Sebeok），我也修过他的课。他说，有两种符号学：1.人类符号学(anthroposemiotics)；2.动物符号学(zoosemiotics)或生命符号学（biosemiotics）。我们一般人文学者奢谈以人类为中心的"人类符号学"，然而更广泛的是自然界的"生命符号学"，动物之间的交流和指代。他是动物符号学的首创者，那时没有什么"生态批评"，他的思想很有前瞻性。

在英文学界第一次将"生态电影"（ecocinema）作为一本书的名字，就是我和米佳燕合编的文集《环境危机时代的中国生态电影》(*Chinese Ecocinema in the Age of Environmental Challenge*)，这本书2009年由香港大学出版社出版，2010年又被位于美国西雅图的华盛顿大学共同出版。米佳燕是四川人，在北大读过硕士，是你们北大的才子和校友！他是学者，也是诗人。我写的那本书"导言"的片段被唐宏峰翻译成中文在国内杂志发表（《文艺研究》2010年第7期）。正如其些国际学者所指出，这是世界学界里第一部系统地、集中地探讨美国以外的一个区域（国族）的生态电影，进而突破了好莱坞中心主义。可不可以说，这类研究在所谓"西方"的内部颠覆了"西方中心主义"？

顺便提一句。我刚刚出版了一本新书《影视、文学、理论：重新审视中国现代性》（中国文联出版社，2016）。其中有一节是"电影与生态"，含有三篇文章。如果大家有兴趣，不妨翻翻。我今天讲的部分内容，来自我的那些文章。

我想强调一点。不应当说海外的中国电影学者不可逃脱地追随"西方"理论。在杂糅的全球化时代，世界各地的学者往往观察、研究、阐释共同的现象和命题。某种程度上，海外的"中国学"学者时而得风气之先，引领海外学界的潮流，对世界学界的相关领域产生巨大影响。生态电影研究如此，跨国电影研究也如此。再举一例。1997年我编的文集《跨国华语电影》(*Transnational Chinese Cinemas: Identity, Nationhood, Gender*)也是世界范围内的一个"第一"：第一次系统阐释"跨国电影"的概念，并以它作为一本文集的名字。这本以中国电影／华语电影作为范例的文集，影响了世界电影研究和其他国家的国族电影研究。翻一翻于2010年创办、在英国编辑和出版的学术刊物《跨国电影》(*Transnational Cinemas*)，便知道这其中的来龙去脉。这类研究成果，即不是"西方中心主义"，也不是"中国中心主义"，而是国际学界共同的"东西"——既东又西，包容并蓄，融会贯通。

什么是生态电影呢？当初我做了很简单定义。生态电影就是一种具有生态意识的电影，它探讨人类与周围环境的关系，包括土地、自然和动物，是以一种非人类中心的观点来看待世界；而中国生态电影应该放在中国具体的社会历史中去

《老井》剧照

《老井》剧照

程中理解。中国生态电影不是一个空泛的东西,人们一定要从中国的历史文化背景中来看。生态电影这个概念首先是一个批评手段,是一种阐述策略,它给研究者提供了一个解释中国电影的新视角;同时,生态电影也是电影人的制片实践。以生态电影的视角重新梳理中国电影可以发现很多新的问题、新的热点,打开新的视野。

在中国生态电影中,我当初注重比较多的是中国的"新时期"电影和第五代、第六代电影。第五代导演刚开始的创作,可以说是一种所谓的生态艺术。在《黄土地》中没有水,故事的背景是干燥的陕北。吴天明拍的《老井》也是讲水的问题。还有1988年到1989年有一个影响很大的电视系列片《河殇》,它赞扬海洋文化、蓝色海洋,呼吁国人走出河流文化,面向大海。贾樟柯的《三峡好人》讲述三峡大坝的事情。这些文本都是对水、自然、空气、土壤的思考。还有《洗澡》,也是讲水。《洗澡》里有一段是父亲回忆陕北老家的黄土地。过去那里缺水。《洗澡》与《黄土地》的互文关系很有趣,《道德经》曰:"上善若水",这是中国哲学的精髓,谈不上什么西方理论框架。

《洗澡》海报　　　　　　　　　　　《洗澡》剧照

生态电影给我们提供了一种视角，用以重新探究中国的文化、中国的电影。都有哪些影片是属于生态电影呢？当初我尝试归纳了六个主要方面。一个是普通人的生活如何被现代化、工业化过程中自然环境的破坏和退化所影响，比如说《黄土地》《苏州河》《三峡好人》等。第二个是城市规划与拆迁的后果、普通居民生活的停滞、城市中移民的困境，比如说《世界》《苹果》。第三个是生理、智力有残障的人的生活与奋斗，比如说巩俐演的《漂亮妈妈》、张艺谋的《幸福时光》、纪录片《周周的世界》、施润玖的纪录片《安定医院》。第四个是人与动物的关系，比如《卡拉是条狗》《可可西里》《英与白》。《英与白》讲一个熊猫师和一个非苗的关系。第五个是远离城市文明的乡村中社群式生活模式的辐射与描写，比如说《绿草地》，讲工业化来临时代蒙古大草原孩子的事情。田壮壮的纪录片《德拉姆》把焦点投向边缘的少数民族山区；霍建起的《那山、那人、那狗》是表现人与自然以及动物之间关系的经典之作；就连冯小刚的商业大片《天下无贼》也有一点点暗示所谓前工业化时代的生活；孙增田的纪录片《最后的山神》讲中国东北大兴安岭森林中的生活。最后第六个是商业化社会中重归宗教整体性思想与实践比如宁浩的《香火》。

　　以上讲的是"中国电影"的问题。我现在换一个角度，谈谈华语生态电影、华语纪录片。"华语电影"包括中国大陆以外的电影，比如说香港、台湾、澳门，甚至在大中华区以外用华语或者汉语拍的电影；此外我更着重讲一些纪录片，因为我觉得纪录片更容易突出生态问题。

　　我举些纪录片的例子。加拿大华裔导演张侨勇于2008年拍的《沿江而上》，影片也大量使用英语，是双语片或多语片，不能简单地划为华语片；加拿大华裔导演范立欣拍的《归途列车》；香港导演杨紫烨拍的《仇岗卫士》讲村庄土地被污染了，村民跟当地官僚机构斗争的故事；中国大陆导演王久良的《垃圾围城》。这些片子都可以说是华语纪录片，因为不管在哪儿，他们都讲中国的故事，中国大陆的故事，不论电影人是在加拿大，还是在香港，还是在北京，他们都在关注、发现中国发生的事情。中国不是孤立的，而是存在于一个巨大的、跨国的产业链和销售网络之中。台湾导演贺照缇拍摄的纪录片《我爱高跟鞋》很说明问题。首先，导演是台湾导演，但是讲的事情是中国大陆的事情，同时也是全球的事情。影片从中国和俄罗斯的边境，一路拍到纽约的曼哈顿和台北；从贫困的农村，杀牛取皮的血腥现场，到时尚奢华的大都会。春天，小牛的皮刚被割下，女工在生产线上，精心修饰每一个细节。到了那一年的冬天，那些细节就穿在时尚女性的脚上。导演讲述的不仅仅是中国的事情，而是整个全球的、跨国资本主义的生产链和消费网络的问题。中国是全球资本主义的一部分，而这个片子可以说是"跨国华语电影"，中国是整个世界消费的一部分。

　　如果我们用经典马克思主义理论来分析，这部纪录片讲的是异化过程。工人跟她所生产的鞋的关系完全颠倒了过来，皮鞋工厂的工人是廉价劳动力，根本买不起自己生产的东西，自己只能穿廉价的鞋子。这不光是中国大陆的问题，中国大陆是整个大中华文化区的一部分，同时也是全球资本主义的一部分。

　　周浩的纪录片《棉花》也很有说服力，它讲述中国内地工人到新疆去摘棉花。从棉花生产出来布料，又做成衣服，进而到全世界的市场销售和消费。全中国就

李道新（中）发言

鲁晓鹏发言

王一川（右）发言

萧知炜发言

陈阳发言

成为了一个全球消费链的有机部分。这里一方面描绘中国内部的人口流动问题，同时也揭示了中国与全球的商品生产和流通的面目。

相对于故事片，纪录片的美学可能更能触及社会，打动观众。首先，场所的真实性。纪录片叙述真人、真事、真地方，它让人们认识一个实在的、具体的地方的生态问题和社会问题。那不是虚构的乌有之邦。影片促使观众关注真实生活里的"那山、那人、那狗"，由此观众的认知提升到伦理和道德的层次。他们看过电影后或许产生一些情绪、感想、理念，比如惋惜、气愤、不平。于是他们想行动起来，介入生活，改变世界，他们要发声，要议论，要参与。观众成为真正意义上的公民、市民，成为有行动、有思想的新主体。这是现代社会里主体性构成和强化的过程。

所以，我认为有意者应该研究媒体（生态纪录片）对于政治和社会的影响，探究跨地区公民社会的新型空间。利用新的社会媒体在社会上造成一些新的空间。生态电影，尤其是生态纪录片所达到的目的和效果，是促使人们介入社会，促使人们思考社会问题和伦理问题，建立新兴空间。大家用理性和伦理共同构成一种成熟的公民社会、市民社会。我觉得这种东西在中国有现实意义。有关部门也可以帮助搭建放映、讨论这类电影的平台（电影节等），不是一乱就禁收，不敢担当；而是让社会、社区能够理性地、成熟地对待一些独立或半独立的纪录片，循序善导，让电影人和他们的片子发挥正能量。我也尽力找来这些电影看一看。比如，黎小锋的纪录片《遍地乌金》讲述陕北挖煤的故事，我看了后非常震撼。

陈旭光 （北京大学艺术学院副院长、教授） 谢谢鲁晓鹏教授带来的精彩讲座。这是鲁晓鹏教授第二次做客北大"批评家周末"文艺沙龙了。鲁晓鹏教授以颇为前沿、开阔的视野，以"生态电影"这样一个新的术语，重新对一些我们非常熟悉的、已经解释过千遍万遍的电影打开了一个新的视角，生成了一种新的阐释空间。我觉得尤其可贵的是，鲁晓鹏教授想通过生态电影批评，建立起一个公共文化空间，表达公民意识的、代表现代性的精神旨趣，这在我们中国这样的一个现代、后现代、前现代杂糅的，很复杂的意识形态角逐的社会现实当中，是非常难能可贵的。

我希望大家围绕这个话题进行深入探讨。首先我先谈一点自己的看法。从生态电影的角度思考，的确有很多电影都涉及生态题材，涉及生态观念，这从广义的角度看，也不是不可以，尽管某部电影更重要的、主导性的主题或题材并不在于生态问题——如《黄土地》，它的主题当然应该是文化、启蒙、民族等，但是有没有一个生态批评的存在？这也是我想请鲁晓鹏教授，以及国内对生态电影有研究的陈阳教授，作进一步探讨的。我对生态批评目前仍持保留态度。如果作为一种独立的形态，生态批评成立不成立？生态批评是否像意识形态批评、女性主义批评、神话原型批评等一样能够有自己的批评规范、方法和模式？如果要成立的话还需要做哪些工作？

萧知纬 （美国加州州立大学教授） 我先说一个很直接的话题，我听理论方面这些东西，常常有这样一种感受，就像学禅的时候听禅师讲禅，偶尔听明白，豁然

《黄土地》海报

《黄土地》剧照

开朗，茅塞顿开，但多数时候听得云里雾里。我想今天扮演很笨、无聊、没有悟性的和尚角色，给鲁晓鹏教授一个机会来进行阐述。那么请问鲁教授，你今天讲到了中外电影史的很多例子，如果我们不用"生态电影"这个概念，对这些电影的理解就少了什么吗？就是说，我没有觉得"生态电影"这概念上我从这些影片中多看到什么东西。

鲁晓鹏　（美国加州大学戴维斯分校教授）　"生态电影"这个概念逐渐走向学界中心，是近来发生的事。最早的生态理论家大多是不见经传的，他们出书我出版社都没有听说过。但是现在一些一流学校开始雇用重量级的生态批评教授，口碑比较好的出版社也出版这类专著。

你说不用生态电影的思维看电影行不行，我想这个话语（生态电影）之所以能兴起，应该有它的社会历史根源。比如人类发展到了一个新阶段，要搞所谓"可持续现代性"。中国以前追求GDP，现在搞和谐社会，大家对现代化的内涵有了新的认识。社会进步不等于GDP增长，不能以环境和自然的破坏为代价。任何事情都是在不断发展的，话语也是如此。现在有些杂志开始出一些专题来研究生态电影。所以你说得很有道理，不要生态电影这个视角也可以看电影；但你要是沿着这个视角看东西，也许会看到一些新的东西。至于这个话语到底能不能经得起时间的考验，是否有益，我们拭目以待，因为这个话语还处于发展变化中。

陈　阳　　（中国人民大学文学院教授）　我写的关于生态电影研究的文章一开始想在北京发，但是主编的观点跟在座几位老师一样，就是不用生态批评角度也可以解释电影。实际上这个问题我也真的想了很久，我是根据生态电影研究的书单，从梭罗的《瓦尔登湖》一路读下来的，我想生态电影研究首先反对的应该是消费主义，最直接的就是与雾霾让人窒息这样的非常现实的生命体验开始的，我们最强烈的现实感就是生态的恶化，因为生态恶化的的确确让我觉得资本对资本那种无限制的追逐，以及对自然的破坏的结果。最直接的表现就是陆川的《可可西里》，电影确实非常震撼；实际上中国社会里面，对资源的滥伐就是对资源无可遏制的贪欲，我觉得就是非常现实的中国社会的现实问题，而且确确实实是生态的问题。

鲁晓鹏　　我们讲生态批评，人类的生命就是生命批评，所以从观点来讲最根本的问题，是讲人的问题，人的生命问题，这样讲好理解一点。

陈旭光　　从生态这个视角看，是不是还有生态科幻电影，比如像灾难大片《后天》《2012》等，是不是也是生态电影？一种交叉的亚类型？

陈　阳　　我觉得不能把生态电影变成好莱坞大片那种类型，那个和整个生态意识是违背的。

萧知纬　　按照这个思路，《阿凡达》也是生态电影了。

鲁晓鹏　　这得看你的边界在哪里，有时候太大，有时候太小，就像华语电影，什么是华语电影？太窄了、太宽了都不对，你说生态电影是什么意思？想要下个恰当的定义，需要进一步探讨。

《苏州河》海报

陈　阳　　刘才鲁老师说批评视角实际上就是批评方法，我也考虑过很长时间，这一个理论视角就是一个批评方法，后来我想这些批评方法里头没有中国文化的批评角度，因为列了那么一大堆资料，我觉得全是从西方的角度来谈的，中国的文化批评在哪？批评的理论视角的问题既有针对性，同时背后也需要一系列理论的支撑，但是像生态电影批评，我觉得需要思考很多，什么可以看成是理论原点，复杂性在哪里？需要各位学者有一个高度的统一性，或者有一个特别著名的像拉康、弗洛伊德、马克思这样的人统一起来，可能问题在这儿。

李道新　　（北京大学艺术学院教授）　　你好像处于一种对中国文化批评内涵的缺失之中，所以我顺着你思路，我觉得生态批评的原点也许在于道家美学的这种平等思想之中。

陈旭光　　一些学者确实从道家思想的角度研究生态危机的问题。这也是中国古代智慧与我们当下现实的相通。

李道新　　刚才，我把鲁晓鹏老师2010年第七期那篇文章《中国生态电影批评之可能》，又读了两遍，其实我非常感兴趣你从《黄土地》《苏州河》等一系列影片出发，把所谓的生态批评跟第五、第六代这样一种中国电影的关联性建立起来了。同时我也想起几年前参加上海大学举办的华语电影研讨会，周蕾专门讨论了《小城之春》的水，我记得当时包括我在内的很多中国学者没有听懂，一方面是英语的原因，另一方面是因为《小城之春》可以有各种角度的理解，但是从水的角度来写一篇国际性的业内文章，以及作为一个电影的大家来进行研究我觉得有点不可思议。这一次应雄在南京又谈了《小城之春》的水，应雄在谈《小城之春》的水的时候，是从吉尔·德勒兹的几本电影书来出发的。吉尔·德勒兹除了是哲学家、美学家以外，同时也被称为电影史学家，因为他对欧洲、甚至对日本电影史非常了解，对大师的读解非常深刻。

但是吉尔·德勒兹从来没有谈到中国和中国电影，那么应雄为什么要在吉尔·德勒兹等哲学家和美学家，那些从来没有想到过中国电影，以及没有提到一次中国电影的西方电影学者的著述中开始谈呢？他从这个角度谈《小城之春》的水，他的观点是，如果我们重新用某种方式来阐述《小城之春》的话，或许吉尔·德勒兹的框架里头就会纳入《小城之春》。

我们总是认为最杰出的民族电影作品必须要纳入西方阐述的框架里，只有这样才可以被言说，否则《小城之春》就没有方式去解读它，当然我的意思不是说"水的研究"就是这样的过程。我们反过头来说，当鲁晓鹏老师说到第五代的时候，你的观念是非常明确的，但是为什么在探讨中国生态电影的时候，你一下以从20世纪80年代到当下来讨论？选择的是从第五代开始，其实你也说到，不是此前的中国电影不存在生态电影，而是说现在的，也就是改革开放之后全球化之后的中国电影，或者说第五代中国电影是一种迟来的现代性，正因为有这种迟来的现代性，它就存在一种"水质病"，因此可以被纳入由你的这篇文章所构筑一个框架之中进行讨论，而此前特别是我所能够直接想到的比如说毛泽东时代，比如说《闪闪红星》《金光大道》等这样的电

《小城之春》剧照

影中大量的所谓山和水，有我们所说的环境和世界，那么这些东西之所以不便于被拿来探讨，是因为他对中国采取一种二元对立式的环境表述，认为只有在旧社会里头才会存在现代性的"水质病"，那么在毛泽东时代所谓要正赞的这种风景是美好的，是被歌颂的，那么这样美好的被歌颂的风景，我觉得所谓的现代性的讨论以及现代化的讨论就无法介入到这样过程之中去。因此，在这样一个层面上我认为无论是周蕾还是应雄和鲁晓鹏，无法用西方呈现所谓的以现代性论述来讨论中国电影的。其实我觉得中国之所以说可以纳入西方框架里头的，生态批评能够建立起来，是建立在所谓的中国作为一个迟来现代性或者现代化历程当中特殊的经历，这样的一个过程来讨之的发展。

如果只是一味在对地方、景观、环境讨论，这显然不是生态批评的重点。

它一定进入到有关生命或者生存的这样一个语境当中去。那么鲁晓鹏说的所谓生态批评的场所、地方、空间重新想象探讨生态问题，特别对空间重新想象的时候，我觉得这是生态批评的泛化。当生态批评泛化为一切批评以后，生态批评的意义又在哪里？

鲁晓鹏　我觉得海内外学者都在关注一些共同的问题，比如现代性、环境破坏，等等。中国的生态问题是"迟来的现代性"的一部分。你说雾霾问题是不是迟来的现代性问题？以前英国伦敦的外号是"雾都"，雾霾严重，那是英国工业化时代的产物。现在伦敦还叫雾都吗？"发达国家"已经进入了后工业化时代。按照我们中国自己的说法，也是联合国的说法，中国属于"发展中国家"。中国要造工厂，要发展，就会产生雾霾问题，老百姓买汽车是基本的物质需求，这个"迟来的现代性"没有什么不好。既然迟来的现代性在中国发生了，造成了自然环境破坏，大家就会产生生态意识，那么这是不是把中国问题放在西方框架之中呢？也没有，西方不是一个"单数"，西方是"复数"，有各种各样的思潮，什么人都有，什么观点都有，大家都不一样。当然也没有绝对的东方，东方也有各种各样的声音，所以没必要将中西二元对立。我觉得现在语境下，没有一个绝对的东西，这是我的初步想法。

海外学者是独立的人。周蕾是周蕾，应雄是应雄，我是我。我没有听到他们会议上的发言。即使听了，也不一定同意他们的观点。费穆的《小城之春》的艺术价值，并不依赖于一个法国学者的评论。但是，如果用一个外国学者的观点审视一些电影，如果有新的发现，也未必不可尝试。

用生态意识重新梳理中国电影史，就会发现各个阶段都有所谓"生态电影"，不限于第五代导演。我正在为海外的英文杂志《中国电影》(Journal of Chinese Cinemas) 编一个生态电影专辑。其中一个学者的论文就是关于毛泽东时代的所谓中国生态电影，他分析的电影包括《老兵新传》(1959)、纪录片《军垦战歌》(1965)、《创业》(1974)、《沙漠的春天》，等等。另外，不止一篇论文探讨柴静的纪录片《苍穹之下》。

李焕征　（中国农业大学人文发展学院教授）　李老师刚才说电影史，有一句名言："史学就是史料学，第一找资料，第二还找资料，第三还是找资料。"萧老师提出一个问题，就是可能老在资料堆里找的话，就容易陷进去；另外一个就是理论，理论转向太快恐怕也有问题。从学术角度我不完全赞同李道新教授的观点。有一种说法我很赞同："出国以后更爱国"。鲁老师恰恰是这样，他很委屈。李老师说他是"美国中心主义""西方中心主义"，而他觉得不是。这是两个问题，一个是学术问题，另一个是感情问题。

陈旭光 如我觉得鲁老师作为海外华人提出的这个生态电影的视角，抛开内容的、规范、科学、严谨的考量来说，有它独特的问题意识、现实意义和现实价值。一定程度上，生态问题并不仅仅是生态问题，如我们艺术学院的艺术硕士毕业生、校友柴静拍摄制作的生态专题纪录片《苍穹之下》引起的轩然大波，就完全超越了单纯的北京雾霾问题，更遑论纪录片艺术的问题，后面连带着着大量社会、政治、经济、文化、企业、商业的问题。而这恰恰反证了电影电视等艺术表现生态问题的影响力、有效性和现实急迫性。

我还想到一个问题就是像陈阳教授思考、探索的那样，就是这样一个"生态批评"能不能把中国古代的文化资源用起来？甚至能够探讨出真正具有中国文化内涵的生态批评，因为我们现在电影批评用的批评方法如同我自己常常反思和困惑的那样，大多来自西方，讲中国自己的批评方法经常讲的就是鉴赏式批评，或者感悟式批评，或者评点批评，这些好像都只是外部形态上的，都没有能够被纳入一个批评的规范的学术框架当中去。我觉得在现在这样一个剧变的、日新月异的新时代，如何建构批评？如何重新理解中国式的批评，不仅是形式的，还有内涵的，如何开掘中国文化的春天和智慧，让它们成为我们今天批评实践的文化资源，源源不绝的文化资源？所以其实我刚才对鲁老师的质疑，是希望他走得更远，包括我们一块努力，把生态批评这种范式，所能用到的传统资源如老庄的"返璞归真"的思想进行进一步的消化，那样子可能这个话语就会生根开花发芽了，才有可能真正成为中西融合的果实。

李道新 其实生态批评之所以进入中国，是有一个很独特的历史空间的语境。改革开放以后特别第五代的出场,是一种所谓的双重陌生化。就是说生态批评当它作为一个西方电影批评或者文学批评概念的时候,跟我们是没有关系的,进入中国电影批评当中来的时候遭遇历史和空间的独特语境,这个就是双重陌生化语境,解释为一种西方视角和一种朝向西方的视角。这种陌生化实际上交织着西方和朝向西方的双重视角,这种视角也是没有办法的事情,正好是中国的,或者是第三世界电影的一个视角的独特性,它是这种视角,也只能是这种视角,所以既是一种独特性,同时又是一种普遍性。

王一川　（北京大学艺术学院院长、教授）　首先就是生态电影批评这个话题很好,切入到中国的社会日常和中国现实,加上我们文化的各方面。讲到雾霾天气,今年雾霾少多了,政府下决心以后,北京的生态是在好转的,下决心舍弃一些赚钱的地点,迁走了,或者不冒烟了,但是别的地方还在冒。从这个角度来说,生态其实首先是关乎我们日常生活,其次才是电影,所以我在探讨这个话题时,是通过电影在思考我们今天的现实,无论是国外还是国内,生态电影都是值得去研究的。这样一个批评的路径,我觉得是值得去做的,国内做还是比较少,我知道像文学这些年都有生态批评,也受外面影响,但是在电影方面,相对来说也有,刚才你梳理了很多电影,也有,但是不太多。我觉得在今天这样的形势下,越来越多的学者来展开生态批评,都是很必要很有意义的。这是我的第一点想法。

第二点我想到中国古代,中国古代有很多跟环境保护有关的智慧,如庄子、老子的道家思想,今天看来对于生态智慧,心态平衡思想很多都是源头。老子的道法自然,他讲求的不是学自然,道本身就是自然,核心就是这儿,就是要顺应自然的规律,不是强行改变它的规律。我觉得生态电影的核心就是要体现道家理念,回到自然本身、规律本身去,而不是人为的改变。这些中国古代道家思想有很多宝藏,所以从生态电影批评的角度来说,可以继续挖掘我们民族自己的古典智慧,把它加入现代生活中。

钱穆老先生 96 岁高龄去世之前写了他的遗嘱,他意识到天人合一是对世界文化最宝贵的贡献,而天人合一应当成为未来中国文化的选择以及世界文化的选择,这个天人合一思想是很有意义的。钱穆先生看到这么多年来,像资本主义工业文明，像中国的"人定胜天"过程，人与自然关系越来越趋于恶化，生态越来越走向人的反面，所以我觉得今天探讨这个话题是很重要的。

再有一点，我觉得探讨这个话题，无论是中心还是边缘，无论是从美国来还是从中国来，只要加入到这个话题中去，对于一个多元文化时代都是有意义的。所以从这个意义上说发生的争论是没必要的，但是这也是为中国电影编刊增加一点话题。学术争论激发了电影界话题，美国加州大学教授跟北京大学艺术学院教授之间，引起大家对北京大学艺术学院的注意，当然也引起对鲁晓鹏教授的注意，一下子中国学术界活跃起来了，这也很好。

我觉得大家心平气和从学术角度来做就很好，不要管中心和边缘，也不用管内外。去年对话了，今年继续，今天对话了，下一次还可以继续。观点一致不一致没有关系。我对人与人之间完全的同意不抱希望，每一个人都是不同的人，都是独立的小宇宙，每个人的观点也不可能完全一致，但是没有关系，可以美美与共，带着差异来和谐共处也是非常美妙的，也是一个奇迹，也是一种美。我们今天生活在这么一个充满差异的世界上，还能够带着差异来对话，这就是美，这就是奇迹。从这样一个角度来看，每一次研讨都是一次很可贵的对话，期待在座的朋友以及新朋友再来对话。

陈旭光 王一川院长的讲话很精彩，已经有了总结的味道。今天研讨也的确非常有成效，虽然也是机锋暗藏，强手过招，引而不发，"外行看热闹"，但大家都胸怀坦荡。的确如王一川院长说的那样，咱们以后还有机会，会有很多的机会在一起讨论。关于电影生态批评，仅仅是一个开始，接下去我们会有更多的关注、辨析、研究、探讨，也希望有更多咱们的博士、硕士同学加入到研究和思考中，这会让我们的文艺批评更规范、更科学、更严谨，也更接地气。

我们的北京大学"批评家周末"文艺沙龙一直致力于为中国的文艺批评建构一个民主、自由、平等、宽松、多元、多地的对话的艺术话语场和公共文化空间。这一次的北京大学"批评家周末"文艺沙龙就到此圆满结束。让我们期待下一次讨论。

（拓璐、李黎明根据速记整理）

第五讲

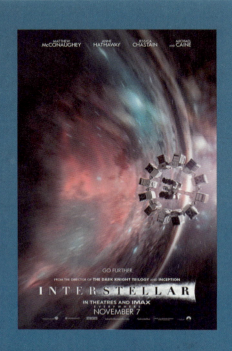

类型、叙事与文化精神
——《星际穿越》与科幻电影

主讲人　李　宁　高　原
主持人　陈旭光
嘉　宾　陈　宇　陈　阳　张慧瑜　徐化雨

编者按

2014年12月12日,北京大学"批评家周末"文艺沙龙在北京大学影视戏剧研究中心展开第七期沙龙活动。此次沙龙由北京大学艺术学院副院长、北京大学影视戏剧研究中心主任陈旭光教授主持,北京大学艺术学院博士研究生李宁和硕士研究生高原主讲,北京大学艺术学院陈宇副教授、中国人民大学文学院陈阳副教授、中国艺术研究院影视所张慧瑜副研究员、青年导演徐化雨等嘉宾参与讨论。科幻电影作为好莱坞电影中的特色电影类型,近年来一直占据着大银幕的主体地位,成为好莱坞全球电影战略对外输出的核心力量。相比较而言,在我国,虽然近年涌现出不少带有魔幻色彩的影片,但科幻电影和科幻题材一直是电影创作中相对薄弱的地方,如何看待科幻电影中的软硬成分、科学理性精神、超现实的叙事逻辑、背后的社会文化差异等,以2014年在中国热映的美国科幻大片《星际穿越》为切入点,这些问题成为本次沙龙的话题聚焦。

高原发言

活动现场

一、科幻电影：主题传达、女性形象塑造、科学与伦理及宗教关系的呈现

李宁（北京大学艺术学院博士研究生）

美国导演诺兰的电影新作《星际穿越》甫一上映，便引发了观影热潮以及对科幻片这一电影类型的思考。我想要探讨的，是这部影片在主题意蕴传达、女性形象塑造、科学与伦理和宗教关系的呈现等方面的特点，并由此简要探讨中国科幻片的阙如等议题。

首先，就所属科幻电影亚类型而言，《星际穿越》显然是灾难片与太空片的混合体，一部人为类灾难片。这类影片的一个显著主题便是对现代性或科学理性的反思。德国社会学家乌尔里希·贝克曾在《风险社会》一书中提出"风险社会"概念。他认为现代社会正"生活在文明的火山上"，随着现代化进程的愈演愈烈与科学技术的肆意应用，核战争、生态灾难、经济危机、人口爆炸以及其他潜在的全球性灾难已经裹挟着人类步入了一个危机四伏的"世界风险社会"。显然，《星际穿越》是对科技扩张所造成的"世界性风险社会"的想象，由此构成了一个现代性自我反思的文本，直接指向着现代性的自我否定。科幻电影本质上是一种乌

李宁发言

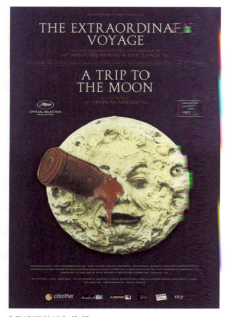

《月球环游记》海报

托邦文本,正如达科·苏恩文所言,"最终也只能在乌托邦和反乌托邦的视野之下进行创作"。[1] 科幻片对于未来的想象或者乐观如《月球环游记》,或者悲观如《黑客帝国》《银翼杀手》。显然,《星际穿越》对于人类未来的想象性建构是以一种反乌托邦的形式出现的。不过影片最终还是采取了乌托邦式的结尾,体现了科幻片的一种乌托邦辩证法。

其次,为了解决生存危机与认同危机,《星际穿越》塑造了墨菲与布兰德两位女性救世主的形象,表达了对于女性繁殖能力的崇拜。绝大多数科幻电影中,女

---

[1] [加]达科·苏恩文:《科幻小说变形记科幻小说的诗学和文学类型史》,丁素萍等译,合肥:安徽文艺出版社,2011年,第68页。

性往往是超级英雄的配角，直接被设定为男性角色与观众的凝视对象，成为一种凝聚了无限欲望的被看的"他者"。尤其在《超人》《蜘蛛侠》等超级英雄电影中，这种叙事设置直接复制乃至放大了父权制社会中不平等的男女权力关系。《星际穿越》连同最近的《超体》，体现出鲜明的女性主义与反传统叙事立场。不过值得思考的是，这种女性形象是不是仍是男权意识牵制下的一种有意为之的迷人假象？是不是只有女性电影才是女性主义的立场？无论如何，《星际穿越》当中的女性形象塑造较之前人有所进步，这是值得肯定的。

再次，在《星际穿越》中，随着拯救人类行动的进行，科学与宗教、伦理的关系问题也浮出水面。年轻的父亲库珀看到老态龙钟的女儿墨菲走向人生的油尽灯枯，显然触及到了传统家庭伦理规范的合法性问题。这种场景，一如《回到未来1》中回到过去的男孩被自己亲生母亲爱上一样，表达了科技发展导致的伦理困境。在《人工智能》《弗兰肯斯坦》等异类生命题材科幻片中，科学与伦理的冲突则更为明显。与此同时，影片显露出一种科幻片悖论，即科幻片作为根据科学技术来加以想象和构成的文本，往往表现出反科学主义的面目，继而表露出鲜明的宗教意识和神秘主义倾向。在墨菲和布兰德两位救世主后面还站立着未知的"他们"；拯救人类的计划叫作"拉撒路计划"，拉撒路是《圣经·新约》当中的人物，他在患病死去四天后被耶稣复生；而库珀空间站俨然一艘"诺亚方舟"。这些设定，其中的宗教隐喻色彩自不待言，也显示出亚当·罗伯茨所说的"技术终结之处便是魔法、神秘的地盘——如哲学家经常谈论的'缝隙处的上帝'——的冲动"。[2] 科幻片的这种宗教意识在很多科幻电影当中都可以看到，比如《黑客帝国》《地球停转之日》《超人》等，这反映了西方世界文化根深蒂固的宗教精神的底色。而科幻片悖论，也说明了科学理性与宗教精神正好构成了西方文化辩证统一、不可分割的一体两面。

第四，由西方文化根深蒂固的科学理性与宗教精神出发，可以很自然地进入

---

2 ［英］亚当·罗伯茨：《科幻小说史》，马小悟译，北京大学出版社，2010年，第30页。

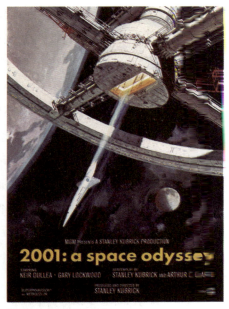

《2001：太空漫游》海报

到中国科幻片阙如的问题中。中西科幻电影创作的差别，根本上受制于不同的哲学视野与文化精神，科学理性与宗教信仰显示出西方文化对于外在的对象的探求，如牟宗三所言"西方文化的重点，其所关心的是'自然'或'外在的对象'(nature or external object)，这是领导线索"³，而传统中国则认识论失落。与此同时，文化现代化进程愈演愈烈，但实用主义的传统阻碍了国人对科学真正的精神气质的理解，尤其体现在科学和技术的混为一谈。最后，中国电影擅长从传统文化资源中寻求创作灵感，古装电影在百余年中国电影史上的热潮轮换便是例证。同时中国电影至今仍然缺乏自觉的类型电影意识。上述种种都可视为中国科幻片缺失的原因。

---

3 牟宗三 《中西哲学之会通十四讲》，长春：吉林出版集团有限责任公司，2010年，第13页。

最后，尽管《星际穿越》等科幻电影总是代表着人类对于未知世界的一种探求，但我们真的可以通过科幻电影或科幻小说想象未来吗？尽管像库布里克的《2001：太空漫游》当中许多技术都变成了现实，但科幻电影本身并非一种预言的手段。詹姆逊在《未来考古学》一书中对此给出了有意思的阐述，他指出科幻小说"多种模拟的未来起到了一种极为不同的作用，即将我们自己的当下变成某种即将到来的东西的决定性的过去"。[4]他从形式出发，认为科幻小说制定了结构上常独特的方法，使其能够在当下当作历史来理解，不管被当作陌生化的假想的未来世界是悲观主义还是乐观主义。就此而言，《星际穿越》等科幻片最本质的功能并非想象未来，而是回望当下，反躬自省，沉思默想。

二、《星际穿越》：科技与人文的一个漩涡

高原（北京大学艺术学院硕士研究生）

在分析影片《星际穿越》之前，我需要先补充一下科幻电影类型的概念。科幻类型的电影具有两个特点：科学性和幻想性，科学性指电影中的世界观要基于当下的科学系统，是科学共同体所共同认知的一个较为稳定的科学观。幻想性指电影至少在某一方面表现出超越当下已有的科技水平。而科学幻想电影最大的特点在于"否定虚假的科学给幻想提供了真实的可能，而超脱现实的幻想则给科学提供了发展的空间"。科学与幻想其实是对立的概念，但两者对科幻电影的构成缺一不可。只有幻想性的电影，仅称之为魔幻电影或为幻想电影，中国还有一种独特的类型叫"玄幻电影"，如《画皮》《画壁》《新白娘子传奇》等。仅具有科学性的电影，只要技术问题解决就能实现，如今年年初上映的《地心引力》，几乎可称为太空灾难片，我认为这也不符合科幻电影的本质。

---

[4] ［美］弗里德里克·詹姆斯：《未来考古学：乌托邦欲望和其他科幻小说》，吴静译，南京：译林出版社，2014年，第379页。

我们可以看到在新好莱坞之后，伴随着类型杂糅的发生，科幻电影与许多电影类型产生了交集，如科幻恐怖片、科幻西部片等。为了解决科幻片的分类问题，我在这里提出一个"类型元素"的概念，把每一个电影类型的特征归划为类型元素，影片当中只要具备足够的类型元素，即如果一部电影的科学性、幻想性同时存在，就可以认为这个电影具有科幻性。以《泰囧》为例，影片《泰囧》在开头介绍了一个特殊物质——"油霸"，滴一两滴就能使汽油翻倍的物质。我们现在研发再生能源，"油霸"的特性设定就可以看作有科幻性，但这个科幻性元素在这部影片中只是一个引子，没有起到叙事作用，所以《泰囧》只能说有一些科幻的组成部分，但不是一个科幻片。如果一部电影具有科幻性的元素构成其主体，乃至整个核心、它的叙事是以科幻性为主体的话，我们可以认为它是科幻电影。在科幻电影的具体叙事方面，我将其类型分为两大部分，一类是反思科技类型，另一类是反乌托邦类型，它们分别代表自然科学的反思与人文科学的反思。在对科幻电影类型进行一个概述之后，接下来进入到影片《星际穿越》的个案分析上。

从科幻设定角度来说，《星际穿越》是我近几年看过的最棒的科幻电影，因为这部电影足够的"硬"。在科幻类型电影中，我们从科学性上将其分为硬科幻、软科幻。区别在于硬科幻要求其设定要极其严谨、科学，尽可能地符合我们现有的科学水平、已有的科学理论。而软科幻更强调人文描写，只要有一些科学的概念，其他部分可以去臆想。以《回到未来》这部 80 年代的影片为例，它没有对时空穿越提供严密的物理定理计算，可以看作是典型的软科幻电影。而硬科幻的代表作有《银翼杀手》《黑客帝国》等，在科学的基石上对未来世界进行严肃的哲学思考。从这个角度来看，我认为《星际穿越》的科幻"硬"度甚至超过了《2001 太空漫游》，它的世界观是由加州理工学院费曼理论物理学教授基普·索恩所构建的，而索恩在物理学界处于和霍金相当的地位，他用基于弦理论（这也是在量子力学中最有希望构成描述整个世界的理论）延伸出的膜理论观来构建《星际穿越》的整个世界观。在这里我简单介绍一下"膜世界"，在多重宇宙中，如果把宇宙所有的三维空间压缩成二维空间（成为一张膜），整个宇宙有无数个膜，膜与膜之间

《银翼杀手》剧照

也许只有 0.01 毫米的距离，但是任何世界中的粒子不可能挣脱掉其膜，因此即使距离很近的世界仍是隔绝的，感受不到另外一个高维空间。索恩基于膜世界理论设定了影片中的虫洞，虫洞是膜世界之间的通道，因此 100 亿光年远的距离通过虫洞可以极快地到达。索恩设定了一个物理公式直接描述了五维时空中所有的物理现象，在专业物理学的角度看来，这个公式设定得相当简单粗暴，不可避免地忽略了一些物理问题，但是这个公式基本满足了构建一个完整世界观的需求。在硬科幻电影当中，所有的科学设定必须要符合逻辑、符合科学——索恩做出来了。总的来说，诺兰对电影中的科幻设定持有的严谨态度让这部电影在合理性上远远超出了其他的同类电影。当然，这部电影也有一些小瑕疵，如引入的这个物理概念——"引力作用可以超越时间"，实际上相对论中引力是时空构建的基础（会扭

《银翼杀手》海报

曲时间），但不会超越时间。不过这并不影响我们去欣赏这部电影。

另外，诺兰在影片中对于细节的刻画也做出了惊人的效果，在《星际穿越》之前，特效公司所使用的 3D 渲染器用于计算折射反射影子的光线追踪技术都基于"光线沿直线传播"的原理，但在相对论的描述当中光线是沿时空最短的距离传播，而时空是可以被扭曲的。为了还原黑洞的形象，为了实现黑洞扭曲光线的物理特性，为影片服务的特效公司重新编了一个渲染器，这也是第一个符合相对论的渲染器。以往的电影中从来没有人展现黑洞和虫洞确切的样子，《星际穿越》做到了。做出了最符合黑洞原型的景象。

影片对于其他细节的还原也非常值得一提，如声音的真实还原，真空区域的绝对寂静（太空中没有空气不能传播机械波），只有恢宏的音乐，但镜头切到船里，就会有人的声音、机器振动的声音。影史上这样处理声音的另一部影片是《2001：太空漫游》。其次是对相对论的时空观描写，在影片中的巨浪星球上，一个小时相当于地球上的七年，在以相对论为基础构建的故事架构中，这是正常的时间结构。

电影中我们可以看到诺兰竭尽全力展现未来社会的真实，这是为了什么？我认为一部科幻电影的意义往往会在幻想性中展开，因为幻想部分试图超越我们的现实世界，因为不一样而产生冲突。电影《哥斯拉》展现了因为核能泄露导致变异的巨大蜥蜴出现，这实际上含有自然对人类复仇的意味，它反思了整个现代科技。又如《阿凡达》，它的冲突在于纳威人跟人类不一样，对这两个种族之间进行精神交流有无可能性的探索。而在《星际穿越》中，我没有看到类似于这样的探索，我看完的第一反应是诺兰在前面宏大的科幻形式铺垫下只讲了一个父女归家的故事。穿过《星际穿越》种种表象，它究竟在讲什么？我认为《星际穿越》可能还是讲科技与人文的冲突。我们接下来根据剧情分析一下，电影最后是怎么展现的。

首先，影片铺设的背景——满天黄沙中孩子不上学而要学习种玉米，美国登月被改写为伪造事件，人类文明开始没落，人类的生存也受到了威胁，农作物枯死导致粮食短缺（在现实生活中，因为物种的多样性，每一个物种抵抗细菌的能力都很强大），为什么影片中农作物会因一种病而集体灭亡？我们可以猜想这是因为21世纪人类对农作物实行了大规模基因改造造成的结果，人类改造出基因良好的玉米，全世界都只种这种玉米，所以只需要一种病菌就可以导致相同基因的玉米全部灭亡，这也是电影中各种农作物相继灭亡的原因。还有在空中盘桓了二十多年的印度无人侦察机，它没有受到印度方面的命令归航或者停下来，我们是不是可以推测为印度政权在《星际穿越》里是不存在的？我推想是不是发生了第三次世界大战导致了影片中的无政府状态？这个背景故事中我们可以看到《星际穿越》对于科技的反思。

第二，父亲（库珀）离开了女儿，女儿（布兰德）离开了父亲，他们去外星球寻找人类继续存在的可能性。在影片当中一直有两套方案：带地球上所有人移居外星球的 plan A，直接在新星球上培育人类胚胎的 plan B。我们看到 plan A会感到制定计划的布兰德教授非常没有人性，他直接舍弃了地球上苟延残喘的人类而把重心一直放在 plan B上，他只要保证人类这个物种能够在宇宙中繁衍下去。当然这个计划是遭到反对的，在这两种态度的对比中，我们也看到了诺兰对于人性的肯定，探索者们去外太空冒险是为了实现 plan B，想要拯救地球上的所有人。

第三，在巨浪星球遇到的危难。因为布兰德在危急关头一直执意要找到之前飞船的黑匣子而导致一个伙伴丧命，也耽误了时间。我们可以理解为她是为了科技，是为了调查详尽的资料，但很明显她这是感情用事。诺兰在这里对人性打了个问号，人性真的如我们想象的那样美好吗？

第四，冰封星球上的探索者曼恩伪造信号。曼恩伪造信号只是为了保证自己的存活，求生本能舍弃所有的大义，即使杀死同伴他也要回到注定灭绝的地球上，这就是他的求生本能。这里诺兰对人性进行了更进一步的反思，曼恩如果不宣这些把他推向灭亡之路的事，宇航员们可以节省下去冰封星球的燃料，还能回地球，可是又有谁能说自己处于那个位置的时候不会去伪造信号呢？

第五，在无法回家的情况下，男主角做了一个大无畏的决定——支援女主角寻找下一个可能的生存站而进入黑洞，之后进入黑洞之后他忽然明白这一切都是未来的人类所创造出来以自救自身。这是对未来的乐观猜想，当未来科技发展到一个极高的程度可以拯救人类于水火之中，人类必然会得救，这也是对科技的肯定。

第六，五维空间中库珀与女儿的沟通也刻画得动人心弦。影片中农田烧着了火，与妹妹（女儿）冲突不断的哥哥快要回来了，女儿也收拾东西准备回去。男主角在拨表的秒针传递信号。她很有可能拿走表，也有可能她急于从火灾中逃走而不拿这个表。尽管作为观众有这种担心，但我相信她一定会要这个表，它是父女之间的情感纽带，是父女之间延续着的爱拯救了人类，这一点是诺兰对人性的再一次进行肯定。

通过这几点情节，我们可以看出这部电影与传统科幻电影有很大的差异。诺

《星际穿越》剧照

兰对科技并没有选择单纯的赞扬或者反思的态度,他甚至没有站在某种立场上进行讨论,只是把各种可能性摆在观众面前。他对人性的赞扬、对丑恶的批判、对科技的反思和肯定都展现在影片中,整个影片形成了一种人文与科技的漩涡。我们如何从这混乱中寻找到诺兰的本意?我想从下面两点中我们也许可以一探究竟。第一点在开头的时候出现,库珀(父亲)去给他的女儿和儿子开家长会,孩子们的班主任是个很年轻的女老师。他岳父临行前跟他说应该去勾搭一下(男主角的妻子在多年前已过世),影片中原话是,"身为一个人类,有继续繁衍后代的义务"。第二点在影片将结尾时出现,他年迈老去的女儿见到他时说:"一个父亲不应该看到女儿去世,你有其他要找的人。"观众可以看到库珀的女儿在鼓励他去找布兰德博士,在外星球继续繁衍下去。我们看到一个很关键的信息被传达出来,繁衍后代成为人类最基本的存在意义。

迪兰·托马斯的诗在影片中被反复吟诵,描述的是人面对死亡时的情景,如何不温驯地走入良夜?正如整个影片给人的感觉是人类种族在地球上将要灭亡,一个很核心的问题是:人类应该如何面对死亡?答案只有一个,就是活下去。如果作为个体活不下去,就以延续子孙的方式活下去。实际上自远古以来,人类也一直是以这种方式延续下去的,族群哪怕以牺牲自我的方式也要衍生后代。这很像中国人的价值观,我们不信神,信祖宗,很自然地子孙成了种群延伸的方式。正如诺兰给汉斯季默的信中所写的,一旦我们成为父母就忍不住想要知道自己在孩子眼中是怎样的。也许人类真正地面临灭绝的时候,只能通过这种爱来延续。

导演诺兰对影片表现的一样举棋不定,他同时被理性与感性所困,想要相信理性,但他也觉察到了毫无人性的科技所带来的恶果,想要相信人性的力量,但是又可以看到像曼恩这样的存在。个人觉得诺兰是寄希望于理性与感性最美好的东西——科学与爱,在二者的帮助下,人类可以在宇宙中繁衍生存下去。

在笔者看来,影片最大缺憾在于导演过于犹豫,它的结尾没有以积极向上的方式呐喊出来、迸发出来。与此相反,《2001:太空漫游》虽然过程很压抑,但伴随着理查德·斯特劳斯的《查拉图斯特拉如是说》,主角被进化成星孩,这象征着人类会继续走向新生。但是诺兰既没有给我们展现一个乐观的态度,也没有展现一个悲观的态度,他甚至把所有的故事都只压进一个情感故事当中(这也可能是为了票房,绝大多数人即使看不懂科幻也知道这是一个父亲与女儿的温情故事)。笔者希望看到他的影片哪怕像《黑暗骑士》(《蝙蝠侠》的第三部)中最后那句"正义有的时候只是在寒风当中给小男孩一件外套",有一个典型的、正面弘扬的言词,让人看到更多希望。

最后我想用一句短评结尾:"临危,诺脑思理心向感。然欲循道而觉其不善,欲信情而知其不忠。均不信均不舍,弃糟粕而取科学与爱也。浩渺宇宙,为人可居之。"

科幻电影不仅仅是科幻电影——美国科幻类型的镜鉴与中国的反思

陈旭光　（北京大学艺术学院副院长、教授）　今天我们"批评家周末"研讨科幻电影。科幻电影是某些科幻影迷的最爱,也可以说是好莱坞电影工业绝杀性的秘密武器、"一招鲜",是它的强项,堪称"吸金大户"。但科幻电影类型在中国的电影工业中却几乎是空白。比较好的科幻电影可以席卷几十个亿的中国票房,一些片子并不怎么样,也就是二三流的美国科幻大片,因为我们在某些档期缺这种类型,中国观众仍然把大量的票房贡献给它。我们不禁要问,中国电影中为什么没有科幻类型电影?是中国人丧失了科学精神、丧失了想象力吗?中国有魔幻电影,有关于妖仙狐媚的民间鬼文化,也有一些鬼电影,如《倩女幽魂》《画皮》《狄仁杰之神都龙王》《白发魔女传》之类的,那么,这些电影跟美国科幻电影是什么关系?能不能弥补中国科幻电影的空白?下一步我们将要发展的是中国式的科幻电影或者是美国式的科幻电影,到底哪一种更能短期解决中国缺乏科幻电影的现状?现在闹得轰轰烈烈的《三体》的改编,以及跟美国科幻肯定不一样,但却有些超现实、不太讲"人话"的《盗墓笔记》系列电影,我们应该如何看待它们?我觉得这些话题都是我们当下电影理论界非常关注的话题,也是非常有意义有价值的问题。科幻电影既然是一种电影类型,就有一些独特的美学特征、叙事特征,同时它又不断跟其他的类型结合,可以跟英雄主义、灾难片、惊险侦破、警匪片等很多东西结合,所以它又是一个非常灵活的、具有开放性的类型。另外还有一点,科幻电影一定程度上体现

《星际穿越》剧照

了科学反思精神、理性精神、对人类未来、文明危机与文化命运的忧患意识，甚至是"末世情怀"或"世纪末情绪"，含有一种人类对自我和科技理性的三思的精神指向，是一种预警和镜鉴。如果科幻电影还可能有那么高的功能、价值和寓意的话，那么我们中国缺科幻电影，就不仅仅是票房、产值方面敌好莱坞的问题了，更关系到祖国未来年轻人、几代人，他们的科学精神、人类意识、地球危机意识等一系列价值观和文化意识能不能养成的问题。我们没有科幻电影是不是意味着这些方面的缺失？那么在文化上、观念上、教育上，我们有没有反思的必要？就此而言，科幻电影又何止仅仅是科幻电影呢？我觉得这些话题的研讨都是非常有必要的。

的确，科幻电影其实是人对自身的反照，对未来可能发生各种危机和类生存危机的预防预警,所以我们在看《星际穿越》的时候有一点很震撼,那个"虫洞",好像是外星人设计好在那里以引渡我们,要帮助陷入危机的人类超度一样,这好像是一个巨大的全知的视角,从来不出现但却一直在观察我们,路摆在那儿,"虫洞"摆在那儿,你们能不能穿越要自己去争斗去选择,这样的一种人类外空间,一个虚拟救世主的悬疑,让人有很多的思考。

如果最终回到中国科幻电影的现状,我们来分析和总结、来探讨和向往或者悬疑我们中国的科幻电影的话,我还是有信心的。中国科幻电影不会像李宁同学说的那样缺少科学精神,在科幻电影里,"硬科幻"和"软科幻"是有趣的区分,硬科幻是像《星际穿越》这种涉及整个人类存亡的一个视点非常高的科幻,软科幻只要在一些情节设计上,稍稍超越于现实,跟现实不太一样就可以了,我觉得这种软科幻我们有可能会先突破。涉及人类生存、宗教精神、宗教意识这些是我们不可能马上能够完成的科幻想象的高度,但是我们后面这几代人都看着美国科幻电影长大,他们看美国一工科博士研究生生活的美剧《生活大爆炸》都可以看得前仰后合,这无形之中都是科学理性精神普及,所以未来中国科幻电影肯定会发展。

在这种美国式的科幻电影没有完全出现之前,我想总是可能会有一种弥补,就是奇幻电影。我们有很多民间文化、民间鬼怪的传说,虽然没有多少科学精神,但是富有想象力,有玄秘神奇的色彩,比如《画皮》《狄仁杰之神都龙王》。在《神都龙王》里面我发现一个细节,神都龙王念蛊的那个情节其实从汉代就有,对某一个人有仇恨就用一种巫术的方式不断地对他念咒,能够致其死亡,《红楼梦》里面也有。徐克这个老顽童用这个"蛊"让我们联想起什么?联想起生化危机、生物变异,龙变成了那样一种鬼怪。电影中出现那样一些场景也挺有趣,虽然离真正的美国科幻电影差得很远,但是他以中国的方式在局部的想象上有了一定突进,也许我们不能要求太高,只能先一步一步来。

二、科幻电影的"现代性"自反:解构历史抑或逃避社会

陈　阳　　(中国人民大学文学院教授)　　两位同学的发言确实很精彩,深受启发。李宁同学的构思很庞大,在他这篇演讲里面触及、探讨了许多科幻电影本质问题,

活动现场

他所提到的那本克里斯蒂安·黑尔曼《世界科幻电影史》也是研究科幻电影的一本必备书，里面谈到了科幻电影的七种题材很有概括性，科幻电影大体上还是一直在这七种题材里延伸发展。研究科幻电影确实应先从科幻小说开始，如雪莱夫人写的《弗兰肯斯坦》，这些都对科幻电影发展做出巨大贡献。我们在学电影史的时候知道最早的科幻电影始于梅里爱，而他的构思是受两位科幻小说家的启发，一个是儒勒·凡尔纳，还有一个就是乔治·威尔士。他们对后世的科幻小说乃至科幻电影起到了非常重要的开端作用，而这两位作家代表了两种对科学未来的想象关系，凡尔纳对科学进步有着非常乐观的看法，而乔治·威尔士则代表着对科学与未来略显悲观的科学想象。这两种认识也在高原同学的演讲中体现出来，即对科技既有充满希望的一面，又有非常怀疑悲观的地方，这可能确实是人类在面对未来的观念上同时具有的复杂心态。

黑尔曼书中还提到科幻电影与历史、社会的关系问题，他指出科幻电影并不关注真实的历史和社会现实问题，它的一个基本前提就是要解构历史，重新编造"如果怎么样，将会怎么样"一个虚构的逻辑关系。科幻电影在某种意义上具有逃避社会现实的功能，但同时又可以从中解读出隐含的与现实的关系，这也很值得深入展开研究。上述诸点，我觉得是在讨论科幻电影之前首先要考虑的一些基本问题。

具体到刚才两位同学的发言，李宁提到现代性的自我反思、自我反抗等实在科幻电影中都有所表现。这里还涉及宗教和伦理的问题，科幻片的自反会反到哪里去？宗教的问题自然会作为精神资源出现。问题在于，现在来自西方的科幻片里的宗教问题，它具有一整套内在的文化逻辑关系，即刚才李宁说的数学、哲学解决不了的问题，就要去问上帝，这属于基督教的文化范围。那么非基督教文化圈层的人们怎样处理科学所解决不了的矛盾？这是个问题。不过，这起码说明了科学终究不可能是万能的东西。所以我觉得科学终究有它的局限性，有它的极限。但它的魅力又吸引着我们，它不断引人去思考无尽的可能性。当我们把这一切归咎于神的时候，我觉得还是应该从中国人的立场有所反思。塔科夫斯基的《索拉里斯》总是有人完全从东正教的角度去探讨他的思想，但如果我们真的仔细阅读塔科夫斯基的《雕刻时光》，你会发现他对东方的道家思想，包括禅宗都有独到的理解。他在解读松尾芭蕉的俳句时，能把自己跟爱森斯坦对俳句的不同理解清晰地分辨出来。塔科夫斯基的《索拉里斯》不是我们看到的西方或美国意义上的科幻片，但是他讨论的问题还是人类的终极问题，包括人类未来的命运以及如何自我拯救的问题。他所提出的解决方案也不是依靠神启的力量，那是另外一种现代性的自反方式。

实际上，什么都解决不了的就去问上帝，这可能是一个解决的方法，再一种解决的方法就是人与自然如何重新融为一体。影片《索拉里斯》最后结尾的部分，思想之海平静之后，变得澄明起来，这并非依赖于什么高端武器，而恰恰是人与他者之间的平等沟通。该片的最后结尾是在太空中出现了地球上的小岛，这个小岛恰恰是主人公的故乡家园，还有他的小屋，这里面难道不也是蕴含着一种精神的力量？所以说，对科幻电影最终怎么样理解，或者说是不是按照西方式的理解建构这样一层关系，我觉得不一定非得如此。因为在思考世界的终极、世界的未来时，不仅可以像现在的美国科幻片里那样依赖于所谓的拯救者或者上帝，是否也可以从东方文化中寻找到精神资源来解救自身？我们可以寻找到人文与科学的均衡关系，并使人类最终免于灾难性的毁灭。这实际上在塔科夫斯基那部似乎不太像科幻片的电影里已经表现出来了。

再有就是科技的问题，这是科幻电影特别诱人的地方，不同的观众群体都可以从中找到进入电影的端口。高原的发言给我的启发是，如果中国要拍出特别动人的科幻片，真的应该有科学家和艺术家相互融合的主创团队，我想中国的科学家们肯定也能给我们提出令人惊诧无比的科学模式来，令人文学者或者是艺术家再去想象人类在那个状态将会怎么样，该去做些什么？如何发展自身或者是克服人类面临的困境问题。这确实是科学家和艺术家联手的最佳空间，他们的有机合作将会促成中国诞生出自己的、更具吸引力的大众电影形式。

三、反科学主义、金融危机与库珀的三个身份

张慧瑜　（中国艺术研究院电影电视艺术研究所副研究员）　李宁和高原的发言很有意思，彼此呼应。如果说高原给我们做了一个硬科幻的分析，那么李宁则属于软科幻的解读。李宁把科幻电影放在与现代性的关系上，放在伦理与宗教的关系上来思考，非常理论化，尤其是他最后提到人类未来的问题。高原发言的主题是人文与科技的漩涡，这也是一个经典的理论命题。科幻电影本身是一个自反的电影类型。一方面我们从科幻电影中看到科技、科学带来的灾难，另一方面科幻电影本身又是借助最新的电影科技来完成的，正如科幻电影最大的噱头就是"炫技"，制造视觉奇观。结合他们的发言，我想讲三个小问题。

第一，中国为何没有科幻电影的问题。就像李宁所说，中国缺乏像西方这种涉及未来的科幻电影，从中国没有科幻很容易引发出中国缺乏科学精神的讨论。我的看法是，不是中国没有科幻、科技精神，而是中国缺少反科技、反现代、批判现代的文化传统。中国这一百年来进行现代化，一直在追求科学和现代技术的进步，但是中国对于现代化、现代科技的理解往往比较正面，科技、科学对于我们来说从来不是噩梦，而有一种民族自豪感和人类的进步。中国电影史中少有的几部科幻电影，如80年代科幻片《珊瑚岛上的死光》《霹雳贝贝》等带有科普、科教的意味。而中国最早的科幻片是毛泽东时代的两部电影，一部是1958年金山导演的《十三陵水库畅想曲》，一部是1963年上海科学教育电影制片厂王敏生执导的《小太阳》。两部电影都呈现了科技、科学的正面价值。

科幻电影作为好莱坞的重要类型，其最核心的主题就是反科学主义。讲述科技进步、科学发展给人类带来的噩梦和灾难，这也是西方近代文化思想

的核心主题。中国缺少的正是这种内在的反科学主义的意识和精神,当然这恐怕也与中国近代以来积弱积贫的境遇有关,中国一直在追寻、追求现代化的进步。现在中国已经是工业上的发达国家,许多科技水平处于世界前列,比如高铁水平、航天行业,不知道随着"中国崛起",中国电影人会不会拍一部"变形高铁"的电影来拯救人类。

第二,是电影类型的问题。这三十年来,"类型"恐怕是电影研究的关键词。"类型"这个概念,就像社会领域中的"市场"一样,经常会作为一种判断中国社会和中国电影发展的标杆。电影票房好是因为类型成熟,不好则是类型化的不够。类型化也是80年代、90年代、新世纪以来中国电影发展和改革的主要方向,可是至今中国也没有形成比较成熟的类型电影。类型是好莱坞电影的特征,尤其是经典好莱坞电影的特色。类型是一种模式化生产,是一种工业化生产,依托于稳定的电影工业系统。

中国类型电影不发达,与这三十年来中国电影体制的剧烈转型有关。我们曾经拥有国营电影制片厂,已经形成一套比较稳定的讲述电影的方式,比如80年代的商业片。但是90年代以来这种国营电影厂基本上都破产了,这种大制片厂式的标准电影也就消失了,而新的电影体制还没有成型。尤其在电影产业化改革之后,电影生产某种程度上从电影工业倒退到一种作坊式生产。我们感受到大资本投入到电影中,但看不到中国电影工业水平和制作水平的提升,比如特技、道具等环节可能需要依靠韩国团队来完成,这反映中国电影工业水平的落后。

类型电影的优势在于及时回应美国主流社会的变化。金融危机以来,好莱坞电影出现了两种新的故事,一种是讲述不完整家庭的故事,中产阶级核心家庭被破坏,不再是有外遇或出轨,而是电影开始之前,核心家庭就残破不全了,比如《卑鄙的我》《铁甲钢拳》等都是如此,《星际穿越》也一样。第二种故事,也是科幻片中经常浮现的,就是"回到过去,拯救未来"的主题,如《黑衣人3》《环形使者》《007:大破天幕杀机》《X战警:逆转未来》等。《星际穿越》也是让父亲通过时间空间化的第五维度来给年幼的女儿传递来自未来的消息。这些都反映了金融危机给美国社会所造成的深刻影响。

第三,库珀的三重身份。《星际穿越》这部电影中最重要的角色是男主角库珀，他有三重身份，一是农民，二是工程师，三是父亲。这样三重身份带来三个故事。先说库珀的农民身份。人类的末日就是植物枯竭，食品成为最大的危机。人类似乎又退回到前现代的农业文明，预示着文明的到退。这样一种去工业化的农业空间不只是前现代社会的表征，还是后工业社会的典型特征。在电影结束的时候，库珀来到人类获救的空间站，这里一尘不染，依然是一个农业的空间，只是这里的农业已经变成了崭新的后工业社会。人类的未来依然是去工业化的后工业社会，这并没有多少新意。

再看库珀的工程师和宇航员的身份。库珀不只是农民，更是一位出色的机械师和工程师。在农业社会中，工程师变得一无是处，就连儿子都被老师赶回家，因为人类不再需要工程师了。从这里可以看出人们对于工业所代表的现代文明的敌视和反思。不过，电影的主体段落依然是库珀驾驶着宇宙飞船，去寻找新的殖民地，这种工程师、航天技术所代表的工业实力以及探索精神结合起来被作为拯救人类的希望。另外，女儿的房间是一座图书馆，这个图书馆成为未来与过去沟通的临界点，而成排的书架本身象征着人类的知识、智慧，这成为拯救人类的关键点。在这个意义上，这部电影对现代知识、现代文明做了正面的评价。电影并没有提出不一样的未来，拯救人类的依然是来自更高级文明形态的人类。

最后，库珀最重要的角色恐怕就是父亲了。不管是离开地球去寻找新的殖民地，还是坚持返回地球，其心理动机都是父亲对女儿无限的爱，这也是影片的催泪弹。与《盗梦空间》相似，《星际穿越》也是男人回家的故事。如果考虑到 2013 年底上映的《地心引力》，可以说，不再是离开家去海外远征，回家成为好莱坞的新主旋律，尤其是好男人、好父亲回家来修补已经残缺的家庭。最终年迈的女儿与中年父亲重新相见，父女之间的怨恨消失，人类拯救与家庭内部的和解同时完成。从这里可以看出美国的"家国"叙事是如何建立在中产阶级家庭之上的。

徐化雨　（青年导演）　我觉得从类型的角度来看，这部电影给我的感觉不是特别好。它的拍摄手法、特技画面很讲究，里面的小桥段很精彩，但是电影跟正宗的好莱坞叙事模式还有一点距离。电影为什么产生这么多类型？电影归根到底是一个商品，要拿来赚钱。什么样的商品能成功？你只要找到人性的惰性就肯定能成功，它就是为了解决你的惰性。电影类型的出现给有惰性的欣赏者不去思考的快乐。好莱坞把这种逻辑发展到极致，就出现了类型，每一种类型它会很清晰地告诉你这个故事基本的线索。从这部影片本身来讲，《星际穿越》太过复杂，超出了观众的娱乐期待。

另外，中国为什么没有科幻片子，还有一个非常重要的问题，美国是以全球市场为目标，所以有大量的投资来制作一部精良的电影，中国还没有达到这种程度，也没有这种视野。

四、科幻电影中的"科学与人性"

陈　宇　　（北京大学艺术学院副教授）　我本人是个科幻迷，从一个科幻迷的角度来讲，我和许多科幻迷一样，对近十几年来好莱坞的科幻电影是非常不满的。因为市场和观众趣味的等因素，经典意义上的科幻片越来越少，而类似于《变形金刚》这样的影片都被当作了科幻片，我认为这是不合理的。所以这次的《星际穿越》在类型规则上符合经典科幻片的样貌，影片宣传也多次提到了与《2001：太空漫游》之间的风格关联，在长时间经典意义的科幻片缺失的背景下，《星际穿越》这样一部大作的诞生，不仅对科幻迷，其实对于全球观众而言，都是值得高度期待的。

看完之后，我的感受是，它是一部真正的科幻片，但也仅止于此，它还不是一部能与史上的那些科幻经典比肩的作品。

说它是真正的科幻片，因为它以科学设想作为影片主要的情境设定，而且它尊重科学真实。从这个意义上讲，这个片子的方向和套路是属于经典科幻片的套路和方向。说它仅止于此，是因为影片把所有的力量用在了技术上，电影技术、科学技术都做到了接近完美，但在一个关键问题上作者是模糊的，那就是科学观念。谈这个问题，我觉得我们先要把科学和科技这两个事情弄清楚。在很多日常语境下，这两个词是混用的，但学者、研究者都很清楚，科学和科技不是一回事儿。如果说一张信用卡是科技，那么它背后的那个金融系统，就是科学体系。我个人一直认为我们的启蒙运动没有完成，卢梭、狄德罗、百科全书派，他们当年启蒙运动的本质就是科学理性精神。我们一直就是"科技强国"，但启蒙运动是想让广大国民都变成具备科学理性精神的人。这二者之间是不同的。启蒙运动这一课作为现代化的历程，我们是缺失的。当然目前我们已经开始这方面的工作，我也对他们的工作表示特别崇高的敬意。

《星际穿越》的优点在于科技的完善，缺失在于科学观念的模糊。科幻电影中"科学与人性"这两个要素的关系是科幻片中最底层的一组关系，决定了一部科幻片的高度。实际上，这组矛盾关系的讨论和思考贯彻整个科幻小说及科幻电影的历史。对此问题的分析和认知，是我们找到一个科幻影片的重要方法。在这一点上，我们就可以看到《星际穿越》的局限性，我们从整个影片的情节上可以看到导演一直在纠结于这个问题，但没有说清楚，也没有态度。不是说导演必须要给出一个结果，你可以认为这个问题无解，但你要说清楚怎么无解。

科学与人性的矛盾，不是从现在的科幻片才开始讨论的，从第一部科幻小说《弗兰肯斯坦》就开始谈这个问题。科幻小说、科幻电影经过那么长时间的发展，实际上已经有一些解决矛盾的想法。那就是超越这个矛盾。在当代的科幻文学和科幻电影语境下已经具有能够超越这两者或者说融合这两者的科学态度以及世界观。

科学与人性这组矛盾，我总结科幻作品中有三种超越的方式。

通俗地说，一种是科学"吃掉"人性，这个吃掉不是恶意地吃掉，而是融合式地吃掉，当科学发展到一种更高的程度，可以人性吸取进来，成为一种至善的选择。持这个观点的代表是阿西莫夫，他写过一系列机器人小说，其中有一篇很能代表他的看法：未来当科学发展到一定高度，机器人的外形、思维已经非常成熟，跟人非常接近了。机器人已经不是只能搬搬箱子、做做家务，他能思考、能赚钱，比人还聪明。他有同情心，有爱的能力，有道德。无论他的智商、能力、情感和道德，都远远超过普通人的高度，他一直试图努力让人类社会承认他是一个人。但是这个世界一直就不给他发身份证。你再强再好，你是一个很牛的机器人，但你不是人。这个机器人还是努力，努力了一两百年，放弃永生，最后临死的时候，世界政府给他颁了一个身份证，承认他是一个真正意义上的人。这篇小说表达了一种科学观念，是对科学理性的一种高度的乐观和肯定，科学达到足够高度的时候，是能够容纳人性的。

第二种超越方式是反向的，人性反向地去"吃掉"科学。在我们中国的文化体系中比较接受这种模型，比如我们熟悉的《庄子·天地》中的"子贡南游于楚"的故事，老人抱瓮浇地十分辛苦，拒绝使用桔槔这类浇水机械，认为机械会助长"机心"，破坏"全德"，主张"无为复朴，体性抱神"。这里面实际上是一种对科学技术将会异化人性的忧虑，认为科学技术是为生命与人性本身服务的，并无一个善的发展方向。若有异化人性之虞，宁可放弃科学。在传统中国的文化观念中，这种思想很普遍。现代西方也有，我觉得电影《云图》走的是这条路。

第三种是中间路线。科学与人性不是谁"吃掉"谁，不是谁占上风，而是融合。这种思想，我觉得最典型的是阿瑟·克拉克。在《2001：太空漫游》中，既有人性的光芒和力量，也有科学的指引。最后，人类的代表与最先进的科学结合成"星孩"，不是成为冰冷的机器，也不再是传统人类的形态，而是一种新的人类，一种"提升"后的人类。这种观念是对科学和人性的双重肯定，并且相信它们并不矛盾。甚至认为二者是共同提升的，茹毛饮血的原始人的人性之美是值得怀疑的，而科学技术的发展远超我们的外星人，其智慧与道德也应该会比我们更完善。这种科学／人性观，在西方科幻界是一种主流观点，甚至在科学哲学界也是主流的。

这三种超越的方式，在目前科幻小说、科幻电影中已经有很多的阐述和展示，《星际穿越》在技术细节上是最先进的，而在理念上实际上是退回去了，退回到科学与人性简单的冲突展示。它一会儿展示人性是靠不住的，要依靠理性和科学来拯救人类；一会儿又强调"爱"穿越时空，起到决定性作用。

导演或者是没想明白这个问题，或者是认为这个问题不重要，所以把一个具有宏大科学主题的故事与一个温情小品结合到了一起，把《2001：太空漫游》与《爸爸去哪儿》结合到了一起。我不知道这是艺术上的考量，还是商业上的考量。所以电影出现的各种要素，显得有点驳杂。类型稍显模糊，因为缺乏取舍，故事涵盖的东西也过多。我们可以清晰地把这个影片分成好几段，而不是一个整体。

所以，总体上我是乐见此种科幻片的复生，而且认为这是一部具有很高

《星际穿越》剧照

观赏性的科幻片,但它还没有到达我的期待。《2001:太空漫游》已经问世50年了,所有的人都期待着,能够有一部能与之媲美的、具有较高见识和深度的科幻片,《星际穿越》走对了路,但还不够。

五、科幻电影离中国并不遥远

都性希 (北京大学艺术学院博士研究生、韩国留学生) 我对中国的类型电影,特别是科幻电影的发展方面,一直有很大兴趣。不过在2011年以来这么好的市场环境之下,很多业界或学术界的朋友们都说,中国的科幻片不可能很快发展起来。原因是中国现在除了技术问题之外,跟西方好莱坞那种科幻题材的影片的国家意识形态、观众的审美观念都不一样。我在某些方面赞同这种说法,但我还是想说,在 2011 年中国发射卫星到天宫空间站时,我想"时间会马上到来的!"

电影观众想看到的东西很多,其中一个是"摸不到、自己看不到的世界"。这个看不到的世界是什么?第一、未来的世界,第二、神的世界,第三、人去世了以后的世界。我们人类从古代到现在,用很多方法解释我们看不到的世界,我们用哲学、艺术、科学、宗教等手段来探求和解释这个神秘的世界。我觉得科幻类型电影也跟这个欲望有关,它让人可以看到看不到的世界,给人家提供一种快乐,满足我们长久以来的好奇心。创造出故事的背景是超越现实的想象世界,但内容还是被当时的主流意识形态控制的世界。《星际穿越》不是也这样吗?

我认为中国文化一点也不缺想象力和科学性。我以前曾跟《黑客帝国》武术指导聊天,他们都是香港人。他们说,美国的编剧、导演经常问他们东方思想如佛教、道教等的一些思维方式以及概念性问题,他们给编剧提供了很多参考书和资料。但问题是现实条件,除了钱和技术、表现的自由以外,观众能不能接受一种新的形象与故事。我觉得全世界的人会以很快的速度去接受这种想象和形象的。现在现实基础已经开始建构起来了,按这个趋势,中国科幻电影的发展不那么遥远。第一、市场与钱,第二、观众审美习惯的肯定,第三、好故事。有了这些因素,中国的科幻电影就差不多了。

六、《星际穿越》:一部反好莱坞的电影作品

刘 强 (山东艺术学院副教授、北京大学艺术学院访问学者) 我从电影本体角度来谈谈自己的观点。《星际穿越》从某种程度上讲更像是一部反好莱坞的电影作品。

首先,主题的游离、含混不明与俗套。科幻电影,应"勇于承认不确定性,勇于拥抱未知领域的开放性和进取心,勇于承认只是无限靠近真理的一步,勇于承认人类或许只是宇宙的一粒尘埃,以及,对想象力的执行"。毫无疑问,《星际穿越》在承认不确定性、开放进取性和想象力上做得十分到位,而且影片有着罕见的"硬"科幻元素,影片里面涉及的科学细节都存在严肃的理论基础,如果观众们回去查"虫洞""奇点"的维基百科,都会印证影片里

的情节。但偏偏这个圆桶在"无限靠近真理"上露出了短板——它把宇宙万物运行的真理归结于"爱"。

影片前三分之一的地球生活戏，一直在做扎实细致铺垫工作。但是星际旅行之后，情节在技术细节和情感线索之间就显得有些顾此失彼。影片中所有的矛盾，诺兰都用巧合而不是人物的内在动力解决：恰巧燃料不足要求库珀必须牺牲自己，导致两难抉择被虚掷；恰巧刚好进入奇点与女儿沟通打开女儿的心结，父女情感冲突被解决；而最后的巧合更是夸张到了又能从黑洞中归来再次见到女儿。这样处理影片的情感线固然圆满，重逢的场景固然煽情，可同样也就失去了借人物挣扎让观众借机审视自身的机会。

这样的一种处理方式，让我们感到导演诺兰在影片结局把控上的力不从心和虎头蛇尾。故事的前五分之四，导演很明显在下一盘很大的棋，可最后当他把所有的故事、人物、概念、线索都集合到他自己的密封盒子中时，他发现没办法再自圆其说了。所以他匆匆而心虚地把一切都归结于人类最本真的情感上，来完结这场不知是"对新大陆的探索"还是"对爱的探索"的航行。这样一来让影片不仅有一种虎头蛇尾的嫌疑，而且使整个影片的主题变得模糊和俗套，给人感觉好像这部影片只不过在硬科幻片的外衣下包装了一个老套的父女亲情内核，只不过是将父爱放在一个极端的环境中而已。

其次，人物形象的单薄与平面化。也许这次诺兰更多集中力气于剧本，所以减少了对人物的深度挖掘，导致影片中人物形象显得单薄与平面化，不够复杂立体，真实生动。安妮·海瑟薇饰演的布兰德，打着女主角的旗号，发挥空间却没有女儿墨菲大。她原本有着父女亲情这条线索，有着跟爱人的爱情线索，在父女亲情线上，明白父亲自私的决定，知道自己的命运打着探索人类外部生存空间的旗号被放逐，应该是有着强烈的悲壮感。与此同时，怀着想见自己的爱人这样一颗私心执意要求库珀去另一个星球探索，内心应该处在小我（个人爱情）与大我（拯救人类）的撕裂中，但如此复杂而剧烈的内心却因为导演沉迷于"虫洞""黑洞"的理论论证中而被大大弱化了，整部影片中布兰德博士的个性是模糊的，缺乏存在感。

凯恩饰的布兰德教授斯文彬彬，深藏不露，片中他炮制了人类移民的骗局，这是一个本应更集矛盾对抗于一身的人物，却没有得到更多表现，最终只是以寿终正寝告终。布兰德父女理应同样有一条父女感情线索，布兰德教授理应知道这个行动一旦失败将永远失去女儿，他也应该有着最痛苦的抉择和丰富的内心世界，但在主角光环下也只好沦为陪衬。

曼恩博士的转变也很戏剧化。作为初期探险者中的唯一幸存者，被寂寞和恐惧折磨到发疯，于是先是抛弃科学家底线进行数据造假，吸引其他人的救援。其后他突破人类底线的行为更不可理喻，本来也是一个能够显现人性的卑劣和真实的角色，却因为其后不合逻辑的行为和过于戏剧化的情节设置而变得虚假。

再次，波澜不惊，静若止水的叙事。影片铺垫过多、过长，缺少了悬念和冲突。希区柯克有句名言："炸弹绝对不能爆炸，炸弹不爆炸的话观众就总是处在提心吊胆当中。"《星际穿越》原本有着太多的不可知，原本有着太多悬念丛生，但所谓的悬念都被他们一套貌似严谨缜密的科学理论给消解，所以不管是飞到太空，还是穿越黑洞，全都变成了顺理成章、波澜不兴的旅行。没有悬念，没有意外，也没有扣人心弦剑拔弩张的冲突，所以影片故事变得索然无味。

最富有冲突的两个冲突和悬念来自两个星球的探索，一次遇到滔天巨浪，一次则是与马特的冲突，前者是人与环境的，后者是人与人的。然而这两次冲突除了与马特博士的冲突稍微让人觉得紧张，第一次人与环境的冲突简直是虚张声势，雷声大雨点小。面对滔天巨浪，使用的不过是最后一分钟营救的叙事套路。

剧情如此的苍白无力是《星际穿越》绝未曾料想的意外，欠缺逻辑性的烧脑、冗长的叙事，电影并未对所有人敞开怀抱，非若绝对的科幻迷，就单那虚头摆脑的专业词句，就难理头绪。

所以我们说影片科学基础的严谨性在某种程度上只能代表影片的严肃性追求，甚至可以当作宣传卖点，但不能起到精巧结构或主题创新的作用，即成为影片的真正驱动力。电影让我们审视外部世界的同时，更吸引人的功能是让我们审视自己的内心，而这是《星际穿越》所缺乏的。造成这种缺乏的原因在于电影本身维度的匮乏，诺兰在缺乏一个基础性构建的情况下，是难以真正以电影的方式扩展电影自身内涵的。

七、从《地心引力》看人类如何在科幻电影中理解自身

李九如　（北京大学艺术学院博士后）　我谈两点感受。第一点，我们人类为什么在不停地拍和看科幻电影？我认为其实是因为科幻电影试图解决的问题永远解决不了。这倒不是说科技和人性之间的冲突。科幻电影表征了一个问题，即我们人类怎么理解自身，如何去理解人类共同体。我前两年读到阿伦特《人的境况》，台湾翻译成《人的条件》，这本书让我认识到，从基督教到资本主义到社会主义，人类的自我理解是一脉相承的，它们共同把人类理解为一个有机繁衍系统。基督教《圣经》里所描述的牛羊成群，其实正是资本主义工业社会所要追求的，更是社会主义动员整个国家的力量所要追求的。人类其实很早以来一直在追求一个目标，把这个社会捏成一个有机的系统，让它不停地繁衍下去，尤其是现代社会，无论是高铁还是股票交易市场，都让这个社会密切联系在一起，像一个有机的生物体一样要一代一代传下去。刚才高原提到《星际穿越》最后没有给人以希望，他认为《2001：太空漫游》给出了这个希望。我觉得无论给不给其实意义都不大。关键是科幻电影提出的问题是无解的，只要把人类理解为不断往前繁衍的群体，只要从这个角度理解世界，科幻电影的问题就无解。如果地球毁灭了人类只能再找另外一个地球继续这样繁衍，人类依然没有未来。汉娜·阿伦特认为人类不应该这样理解自身，她可能彻底把古希腊世界理想化了，她说古希腊时期的雅典作为一个城邦是不把自己理解为一个繁衍生息的共同体的，它把自己理解为人类共同生活的公共世界。阿伦特认为，如果这样来理解自身的话，我们人类就不会陷入无限的循环之中。当然她这个构想我觉得几乎是不可能实现的。

我想起电影《地心引力》，这部电影让我特别触动的一点是，它简直就是阿伦特理论的一个影像版。《人的境况》前言讲了一个问题，人类逃离地球的欲望。《地心引力》讲的是人类回到地球。当飞船回到地球上，女主人翁趴在大地上，那种踏实感——因为它之前的镜头一直飘着——像一个刚刚站起来的婴儿，让我觉得特别感动。《星际穿越》说的是回家，我不知道这个回家跟《盗梦空间》的那个回家有什么区别。但是《地心引力》给我的感觉不是回家，是回到地球，回到我们大地之上，这是阿伦特一直强调的。在她看来，以自

《地心引力》剧照

前的科技发展水平,我们在未来若干年内是不会找到另一个地球的,只有一个地球,我们应该爱护我们的大地,我们应该跟我们的大地紧密联系在一起。

另外一个感受,李宁讲到中国科幻片缺失的问题,他给出几个解释。我的感受可能跟李宁理解不一样。李宁说中国现在缺乏科学精神,这个看怎么理解科学精神?如果说严格意义上的科学精神,中国真的是没有,但是中国现在这个社会是一个社会学家说得非常标准的现代社会。从解放以来的计划经济体制,到后来 GDP 至上的经济系统,还有整个官僚系统,都是严格按照现代科层化体制设计的,非常符合理性精神。也许我们之前还说敬天地君亲师,现代人心目中"天地"这个观念早就没有了,"君"也没有了,一切都丧失了——

中国人活得其实很理性。因此，我觉得从这个意义上说中国其实又很"科学"，很有"科学精神"。也许这里用"科学"并不确切，我一时之间还不知道这个词怎么说，但是笼统地说中国没有科学精神可能也不太准确。我们似乎又是没有出科幻片的文化，但是这个社会，它曾经能够照搬苏联体制，而苏联体制就是典型的西方体系之下才会产生的体制。

最后我想谈一点小感想。之前听陈旭光老师一直谈这个问题，就是中国电影想象力的问题。中国电影确实没有想象力，这是一个客观事实。但是我觉得，也不见得一定是编剧们想不到，有时候可能真的就是因为限制的存在。我们说中国没有科学精神，那么我们能不能拍一些其他幻想类的电影。现在打着魔幻名义的爱情片，像《画皮》之类的，跟魔幻真的没有什么关系，但是我们可以拍一些真正有想象力的幻想类电影，我们可以拍一些怪兽片，韩国能拍《汉江怪物》，我们为什么不能拍《三峡怪物》，它可以勾连着历史，也可以勾连着现实中对生态的破坏，这一切都可以让编剧畅想，并且也不需要多么严谨的科学精神。再比如，在北京能不能拍一个雾霾侠，在雾霾之中行侠仗义。这是个很有想象力的创意，但是你如果拍这样一个电影，我怕绝对通不过。刚才陈阳老师也说到了高铁。中国早期有一部电影《航空大侠》，那时候其实中国挺有想象力的，能把飞机和大侠联系在一起。我们现在也可以拍一个《高铁大侠》啊。这样的超级英雄出现在银幕上，在城市中与坏人决斗，然后搞得整个城市鸡飞狗跳，墙倒楼塌，行不行？恐怕不一定行。

陈旭光 我来总结一下。今天下午的讨论非常深入，信息量很大，思想碰撞颇为激烈。以《星际穿越》等科幻影片为切入点，我们对如何看待科幻电影中的"软""硬"的成分、科幻电影中科学理性精神、宗教精神、科幻电影的超现实叙事逻辑、类型性特征、科幻电影科学想象背后的社会文化差异等，都进行了深入的探讨。让我们一起期待中国科幻电影的未来。谢谢大家。

(李雨谏、李诗语、张甄根据速记整理)

附录

前沿理论与热点现场
——北京大学"批评家周末"文艺沙龙研讨综述

2014年9月19日,北京大学"批评家周末"文艺沙龙正式启动。沙龙由北京大学影视戏剧研究中心主办,北京大学艺术学院教授、副院长、北大影视戏剧研究中心主任陈旭光主持,已成功举办23次。论坛的主讲人和参与讨论者既有北京大学的博士生、硕士生、博士后、访问学者,也有校内外、国内外的文艺理论研究者、文艺史学家、文艺批评家、文艺教育工作者,还有一线的文艺创作者。这三个梯队组成了"批评家周末"的强大阵容,不仅将学术研究触及文艺创作,也让创作团队听见学术界的声音。

这源于1990年代谢冕先生主持的北京大学"批评家周末"文艺沙龙的传统。1990年代,北京大学教授、博士生导师谢冕先生带领北京大学的青年教师、博士生和访问学者,对当时重要的文艺作品、创作者、事件、现象、问题等展开讨论。谢冕先生承袭着北大学术独立、思想自如的学术传统,将学术研究从纸上的论文带到了现场讨论的文艺沙龙。时代的变革使文艺批评和文艺创作所面临的问题不同,讨论的角度不同,但其目的是一样的,正如谢冕先生所言"我是学者,我要发言!"

北京大学"批评家周末"文艺沙龙始终秉承自由表达、自主表达、独立思考的批评信念,力图以原创的批评活动,针对当下的文艺现象,发出青年学者的声音,引领文艺批评的话语潮流。2016年,北京大学"批评家周末"文艺沙龙一如既往地稳步推进,伫立于学术最前沿的研究领域,探索、开拓学术疆域,以电影学界的各式前沿理论和热点话题为研讨主题,分别涉及影视美学、文化、媒介、产业等维度,并吸引了来自海内外的各位学者的目光,在学界取得了广泛的影响,也让文艺批评的争鸣有了更宽广的国际视野。

一、美学争鸣

冬去春来,北京大学"批评家周末"文艺沙龙始终关注着时下饱受热议的中国电影。既对艺术电影《刺客聂隐娘》的评价体系和《百鸟朝凤》的发行系统提出新思,也着眼于商业电影《九层妖塔》探索中国奇幻类电影的前景,同时聚焦于正在艺术与商业两重境地里摸索的电影《黄金时代》《山河故人》。

(一)力透纸背、人生与时代——电影《黄金时代》的"出发"与"到达"

2014年中国电影市场蒸蒸日上,不同类型的商业片频频掀起观影狂潮,与此同时,艺术电影的创作与市场的问题再次成为学术界关注的重要议题。2014年10月24日,北京大学艺术学院硕士研究生金慧妍从历史文本、电影文本、项目运作"实验"三个层面出发,对《黄金时代》进行了全面剖析。首先,从萧红的成长经历来看,真实的历史与影片所聚焦的历史之间存在"裂缝";第二,从电影的创作始末与文本分析来看,作为编剧的"作者"李樯和作为导演的"作者"许鞍华,对电影文本与历史叙事在真实性与虚构性的切入点不尽相同;第三,从艺术片的发行来看,影片的定位"文艺大片"可以视为当前商业化市场环境下的"稀缺性",使其成为电影史研究的重要案例。

面临当前以商业片为主导的中国电影市场来说,其为艺术片留下的创作空间和市场份额成为了本次活动热议的话题。刘藩副研究员指出,从文化多样性的角度来看,当前中国艺术片市场面临优秀片源少、放映场所养不起、固定观众难以形成、市场占有率很少的创作与发行的循环当中。

对于《黄金时代》的发行与营销问题，在场学者纷纷发表了自己的看法。江耀进主编认为，从影片的营销策略来看，影片较强的文本性和作者性与商业化气息很浓的女主角汤唯之间存在着一定的悖论和矛盾。戴清教授也指出了影片在市场地位、创作方式、艺术风格三方面所存在的错位。宋法刚副教授认为，影片的主创团队对萧红的崇拜会影响影片在某些方面的判断和把握。陈旭光教授则提出，《黄金时代》这个片名恰恰是将民国时代与当前时代进行的一个对比，从某种程度上来说，影片在艺术上和商业上站在了一个"折中主义"立场。

（二）作者风格、形式美学与时代症候——争鸣《刺客聂隐娘》

2015年9月30日，北京大学艺术学院硕士研究生祖纪妍、周圣崴和博士生李雨谏分别从时代症候、形式美学与作者风格三个维度对侯孝贤执导的《刺客聂隐娘》（以下简称《聂隐娘》）进行了深度剖析，并对艺术电影认知方式与评价标准展开讨论。

《聂隐娘》的时代症候离不开"儒家"思想的文化脉络。祖纪妍用"儒者定义生活""儒教反思家国""儒学诠释哲学"三组概念对侯孝贤的电影进行了定义，她认为侯孝贤的电影总体上是一种对"无家无国"的人与文化的表现。宋法刚副教授对《道士下山》中的"道士下山"与《聂隐娘》中的"道姑下山"进行了宗教和文化学上的比较，他认为"道士下山"最终是完成名利，体现的是佛家文化拯救道家和儒家的价值取向；但《聂隐娘》中的"道姑下山"则是对孝忠的回归，是一种还俗，是儒家的价值取向。

《聂隐娘》叙事的复杂性造就其独特的形式美学。周圣崴通过对影片的拉片式分析归纳了影片的叙事线索，一是聂隐娘"道姑下山"，重新体验人伦之情；二是主母与主公之间的权力阴谋；并分析了导演有意营造的两层叙述空间，即山上的"非现实"空间和山下的世俗空间。从而提出很多观众反映看不懂《聂隐娘》的两大原因是：第一，该片讲述了一个很简单的故事，但却用了很复杂的叙事；第二，该片在叙事中大量采用省略的创作手法，来达到一种在形式与风格上的极致效果。

侯孝贤电影所呈现出的修饰性风格是克制与唯美的。李雨谏指出在叙事上,情感克制的观影系统区别于欲望,侯孝贤通过减少镜头运动、拉长镜头时间,来达到降低叙事节奏的目的。聂隐娘恰恰把侯孝贤心中的唯美放大了,使他找到了一种能够准确表达其内心唯美的题材和类型,片中克制是收,而唯美则是释放。

艺术电影的评价体系问题也是本次争鸣的聚焦处。从对该片的评论来看,祖纪妍发现,叫好与不叫好的两极分化严重,并提议社会和学界要建立起新的评价标准,这就必须形成理论、创作、评论三者之间的互相影响、相互联系的关系。李雨谏则认为我们亟须建构东方影像美学的电影理论,从而将《聂隐娘》这样的艺术电影纳入到属于中国的电影理论体系中来评判。陈均副教授提出,对于这部电影的评论,大部分时间里我们可能还是在侯孝贤的世界里评论侯孝贤,而没有跳出侯孝贤从别的角度来观照他和他的作品。最后,张旭光教授认为《聂隐娘》是这个时代的隐喻,它涉及传统文化、传统美学精神如何在今天通过影像的方式进行传承与转化的问题。同时指出,批评可以比评论对象更高,在对电影内部进行分析的同时,要把视角放在更高的层面上进行全面的分析,而不是做导演"意图"的论证者和揣摩者。

(三)想象力的挑战与中国奇幻类电影的探索——对话《九层妖塔》

2015年中国电影票房已超过360亿元,其中商业电影占据了半壁江山有余。电影《九层妖塔》融合了西方科幻与中国奇幻,在技术上和网络文学改编的IP生产上都是目前主流大片的主要类型,具有极强的商业特性。因此,针对该影片,"电影《九层妖塔》暨中国奇幻类电影的探索与前景"成为"批评家周末"第十六次沙龙的主题。

与会的专家、学者纷纷对《九层妖塔》的视觉特效表示赞赏,也道出其不足之处。指明该片在叙事上存在断裂,在美学风格上不够统一,在类型融合上太过混杂,对原著及原著粉过于忽视,没有明确的定位等问题,导致其中世界观过于庞大而使叙事失衡。面对质疑,本片导演陆川首先发言,袒露了自己的创作"野心"和追求,并表示该片的庞大世界观可能要在第三部完成的时候才能完全展现。尽管有诸多不足,但《九层妖塔》之于中国电影的未来,意义非凡。

从产业发展的角度来看，中国要成为世界级的电影生产国，特效大片是中国电影类型化发展的重中之重。尹鸿教授用"工业级影片"来定位该片，并分析了中国电影的受众群体大量来自三线、四线、五线城市，他指出，在未来五年中，这些受众的审美会趋向成熟，会对电影的制作品质有较高的要求，"工业级"制作必将是中国电影的发展方向。

对于该影片引发的类型探讨同样是本次沙龙的热点。张智华教授论述了"奇幻""魔幻"与"科幻"三种电影类型之间的关系，认为中国奇幻类电影的发展应该具有相应的文化基础。皇甫宜川研究员则认为《九层妖塔》界定了一种新的电影类型，一种融合了科幻与玄幻的电影类型。赵卫防研究员在发言时指出，人性关怀应该是奇幻类电影的落脚点。张颐武教授则针对该片提出了"架空式的高概念电影"生产与"网络文学超级 IP 的电影转换"理念，认为中国电影应该具有"架空世界观"的能力，同时他也针对"奇幻类电影"提出了"幻类型电影"，认为电影往后发展可能会融合"奇幻""魔幻""科幻""玄幻"多种类型，而形成一种"幻类型"。陈旭光教授认为该片是在奇幻类电影的历史缺失和一代人对奇幻和想象力的消费的现实需求中出现的；其次，该片既是中国亚文化、次文化的张扬，也是对西方电影文化的融合，是文化意义上的一次新的建构；最后，该片在类型探索上有新意，不同于中国当代的其他玄幻类电影。

（四）山河故人情依旧？——贾樟柯新片《山河故人》研讨

不同于艺术片《刺客聂隐娘》和商业片《九层妖塔》的是，《山河故人》昭示着中国电影在艺术与商业之间寻找平衡的必经之路。2015 年 11 月 25 日的文艺沙龙便围绕贾樟柯导演的新片《山河故人》展开。

《山河故人》透露出贾樟柯处在电影节艺术评价体系和电影商业性两种评价体系的焦虑。正如李洋教授所言，贾樟柯不知道如何能够让过去曾经认同并遵循他的人继续肯定他，同时又获得新的肯定。硕士生张俊隆也认为，《山河故人》是作为一种传播现象进入商业市场后的"失语"状态，因此，当这种焦虑与困境折射到影像风格上时，便体现为贾樟柯的坚守和变化。

贾樟柯的坚守在于对"重复"这一手法的运用。李雨谏列举了贾樟柯整个作品脉络中的"重复",他认为贾樟柯在文化意义上的这种重复也给贾樟柯带来了一个历史的去中心化问题。然而,在这部影片中更凸显的是贾樟柯的变化。蒲剑教授指出,贾樟柯的《山河故人》的变化首先体现在表达对象上,这是时代进步和变化的结果。李洋教授也谈到,贾樟柯之前的电影都是试图在时代的某一个片断当中记录普通人,表现边缘人承担这个社会变化的一个角色,而这一部电影中的故事发生在三个不同的历史时期,是在一个历史跨度当中呈现抽象的中国人的变化。另一方面,贾樟柯电影正面临着视觉的转型。博士生李雨谏认为,贾樟柯的电影渐渐在减弱日常性,并正在向象征性意义转型。这种转型也带来了镜头语言从全景式的画面到特写和长焦镜头的变化。这背后的缘由在于数字时代改变了电影创作者之前对日常性审美的表达,高清摄影机过高的解像力和过高的画质的确会给对贾樟柯之前的影像风格带来冲击。

那么对于这样一种在艺术和商业两个价值体系中徘徊的电影,我们应当如何评判呢?博士生石小溪认为,时代在变,观众在变,市场也在变化,所以贾樟柯的电影出现了这样的转型。她提出,贾樟柯除了作为作者导演的价值,还有作为名人的价值。与其要求一个已经回不去的贾樟柯,大众还不如鼓励其他导演来拍一些纯艺术追求的电影,而贾樟柯已经有其名人效应和名人身份了,至少可以引导观众去体会电影中的深刻反思和人文深度。超越艺术和商业对立的二元性是《山河故人》的启发与意义。

陈旭光教授在总结发言中从文化的角度对贾樟柯的探索表达了理解和期待。他认为"小武们"总是要长大,要走出汾阳,走向《世界》,甚至像这部电影一样走到海外,走到未来的 2025 年的。这是作为具有世界声誉的贾樟柯在全球化时代的"跨地"创作和跨文化思考,无论是艺术的自我突破,还是美学上的感伤忧郁情调,都具有世界眼光和未来意识。小人物们的迷茫和无法选择给我们以警醒:在时代的加速中,我们不妨慢一点。这使得贾樟柯电影具有独特的反思现代性的时代价值和文化意义。

(五)大家绝唱、影坛遗响——《百鸟朝凤》与吴天明的导演艺术

与《黄金时代》一样,《百鸟朝凤》也面临着在以商业电影为主导的院线电影市场环境下艺术电影的发行与宣传问题,但两期"批评家周末"的视点完

全不同，前者是研究者视角的探寻，后者是影片宣发团队的阐发。2016年5月12日，《百鸟朝凤》的宣发团队与电影学者和学生对影片展开了热烈讨论。

在商业电影主导的中国电影市场的环境下，艺术电影的宣发等方面面临着重重困难。著名的制片人、《百鸟朝凤》义务发行人方励先生，吴天明导演之女吴妍妍女士，著名电影演员、影片男主角"焦三爷"的扮演者陶泽如先生，分别从影片的推广、排片和制作三个方面进行阐发。方励通过这三年影片推广的经历发现，艺术电影推广面临的是媒体、院线和观众三道关卡，并指出艺术电影排片背后是中国艺术电影的供需不对称和多元化缺乏的问题。吴妍妍更是提出论据，影片在"80后""90后"为主的豆瓣电影网站的评分高达8.4分，但院线排片却太少。陶泽如通过讲述影片的诸多拍摄细节，尤其是与吴天明导演合作的表演经历，表达了对艺术电影的生存与长远发展的担忧。

从电影理论和电影史的角度来看，与会学者对影片的艺术价值表达了一致的肯定和赞扬。吴冠平教授认为，《百鸟朝凤》是一部具有中国气派的艺术电影，彰显了非常完整、稚拙的"第四代"导演的鲜明个性和创作思想。李洋教授从哲学中的"悲悼剧"理论与民族时代艺术的角度出发，认为影片具有很强的个人性和共性，具有对民族在特定时代通过戏剧形式缅怀即将消失却难以挽回的艺术价值。

影片中所表达的师徒关系，引发了在场学者对于当前中国艺术教育的探讨。张卫秘书长从中国传统艺术教育的四个层次即基本功练习、艺术造诣的追求、传承和道德等出发，认为影片表达了吴天明导演对中国传统文化的坚守。陈阳教授认为，影片展现了"以德配艺"的价值观念和电影精神的回归，并指出片中所呈现的师生关系与习艺方式，实际上是与当代艺术教育形成了互文观照。

当前艺术电影的发行机制与生存空间，再次成为本次沙龙的焦点。陆绍阳教授认为，造成中国电影发展繁荣且不平衡的主要元素是艺术电影的发行机制和艺术电影的生存空间。高小立主任从当前的电影市场现状，论述了影院差异化建设之必要性。陈旭光教授认为，影片体现了吴天明导演的"自况"与"反身"，戏里戏外充满了耐人寻味的文化隐喻，具有复杂的文化寓言性。并呼吁在市场、影院之外，通过高校和其他平台创建一些基地、艺术影院，使我们的文化生态与文化传播更具丰富性。这与本次活动的初衷不谋而合，唐金楠副院长表达了这次由校友发起的"批评家周末"活动，更是为电影制片方与年轻观众搭建了一个得以对话沟通的平台。

二、媒介深思

（一）电影、媒介与身体——重述麦克卢汉：以电影分野的媒介史说

从传统的工业时代到媒介融合的当今社会，电影传媒有自身的历史沿变和文化特性。通过对电影传媒的研究，窥见电影文化观念和电影美学观念在不同意识形态中的流淌，在今天这个新媒体时代尤为重要。因此，北大"批评家周末"文艺沙龙的第一讲"电影：媒介文化的艺术之境"和第十九讲"电影传媒的历史与文化"都回应了电影与媒介的理论与历史问题。

2014年9月19日，北京大学"批评家周末"文艺沙龙正式重新启动。由北大艺术学院博士生赵立诺主讲第一讲。赵立诺试图从媒介理论出发，由"前电影媒介"到"后电影媒介"，对电影媒介的史学问题和理论问题全面梳理，并指向电影媒介与电影作为媒介在其发展历程中的演变及问题。

媒介与电影作为一个理论问题，从国外到国内的理论旅行愈发受到学界关注。宋法刚博士后指出，对于不同时期的媒介，应该有不同的研究方法，尤其是电视、电影、互联网的不同。访问学者刘强认为，在"前媒介"之后的当下，电影媒介应分为"现电影媒介"和"后电影媒介"。陈旭光教授认为，该论题立足于媒介不仅是一种装载思想的东西，更是改变生存方式和思想的东西，而电影发展史本身就是一部媒介发展史，从文字媒介到图像媒介，再到当下的新媒介和网络媒介。

（二）电影传媒的历史与文化——考察IMDb网站、《视与听》与《电影手册》

2015年12月18日，"电影传媒的历史与文化"再次成为第十九次沙龙活动的聚焦点。东北师范大学博士生王伟以《美国电影网站IMDb的历史》为题，以美国电影网站IMDb为研究对象，从巴迪欧的"事件"理论出发，对美国电影网站IMDb的历史进行了梳理，并梳理出其在发展过程中的"网站性质、扩

术路径、商业路径、媒介特性"四条主要路径,最终指向电影网站的史学书写问题,以回应互联网时代电影媒体的史学方法研究问题,并提出"网站类电影榜单能否成为电影评价的第三种标准"这一全新思考。

王佳怡以《英国〈视与听〉杂志及其榜单文化》为题,分享了该杂志从创刊到发展的历程,分析了文章主要聚焦的四个方向:电影艺术问题探讨、电影史研究、电影艺术大师专题、经典影片分析。并从"十佳榜单"评审文化中提炼出意义与启示。

刘宜冰则代未能与会的谭笑晗博士后讲解了其博士论文《法国〈电影手册〉杂志华语电影批评研究》,该论文以概念界定、史观分析、个案研究和反思为切入点,对《电影手册》的特征进行了详细的梳理与思辨。

从传统的工业时代到媒介融合的当今社会,电影传媒有自身的历史流变和文化特性。通过对电影传媒的研究,可以窥见电影文化观念和电影美学观念在不同意识形态中的流淌。

"榜单文化"是电影美学史的一种折射。陈旭光教授提出通过对《视与听》杂志"十大影片"评选的梳理可以反映出电影文化与美学观念,经典作品与新经典作品的关系问题,甚至是政治经济格局的转变。陈阳教授认为榜单的评选恰好体现了人们对艺术本性共同的追求:真实性、叙事结构和诗性,这三方面是电影永恒的问题,其中诗在西方人和中国人的概念里是艺术的最高境界。陈阳教授认为,当一个作品在榜单中出现时,其中透露出的就是评判艺术作品的标准问题。

将对电影媒介的研究纳入到电影史的书写中来,是现阶段电影学者的新使命。李洋教授提出电影史的书写不再是仅就文本和导演来谈的一个书写方式。学界以前在书写电影史的时候可能很少会涉及媒介对于电影史的折射和影响,然而,在今天,媒介与电影史的相互映照便是研究者们当下的使命。陈旭光教授认为,对于电影媒介的研究可以着眼于电影技术的发展历程,电影由胶片发展到数字化和3D技术的媒介形态,媒介的变化使电影语言相应更迭。媒介的新变,都影响着电影内外部的变化。当下"互联网+"时代,电影传播的速度和面向都在发生巨变。网站和电影杂志的评价都可能影响人们对一部电影的认知。电影在传播环节,其时间维度与空间维度都发生了新变。今天人们可以在除电影院之外的很多地方看电影，看完之后发微博、微信，延续电影的生产，于是电影存在的时间拉长了，空间零散化了。刘俊博士认为在传统媒体时代信息很少，人们更多要主动寻求信息，而新媒体时代信息的数量成倍地裂变，人是被淹没的，所以此时是信息主动走向人。如今，一部电影的艺术价值不局限于它本身，还在于能否被推到观众面前。

三、文化热点

（一）从硬汉到暖男——"男性气质"理论与中国当代男明星现象研究

电影学和明星学的研究已经逐渐从女明星的研究辐射到男明星，"男性气质"与男明星研究成为重要议题。2014年11月14日第四期"批评家周末"，博士生车琳从"男性气质"的理论路径、中国新时期以来的男性形象变迁、男性研究的三种角度对男性银幕形象进行分析，对中国当代男明星现象展开学术研究。

明星学研究是从西方到中国的一场理论旅行，在其发展了几十年后的今天将面临怎样的新问题？陈旭光教授指出，银幕上男性形象的变化具有非常丰厚的社会文化变迁的意义，从1980年代到新世纪，男性形象的社会属性和银幕造型，经历了从"高大全"到奶油小生，再到小市民，到市井底层。同时也提出了中国影视中的男性形象与西方理论之间的自洽性问题。顾春芳教授也指出，从生理学、心理学、社会学、文化学、艺术学的角度探索明星，也具有新的意义。

对于明星学研究来说，研究者与其所研究的明星之间的性别权力关系成为本次活动的热议问题。陈晓云教授从明星研究的两个时段和一个中心出发，指出从女性研究者的角度研究男明星的重要意义和性别权力关系。作为研究女明星的男性研究者，苏涛老师认为，研究者的性别和视角的不同，会对不同性别的明星研究找到更多差异和问题点。博士后李九如进而指出，这是一次女性对男性的"反研究"，对于男性气质的寻找，其实是一个建构的动态过程，只不过这个过程在中国似乎持续了一两百年，甚至更久，对男性气质的寻找，在很大程度上是对于社会主流价值观念的寻找。

（二）粉丝经济、青年文化与电影本体——关于综艺电影的深度思考

"批评家周末"文艺沙龙不仅聚焦于电影本性的探讨，还对当下的文化热点针砭时弊。2015年4月9日，第十期"批评家周末"以《粉丝经济、青年文化与电影本体——关于综艺电影的深度思考》为题，就综艺电影的艺术特征、本质属性、粉丝经济、市场营销、票房表现、跨媒体融合、存在的问题、发展前景，及其对于持续快速发展中的中国电影产业的意义，进行了深入研讨。

与会学者从不同的角度界定了综艺电影的定义与特征。刘强博士将综艺电影的艺术特征归纳为纪录片式的跟踪拍摄和细节展现，故事片式的叙事手法和视听表达、竞赛节目的欲望客体设置和淘汰方式。陈旭光教授援引西方后现代主义理论来认识综艺电影的本质，认为综艺电影就是"日常生活的审美化，或者是审美的日常生活化"。从而切中肯綮地指出综艺电影"是一种媒介融合时代的物质主义的趋向，或者一种物化的趋向"。相较之下，江耀进主编对综艺电影的态度与观点更为审慎和严谨。他对"综艺电影"命名、本质都持怀疑态度，认为综艺电影实际上就是将电视节目放到电影院里播放的一种商业手段。

在此基础上，对于"综艺电影"这一文化现象兴起的深层原因同样值得深思。刘强认为综艺电影是典型的粉丝经济的产物，并由此阐发了粉丝经济的意义，即粉丝意味着力量，意味着经济价值，同时粉丝经济有效区分客户和用户，并差异化地对这两个群体服务，从而有利于电影创作的针对性，促进电影发展。北京大学艺术学院博士后顾亚奇从艺术的功能角度入手，指出机械复制时代，艺术的模板、教化价值丧失，只剩下展示和娱乐价值。在这一文化语境下，综艺电影本身不会承载把电影作为一种很崇高、很神圣的文本诉求。

挖掘综艺电影中值得借鉴的经验以及存在的问题，可对其未来发展趋势提出针对性的建议和思考。刘强认为综艺电影在电视后产品开发、电影营销、粉丝经济、跨媒体融合等方面都有很多值得国产电影学习和借鉴的经验。刘俊提出，媒介融合时代，艺术呈现出艺术品类大兼容、大汇流、大汇聚的状态，综艺电影正是兼具电影、电视、新媒体等多种类型于一身，由此应该拓展艺术学研究的思路、方法，把传媒艺术诸多的艺术形式看作一个整体的艺术族群，思考其在媒介融合背景下整个艺术族群的属性与特征、价值与功能、规律与逻辑。

同时，刘强也毫不讳饰综艺电影在创新创意方面的不足、情节单薄、悬念缺乏、主题先行或缺失等问题。刘俊立足于传播学理论的视野，认为综艺电影在创作生产与传播接受两方面的断裂和脱节，且没有相互之间的呼应和反馈才造成了票房和口碑上的两极化。针对上述问题，学者们提出综艺电影主创应摒弃浮躁功利的创作心态，潜心创作不断提高作品自身艺术质量，同时要以开放多元包容心态接纳电影的新类型、新样式，吁求新的审美和评判标准的建立，做好电影宣传营销工作，多管齐下，定能迎来综艺电影美好未来。唯此，中国的电影市场才能取得真正健康、良性、快速的增长。

（三）大电影与网络语境生成的文化形象——以《美人鱼》《余罪》为例

随着美人鱼、孙悟空、潘金莲等形象被搬上银幕并不断改写，影视形象成为当下最重要的议题；另一方面，随着网络对电影传播空间的打破，依靠网络传播的网剧逐渐开始为学术界所关注。

香港导演周星驰对于影视形象的塑造别具一格。博士生李雨谏以《下水道美人鱼》和周星驰的《美人鱼》为例，从美人鱼图像化的历史，探寻了美人鱼故事的逻辑来源，并从齐泽克对活死人和吸血鬼的理论性研究出发，对两部作品所展现的美人鱼形象展开对比研究，指出美人鱼从上岸到化身的视觉想象，本质是一个视觉霸权的问题。对此，陈旭光教授对于美人鱼的跨文化比较和美人鱼形象的演变问题表示赞同。博士后宋法刚进而指出，美人鱼由鱼变成美人鱼的过程，实际上是一个祛魅的过程，是增加性感的过程，但这两部作品的去性感的过程其实是一种附魅。

在网络传播媒介下，网剧已经愈发成为得以与电视剧分众的影视剧形式。博士后拓璐以网剧《余罪》为例，分析了"痞子英雄"自1990年代以来的发展路径，并从王朔、海岩剧到《余罪》，发现当前的网络环境对于痞子英雄形象的塑造和传播的改变，并指出《余罪》赢在了类型化意识的加强、亚文化策略的实施和表情包式表演体系的建构。对此，陈旭光教授提出，在后冷战时期的背景里，实际上意识形态的对抗性是趋于衰减的，那么，在今天我们如何理解反英雄，这成为了互联网时代的一个重要议题。

四、国际视域

"批评家周末"文艺沙龙在展开学术探讨的过程中,也吸引了来自海外的目光,为审视当下的中国电影提供了一种全新的角度和国际化的理论视野。

(一)"转瞬即逝的景观"——贾樟柯电影的"空间"研究

2015年5月15日,北京大学"批评家周末"第九期沙龙活动由北京大学艺术学院访问学者、巴西圣保罗大学影视传媒学院丽娅·梅洛副教授主讲。丽娅·梅洛专门从事中国、英国的现实主义电影研究,她主要研究贾樟柯电影中的都市空间文化,以及媒介交融与间性等问题。在这次主讲中,她将目光放在贾樟柯电影中的建筑与记忆,探寻电影是如何将记忆放置在空间中,通过空间化来展现时间记忆等问题。

丽娅副教授认为应该正视将现实主义作品放在中心位置,而不是参照好莱坞电影的坐标体系来进行讨论。她认为贾樟柯电影里存在一种独特的电影纪录性,即指示和保存正在消失的地表图景。与此相伴的是其缓慢的表演方式、长镜头运动以及带有延迟性的叙事策略,这些做法都体现出一种拒绝的姿态——用物体本身的应有结构来拒绝快速度的暴力结构,以此来回应中国在现代化发展中所呈现的各种现象。一方面这是源自巴赞理念的现实主义力量,另一方面又是贾樟柯面向传统文化艺术美学的自觉创作。由此,她以建筑为例子,通过建筑的静止性特点,将对于时间的关注转变为对于空间的探讨,从而探寻其中的个体与公共记忆。

(二)电影、政治与外交——软实力与中美电影关系

在电影的诸多职能中,其商业性与艺术性的探讨较为常见,而其政治性与外交职能相对较为边缘,但此二者却是国家电影、民族电影得以发展的基本属性。2015年6月23日,北京大学艺术学院博雅艺术讲坛之一暨北京大学"批评家周末"文艺沙龙第十二期以《作为软实力和硬通货的中美电影》为题。美国纽约城市大学媒体文化系主任、斯坦顿学院终身教授,中国电影电视媒介研究专家朱影教授,与美国西雅图华盛顿大学柏右铭(Yomi Braester)教授、

韩国釜山大学文宽奎教授，就"软实力与中美电影"这一主题与北大师生进行了广泛深入的对话与研讨。

朱影教授在讲座中指出，电影是文化产业的重要组成部分，也是国家文化对外传播的一个重要载体。以好莱坞为代表的美国电影产业在近百年的发展过程中，对美国软实力的形成具有重要意义。朱教授在追溯并梳理了百年好莱坞电影发展历史的基础上，通过大量的数据和例证，指出美国文化是善于进行文化转换、善于营造文化软实力的强势文化，它可以相对容易地吸收和改造别的区域文化，再加入自己的文化因素，然后推向全球，其效果不仅体现在经济效益上，同时体现在意识形态的全球扩张战略上。新近美国电影大片里中国元素的明显加大，正是美国电影的非常灵活务实的文化策略的表现。在此基础上朱教授将中美电影进行了比较研究，指出中国电影在提升国家的软实力方面做得还远远不够，希望中国电影能不断提高艺术创作质量，进军国际市场，以期能不断提高国家软实力。

（三）术语、现状、问题与未来——跨国华语电影争鸣

2014年国内电影研究界最重要的议题就是"华语电影"研究的问题。这场争鸣实际上来源于《当代电影》刘桂清老师的一组邀稿，刊发之后，引起了李道新、丁亚平、苏郦元等学者对鲁晓鹏的批判性反思，进而又陆续发表相关论文产生一系列对话。2014年12月18日，"批评家周末"请来了加州大学戴维斯分校比较文学系的鲁晓鹏教授和北京大学艺术学院李道新教授，为这场持续半年之久的学术议题的隔空对话转场到北京大学艺术学院的直面交锋，对各自所秉持的"跨国电影"和"华语电影"展开一场面对面的对谈。

鲁晓鹏教授从华语电影研究的方法论、华语电影研究与跨国电影的关系、华语电影与世界电影的关系、中国电影史学界的主体性，论述了华语电影的相关理论问题。鲁晓鹏教授指出，从方法论上看，华语电影的来源与全球化研究不谋而合，即不从国土、疆界、政体着手，而是从文化、语言、产业等方面入手。现在世界秩序的基石是"民族国家"（nation-state），也就是民族和国家结合在一起。把国家电影（national cinema）放在大的世界电影（world cinema）的语境中，全球电影（global cinema）就产生了。华语电影最早是台湾学者提出

的，主要是从民族、国家、语言、叙事等方面着手提出。而当前的美国文科学界，主流话语是解构欧洲中心主义，从而提出自己的学术主张，也就是在学术主体性的基础上，提出一种主体间性，或者说是互主体性（intersubjectivity）。

李道新教授进而指出，其所批判的是用美国中心主义的研究方法、思维方式、理论框架、逻辑来套中国电影史的研究，尤其是套当前华语电影史的研究。就像是好莱坞之于世界电影的主导的理论基础，美国中心主义就是以全球化为中心的学术话语，进而重塑世界电影和国族电影。李道新认为，跨国电影是以好莱坞为代表的欧美中心去寻求一种历史的、理论的支撑，是一种美国中心主义，不仅是美国学者的自我中心主义，而且是中国学者的他者中心主义。并指出鲁晓鹏教授的"跨国电影"更多地与爱国主义联系在一起，当我们用所谓的"世界电影"进行阐释的时候，就是美国中心主义的研究导向，这不是在强调对话、交流和宽容的主题间性，而是在宣布主体性的丧失。

对此，北京大学艺术学院院长王一川教授认为两个"60后"的青春老男人的这场对话很可爱、很有趣，二人都是在各自的成长轨迹和理论话语中，建构自己的身份和主体性，且均完成了主体性的建构。并从话语（discourse）出发，不是"我说话"，而是"话说我"，人的身份、场合都会规范一个人的说话，同样一番言论在英语世界和翻译成中文后，产生的效果和冲击力也完全不一样。博士生李宁提出，全球化一方面是跨地的概念，是对两岸四地电影的一个总结和概括；在全球化语境中，这是一个全球性与民族性，或者特殊意义与普遍主义概念关系当中的一个非常有张力的概念。陈旭光教授总结性地提出当前华语电影研究的难点，并提出后华语电影、后设性、术语的超意识形态性等问题。这两位"学术老男孩"从期刊的笔上交锋，到"批评家周末"的面对面交流，正是"批评家周末"现场发声的意义所在。

（四）概念、美学、实践——"华语生态电影"探析

随着人类中心主义逐步走向反人类中心主义，电影创作也从人类中心主义叙事电影发展至生态电影。2016年6月21日，"批评家周末"再次邀请鲁晓鹏教授展开座谈。

鲁晓鹏教授从西方学界对"生态电影"的起始——生态批评（ecocriticism）

的理论路径入手，铺陈到生态电影（ecocinema）何为及其产生的原因。生态电影旨在创造一种好莱坞大片之外的电影，其关注的中心不再是以人类为中心展开的世界，而是探讨人类与环境的关系，包括土地、自然和动物，彰显着一种生态世界主义（eco-cosmopolitanism）。他指出，从反人类中心主义的立场来看，实际上存在两种符号学，一种是人类符号学，另一种是动物符号学。对于中国电影来说，从生态批评的角度出发，反思当前的中国电影会带来新的思考空间。

从电影创作与社会现实的角度来看，生态电影是当前极为重要的电影形态。陈阳教授认为，生态问题作为当前中国社会的一个现实问题，其在电影中的反映是非常震撼的。但对于生态电影，尤其是中国生态电影的理论原点和复杂性在哪里？对此，李道新教授进而提出，华语电影有其自身的特性，完全从西方理论出发来考量华语电影是否合适？比方说，德勒兹从未谈到中国和中国电影，那么应用德勒兹来解读《小城之春》的合法性是什么？并指出，生态批评在泛化，当生态批评泛化为一切批评以后，生态批评的意义在哪里？

王一川教授在总结发言中指出，西方的生态批评与中国古代的天人合一思想有殊途同归之处，而对于学术研究来说，观点不一致，正是学术的可贵之处。陈旭光教授也进而提出问题，在当前的时代，如何建构批评？学者们百家争鸣，自由、平等、宽松、多元、多地，正是"批评家周末"的意义。

（五）类型、叙事与文化精神——《星际穿越》与科幻电影

从当前的中国电影市场来看，无论是票房还是口碑，科幻电影无疑是最为最引人瞩目的电影类型。2014年12月12日，第七期"批评家周末"由北大艺术学院博士生李宁和硕士生高原以美国导演克里斯托弗·诺兰的科幻片《星际穿越》为例，聚焦于科幻电影及其理论研究，以及中美科幻片的对比研究。

科幻电影作为以科学技术为根基生发诸多想象空间的亚类型片，对现实世界的观照是其魅力所在。李宁从西方理论入手，探讨科幻片作为一种亚类型片，其关注的问题、电影的主题、科学与宗教、伦理的关系，分析中西科幻片的差别，并提出科幻电影能否展现人类的未来的问题。李宁指出，科幻片作为根据科学技术加以想象和构成的文本，往往表现出反科学主义的面目。

这是科幻片的一个悖论。而中西科幻电影创作的差别，根本上受制于不同的哲学视野与文化精神，对于中国科幻电影来说，主要问题是其缺乏自觉的类型电影艺术。

高原从科幻电影的科学性与幻想性出发，探讨西方的科幻电影与中国的玄幻电影的比较研究，并从西方科幻电影的历史出发，分析《星际穿越》的七个情节，探讨其与传统科幻电影的差异。

中西方类型电影的创作与评价一直以来都是学术界关注的议题，而科幻电影更是愈发受到国内产业界的资本和创作投入。陈阳副教授回应了李宁提出的科幻片的现代性问题，其文化逻辑关系是数学和哲学解决不了的问题，就要去问上帝，陈阳认为这属于基督教的文化范围。张慧瑜副研究员也回应了中国为何没有科幻电影的问题，他认为，中国不是没有科幻精神和科技精神，而是缺少反科技、反现代批判的文化传统。博士后李九如指出，人类不停地拍、不停地看科幻电影的原因是，科幻电影试图解决的问题是永远解决不了的。科幻电影涉及人类如何理解自身，如何去理解人类共同体。陈旭光教授总结指出，科幻电影是好莱坞电影工业绝杀性的秘密武器，其本身是对人类的镜鉴，是人对自身的反思，是对未来可能发生各种危机和人类生存危机的预警。

"薪火重燃"的北大"批评家周末"已成功举办了23期，但这对于"批评家周末"来说才刚刚开始，正如陈旭光教授所言，我们要"以北大为旗，以'批评家周末'为现场"，扬帆起航，继续前行。这是对20多年前谢冕先生创办的"批评家周末"文艺沙龙的薪火相传，更是对北大精神和五四新文化精神与传统的传承并弘扬光大。北大"批评家周末"文艺沙龙，任重道远。

娄逸（北京大学艺术学院硕士研究生）
王伟（北京大学艺术学院博士后）

跋

"人人都是批评家"的时代:
坚守与凝望

陈旭光

  2014年9月19日,星期五下午。那是一个既普通又不平常的日子。如果说普通,其实从某种角度上讲,以前这样的活动也有过很多次,主要是以博士生、硕士生、访问学者为主的学术研讨。可能就是一次很普通的师生聚会、漫谈交流,也可能是一次有一定专题性的学术研讨。以前每个学期都常常这么做,大家一起就一个问题讨论交流,有时是围绕即将进行的论文开题,有时是围绕论文答辩的预答辩,有时是读书报告与交流,然后大家互相聊各自的学习状况、看书状况、近期的计划。所以,这一次活动在形式上跟以前其实没有太大的差别。但从另一方面来说,这又是一个不平常的日子,这是北京大学"批评家周末"文艺沙龙活动的一次薪火承传:从20多年前的中文系,到今天的艺术学院、北大影视戏剧研究中心!精神的接力、薪火的传承,在这里继续迸发。引一句胡风先生的诗句就是——"时间开始了!"

  "批评家周末"一向是我心中的一面旗帜!20年前,我在北大中文系攻读硕士、博士的时候，就经常参加这个活动。谢冕先生带着他的访问学者、博士、硕士等一大批中青年才俊，围绕文坛的各种现象、问题、作家、作品展开讨论。除了以学生报告为主之外，谢冕先生有时也会邀请一些当时就颇有知名度的青年批评家、学者来主讲或参加讨论，如王光明、孟繁华、张志忠、陈晓明、张颐武、蒋朗朗、沈奇。而当年的学生报告者，如今早就成为知名学者、评论家了，如李杨、韩毓海、黄亦兵、祁述裕、何言红、邵燕君、贺桂梅等。洪子诚教授也经常参加或与谢冕先生一起主持。一路下来，"批评家周末"一直在坚持，在文艺界也形成了一定的名声和威望。当年"沙龙"的主力，今天大多成为了当下文艺批评界的重镇、学术的中坚。

让我印象深刻、记忆犹新的是，谢冕先生在沙龙上不止一次讲过类似这样的话——"我是学者，我是要发出声音的，我是要发言的！"这几句话对我的触动非常深。1997年，当我从中文系博士毕业到艺术学院工作之后，随着从青年教师渐渐步入中年教师之列，我的博士、硕士、访问学者队伍也越来越大，我开始经常召集他们一起聊天交流研讨。于是，我想到了——能否从谢冕先生那里把北京大学"批评家周末"这个旗帜再次举起？让北大文艺批评传统的薪火代代传承？

诚然，在今天这个多媒体、全媒体或者说互联网的时代，与当时的批评环境已经很不一样了。当下似乎是一个"人人都是自媒体"的时代！人人都能够发出自己声音，"人人都是批评家"。传统媒体的权威性急剧降解，批评再也不是"威权化"的单向发声，而是"众声喧哗"，"再也找不到中心"，一切都"碎片化"，是"能指的飘移"。受众不再是印刷媒介时代单向度的聆听者，也不再是电视媒体时代"沉默的大多数"，而是在"互联网"时代或"人人都是自媒体"的时代，"用脚投票"和"用拇指发声"的"不再沉默"，以及有自己的主见的"大多数"，他们甚至有自己的社群、部落，有自己的意见领袖、群主……

这个时代众声喧闹、喧声杂乱,任谁的声音都会很快湮没于互联网、大数据的海洋。在这样的媒介文化环境下,作为文艺批评工作者,作为青年学者,作为北大人,我们该如何发出自己独特的,有自己的价值信念和学术立场的,既有坚守但也与时俱进,自由、自觉、独立、自信、开放的学术声音呢?我们应该如何在一个"加速度"的时代,有自己的慢思考和锐发言?

作为北大的老师、同学、访问学者,我们在这块"精神家园"中学习、生活、工作,感受、濡染着北大的精神,"五四"的传统,以及那种北大特有的民主、自由、独立思考的氛围、韵味、气场——难道我们不应该顽强地发出我们声音?虽然现在已经不再是一个"一呼百应"的"威权化""一元论"的时代,而是一个如阿尔都塞所言的"历史的多元决定"的时代,是一个标准多元、价值多元、众声喧哗的时代。但在这样的时代,我们更要发言!在文艺批评的实践中,我们无疑应该既坚守基本价值立场,又与时俱进,大胆直面,综合开放,力求艺术批评在当下现实语境中秉持开放的态势,力求艺术批评保有鲜活的生命活力,继续发挥其时代影响力。

"以北大为旗",以"批评家周末"为现场,我们发出我们的声音。在我看来,只要发出声音,就表达了我们的存在,就一定会有回响。此之谓"念念不忘,必有回响"。

北大"批评家周末"文艺沙龙,自第一次重新"开张"以来,我们已经举办了23次,于是有了上述成果的汇集。

现在的"批评家周末"的形式,既有以学生报告为主体、邀请学者点评对话,也有邀请国内外著名学者、青年学者主讲,同学们讨论争鸣。形式多种多样,但宗旨始终是一致的,就是鼓励、提倡、张扬并实践面对文艺界现实,发出我们北大人的声音:自由、独立但有学理。

这本书的编辑,从第一次"批评家周末"重启的2014年9月19日,到最后出版,前后历时将近三年。"却顾所来径,苍苍横翠微",回顾三年"批评家周末"文艺沙龙活动的点滴往事,未免有一些感想。

在这里我首先要感谢我的敬爱的老师谢冕先生。感谢他的信任，把北京大学"批评家周末"的大旗亲手交到了我的手中。谢冕先生虽是80多岁的高龄，但青春激情满怀，敏锐的批评家风采依旧，气场十足而感染力超强。他参加了我们的第一次"批评家周末"活动，发表了热情洋溢的讲话，把北京大学"批评家周末"文艺沙龙的牌匾，也可以说是圣火，沉甸甸地交到了我的手中。

近三年来，"批评家周末"的经历和回忆是温暖的。我要感谢在着手举办的过程中，热情支持我们的几个重要刊物：《创作与评论》《中国作家》《现代传播》《当代电影》《电影艺术》《北京电影学院学报》《北大艺术评论》《海南师范大学学报》《非一流评论》（网络媒体）等，"批评家周末"活动的相关报道、综述、记录整理稿，大多在这些刊物上发表过，为"批评家周末"的影响力发挥起到了重要的支持作用。

感谢应邀历次前来参加"批评家周末"（或主讲或点评对话）的学界嘉宾。他们大多列名于前面的"寄语"，但个别或有遗漏，则敬请见谅，疏漏并将在后面几辑添加补缺。另外要表示歉意的是，因为经验不足，沙龙现场的摄影有时疏于安排，拍摄照片太少、效果也不好，照片的使用也不那么均衡，有些发言者、嘉宾有，有些则没有。

期待我们越做越好。

感谢北大艺术学院王一川院长的支持，他不仅经常参加"批评家周末"，也在其他各个方面热情支持着学术沙龙活动的举办，而在我请他代表艺术学院也代表他自己写本书的"序二"时，他则谦逊地婉言谢绝了。

感谢北大书法研究所所长、中文系王岳川教授，为"批评家周末"文艺沙龙题写了俊朗又大气的标识题签。

感谢我的学生朋友们。除了努力准备、"压力山大"的主讲同学，每次都更需要大量其他同学的服务与支持：联络速记、摄影、张罗会场、会上的微博报道、会后的新闻报道、速记整理，等等。随着这个活动的坚持，我越来越觉得，这几乎是一个类乎电影生产的集体工程，没有同学们的支持、协助、协力，几乎不可能。我与研究生群体配合默契，或主讲，或讨论或同时服务、后勤、宣传，他们很勤勉很努力，虽然新旧交替，三年也已换了好几茬同学，但那种齐心协力、默契配合的精神在他们的手上默默承传。同时我也坦言，在这样的活动过程中，他们也得到了很好的学术训练，也被我"逼"出了不少相关的学术成果。很多学术报告，经讨论进一步深化后，常常成为了达到发表水平的厚重的学术成果，有些主题报告则与同学们随后的硕士、博士学位论文关系密切，或者是硕、博论文的先导，也可能是硕、博论文的中期或最终成果汇报。沙龙活动还加强了师生之间、同学之间的交流沟通，那种"亲如一家"的集体大家庭的感觉，可谓"其乐也融融"，那种"团结、紧张、严肃、活泼"的凝聚力也庶几加强。

我要在这里郑重记下他们的名字，以表达我的谢意与敬意（可能还会有疏漏）：

博士后宋法刚、拓璐、李九如、王伟，等等。

访问学者刘强、陈华、罗小凤、唐宏、王玉琴、毕芳、叶祐天、万俊杰，等等。

博士生肖怀德、张蔚、刘胜眉、胡云、赵立诺、车琳、李雨谏、郝哲、都性希、石小溪、王欣涛，等等。

研究生阎立瑞、高原、施鸽、金慧妍、王思泓、祖纪妍、冯渭辰、何灏、周圣崴、龙明延、李诗语、李黎明、娄逸、晏然，等等。

尤其是博士后王伟、研究生晏然，在编辑整理文稿时做了大量细致、繁琐的工作。

　　还要感谢北大培文、北大出版社。北大培文总经理高秀芹编审也是"批评家周末"的亲历者，对本书的出版自然倾情支持，重新开张的那一次她陪着谢冕先生来了，并承诺了最优质的出版保障。北大培文的周彬编辑、张丽娉编辑对本书的出版从选题到付诸实施一直大力支持。张丽娉编辑作为本书责编，其高效、负责的工作为本书增色不少。

　　感谢你们！为"批评家周末"这一薪火传承的学术活动的坚持，你们付出了真诚的努力和心血。

　　这是北京大学"批评家周末"的现场！

　　我们在北大发出我们的声音。

　　北京大学"批评家周末"文艺沙龙，让我们再次出发！

2017 年 6 月 2 日